Seven Killings

刀尖

麦家 著

SPM 南方传媒 | 花城出版社

中国·广州

番茄
FANQIE

花城文学院

我们在前线的前线，在刀尖上。

麦家

1964年生于浙江富阳。

1981年考入军校，毕业于解放军工程技术学院无线电系和解放军艺术学院文学系。

1986年开始写作，出版有《解密》《暗算》《风声》《人生海海》等六部长篇小说。《暗算》获第七届茅盾文学奖。

作品被译成30多种语言。《解密》2014年被英国《经济学人》杂志评为“全球年度十佳小说”；2015年获美国CALA最佳图书奖；2017年被英国《每日电讯报》选入“全球史上最佳20部间谍小说”。

目录

上部：阳面

下部：阴面

上部：阳面

-.. .- ---
.--- .. .- -.

第一章

01

我叫金深水，金子的金，深浅的深，雨水的水——金深水。也许是宿命，也许是巧合，我这个平凡的名字竟暗喻了我一生非凡的命。是呀，我的命就是把自己藏起来，藏得越深越好。

不是藏在什么好玩的地方，而是魔窟里，生死线上，刀尖上，地狱里。具体说是南京日伪政府的保安局。在这个鬼地方，我经历了太多难以忘怀的事情，想起来，每一天都令人心惊肉跳；讲起来，每一个故事都是惊心动魄的。最让我忘不掉的是这一个——下面我要讲的这一个。在这个故事中，我是凤凰涅槃，浴火重生……

从1940年8月24日说起吧。

这天早晨，南京颐和路上，一如往常，是安静的，行人稀落；街道两边都是二十年以上的梧桐树，从东南方向吹来的风，无声而有力，拂得树叶婆娑，沙沙作响。颐和路20号，日军宪兵司令部所在地，威风凛凛的门楼上，三面日本国旗随风起舞，猎猎有声。我提着装有机要文件的黑色大皮箱，从院子里出来，习惯地对肃立在两旁的日军哨兵微微颔首。当然，我的态度里必须有足够多的“谦恭”，我的工作和身份要求我这样，有什么办法！

门外有车子等我，见我出来，司机发动了车子。

我的单位——汪伪政府保安局——有一个响当当的俗称：76号南京区。76号就是汪伪政府特工总部，因设在上海极司菲尔路76号而得名，由丁默邨和李士群掌管。我们保安局的大门原来在日本宪兵司令部隔壁——颐和路21号。咫尺之远，我都是走来走去，无须用车。今年初，单位频频出事，诸事不顺，老大请来风水先生把脉破邪，找到的办法是重新开门。于是，几个月前把大门改至灵隐路8号，以前这里是后门。其实还是不远，走路也就五分钟，平时我也都是徒步来去。但今天不行，因为是来取这个月的密码，所以带了车和卫兵。

这是个例行，每月一次。

新修的保安局大门并不起眼，门面不大，典型的中式建筑，木质门楣上雕龙镂凤，门前摆一对石狮，两旁有持枪的岗哨，威武尚存。一眼望去，院子里植被繁茂，林木深处，一座青砖白缝三层楼，保安局的主要处室都在楼内。旁边有一排红砖平房，是反特处所在。

此刻，反特处楼前停着三辆三轮摩托车，挡住我的去路。我提前跳下车，拎上箱子准备走回去，刚好看见反特处处长李士武从屋里出来，风风火火，吆喝着一伙人上车。看见我，李士武迎上来，指着我手里的黑皮箱说：“哟，金处长又拿什么秘密回来了？”

我点点头：“怎么，有行动？”

他说：“没什么，去接个人。”

我说：“什么人这么大派头，让你倾巢出动？”

李士武立即变得神秘兮兮，朝我眨巴着他的三角眼说：“一个重要人物。”

我用略含自嘲的语气说："因为重要，所以我不便知道。"

"哪里，什么事能瞒得了你金处长？"他指指我手中的黑皮箱，"只有你瞒我们的，哪有我们瞒你的？嗳，有什么关于本兄弟的消息，可要网开一面噢。"

我笑道："你这不是要我渎职丢饭碗嘛。"

他竖起大拇指，对我哈哈大笑："金处长就是铁面无私，连个口头安慰也不给。"继而招呼大家出发，三辆摩托随即轰响，洒下一路浓烟，突突远去。

这个李士武，满脸横肉，一肚子坏水，心肝都是黑的。他在鬼子面前低头哈腰，像只哈巴狗，却在同胞面前耀武扬威，心狠手辣，行恶多端。他是我的眼中钉，肉中刺，我在梦中曾多次杀死过他。

他说的一个重要人物是谁？我不能不关心！

02

走廊里比外面凉爽得多。

南京，有名的火炉子，立了秋，还有十八只秋老虎。眼下还没出三伏，每一片阳光都像是从火膛里蹦出来，带着火星子。虽然我只步行了几十步路，但汗水已经湿透胸襟，一进楼里，便觉得胸口有一个山谷，凉飕飕。

我办公室在二楼走廊尽头右边，对门是机要室，隔壁是副处长秦时光的办公室。这会儿，机要室里有一男一女在上班，男的是机要秘书，姓李，是一个严谨、老实的人；女的是机要档案管理员，叫小青，是一个自我感觉不错、爱说爱笑的姑娘。两人见我回来，都站起来问候我。李秘书照例出来给我开门。我注意到，秦时光的办公室门开着，却不见人影。

走进办公室，我本能地观察屋里四周，看标志性的东西有无被人翻动过。这是我多年养成的习惯：除了自己，对谁都不信任。在我身边，我最不信任的人是隔壁秦时光，他名义上是我的副手，实际上是我的死对头，整天盯着我的位置，恨不得我被天打雷劈。

“他呢，还没来上班啊？”我指指隔壁，问李秘书。

“上楼去了，应该在俞副局长那儿吧。”李秘书告诉我。

“有没有人找我？”

“刚才卢局长来过电话。”

“有事吗？”

“要你回来去找他一下。”

李秘书刚走，小青蹑手蹑脚地进来，看我没反应，有意咳一声，朗朗地叫一声“金处长”，令我微微一惊。我抬头，看她正朝我吐舌头。“你干什么？神神秘秘的。”她佯装委屈状，翻翻白眼，噘起嘴唇，嗲声嗲气地说：“哼，好心不得好报，人家是来告诉你，那个远山静子园长给你打过两次电话。”我一听，故意装得不以为意：“就这事？”她笑笑，调皮地说：“这可能是大事吧。”言罢装模作样地走了。

我关上门，并小声地把门反锁，随即从抽屉里拿出望远镜，走到窗前，朝远处一家书店望去——那是我的联络点，是我每天都在牵挂并观望的地方。我先搜视书店的窗户，窗台上干干净净，什么也没有。我把望远镜略略压低，看见窗台下的蜂窝煤炉子，正熬着中药，热气腾腾，地上躺着夹煤饼用的钳子——是躺在地上，不是挂在窗台上！

这表明，没有情况。

在我准备收掉望远镜时，一个剪着齐耳短发的三十来岁的女人，从书店里出来，闯进镜头。她叫刘小颖，是我的联络员。她照看了下药罐，又走进书店，对躺在地上的钳子不闻不顾，更加说明平安无事。没事就好。我收好望远镜，打开黑皮箱，从中拿出一份文件，准备上楼去看局长。

局长姓卢，矮胖矮胖，并且像所有矮胖的人一样，顶着一个肥硕的大脑袋，有一副大嗓门，和一把火性子。他把我当贴心人，一来局里关系复杂，他需要拉帮结派，有死党；二来，人都这样，一种人喜欢另一种人，我是他的另一种人。我是个软性子，做事冷静，至少给人感觉是这样。当然，鬼知道我是个什么人，他即便将来做了鬼也不会知道我是个什么人！我相信自己已经把他彻底蒙住。我对自己在他面前的表演水平和结果，是满意的。

办公室是个里外套间，外面是秘书接待室，里面才是局长办公间。秘书小唐看见我，嫣然一笑，说："局长刚才还在问你回来没有。"小唐是上海人，据说只有母亲，没有父亲，是个私生女。又据说她母亲年轻时是那种人，男人寻开心的那种。内部有风声，她跟局长有一腿。到底有没有，我吃不准。印象中，小唐好像不是那种人，我甚至没有见她化妆过。不过，她走路的样子是蛮好看的，身材高挑，柳条腰一扭一扭，容易叫人想入非非。

我进去，对局长说："我回来了。"他盯着桌上一张地图，头也不抬地问："你去宪兵司令部干什么？"我说："拿这个月的密码。这是必须我去的。"他会意地点点头："噢，是这样，我还以为你是去开会了。"我说："也开了一个小会。"我把手中的文件递给他，"呶，你看看吧，又要对我们念紧箍咒了。"

他看过文件，气恼地丢在一边，瞪着一对金鱼眼发牢骚：

“这帮老爷们，站着说话不腰痛。”他的腰很粗壮，我想一定不会腰痛的。我附和道：“整天疑神疑鬼，说到底是不信任我们，上个月才兴师动众整顿过，这个月又整，整得人心灰意冷。”他说：“话说回来，你那地方确实要警钟长鸣，不能出乱子。”我说：“疑人不用，用人不疑，这么整来整去才要整出乱子，起码的信任和尊重都没有，人会怎么想嘛。”

他正正眼色，起身，挺着大肚子朝我走过来。年过半百，他身体的每一个部分都已经告别健康，向臃肿和衰老靠拢。他在我面前止步，盯着我说：“怎么想嘛，莫非还想造反？不要乱说话，身正不怕影斜，你怕什么？”

我说：“我不怕，我是怕下面人被整烦了，朝我发气。”

他说：“你堂堂一个上校处长还摆不平几只黄嘴鸟？”

我说：“我底下可有一盏不省油的灯。”

他思量一下：“你是说秦时光？”

我指指隔壁：“听说他又在上面，整天不上班，上班就是往那儿窜。”

他安慰我说：“只要他窜不进这个门，你怕他什么，这保安局还是我的天下嘛。行了，我等一会儿要去理个发，晚上有饭局，野夫机关长请客。其实也不是请我，而是请一个远道而来的人。”

“谁啊？把机关长都惊动了。”我问得轻松自然，一副拉家常的口气，“一定是个贵宾吧？”

“贵不贵不知道，我也不认识。”他故弄玄虚地说，“据说是机关长打着灯笼找来的，对我们和皇军确实很重要。机关长说，有了他，我们现在在广西、鄂西的仗可能就不会那么难打，也许可以节节胜利了。嗯，这会儿李处长该去接人了吧。”

我想起李士武兴师动众地出去，试探着说："刚才我回来时看见李处长把全处的人都拉出去，原来是去接他啊。看来这人来头不小嘛。"我心想，到底是个什么人，居然能牵动前线战事，一定是个有来头的人。此时我并不知道，这个人将走进我的生活。

回到办公室，我把小李叫来，将新领来的密码交给他保管。完了我想起小青说的，远山静子给我来过电话，便准备给她回电话。刚拿起话筒，桌上的内线话机响了。又是卢局长找我，声音很焦急烦躁："你快上来一下，又来闹了，这个泼妇！"

泼妇？我马上想到刘小颖。紧急赶上楼去，果然是她——我的联络员、书店老板刘小颖！我刚用望远镜看过，她窗台上空空如也，她突然跑来找局长耍横，难道是有紧急情报？走廊上人很多，大家把刘小颖围在中央，阻止她往卢局长办公室扑去，可她还是极力往前扑腾着。

"别拦我，让我过去，我知道他就在办公室里，你们别骗我了。"刘小颖尖声叫着，喊着，果然是有点泼。小唐秘书劝她："嫂子，真的没骗你，局长真的去开会了。"刘小颖不信，哭哭囔囔地："开会！开会！哪有这么多的会，我不相信！开会我就在这里等他，我今天非要见他讨个说法，你们到底管不管我们的死活了。人心都是肉长的，你也是女人家，难道就不同情同情我？"她执意要闯过去，被两个卫兵死死拉住，现场一片混乱。

我拨开卫兵，喊道："刘小颖，你干什么！"她回头看见我，立即朝我扑上来哭诉："老金啊，陈耀又寻死了，我活不下去了，呜呜呜……"哭得很伤心，眼泪鼻涕一起流。我自然是劝她，她自然不会轻易接受我劝，继续闹。这种戏我们演过多次，已经默契到家。最后她逼我发火，我又训又吓，强行将她拉下楼去。身体接触中，我接过刘小颖递给我的纸条，然后鸣金收兵。

回到办公室，我立即剥开纸条看：

外公突发急病，从速看望。鸡鸣寺。

我看完立即烧掉纸条。

为了证明这纸条的真实，我又从抽屉里取出望远镜看，发现书店窗台上果然挂着火钳！一定是刚刚挂上去的。她等不得我去拿，着急给我送来，一定是事不宜迟，我得赶紧出发。

让我告诉你吧，我虽然披着这身可耻的黄皮制服，但我的心是重庆的，党国的。我的真实身份是国民党军统特务，代号雨花台，刚才给我送纸条来的刘小颖——书店老板——是我的下线，代号玄武门。至于鸡鸣寺是谁？马上你就知道了。

03

我决定立即走。

很奇怪，起身时我脑海里突然冒出局长的声音：“机关长说，有了他，我们现在在广西、鄂西的仗可能就不会这么难打了……”我有种不祥的感觉，走到门口，又回来从抽屉里取了手枪带在身上。

刚出门，看见头发油亮的秦时光从楼上下来，问我：“怎么，要出去？还没有搞定啊，那泼妇。”我淡淡地说：“她是搞定了，可她男人寻死不成，还有后事呢。”他有些好奇，问我：“他是怎么寻的死啊？”我说：“吃安眠药，但量又不够，现在还昏睡不醒，所以我要去医院给他弄点药，可能一时回不来，你就别走了，守着点。”

我哪是去医院。我要去外公家，见鸡鸣寺。天已近中午，热气扑面而来，汗水很快让我的皮肤和衣服黏在一起，而我脚下生风，根本顾不上擦一把汗。一路上，我心里不停地念叨着局长那句话：机关长说，有了他，我们现在在广西、鄂西的仗就不会这么难打了……会不会是出了叛徒？我的不祥之感越来越强烈，并且预感到，鸡鸣寺紧急见我就是要告诉我这件事。

40年代的南京，街上的公共汽车都是日本产的，大方头，单开门，颜色以沙滩色居多。为尽快见到鸡鸣寺，我拦住一辆公共汽车。车子经过马标，拐上小营路时，我从车窗里看见一队摩托车浩浩荡荡地从前方熹园开出来，朝我迎面驶来。近了，发现正是李士武的车队。

熹园，据说最早是明朝太医们为帝王炼制仙药的地方，后来李鸿章曾在此办过水师学堂。可现在这儿成了日伪军吃喝玩乐的地方，经常歌女成堆，笙箫穿云。熹园门前有车站，停站时我往园内看，可见高墙深筑，林木参天，但人影稀落，煞是幽静。

显然，李士武接的“要人”就住在这里面。

所谓外公家，其实是一所门面普通的中医针灸诊所，家带店，五间平房，带一个小院，医生和家眷加起来五六个人。一个瘦弱的白发老人正弯着腰给唯一的病人扎针，看我进去，他头轻轻一动，眼睛朝隔壁屋瞥一眼。我明白，他是让我去隔壁。这位满头银发的老中医，就是鸡鸣寺，姓革，平常我们都称他革老。革老是我们小组的一把手，也是南京城里出名的一支针。他一针下去，既可以救人命，也可以断人命。刚才，尽管我看他表面平静，但从他的眼神中，我感觉到他内心的焦虑。

他女儿也是地下军统，叫革灵，代号夫子庙。此时她正在屋内给一堆银针消毒，室内弥漫着一股酒精味。我有意朝她大声说："我是来拿药的。"革灵上来应付我，说的都是医生对病人的话，因为咫尺之外有病人。我落座不一会儿，中华门和中山门接踵而至。看到他俩都来，且是这个样子，风尘仆仆，面露疑惑，我立刻感到一股杀气。他俩是我们组织内负责搞暗杀的同志，中华门擅长枪法，行动能力强；中山门有武功，会飞镖，能飞檐走壁。他俩约见我，我想一定是又要锄奸杀鬼。想到某个鬼子或汉奸的人头要落地，我总是感到无比激动。

中华门和革灵是夫妻。革灵送走病人回来，看中华门满头大汗，亲昵地上前给他擦汗，一边问他："怎么样？"中华门推开她，重重地坐在竹椅上，椅子吱吱叫，他骂骂咧咧地说："操，敌人来了十几个人保驾，根本无法下手。"中山门补充说："都全副武装的，车上还架着两挺机关枪。"中华门气恼地说："去二十个人都不行，别说两个人。"革灵安慰他们说："爹知道走狗很多，让你们去也不是行动，上海四个人都失手了，更不要说你们两个人。先只要搞清楚他住在哪里就好了，行动是晚上的事。"中华门说："就是不知道他住在哪里。"

这时革老走进屋来，掷地有声地说："那你们是怎么跟踪的？"中华门立即坐直身，恭敬地说："警察把几条路的交通都管制了，只准他们的车队过，其他车都拦下，不放。等放行了，前面车队的影子都不见了，我们根本没法跟。"革老哼一声说："那麻烦了，人失踪了，行什么动，等我们找到他时可能什么都完了蛋。"

革老说着团团转，很生气。

之前我什么都不知道，但听他们这么一说，我基本上明白是怎么回事。于是乎，李士武的车队、高墙深筑的熹园、卢局长的话，在我的大脑里左冲右突，钻来闪去，显山露水。我已经大致猜到他们要找的那个人是谁。我对革老说："别急，我知道他住在哪儿。"

革老、革灵，所有人，顿时都睁大眼睛等我说。

我问中华门："你们说的是不是李士武用车队去接的那个人？"得到肯定答复后，我更加肯定地说："错不了，他住在熹园。"他们问我怎么知道的，我把经过说一遍，最后笃定地说："我敢说，人一定在那儿，那里本来就有招待所，是专门接待贵宾用的。"

革老听了，刚被霜打过的脸顿时笑出一朵桃花。"好啊，"他说，"这是好兆头。"接着问我："你能进熹园吗？"这地方我经常去，开会，吃饭，会客，有时一天要去几次。中华门问我："那我们能进吗？"可以，那儿不是军营，是军官招待所，吃喝玩乐的地方，只要有钱就能进去。他们觉得奇怪，怎么会把他安置在那儿。当然，那里面大得很，不乏警备森严的地方。

一个李士武这么前呼后拥去接的人，我想他一定是个大鬼子。结果革老拿出一张照片，我看照片上一男一女，女的生着一张娃娃脸，白白嫩嫩，很可爱的样子；男的长相儒雅干净，从穿着打扮到表情神态，像是一个墨水喝多的人，怎么看也不像个鬼子。

在大家传阅照片时，革老讲起来："这个人其实早年间我见过，当时他是中央大学的数学系教授，姓白，叫白大怡，曾在牛津大学留过学。据说他的曾祖父跟白崇禧的曾祖父是堂兄弟，血脉还没出五代。后来白崇禧在桂系掌权后，把他请去做事。做什么？设计密码。桂系部队至今使用的密码都是他设计的，采用的是英国的技术，很先进，十年前的密码现在还在用。鬼子所以四处找他，就是想劝降他，让他说出密码。”

革老的话令我一惊，我想起卢局长的话：“有了他，我们眼下在广西、鄂西的仗就不会这么难打……”事情到这里，来龙去脉基本上被我理清楚。问题是：他说了没有？

“现在还没说。”革老说，“但他肯定会说。”

“为什么？”我问。

“因为他娶了一个日本老婆，就是她。”革老指着照片上的女人说，“而且极可能是个女间谍。你们看，这照片是在香港拍的。这几年这姓白的其实一直在香港，过着隐姓埋名的生活，去年跟这个女人认识并且很快结婚。我们怀疑她是间谍，因为他早不回来迟不回来，恰好是鬼子在找他时回来了。我们猜测她已经知道他的真实身份，是她把他骗回来的。”

我想，他毕竟是一个中国人，不能因为他娶了个日本老婆，想当然地推断他肯定会变节，万一他是那种矢志不渝的志士呢？我对行动提出异议。革老认为这种可能性很小。“重庆和我们分析都觉得，他十有八九要变节。”他对着我们数起指头，“第一，他现在的身份，身边的女人是日本人，且极可能是个间谍，谁知道她给他灌输了什么东西；第二，他跟白崇禧有深仇大恨，他去香港就因为两人反目，是出去躲事的，这种情况下你很难指望他再忠于重庆；第三，他生性懦弱，贪生怕死，即使不主动说恐怕也经不起逼供。”

中华门在一旁冷冷地说：“这种货色，可能给他放一点儿血就什么都吐了。”

革老看着我，带点儿动员我的意思说：“所以谨慎起见，决定把他做掉。”我看看革老，又看看中华门他们，欲言又止。照片上的人如此儒雅，如此精神，如此坦然……革老看我似有疑虑，强调说："这是重庆下的命令，不是我。"中华门补充说："是一号亲自下的，我们必须执行。"一号就是我们局长，戴笠先生。这么说，他死定了！中华门接着说："其实上午已行动一次，在上海火车站，但失败了，我们四个兄弟都牺牲了。"我不禁倒吸一口凉气："这么说来，他已是惊弓之鸟，不好下手了。"

革老说："是啊，所以才把你叫来。"

我问："要我做什么？"

革老说："你已经在无意中帮了我们大忙，失踪的鸟又飞回了巢。不过那地方他们都不熟悉，看来得你先去探个路，摸清楚他住在哪栋楼，几号房间，有多少警卫。我们要行动，必须掌握这些情况。"

中华门迫切地要我给他介绍一下熹园的情况，我让革灵找来纸和笔，画出一张草图。熹园坐落在紫金山下东面，斜对门是鬼子的陆军总医院。熹园大门口设有门岗，由酒店保安把持，进出检查不严格，只要穿着讲究一点儿，说是进去吃饭或者住店，一般不会阻拦。整个园子占地一百多亩，进门有条主道，把院子一分为二，右边是鬼子高官的高档住处，另设门岗，内有七八栋独立小楼。左边是开放的，无门无岗，主要建筑是一栋四层主楼和一个中式四合院。主楼是餐饮和娱乐场所，四合院是接待住宿用的。

我说："如果安排他住在四合院就好办，这里平时没什么卫兵，只有几个酒店保安，进出容易。"如果住在右边，麻烦大了！那里住的都是鬼子的高级将领，有重兵把守，别说他们，我也进不去。进去必须有通行证，有人迎接。

革老指着右院说："既然这儿是住宅处，怎么会安排他去住？”

我说：“这里面也有一栋招待楼，是专门用来接待要人的。”

革老问：“你估计他会住在哪边？”

一般我们的客人是住不到那边去的，那边主要接待鬼子。可我出门前听我们局长说过，晚上鬼子特高课的野夫机关长要请他吃饭，会不会……很难说。从李士武用车队去接他的情况看，这次他享受的规格是够高的，我真的很难说他一定不会住在右院。

我强调说：“如果他住在右院，要杀他的难度很大。”可革老说，不管怎么样都要干掉他，他接到的是死命令，没有退路，再难也要完成任务，不计代价！而且事不宜迟。革老说：“我估计明天敌人就会跟他摊牌说事，等他说出密码我们再行动就什么屁意义都没了。”

就是说，我们必须晚上行动！

04

告别他们，已过十二点，我还没吃午饭，但肚子一点儿饥饿感都没有。午后的南京城更像是一个蒸笼，马路上稀稀拉拉地走着几个人，拉黄包车的车夫也变得懒洋洋，躺在马路边的树荫下睡大觉。我沿着马路走，走得很慢，心里却一步步地搬动着“棋子”。从高大的梧桐树叶间洒下的光斑，不时地刺我眼睛，让我恍惚间感受到一丝日月的庸常。不过，我会很快调整过来，因为我是金深水，不是平常人。

我在一家兰州拉面馆里要了一碗面，等面的时候我想好，要把远山静子约出来，一起去熹园。她是日本军方管辖的天皇幼儿园园长，是个军职，大佐军阶，而且她还是野夫机关长的外甥女。在这个城里，她的地位和威力远在我之上。我是四个月前认识她的，这是组织上交给我的任务：从感情上俘虏她，让她做我们接近野夫机关长的跳板。

从面馆出来，我找了家宾馆，给静子打去电话，请她出来。静子爽快地接受了我的邀请，约好在玄武湖东门的公园门口见。自我们相识以来，静子对我可以说是颇有好感。我英俊，稳重，又单身，对女人是有吸引力的，加上我对她巧施伎俩，我觉得她已经被我迷住，经常给我打电话。现在我要利用她对我的好感，找到白大怡住的地方。

我在街上买了张报纸，然后来到公园门口，坐在一个石墩子上，一棵树冠庞大的杜英树为我撑开一片阴凉。一张报纸还没看完，我已经大概知道，我该怎么去找寻白大怡。天气太热，我昏昏欲睡，后来居然睡着了。摩托车的引擎声把我吵醒，我发现静子已经出现在面前。

是一辆三轮摩托车，静子正准备从车斗里爬出来。我旋即起身，朝摩托车走去。静子跳下车，朝我款款走来，面带浅浅笑意。静子面容清秀，气质文静，但个子矮小，微胖，三十多岁，走在大街上，该是少有人回头的。她在中国已经四年多，中文讲得不错。

“深水君，让你久等了。”

“没有，你看，一张报纸还没有看完呢。”

“你找我有事吗？”

“是你先找我的吧，你先给我打电话。”

“可是……是你约我出来的啊。”

我这才故意装出迟疑的样子，说：“是，我找你有事，晚上有事吗？”

她故意逗我：“你要安排我吗？”

“想请你吃饭。”

“好啊，去哪里？”

“熹园。”

“好，熹园，我好久没去那儿了。”

我们未经任何盘问，径直开进熹园，停在餐馆楼前——那幢四层楼，对门就是那个接待住宿的四合院，白大怡可能就住在那里——我希望他就住在那里！我们进楼去订好餐位，静子准备打发司机走，要带我在院子里逛一逛。我让她等一等放车走，我怕白大怡万一没住在对门，我还要编理由去右院呢。我指着对门招待所说：“我那里还有点事。”让她跟我去。她不解地问我：“去那儿干吗？”我不做说明，故作神秘：“有事。重要的事。”她又问：“什么重要的事？”我轻轻拍她一下背：“走吧，去了就知道了。”

静子半是疑惑半是羞怯地跟我走进招待所。这是一栋老式建筑，以木结构为主，大梁立柱是上好的梓木，在岁月的侵蚀下似乎更显得硬实、持重，表面有一层敛气的漆光。李鸿章在此办水师学堂时，这儿是藏书馆，门前石砌照壁上至今保留着一个大大的“静”字。整个建筑由四幢两层半高的木楼围合而成，中间含着一方三百平方米见方的天井。临天井一面，楼上楼下都是带护栏的走廊，四通八达。天井里置有几张茶桌，撑着白色遮阳伞，一下把屋子本身的古旧感减去几分。

我们进去，直奔天井，找一张茶桌坐下。想叫壶茶，却不见服务员。我们只好干坐着，喝午后灼热的暑气。静子明显觉得有些纳闷和不安，刚坐下就催问我要办什么事。我说：“你把证件给我。”她更奇怪了，问我要干吗。我悄声说：“我要开个房间。”

她脸红了：“开房间干吗？”

我答非所问：“用你的证件可以打折。”

她一定以为我心怀鬼胎，忙不迭地说：“可是……这不合适的。”

我继续故作糊涂，说：“有什么不合适的，你不说谁也不知道。”

她可能更加肯定我想干什么，羞涩极了，埋着头吞吞吐吐地说：“这，太突然了吧……我不知……深水君，你……太突然了……我们走吧……”

看到她心迹已露，我决定刹住，故意装得不好意思地说：“哦，对不起，我刚才没有说清楚。是这样的，我有个战友今天到南京，让我给他订个房间，我想你的证件可以优惠，就……可以吗？”

静子羞愧难当，慌忙掏出证件递给我。我拿了证件，便去服务台订房间。订房间是名头，目的是要打探白大怡是否住在此地。但凭什么乱打听人家？弄不好打草惊蛇，暴露了自己，所以才“骗”来静子的证件。静子在突发的羞愧中，不大容易多想，这也是我要跟她“卖关子”的原因。

拿着静子的证件，我的身份和说法都变了，我成了日本天皇幼儿园园长（大佐军阶）的“下人”，把服务台领班叫到一边，先将自己的证件交给对方看。领班见来头不小（对他来说保安局一个处长也是长官），很客气，问我有何吩咐。我问：“知道天皇幼儿园吗？”他说知道。我小声说：“那位就是园长，喏，这是她的证件。”我有意跟静子挥挥手，她也给予响应。我说：

“她是我们首长的朋友，我是首长派来当差的，下面我跟你说的事情你知道就是，不要跟其他人说起，可以吗？”领班连连点头。我又有意含着暧昧说：“是这样的，她今天要在这里会一个朋友，现在我也不知他到了没有，你给我看一下登记本好吗？”

领班没有迟疑，立即把登记本递给我。我从前向后翻看，很快发现，上面最后一个登记的就是白大怡！我把登记本还给领班，摇头说：“没来。”他反而替我着急：“那怎么办？”我说：“你等一下。”我到天井跟静子随便嘀咕几句，让她别着急，这里登记房间比较烦琐，请她耐心等一会儿。诸如此类。罢了，我回去对领班说：“她要订个房间，你有空房间吗？好一点儿的。”他说有的，我说：“好，你带我去看看房间好吗？”

于是，领班带我去看房间。

刚才，我已经在登记本上看清，白大怡住的是301房间。所以一楼二楼，我根本不考虑，我想上三楼去看。领班说：“不行，刚刚来了一位重要人物，把三楼都包下了。”我正好有机会套他话：“什么人要住一层楼，有三妻六妾吧，还有一群保镖？”领班小声细气地说：“女人倒是没有，但保镖确实有，是你们保安局李处长带来的。”我随即热情地说：“哦，是我们李处长安排的，那看来一定是个大人物，前线来的？”领班摇头说不知道，然后又补充道：“看上去像个知识分子，文文气气的。”我自嘲地说：“人家说我也像个知识分子。”他看看我，笑了，说：“是有点像。你们嘛，都是有知识的人嘛。”

根据楼上301房间的位置，我最后确定二楼的一个房间，就在楼梯口的斜对面。这个角度，上下三楼的人都可以观察得到。回到楼下，我以静子名义办了登记。完了，我向静子走去。静子还在为刚才的“失态”难为情，见我过来，不好意思，不敢抬头看我。我反倒显得很大方，老远就笑着招呼她："不好意思，让你久等了。"

静子欠起身子问："办好了？"

我把证件还给她："办好了，谢谢你，晚上我至少可以多请你吃一个大菜。"

她晃晃证件，有点像要给自己解围，哧哧一笑，说："因为它给你节省了一份大菜的钱？"

我说："是的，但是就餐的时间可能要往后拖一拖。"

她问："为什么？"

我小声说："刚才我听那个领班说，今天这里住进了一位贵宾，晚上我们局长，还有你舅舅（野夫机关长）都要过来陪他吃饭，我想回避一下。"

她说："那我们换个地方吧。"

怎么可能？我要的就是这地方，我还要亲眼证实一下，那家伙到底是不是真的住301房，身边有什么保安人员。我要充分利用她对我的好感和暧昧心理，继续为我服务和保驾。我看了一下时间，还早，便约她上楼："天这么热，这地方连茶水都没得喝。这样吧，反正刚开了房间，我们去房间喝杯水吧。"她说："我还是想换个地方。"但经不起我劝，最后她还是犹犹豫豫地跟我上楼去。我必须到房间里等着，守着白大怡出来，弄清楚到底有几个警卫。

我知道，我敢说，静子此时的心情，一定如同心房里钻进一只兔子，心跳如鼓，惴惴不安。一个男人，一个女人，加上一间房间，可能是世上最经典的制造故事的关系。只是，我充分相信自己，她的担心或者期待绝对是多余的。我不会跟你上床的，可爱的静子。坦率说，我非常反感组织上交给我这个任务，尽管我死了妻子，尽管静子有年轻的容貌和温婉的性情（我喜欢的），尽管我们好像在往那方面发展，但永远不可能有终点。这一点我心里清楚，每一次见面，我都这样告诫自己：她的身体是火海，我不能自焚。

进房间后，我一边和静子随便说些应景话，一边有意把门敞开，并选择正对门的位置坐下，这样楼上人的出入全在我视野内，同时也让静子放心，我不会来碰你的。门开着，制造故事的门就关上了。其间我找着理由出去侦察情况，先是上洗手间，后是去打开水。其实热水瓶里的水是满的，但我故意把热水瓶提得老高，举重若轻："哟，怎么是空的？"到了开水房，我把满满的开水倒掉，重新加满，加满回去后，"发现"热水瓶没塞塞子，便又返回去找塞子。所有一切都是为了消磨时间，让我有更多机会观察楼上的动静。我心里明白，在这环形的宾馆里，不知道哪儿会藏着一双眼睛，我必须小心谨慎。

一个多小时后，李士武、我们局长和野夫机关长相继驾到。李士武带白大怡下楼去赴宴时，我发现楼上只跟下来一个保安人员。我还是不相信，担心楼上还有人守着。我时刻细心辨听楼上的声音。我想只要楼上还有人在，总会发出一些动静。可我倾听二十多分钟，一直没动静。当然也可能人在打瞌睡，但睡觉的人也要吃饭。这是吃饭时间，如果楼上真的有人守着，应该有人来给他送饭。我又等了十多分钟，天都黑了，也不见有人来送饭。总之，我有理由确信楼上只有一个保安，但后来我跟革老汇报情况时还是留有余地，我说："我只看到一个，但估计不止一个。"我这么说，是怕他们掉以轻心。

05

应该说，我们没有掉以轻心，革老把身边能出动的人都压上，全力以赴，可行动还是以失败告终。很惨！那天，我有四位同志直接参与暗杀行动：中华门、中山门和小老虎、小桃子，结果没一人逃出敌人包围，都牺牲了。无一幸免啊！其中小老虎和小桃子都才二十出头，人生还没有真正开始就结束了，叫人真痛心！

事实上，我们暗杀行动在秘密进行的同时，夜色中，一场反暗杀行动也悄然展开。按照计划，中华门等四人在天黑后入住招待所，在二楼开好两个房间，守株待兔。但李士武不知从哪儿得知消息，把反特处的全部武力都拉出来，还从警备区抽调一个班兵力，数十个人全副武装，里外三层，牢牢堵住中华门他们四人藏身的两个房间，把他们斩尽杀绝——就在我眼皮底下！

那天晚上我其实没有走。组织上没有要求我留下来，从谨慎的角度讲，我也不该留下来。但我想我冒一点儿险，也许可以让兄弟们减少一点儿风险，也是值得的，所以吃完晚饭，送走静子后，我又偷偷回到房间。我一直透过门缝观望着事态，想不到，看到的竟然是这样可怕的一幕——

中华门中弹栽倒在回廊上（该死！就在我房门前啊），一动不动，血从腹部如地下水一样涌出，生死不知。

敌人小心地向他靠拢，如在靠拢一枚炸弹，畏畏缩缩地。

突然，中华门动弹一下，把敌人吓得纷纷趴下，连连举枪瞄准。

李士武喊："别开枪！抓活的！"

中华门挣扎着坐起来，双手紧紧抓住栏杆，凭此奋力地站起来。

李士武对他喊话："把枪放下！站着别动！"

中华门充耳不闻，他的注意力都在手上、脚上。终于，他站稳了，用浑身的气力对着楼上东南角大声喊："白大怡，你听着！如果你敢出卖党国，我的兄弟们会杀光你所有亲人，灭你九族！"

说罢，不等敌人冲上来，他已举枪将自己脑门打了个开花。枪响枪落，紧接着身体猛然往下一坠，越过栏杆，跌落下去，沉沉地摔在天井里……

是中华门率先发现的敌人，他去上厕所，偶然撞见李士武的副手马副官正在拉屎，一边往手枪里压子弹。他觉得情况不妙，退出来想回房间去，两个身影突然蹿出来欲将他就地制服，被早已警觉的他抢先开枪撂倒。枪声一响，走廊上一下冒出十几支枪，火力很猛，把中华门围堵在一个柱子后，动弹不得。中华门见势不妙，一边奋力还击，一边大声呼叫，命令中山门和小老虎、小桃子他们跳窗逃。三人都跳了窗，逃了，但最后还是没有跑出敌人的埋伏圈。敌人在招待所四周布下铁桶阵，只有鸟儿才可能凭借天空的力量和黑暗的掩护有幸逃走。我的战友没有翅膀，他们只有对党国的赤胆和忠心，在英勇献身和投降求生之间，选择了英勇地去死。

可是谁也不知道，敌人是怎么得知我们行动的。这是一个可怕的夜晚，可怕乘着黑夜而来，正在可恶地扑向我亲爱的弟兄们、战友们……我觉得难以相信，这一刻，既没有任何先兆，也没有任何暗示，然而竟然是许多人生命的最后一夜。

这到底是怎么回事！

我不知道，问题出在哪里……

第二章

01

我是第二天上班后才知道事情真相的。

这天早上，我像往常一样按时去办公室上班，一进办公室就看见卢局长坐在我办公桌前，满脸春风荡漾。因为昨夜战果丰硕，他心里那个得意劲实在需要找人发泄，于是一大早来找我。他眉飞色舞地对我讲了半个多小时，加上后来我找李士武旁敲侧击了解到的一些情况，我算是基本上搞清楚事情的真相。说来简直不可思议，这么多兄弟的死，起因只是静子舅舅即野夫机关长即兴说的一句闲言碎语。

事情是这样的，宴请结束，野夫和卢局长、李士武等人陪同白大怡从餐厅走出来。餐厅在三楼，下楼时恰好遇到两位年轻歌伎穿着和服上四楼。四楼是歌舞厅，情意绵绵的舞曲从楼上汹涌下来，说明娱乐时间已到，她们是去上班的。李士武对我说："你没看见，白先生见了那两个歌伎后眼睛顿时绿了，目光全被吸走，追着跑，不会打弯了。机关长见他这样子——完全是色眯眯，临时兴起，问他想不想上楼去放松放松。"

正是这句话，给我的兄弟们埋下了灭顶之灾！

从当时情况看，野夫说的应该是一句客气话，但白大怡是个色鬼，楼上情色绵绵的音乐一定让他想到了和服里的身体，欲望之火瞬间被点燃，便丢下初次见面本该有的礼貌和矜持，不客气地捧住野夫这句客气话，要上去见识见识。野夫说他还有事，不奉陪了。卢局长很知趣，跟着也说有事，失陪了。李士武说："听话听音，做事看样，这样子你还好意思上去？人家机关长说的分明是一句客气话嘛。可也许是酒劲在起作用，白大怡照去不误。于是辛苦了我，机关长让我陪他去。"

楼上的女人都是男人的玩物，个个风情万种，撩得白大怡心花怒放。借着酒劲和在香港混迹的遗风，白大怡在舞厅里如鱼得水。他本是好色之徒，酒后更是本性毕露，色胆包天，卸掉了为客的拘谨，忘记了白天的惊魂（早上在上海火车站才撞上一场血淋淋的枪战呢）。他精神抖擞，忘乎所以，陶醉在香艳和对香艳的迷恋中，跳罢一曲又一曲，久久不走。

与此同时，中华门、中山门和小老虎、小桃子，根据我提供的情况已经顺利入住招待所，在房间里静候白大怡回去。他们等啊等，久等不见人回，心中忐忑不安。对门，绵绵的舞曲声不时从窗外飘来，透过闪烁的霓虹灯光，他们仿佛看见白大怡正在楼上舞池里翩然起舞。十一点钟，中华门派出年轻的小老虎和小桃子，装扮成一对恋人去舞厅侦探。以下是通过李士武讲述，我想见的一幕——

小老虎和小桃子在服务员的引导下，手牵着手走进舞厅，找了一张桌子坐下。随着一支新曲起，小老虎和小桃子步入舞池，起舞。

李士武老是盯着小桃子看，好像认识她似的，却又一时想不起是谁。

正在他苦思冥想之际，小桃子有说有笑地从他身边舞过，听到小桃子的声音，他的记忆一下子被唤醒……那是几个月前，还是中央大学大气科学系学代委主席的小桃子走在游行队伍的最前列，领头高喊着“打倒日本鬼子！”“不做亡国奴！”的口号。

声音久久地回响在李士武的耳边。

音乐依旧，香艳依旧，但李士武的眼里却只剩下小桃子和小老虎，他的目光从此像一口恶痰一样粘在他俩身上。很快他发现，两人经常偷偷窥视白大怡……

李士武得意地告诉我：“我从他们的目光里发现了他们的秘密，哈哈，我有那么傻吗？我就是傻瓜也该发现他们的秘密。你想想看，上午白先生才遭人暗杀，现在一个整天闹游行的家伙又把他当贼似的盯着，你说我会怎么想？我马上想到他们心怀鬼胎。”

于是，他开始丢诱饵，挖陷阱。

于是，黑暗中一支部队秘密潜入熹园。

螳螂捕蝉，黄雀在后……这是一次注定要失败的行动！小老虎、小桃子，你们真是太年轻了。因为年轻，他们付出了惨重代价，太惨重了！事实上，不光是我的四位兄弟牺牲了，我自己也因此埋下隐患。我脚下踩着陷阱，身份随时面临暴露的危险。

02

中午下班，我和秦时光等人结伴从楼里出来，秦时光和众人向右拐去，只有我向左边去。“你去哪儿？有饭局啊？”秦时光问我。我说：“什么饭局？回家。在吃中药，必须饭前吃。”

俞副局长恰巧出来，插嘴问："怎么啦，身体不好？"我说："没什么，就是上火，在吃中药，泄泄火。"俞副局长盯着我的脸说："我看你脸色是不太好。上火嘛，就是缺休息，多注意休息。"当然，我的脸色一定不好，但不是因为火重，而是心痛。痛心疾首啊！我不知道革老他们知道情况了没有，刚才下班前，我看见刘小颖把火钳子挂在窗台上，我估计他们是知道了。但幕后情况只有我知道，所以我得赶紧去报告。

我先去书店。

刘小颖正在门口蜂窝煤炉子上烧饭，见我走过去，喊我："老金你来了，吃饭了没有？"随即把大声变成小声，"鸡鸣寺要你过去一趟。"我嗯了一声，告诉她正准备去。她有些疑惑地问我："怎么又让你过去，是不是出什么事了？"我觉得我快要流泪了。我真想告诉她情况，但我无权擅自告诉她。此外，我也不想让她来分担这些痛苦。她已经活得够苦的，这半年来我觉得她至少老了十岁。分别时我不经意看见她额头左角，飘动着两根白发。

从书店到诊所，有四公里路程。我买了两个包子，想在黄包车上吃，好有点精神，可怎么也吞不下去，像当初妻子死的时候一样，肚子里没有食物，却总觉得满当当的。人啊，说到底是精神决定身体，精神不好，身体各个器官都会出问题。这不，下车的时候我一脚踩空，差点软倒在地上。我的腿脚也不顶用了，都是因为伤心。

四个战友就这么走了，能不伤心吗！

诊所的大门只开着一条缝，我轻轻推开门，走进去，院子里静得出奇，墙角的水龙头滴答着，声声入耳。守门的黄毛土狗，安静地卧在一隅，见了我，对我呜呜地吭一声，透着哀怨和孤独的气息，和水龙头的滴答声，似乎有一种内在联系。

革灵已经在房间里哭了大半天，她捧着中华门的照片，蜷在床上，翻来覆去地哭，压抑、隐忍的哭泣声，在昏暗、逼仄的房间里显得尤其阴暗、瘆人，仿佛来自阴曹地府。革老带我去看她，房门吱扭一声，一道昏暗的光线随着我们拖进来，把我们两个人影铺在地上。

革老走上前，弯下腰，对女儿说："深水来了。"革灵抬头一看，二话不说猛然扑到我肩膀上，呜呜地哭出声，说："中华门走了，他们都牺牲了，四个人……"我说："我知道。"父女俩很吃惊，惊异地举目看我。我很平静，因为我已经被痛苦浸泡了一夜。"你知道？"革老拉开女儿，面对面看着我问，"你怎么知道的？"我静静地说："我当时就在场，我看着他们走的。"我上前扶住革灵的肩膀，动情地说："中华门是好样的，走得非常壮烈。"转而对革老说："我建议组织上要隆重表彰他。"

父女俩更是吃惊。

革灵焦急地问我："你看着他走的，怎么回事？"

我示意他们坐，自己先找了个位坐下，准备告诉他们这十几个小时里的所见所闻……

革灵的房间里有一个暗红色的枣木大衣柜，双开门。衣柜里挂满衣服，但撩开衣服，却别有洞天：里面有个小暗室。小暗室真是小，三四平方米，刚好放得下一张单人床。这张床永远不可能躺人，因为摆满了东西。都是铁家伙——发报机！这是专门用来藏电台的暗室，我们组织的心脏在这里。其中全部机器设备都是我搞来的，纯正的日货，很先进。我在单位就是管这摊子事，弄这些玩意儿不过是顺手牵羊的事。

我讲完后，目光落到那个枣木大衣柜上，一边问革老："您向重庆汇报情况了没有？"革老说："昨天夜里两点钟，我在知情后的第一时间就汇报了。"我又问："重庆有什么新的指示？"革老看看女儿，革灵心领神会，一声不响地打开衣柜钻进去，出来时手上拿着一份电报。

我接过电文看，上面只有两个字——饭桶！

不知怎的，我突然像个孩子一样激动地对革老控诉道："不、不，我们不是饭桶！我们牺牲了四个兄弟，他们那么英勇无畏，我们怎么会是饭桶！"说着湿了眼睛。我眼泪早含在眼里，这会儿终于夺眶而出。革老扶住我肩膀，狠狠地说："我们当然不是饭桶，不是。天有不测风云，人有旦夕祸福，更何况我们这片天，简直就是地狱！"

革灵受了感染又哭起来，眼泪赶着鼻涕一齐流，五官都歪了。"别哭！没有人可怜你，只有人骂你！"革老训斥她，一边去关上衣柜门，回头对我说："商量一下，下一步怎么办。"我说："他已经被野夫接管，现在要杀他很难。"我听说他被连夜转移到宪兵司令部密码处的小楼里，那地方一般人进不去的。再说，锄奸组的人员伤亡这么大，现在要马上组织行动可能也没这方面的力量吧，我想。

"现在杀不杀也无所谓了。"革老叹一声道。

"为什么？"

"我估计他已经把密码跟鬼子说了。"革老摇摇头说，"他现在知道我们想杀他，是鬼子救了他，他更要讨好鬼子了。操他娘的！"革老骂道，"真是成事不足，败事有余，我们牺牲了这么多同志，结果反而把他往敌人怀里推了。重庆一定也猜到这点，来电除了骂人什么指示都没有，他们也放弃了。"

我说：“不见得。”我把中华门就义前对白大怡喊的话陈述了一遍，接着说，“我猜他一定是听到了中华门喊的话，他现在也一定知道我们是什么人，不是靠吓唬人过日子的。”

“你的意思……”革老欲言又止。

“我在想，”我思量一会儿说，“你知道，他在国内上有老下有小，我想中华门的话可能会对他起点作用，至少不会随随便便交出东西。”

“嗯，”革老若有所思地点点头，“这么说，我们还有机会。”

“现在的问题是他被鬼子接管了，而我们现在又没什么人，要行动很难。”

“人可以调，我们这边没有，其他小组有人。”革老说，“从上海调人过来也就是几个小时。”革老来了精神，眼睛瞬息间变得明亮，“这样吧，你马上回去，尽快摸清情况，看他降了没有。只要他没降，我马上组织人，我把老命拼了也要堵住他的嘴！”

我虽然答应下来，马上走了，但心里一点儿不热烈。我总觉得，这是一件沾染了倒霉毒素的差事，不会给我们带来好运的。

03

日军南京宪兵司令部长官佐介中村是个文质彬彬的人，五十开外的年纪，长得慈眉善目，走路慢悠悠，说话总是笑容可掬。他平时不大爱穿军服，冬天经常穿手工织的毛线大衣，夏天经常穿白色圆领汗衫，看上去很随和，和他的身份及手上掌握的生杀大权极不相符。他喜欢收藏中国书法和有彩陶瓷，热爱日本茶道。我曾随卢局长去过他办公室，很大的一间屋子，办公室外面的会客室更是豪华、讲究，专门设有品茶区。

我回到单位后立即上楼去找卢局长探听情况，他告诉我，上午十点钟，中村在办公室品茶室接见了野夫和他，还有白大怡，并共进午餐。他把这件事当作他的荣耀和身价来讲，讲得扬扬得意。我故意装蒜问他："中村将军干吗要接见白先生？"他反问我："那你说以前将军出阵，皇上干吗要当街给将军饯行，还要给他们牵牵马、整整铠甲？这是帝王之术，他给你卖好，是要你给他卖命。"我说："白先生又不是什么大人物，中村将军怎么可能有求于他？"他说："你不知道，重庆怕他与皇军合作，交出桂字密码的密码本，派出一批人来要他的命，还威胁他，如果把密码交给皇军就灭他的家门，老小都要杀。"我问："他怕吗？"他说："谁不怕？当然现在不怕了，中村将军请他吃了饭，给他壮了胆。士为知己者死，将军如此器重他，等于是给他灌了英雄酒，豪情侠胆就有了。人啊，就是这样，骨头说轻就轻，说重也能重的。"我说："这么说，他已经交出密码，那我们该喝庆功酒了。"他呵呵笑道："现在还没有交，不过他答应了，现在正在皇军密码处加班工作，应该是指日可待吧。"

我决定去密码处探个虚实。

鬼子司令部大楼朝南，高五层，曾是南京绥靖公署的办公楼，门口有一对汉白玉雕的石狮子，像马一样高大，坐在十九级台阶上，高高在上，蔚为壮观。从大楼出来，下台阶，往右百十米，再往左几十米，是一栋白色两层小楼，楼前楼后各有两棵枝繁叶茂的广玉兰，把小楼掩得阴凉。在小楼背后几十米开外，有个小院落，无牌无名，无声无息，幽静得像没有人住的废院子。其实，这是鬼子密码处，前者（白色小楼）是人办公的地方，后者是存放电报的库房。我每个月都要来这里领取密码，平时也常来这儿开会。

听说白大怡在白色小楼，我倒是有点窃喜。这地方别人进来难，我却有得天独厚的优势。这儿的人我都熟悉，从站岗的哨兵到每一个办公室里的人。我刚领回下个月的新密码，“发现”有些错误，某一卷里有破损页，或者字迹不清楚。这种情况很少见，但不是绝对没有，像新出版的书出现个别装帧错误一样。有破损当然要调换，我就这么去了，夹着一只黑皮夹，一副例行公事的样子。

好运气，半路上碰到给白大怡送饭的小战士。小战士皮肤黝黑，印尼人，打小在上海长大，今年十七岁，是密码处处长影中叨夫的勤务兵，我自然认识他。看他提着一个盛满食物的竹篾篮子，我问他：“怎么？阁下今天没胃口，这么好的饭菜都没吃一口？”他说这不是给处长送的。我说：“谁有这么大面子，吃得比阁下还好？”他说是新来的一个人。我旁敲侧击一下，知道这人就是白大怡，现在野夫正在接待室里训他。

以为进了楼就可以听到野夫的骂声，结果没有。上了楼，还是没有。楼里安静如初，厕所里传出滴水的声音。甚至，还听得见阳光从窗外钻进来的声音：咝咝的声音。太静了！我的脚步声反而被放大。我觉得有点害怕，像被人暗算，走在一个专为我挖的陷阱里。正当我忐忑不安时，身后突然传来福音：

“大声点说，我耳朵没你好。”是野夫的声音，口气充满不敬和嘲弄。

“……”静默中，我仿佛看见白大怡战战兢兢的样子。

“你放屁！”野夫骂道，“要知道你现在不是在破译密码，密码是你编的，难道还要绞尽脑汁？”

“……”我依然听不到白大怡在说什么。

“告诉你，”野夫像从椅子上起了身，在边走边说，声音因而时大时小，“别以为中村将军请你喝茶吃饭，你就是贵宾了。就算是贵宾，也是因为看你手上有解开这些天书的密钥。”我仿佛看见他抓过一把电文拍在白大怡面前，用指头敲击着说，“皇军亟须看懂这些电报，知道吗？现在它们都被你施了魔法，我们看不懂，你必须尽快交出密钥！”

“……”

“听着，别不识抬举，我的耐心有限，别考验我。”

“……”白大怡好像在说什么，但声音很小，我把耳朵提得发烫也听不清一个字眼。但野夫紧随其后的训斥声给了我一个安心：白大怡可能是被中华门的警告吓破了胆，至少到现在还没有交出密钥。

我回到单位，看到门上贴着小青的条子：局长找你，回来请速上楼。我揭下条子，放好东西，直奔楼上。小唐秘书不在，下班了，办公室只有局长一人，在看报，见了我，笑得收不拢。我以为他在报纸上看到什么好消息，上前随意地浏览一眼报纸，问：“上面登什么好消息了？”他说：“什么好消息，都是屁大的事。”我说：“看你喜气洋洋的，还以为报上在表扬你呢。”他一下笑开了，挺着大肚子朝我走过来：“我是替你高兴呢，你这次可交上好运了，哈哈，当然也是我的好运。你猜是什么好运？”我想套他的话，问：“是不是你昨天说的那个人要给我了？”他说：“人暂时还不能给，但可以把他脑袋先给你。”我给他递上一根烟，点上：“局长，你这是越说越玄了，考我呢。”他说：“不是我玄，是他玄。你知道他是什么人吗？造密专家，现在正在广西、鄂西跟我们交战的桂系部队的密码——桂字密码——就是他设计的，谜底就在他手上，在他脑袋里。你说把他脑袋给你是什么意思，就是没有密码，脱密了！”

我问：“问题是他愿意给吗？”

他说：“问题是他已经给了。”

我问：“什么时候？”

他说：“刚刚。准确说，是二十分钟前。”

我心想，他妈的，怎么一转眼就没骨头了。

局长说：“我刚接到野夫机关长电话，让我明天派人去帮助他们工作，据说有一大堆电报要等着译出来。哈哈，我想明天还是你亲自去吧，这是大事，你参加到译电工作中去，顺便也可以给我收些信息回来。哈哈，踏破铁鞋无觅处，得来全不费工夫。这可是宝贝噢，有了密钥，天书都成白话文，你说还有什么比这更大的喜事吗？”

局长沉浸在喜悦中，滔滔不绝，口沫飞溅。我只觉脑子里嗡嗡响，像一脚踏空，坠落深渊，身体在飞速下行，灵魂被迅速甩出去。这狗日的，果真是个没骨头的贱货，野夫只对他拉个黑脸他就招架不住了，趴下了，天生是一条走狗！

这天夜里，我感到很无力，以致连闭上眼睛的力气都没了。

04

其实是虚惊一场。

第二天，我带着小李早早去密码处报到，帮助他们“摘桃子”。白大怡供出密钥，等于是交出字典，现在需要尽量多的人手，把以前截获的电报译出来。这是个行活，虽然不需智慧，但要一定的专业知识，不是人人都做得了的。小李和秦时光都是业内人士，但我没喊秦时光，一来处里需要有人留守，二来，我也不想让他掺和这事。

工作的地方就在密码处小楼里，牵头人是密码处影中处长。影中把我和小李安排在二楼楼梯口左边第一个办公室里。看上去，这是一个会议室，放着一张长条桌，有十一个座位，桌上分门别类堆放着一沓沓电报，还有铅笔、钢笔、草稿纸、资料书等，但凡破译需要的物件一应俱全。在桌子主位上，竖着一块小黑板，写着两组对换公式——这就是所谓的密钥。

桂字密码的密钥！

我和小李依次坐在桌子右边，刚坐定，影中又带来四人，都是日本人，依次坐在桌子左边。待大家坐定，影中讲解一番，从理论到技术，从标准到要求，从工序到分工，从可能出现的疑难到可以解决的办法，讲得头头是道。接下来大家便开始工作，各自破译分摊在自己面前的电报。

大家以为有了密钥，就如有一盏照妖灯，所有天书式的桂字密码在它的照耀之下，都将纷纷剥下伪装，露出真相，译出一份份可以阅读的电文。但第一轮下来，没有一个人看到一句完整的话，看到的全是一些狗屁不通的乱字码。比如我译出来的是这么一串东西：

大英特法扁可伦，啊的了木经就几五晶森二灾……

这是怎么回事？

我马上想到，白大怡在搞鬼！

情况反映上去，野夫匆忙赶来。野夫看到一连串的乱字符，气得哇哇叫。他甚至连听取影中意见的耐心都没有，嚷着要影中把白大怡带来。不一会儿影中把白大怡带来，我注意到白大怡叼着烟，看上去还蛮轻松自若的。野夫性急，白大怡还在反手关门时，他冲上去把他揪到桌前，将那些乱字符往他面前一丢，气呼呼地责问：

“看看，你给我们的到底是什么玩意儿？！”

白大怡看看那些电文，反问：“这是什么东西？”

影中解释说：“这是我们按照您白先生昨天给的方案破译出来的电文。”他故意把“破译”二字说得比较重，眼睛直勾勾地盯着白大怡。

对这次谈话白大怡似乎早在料想中，已经有充分的心理准备。“咳，这哪是电文，这不是乱码嘛，怎么会这样？怎么会这样呢？”他眨巴着双眼，感觉比他们都糊涂。

“所以要你说清楚，这到底是怎么回事！”野夫说，依然凶神恶煞。

“这……我也不知道。”白大怡避开野夫恶狠狠的目光，幽幽地说。

“会不会是你提供的密钥有问题？”影中问，他继续唱红脸，面带笑容。

“我的方案绝对不可能有问题。”白大怡说得坚决。

“只怕是你的良心出了问题！”野夫骂，“你在把我们当猴耍，你的良心大大地坏！”野夫把那些乱电文撕得稀巴烂，朝白大怡脸上扔去。

白大怡捂住脸，挡住纸屑的袭击，松开手后照样按照事先想好的话挡驾，只是不敢对野夫说，而是对影中说的：“会不会是……你们解密程序……搞错了……”

“放屁！”野夫又一次穷凶极恶地揪住白大怡的胸襟，气愤使他力气倍增，他差不多把他拎起来，又按下他的头，让他低头看满地纸屑，“你看清楚了，这里可有十多份电文，分别由六位专业的脱密员完成的。一个人可能出错，六个人可能同时犯一种错误吗?！”

“是啊，我想问题可能还是出在白先生您这儿。”影中帮白大怡解围，把他从野夫手里解救出来，一边对他开导说，“先生应该好好想想，我们是来请教您的，问题可能出在哪里。我们不明白，只有请白先生您来做解释了。”

白大怡没想到野夫会这么野蛮，受了惊，魂都散了，哆嗦的手在口袋里四下摸索。他想抽烟，可烟放在他自己办公室里，怎么可能在口袋里摸到？影中把自己的烟拿出来，替他抽出一根，插在他嘴上，又替他点火。野夫朝影中瞪眼，分明是在指责他不该对白大怡这么好。影中对他还以笑颜，并趁机好言劝走他。野夫唱够了白脸，骂骂咧咧地走了。影中送走野夫回来，看白大怡还是一个人孤零零地站在屋中央，像傻了似的，便扶他坐下，一边说了些宽慰的话，又给他点了一根烟。

抽完烟，白大怡装模作样地开始查看电报，一份又一份，翻来覆去看，边看边喃喃自语：“怎么会这样，怎么会这样……”不知是由于做贼心虚，还是刚才被野夫吓的，脸上的汗水大颗大颗地滴落。影中递给他一张手绢，让他擦汗。他一边擦汗，一边低头沉思着。

“我觉得只有一种可能。”白大怡猛然抬头对影中说。

“说来听听。”

“有人修改了我设计的密码。”

“谁？”

“那我怎么知道，肯定是他们另外请的密码专家呗。”

“他们为什么要请人改你的密码？”

“因为我跟白崇禧反目成仇，一直躲在香港，他们担心我出卖他们，把密码泄露出去，所以就请人修改了密码。”

“既然请了人，何必修改，不如重新设计一部。”

“那是因为他们请不到像我这样的高手，没能力独立制造一部高级密码，只能在我的基础上进行改动。”不等影中说什么，白大怡迫不及待地装出一副激愤的样子，大骂白崇禧：“哼，姓白的，你干吗不重新设计一部密码，要在我的密码上面修修补补？哼，早知现在，何必当初，姓白的，我当初真是瞎了眼，跟了你！”

我像听到了同志的声音，迅速感到体内燃烧的热烈。隔着空气，我真想对他说：白大怡，你演技不错，一定要继续演下去啊，这出戏，可能就是你一生的戏！

05

当天晚上，我来到诊所汇报白大怡的最新情况。

也许是悲痛压垮了革老，他听罢，没有像我想象的那么高兴，他皱着眉头说道：“我担心事情不会像你说的那么简单，依我看，如果他真的是被中华门的警告给吓住，他应该什么都不说。”我说：“可那样他又无法应付鬼子，他说一些藏一些，既可以应付鬼子也可以敷衍我们，算是两全其美。”革老想了想，说：“我不知道密码是怎么回事，他怎么能做到又有说又有藏？”

革灵刚才一直在旁边听，没有插嘴，这会儿说到她的“领地”上来，便接过父亲的话头：“爸，这我跟你说吧，密码就是上了锁的保险柜，你要打开保险柜必须有钥匙。打个比方说，这个保险柜有五把锁，白大怡现在只交出三把真钥匙，剩下两把他交的是假钥匙，这样你还是打不开保险柜。五把锁他交出三把真钥匙，可以证明是他诚心的，那两把假的，你打不开锁，他可以推说是别人把锁换了。”

“对。”我说，“这样他两头不得罪。对敌人搞鬼，说明他并没有叛变，至少到目前为止没有。”

“可也许那两把锁真的是被人换过呢？”革老问。

“这种可能也是有的。”革灵抬头望着我，“这样的话，并不能证明白大怡在搞鬼，同样也无法证明他没有叛变。”

“这容易，”我说，“我们马上把情况报给重庆，请他们核实一下，这部密码到底有没有被修改过。如果确实没有，说明白大怡没有叛变，他在跟鬼子捉迷藏，这对我们是好事。”

“嗯，这主意不错。”革老问革灵，“现在能联系吗？”

“可以的。”革灵说，“这两天重庆随时在等着我跟他们联系。”

“好，”革老吩咐女儿，“你马上联系，把这个情况报上去。”

我是十点钟离开诊所的，到家洗洗弄弄，快十二点钟才上床。第二天早上八点钟不到，我去上班，途中看到刘小颖早早在门口熬药，而且窗台上挂着火钳子——这说明有情况。我上前跟刘小颖搭话，刘小颖告诉我，重庆来人了，要我晚上八点钟去望江楼开会。

第三章

01

没想到重庆会这么快派人来，而且来的是这么重要的人物——戴笠的特使王木天，以后将成为军统华东区的负责人。他像是从天而降，把南京城里的一半军统都惊动了。当晚，天黑后，我去望江楼接受王木天召见。望江楼在下关码头，长江边上，说是“楼”，实是一个老宅大院，占地几亩，院内四处是嶙峋的太湖石堆砌的假山、池塘，像个苏州园林。真正的望江楼是一幢黄色八角楼，是明代建筑，一度是藏传佛教圣地，如今是一家高档茶楼。以前我不知道这里是我们的一个据点。

我步入院内，随时在树丛里、屋角处见到一些形迹诡异的人影，给我一种山雨欲来风满楼的感觉。待我走进茶楼，一个伙计迎上来，用暗语与我接头。他把我带到二楼一个房间，给我泡好茶，让我等候。我喝着茶，不时听到有人从门前经过。不久，我听到有一男一女从尽头的包间出来，下了楼。不一会儿，伙计敲门进来，带我走。我出门，看见革老从隔壁的包间里出来，和我一起跟着伙计去了尽头的包间。进门之前，我发现旁边包间的门半开着，有个影子在门内一闪而过。

作为一号的特使，王木天正如我想象中的那样气宇轩昂，戴着金丝眼镜，蓄着黑密的一字胡，面带笑容，款款地从里间走出来，与革老和我握手问好。落座后，他有腔有调地道来："看到你们安然无恙，我心里是最高兴的。最近一段时间南京的风声很紧，敌人的反特行动一浪高过一浪，有不少同志惨遭不幸，离开了我们，你们小组也有四位同志牺牲。革命尚未成功，同志仍须努力。鸡鸣寺同志，你们小组一直战斗在敌人最前沿，曾多次为党国立下汗马功劳，你们的生命和价值正像党国的事业一样是崇高和无价的，在目前这种危难时期更是无价之宝。今天我已会见几批同志，你们是最后一批，也是最重要的一批。老实说，这次我来南京，主要是为了见你们，我给你们带来了重要任务。"

他看看我和革老，一字一顿地说："白大怡是党国的心病，我们必须除掉他。"

革老问："有什么最新消息吗？"

王木天沉思一会儿，说："经我们核实，桂字密码从未被修改过。"

我心里一惊，不禁说："这说明他在骗敌人。"

王木天说："是，他在跟敌人兜圈子。"

革老说："这是好事——"

王木天打断革老的话，态度坚决："不，这不是好事。表面上是好事，实际上暗藏着巨大风险。我们曾为此召开过专题会，一号（戴笠）亲自参加，和大家一起分析研究白大怡此举意味着什么。毫无疑问，从目前情况看，他跟敌人兜圈子对我们是好事；但从另外一方面讲，这也说明他的一个心态，就是他不想直接拒绝敌人。他推说密码已被人修改，说到底是在耍小聪明，不是准备赴死就义的做法。他想蒙混过关。可你们想，敌人能让他蒙多久？这种小把戏终究是要被揭穿的。敌人不是傻子，中村更是狡猾透顶，他们每天陪着他，引诱他，威胁他，消磨他的意志，他随时都可能崩溃，出卖党国的利益。你们看呢？”

我和革老互相看看，不做表态。我心想，你分析得很有道理，你的意思我当然明白，可你让我们怎么办？他现在住在敌人密码处的小楼里，鸟都飞不出去的地方！

王木天接着说：“你们也知道他的情况，好色，胆小，叫人不放心，所以当初听说他落入敌人手里后，一号就下令要除掉他。我可以肯定地说，正是我们要除他的行动把他吓倒了，虽然此次行动失败，但他一定从中看到自己叛变投敌的恶果，今天锄不掉还有明天呢。”

我说：“中华门在临死前曾警告过他，如果他出卖党国的利益，我们要杀死他所有亲人。”

王木天说：“哦，还有这回事，那就更说明问题，他现在之所以跟敌人兜圈子，不是什么智勇双全，无非是怕我们报复而已。据了解，他有一个十七岁的儿子和一个十四岁的女儿，还有母亲和一个兄弟，现在都住在武汉。他不是个好父亲，可据说是个好儿子，大孝子，三年前他犯事，跟白参谋长（白崇禧）身边的一个女军官偷情，白将军要枪毙他，其父气极而死。后来他逃去香港，身边一直带着父亲的骨灰。据武汉的同志汇报，现在他母亲已处在敌人的监视中，这说明什么？敌人不是吃素的，他们抓住了他的软肋。他虽然贪生怕死，怕我们报复，但如果有一天，敌人把刀卡在他母亲脖子上，他会怎么样？到那时候，我认为他十有八九要投降。”

革老会意地点点头。

王木天接着说：“所以，当一号得知他还没有供出桂字密码，即派我来，要我动用一切力量，不惜一切代价，一定要在他叛变前做掉他。退一步说，即使做错了也要做掉他，因为广西、鄂西现在是我们的后院，后院起火，后果不堪设想！”说着，他变得比刚才放松一些，甚至略带笑意地往下说，“我们该庆幸他没有马上变节，给我们留下机会。我估计，现在他一时半会儿还不会说。”他问我：“你觉得呢？”

我也这么觉得，因为既然他骗敌人密码被人修改过，他下一步要做的事不是回忆，而是要帮助敌人破掉别人的密码。这是需要时间的，他一定会借机多撑一段时间。

“但我们也不要指望他撑太久，因为鬼子对他的话不一定全信，他们会变着法子降服他。”王木天说，“我觉得顶多十天半月，我们一定要在这个时间内把他做掉。组织上决定，行动还是由你们小组负责完成，你们必须尽早策划，尽快行动，越快越好。”

革老为难地说：“我们小组现在只有四个人，而且两个是女的。”我想，其实是五个，还有刘小颖的丈夫陈耀。不过陈耀已经废了，有名无实，甚至成了我们的负担。

王木天干脆地说：“人不在多，在于精，在于位置。把这个任务交给你们小组，是因为你。”他说的是我，“现在只有你可以接近他。当然，你们的人手是少了点，我给你们增加两个怎么样？”他起身出去，没多久又回来，后面跟着刚才接待我们的那个伙计。王木天把他介绍给革老和我：“秦淮河，是我的老部下，给你们啦。”又对革老说：“认个徒弟，让他跟你学针灸吧。”然后笑着对秦淮河说：“还不快叫师父。”

秦淮河恭敬地对革老叫了声“师父”，退下。接着王木天专门握住我的手，喜滋滋地说：“你身边也要来一个人，这可是一号亲自点的将，很能干的，曾多次出色完成重要任务，是一号最赏识的人，代号叫莫愁湖，这个周末舞会上你们可望一见。”我激动地问："人到位了？"他说："到了。会跳舞吗？"当然，我跟静子就是在舞会上认识的。鬼子为了安抚我们这些为他们卖命的人——国人都叫我们汉奸、走狗，常常搞一些所谓的联谊活动，其中每个周末的舞会是主要的活动内容。

分手前，王特使对我特别强调说："你这个位置很重要，所以组织上专门给你派来一个搭档。但莫愁湖初来乍到，一时可能还难以发挥作用，这次'锄白行动'主要得靠你，你要敢于担当，不辱使命。"最后他告诉我，我们接头的暗语是，莫愁湖向我打听其老乡——我的副处长秦时光，我只要如实回答。同时我还要做的是，去参加舞会时必须别上胸徽。

一个备受一号赏识的人将来到我身边，做我的搭档，这本是个好消息。可我离开望江楼时心情却十分沉重，因为我想到，与我要完成的任务相比，这个"未来的人"即使再能干也无法安慰我。我比谁都知道，现在要锄掉白大怡简直难于上天揽月。可是，特使居然把这个艰巨任务全压到我头上。我不知道特使这么给我压担子意味着什么，是对革老不信任，还是准备提拔我？

说实话，革老是绝对值得组织信任的，对他的任何怀疑或轻视，都是自大蛮横的；而对我——以这个艰巨任务来考验我、器重我，我只能说，也许双方都会失望。我身上缺乏革老那种力量，特立独行的能力；他有非凡的胆识和狠劲，以及梦一样的组织才能。他是独立的，一个世界；而我只是一只手，一个器官，需要放置在一个身体上才能发挥作用。他七岁就开始闯荡江湖，自谋生路，从小养成天不怕地不怕的性格。我是在一幢沉重的八角楼里长大的，十岁还不敢一个人上街，夜里害怕黑暗，常常把风声幻听成狼的呜咽。我忠诚、老实、细心，具有常人没有的忍耐性，也许可以成为一个上好的哨兵、秘书、副手，但让我来挑头做一件开天辟地的事，我是有缺陷的，因为我的手在悬空时缺乏活力。

这天晚上，我躺在床上跟月亮说了一夜话。

02

舞会当然是在晚上，可我从早上就开始为参加这个舞会做准备。我从抽屉里找出那枚很久没戴的胸徽，它是我结婚时我的上线送我的，以前我日日戴，自从妻子去世后不戴了，因为戴着它总让我伤心。这次与莫愁湖见面，组织上让我戴上它，说明来的人可能是我以前的上线认识的。

只有少数人知道我有这枚胸徽。

我戴上它，对着书橱的玻璃照看。玻璃里的影像模糊，我转动身子，试图找一个好角度，却无意间看见妻子和女儿的合照。顿时，我心中潮湿起来，眼前又浮现出熟悉的一幕——

一位母亲带着十岁的女儿和七岁的儿子，走在河岸上。

远处，一艘挂着日本国旗的轮船上，一群鬼子正在赌博。

鬼子发现远处岸上正在朝他们走来的母亲和两个小孩。

有鬼子为了证明自己的枪法，跟人打赌，举枪朝他们射击……

母亲中弹后把儿子紧紧压在身下，当她正要拉女儿时，枪又响了，女儿应声倒下……

快一年了，她们只能在相框里和我会面。她们是在回家乡的路上，被几个鬼子当作赌注射杀的……鬼子为了证明枪法，互相打赌，举枪朝她们射击……我的女儿、妻子就这样永远离开了我们……当时我不在场，可我儿子已经七岁，已经有记忆和恐惧……是他告诉我这一切的……天杀的鬼子，等着吧，我迟早要你们用一千倍、一万倍的血来偿还我妻女的血债！

不知不觉中，我已经泪流满面。我掏出手绢轻轻擦拭干净相框，把它放回原处，同时又从玻璃里看见戴在我胸前的胸徽。我想起晚上的舞会，便给静子拨通电话。

"喂，你是谁，是深水君吧？"

"是我，静子。"

"我就知道是你。"

"你怎么知道的？"

"今天是周末，谁会给我打电话，只有你！你在干吗？"

"我在跟一个人打电话。"

"我也是。你想跟她说点什么呢？"

"我想请她做舞伴。"

"好啊，我知道，她在等你邀请她呢。"

我们真的像一对恋人一样，打着情，骂着俏，即使隔着好几公里远，依然看见对方甜蜜的笑容。

晚上，我带着静子，早早地去参加舞会。

老地方，熹园四楼——白大怡跳过舞的地方。这儿平时是对外营业的，只有周末专为我们营业，门票免费，消费打五折。这是"仁慈的皇军"对我们伪军的款待，可耻的伪军！我一身戎装（戴着胸徽），静子穿的是便服，白衬衫，藏青色裙子。她身材不是太好，毕竟是当母亲的人，腰线正在被脂肪涂掉。但穿着紧身的裙子和高跟鞋，反而让她显得身姿绰约，楚楚动人。我其实不希望她打扮得这样有姿色，因为……她不是我的女人，只是我的工具。对工具，我是不讲感情的，也不要，可如果她老以女人饱满的姿色诱惑我，我的感情会不会从石头缝里蹦出来？我怕。

到八点钟，人越来越多。陆续走进舞厅的男人，基本都是穿制服的军人，以伪军居多，也有少量鬼子。女的，有些是军人，但大多是临时邀来的舞伴。我们常说，别把你心爱的人带到这鬼地方来，在这里，即使是伊丽莎白也同样会受到多面夹攻。舞会其实是情欲场，这里的人——尤其是男人——个个色胆包天，厚颜无耻，善于争风吃醋。他们把枪藏在裤袋里谈情说爱，像所有光棍男人一样，热情洋溢，求胜心切。他们用惯常的花言巧语撩人心魂，有时也使用一点儿职业伎俩，譬如穷追不舍，譬如不择手段。女人很少在他们面前坚贞不屈。女人——这里的女人——总是有些轻浮和浅薄。男人把攻占的山头一个个带回自己散发着死亡和恐怖气息的寓所，把枪压在枕头下欢度良宵，早晨醒来他们收起夜里的一切甜蜜和情爱，开始盘算另一出阴谋——杀人的阴谋。野夫把这帮走狗训教得服服帖帖，忠心耿耿，无疑是他的高明。

因为去得早，我挑到一个理想的座位。静子嫌它离舞池太近，太噪，且太显眼，想换一个偏静的位置，被我拒绝。今晚我就要亮出来，让谁都看得见。静子不理解，但这不影响她听我的。有时候我觉得静子真是个好女人。

和往常一样，舞会总是弥漫着强烈的世俗气，女人一个比一个脂颜粉面，男人一个比一个能说会道、风度翩翩。在一曲接一曲的音乐声中，我将舞池里所有脂面粉脸一一窥视，一张放大的苹果脸引起了我的注意，因为她几次旋转着看我，目光亲切温暖。我几次想象她向我走来，坐在我对面椅子上和我秘密攀谈。

后来，我发现她的目光一下子变得淫荡，虽然就那么一下，一瞬间，但已叫我恶心透顶，好像吃苹果一口咬出一条软绵绵的蛆虫。老天知道，我需要的不是艳遇。是，那可能是个妓女，在这个舞场上，这样的女人好似饭桌上的苍蝇一样，稍不注意就会停落在你的碗沿上。

舞会中途休场，我去厕所方便，回来时发现自己的座位上坐着一位姑娘，很年轻，很出众，穿一套白色的长裙，在霓虹灯下，耀眼得令人炫目。她正跟静子交谈着，我走过去，她抬头看我一眼，掉头问静子：

“这是您先生？”声音有点嗲。

“你误会了，我们只是朋友。”静子脸一红，羞恼地说。

“哦，”她笑道，“对不起，我乱点鸳鸯了。”说着站起来，让我坐，也许还说了一句客套话。

我说：“没关系，我在抽烟，想站一会儿，你坐。”

她又坐下去，对我微笑道：“如果我没弄错的话，咱们应该是同事，虽然我没穿军装。”

我问：“你是哪个部门的？”

她答：“保安局电讯处。您呢？”

我说：“机要处。”

她倏地站起来，激动地说：“您是金处长吧？幸会！幸会！我姓林，双木‘林’，林婴婴，‘婴’是婴儿的‘婴’。”说着伸出手，要同我握手。出于礼貌，我轻轻碰了一下她那纤细凉滑的手指，算作是握手。同样是出于礼节，我把静子介绍给她，又惹得她好一阵激动。

再次坐下后，她发现静子的手表很好，要求欣赏一下。她得了表，一边欣赏着一边夸奖道：“我一直以为朋友送我的这块表是全南京最名贵的，没想到您这块表好像也很好嘛。”恶俗透顶！我和静子受不了这样的做派，没接她的腔。她还是热情有余，把自己的表摘下来给静子看。静子懒懒地看着，已经有点看得出的不耐烦。

这时，我好奇的目光透过烟雾向她瞥去，开始我觉得她生得简单，只能说有一张漂亮的脸蛋罢了。我对漂亮的女人向来不太有好感，也许是出于一种嫉妒心理，也许是由于经验的教唆。我相信，漂亮在女人身上，就像武器在男人手里，总有一天会被他们罪恶地使用。

但是很快，我发现，这个人的脸上有一种梦幻的气息，漂亮仅仅是停留在她表面的浮光，非但不深刻，也许还是错误的。有那么一会儿，我看到她双眼，就像看见了风一样看到了她的目光，同时出现在我眼前的是一大片宁静得几乎是抽象的草原——不可思议！于是，我贪婪地窥视着她，希望领会她外表的真正含义。

不久，我似乎又有新发现，觉得眼前这女人——漂亮的女人——不像我当初看到的那么简单无趣，她是神秘的、复杂的，要看透她几乎需要对她的面部进行分割。在她脸上，有两样东西十分醒目：一双眼睛和一对酒窝。当你重视她下半张脸时，那对甜蜜而快活的酒窝会使你看到一张漂亮的脸蛋，亲切、可爱代表了她，她成了一个无忧无虑、天真烂漫的漂亮姑娘，外表热烈，内心简单，也许稍有钱财和权力的男人都能得到她的爱和欢心。然而，当你目光渐渐上移，凝视她的双眸，久久地凝视，你会惊异地发现，一种智慧——成年人的智慧——正在她脸上稍稍地增长，冷静、深邃成了她的全部，无聊的男人将为此懊丧，因为他们害怕智慧的考验。

从这张脸孔上，我清醒地看到两个有明显差距的世界：一个带着戏谑和放纵表达着她的情感；另一个却在压抑和孤独地呻吟，压抑和孤寂使她变得敏感、多疑，给人留下忧郁、感伤的印记。当我把这两个世界融会贯通，我就觉得她神情之中流露出来的是一种高雅的风流，一种凝重的娇态，不是初发的娇态。这时候，我几乎渴望她掉头来向我打听她的老乡，因为我已承认她是特殊的。

我希望她就是莫愁湖！

突然，她装得像刚记起什么来似的，转过身来，同时换了一种眼神，这样问我："上校，我想问一下，你们机要处是不是有个桂林人，姓秦，他可是我的老乡呢。"

天哪，果然如此！我极力掩饰住内心的狂喜，平淡地告诉她，是有个姓秦的人，叫秦时光，是我的副处长。他当时也在舞会上，我以一个抽象的阿拉伯数字出卖了这条前途黑暗的走狗。

又一曲舞起时，我注意到姓秦的犹如一只饥饿的苍蝇，始终环绕在莫愁湖身边，脸上堆满夸张的、肉麻的笑容。我可以想象，她刚才一定是在他身旁故意露出一两句混浊的桂林话，他便像发现新大陆似的，迫不及待地贴上去。这个从桂林乡下出来的穷小子，一个臭皮匠的儿子，我深悉他虚荣又贪婪的本性。有人恶毒地攻击他，说他眯起的双眼——一双贼亮的鼠眼——从来只为上司和女人发光。我想，这种评价除了有点夸张之外，更多的是贴切。他确实是这样的人，不可怕，但可恶。我不知他是怎么讨得俞副局长的喜欢并且一再受到关怀，以致局长都奈何不了他。我知道，卢局长瞧不起他，多次想赶走他，可每一次俞副局长总是巧妙地把他留下来。在我们处里，包括在其他处室，他虚伪又媚俗的为人已使人讨厌，然而他自己并不讨厌。一个没有多少真本事的穷小子，能够在一群魔鬼中偷生，凭靠的就是“虚伪”和“媚俗”这两根拐杖。

后来，我故意和他打招呼，把他喊过来。我知道，这样他一定会炫耀地把莫愁湖带过来介绍给我，同时也一定会讨好地请静子跳舞。然后，我将毫不犹豫地牵起莫愁湖的手，与她一道旋入幽暗的舞池。

果然，秦时光带着莫愁湖过来……一切都像我想象的一样，曲终分手时，我的右手已从莫愁湖潮湿的左手里接回一张纸条，我把这只庄严的手伸进口袋，掏出来一块擦嘴的手帕，一举一动都是人皆有之的，却贯穿了深刻的内容。

我们的配合一开始就显得惊人地默契！

那天晚上天上有一轮银质的明月——我怎么记得这么清楚？月光像水一样铺张在大街上，在房屋的墙沿上，城市显得格外宽敞。回到家里，走进书房，我发现，如水的月光早在这里静静恭候我，我的出现使它微微颤动一下，好像它真是水做的。即使是水，我也没感到丝毫凉意，只觉得宁静，而且这种宁静几乎是完整的，我甚至不愿打破它，就在月光下细细阅了莫愁湖给我的纸条：

> 请查清该死者的住址和作息时间，并安排我与鸡鸣寺见面，尽快！莫愁湖。

看完，我立即习惯性地掏出火柴，点燃纸条。

纸条燃烧的火光一会儿就熄灭了，可我心里的火焰却一直没有熄。

03

次日一早，日光初升，我已经出门，走在人影稀少的大街上。

我来到书店的时候，刘小颖刚刚开门，正欲泼水扫地。“哟，金处长哪，是什么风吹得您这么一大早就光临我们小店啊。”刘小颖一边这样说，一边朝我迎上来。我看看四周，没什么动静，懒得找说法进屋去，直接在街沿上低声说：“客人来了，她想尽快去向鸡鸣寺报个到，你汇报一下吧。”刘小颖说：“好的，我待会儿就过去，你中午来听回音。”

中午，我又去书店。刘小颖已经去过诊所，带回来革老约见我和莫愁湖的消息。令我意外的是，见面地点不是在诊所，而是虎踞胡同，第三间红瓦房。这地方我不认识，而且听上去怪怪的。我想革老是不是又发展了什么新人。

这是一个难得的大好晴天，傍晚时分，我叫了一辆黄包车，在南京的大街小巷里穿行。终于，车子在一个胡同口停下，车夫说：“先生，虎踞胡同到了。”我下车，往深处张望了一下，问：“没弄错吧，这真是虎踞胡同？”车夫说：“没错，您瞧那石老虎。”我看也是，便付了钱。胡同不长，很快走到尽头，我却没有找见什么“第三间红瓦房”。纳闷之际，我突然看见红色的晚霞，将一排房顶映得红彤彤，煞是好看。我数了数，朝前走过去，在第三间屋子前停下脚，发现门口有块纸牌，赫然写着：租船。

屋子里空无一人，我寻思着，踩着石阶下到湖边，看到夕阳里的芦苇闪烁着金光，有艘船正从芦苇丛中游出，桨橹一刺水面，涟漪散开，那艘船便朝我这边昂着头冲来。我看见船头立着一个一身渔民家打扮的女子，细看，竟是革灵。不一会儿，船头向我靠拢，我纵身一跃，登上船。革老此时正独自坐在船舱里，兀自对我笑道："天公作美，我还怕老天换张阴雨脸。"我坐下后问："为什么要到这儿来？好远啊。"他说："我的诊所倒近，可合适吗？虽说是一号的人，但素未谋面，贸然带她去诊所未免太不谨慎了吧。要知道，诊所里有我们的一切秘密和身家性命，电台、密码、档案，什么都在那儿。"我点头称是。革老问："怎么样，见了人感觉怎么样？有特使说的那么能干吗？"

我答："是个女的，你可能想不到吧。"

革老果然惊讶："什么，是个女的？"

我说："是，二十三四岁的年纪。"

革老忍不住发起牢骚："上面在开什么玩笑？这么重要的任务派个年轻姑娘来，怎么，想用美人计啊？荒唐！又来一个女的，难道还嫌我手下的女将不够多吗？"革老毫不掩饰情绪，吹胡子瞪眼。我安慰革老："虽然只跟她接触过一次，但感觉不是个弱女子，有名堂。"他说："什么名堂，一个才二十来岁的女娃子，就算从娘胎里就开始修炼也才几年道行，能有什么名堂？"我说："我感觉她的道行不浅，聪明机灵，见过世面的。"革老舒口气，顾自沉吟道："好吧，先看看她能不能破掉我设的谜语，找到这儿。"我正想接茬儿说什么，看见林婴婴已经出现在视线里。

立在湖边的林婴婴，一身白西服，亭亭玉立，在夕阳的映照下全身发亮，微风轻拂她的长发，飘飘然，有点仙女味道，空旷的天地更显出她的轻盈和美。当然也有些单薄，可能因为美吧，看上去似乎也有些脆弱，经不起碰撞。她很快发现我，朝我挥手。

上了船，互相认识之后，我把我们小组暗杀白大怡的任务和执行情况向林婴婴介绍了一遍。她听完介绍，说：“听你这么说我才知道，原来暗杀他的行动已经经历了这么多波折，现在给我们的时间有多少？”我说至多十天半月，时间很紧迫。她轻松地说：“这时间应该够了。”革老听了不高兴，责问她：“你凭什么说时间够了？你都不知道他现在的情况。”她浅浅一笑：“我正要问呢。”革老说：“你应该先问才是。什么情况都不了解就妄下结论，这种工作作风我不信任。”她依然笑道：“你犯了和我一样的错误，对我不了解就指责我。”革老哪里能受得了，当即拉下脸训斥她。她不示弱，不服气，你一言他一语，火星子四溅，差点不欢而散。好在是在船上，想散也散不了。我和革灵一边当和事佬，一边尽量把话题往正题上引。

我把白大怡现在的情况大致介绍了一通，最后对她说：“情况就是这样，人现在就住在那楼里，吃饭有人送，几乎不出门，我们很难接近他，要对他下手确实难度大。当然这不过是我的看法，我不是锄奸组的，这方面的判断力和想象力很差，你见多识广，不知有什么好主意？”我讨她说话，好打破僵局。

她耸耸肩说：“这么说他成了一只洞里猫，我们只有抱一挺机关枪去跟他拼命。”这叫什么话，革老听了翻白眼，张口要说什么。我怕他说难听话，又闹不愉快，连忙抢过话头，无话找话，打圆场。革老心里窝火，提前结束会面。这次见面，最后还是有点不欢而散，至少在革老心里是这样。我觉得革老有时过于看重自己的权威，这最终会影响他的权威。

04

白大怡的角色变了，他现在是“开锁”的人：别人修改了他的密码，他要去发现并改正这些修改。这不是一两天的事情，住在密码处办公楼不合适了。他被转移到密码处下属的电报库房里。那是一排平房，有一个独立的小院，在密码处小楼背后。这里是库藏密码和电报的地方，我们每个月领的新密码和我们平时处理完的电报，都被保管在这里。它当然很重要，所以平时二十四小时都有持枪哨兵把守。

我是第二天上午从秘书小李和机要员小青的谈话里得知情况的，当时李秘书从外面回来，正在登记文件的小青问他：“怎么这么快就回来了？”小李说：“就没去成，不准我进门，见了鬼了，连我们都不信任！”小青说：“一定是出了什么事。”小李说：“就是那个专家住在里面，听说重庆的人在追杀他，野夫专门把他藏到里面去了。”

李秘书是去交电报的，我们是一周处理一回电报，统一交到库房。但这一次小李没有交出去，说是推到下周一起交。我问小李：“那有没有增加警力？”他答：“这我倒没注意，进不去，也看不到。”我问他：“那你怎么知道那个白专家住在里面？”他说：“我看见的，我在门口，哨兵拦住我的时候，正好看见他在院子里散步。”

后来我了解到，野夫因为怀疑白大怡在要名堂，所以专门派出自己的卫兵来守着他，名义上是保护，实际上是防他逃跑。白大怡其实被软禁了。不经野夫同意，任何人不得入内找他，他也不能走出小院，吃喝拉撒都在里面。这比原来在小楼里还无法挨近，要想除掉他真是比登天还难。革老得知这一情况后，连夜召集我们开会，林婴婴也去了。我曾担心革老不叫她，因为那天散会后他私下同我说，我们小组庙小，容不下她。革老性格直爽，容易感情用事，加上资格老，倚老卖老，让他变得更加感情用事。林婴婴初来乍到就冒犯他，让他特别烦。这次会议下来，革老对她更烦了。

会议一开始，革老让我介绍白大怡的最新情况。我话音刚落，林婴婴迫不及待地发表意见，态度是轻率的。她说："怎么这次野夫搞得这么警惕，分明是要考验我们。"革老对她没大没小的抢话说很生气，板着脸，甩话给她："敌人又不是傻的，已经遭过两次暗杀，能不谨慎吗？"

她看看革老，像没有听出革老话里的情绪，笑道："看来，这次行动比我想象的要难。"

革老气鼓鼓地说："难得多！"

她看看革老，又看看我，好像要安慰我们似的，十分放松地说："不过也难不倒人，人家连总统都能杀，他白大怡又不是孙悟空，会七十二变。只要他不是孙行者，不会上天入地，我们总能找到办法。"

革老毫不掩饰对她的轻视，对着天花板说："你说得容易，就我们这么几杆人，老的老，女的女，想什么办法去。嘴上说，我可以把天捅破，地穿洞。但我们不能靠嘴吃饭，我们是靠拼命吃饭的。拼了命可以把任务完成，这饭我是要吃的；如果拼了命也完不成任务，光送死，这事我不想干。"革老召集我们，其实不是要我们研究行动方案，而是通知我们，他已经决定要退出这个任务。

"这怎么行？"林婴婴率先反对，"我不同意。"

革老把目光全部集中在她脸上，死死盯着她，却不吭声，但要说的话全在脸上、目光里。那意思很明白：这儿还轮不到你说话，你才来几天，算老几，放什么屁！

林婴婴像个不懂事的少女，全然没有发现革老的轻慢和恶意，热烈地迎接着他如炬的目光。好像从革老的目光里看到鼓励一样，她思量一会儿，鼓足勇气，慷慨地说："这样吧，革老，如果你信任我，就把这个任务交给我，我一定努力完成。"

革老愣了一下，显然没料到对方会这么说，同时对她的轻率显得很不满。他严肃地说："莫愁湖同志，这不是儿戏，这是当前我们最紧要的任务，我们可以退下来，但决不能说大话，瞎胡闹。我们退下来，是为了让组织上安排更合适的人去完成。"

林婴婴看看我和革老，笑着问革老："你怎么知道我是瞎胡闹？没有把握的事我不会随便接下来的。"她的语气如此肯定，让我和革老不知说什么好，我们互相看看，未置一词。冷场之后，林婴婴说："当然，我也需要你们配合，首先我要确切知道他的行踪。"

革老说："刚才不是说了，他作息都在那小院里。就是说，他不出门，没有行踪。"

林婴婴说："不是说他要出门散步吗？散步就是行踪，我要知道他准确的出门时间，一天几次，何时出，何时回。这应该可以摸清楚吧？"她问的是我。我说这应该可以。她说："那就麻烦你了，其他的事情都交给我好了。"说得这么轻巧，像去逮小偷。

革老说："要知道，这人我们已经杀过两次，是只惊弓之鸟，又是只满身盔甲的铁鸟，你初来乍到，连鬼子大院都进不去，凭什么去完成任务，万一再出问题怎么办？"

两个酒窝荡漾开来，林婴婴笑道："我初来乍到，你不了解我，所以对我不信任。我要取得你的信任，唯一办法是干上漂亮的一仗。如果出了问题，我死了，算事故，你可以不追认我为烈士；不死，你就放逐我，把我从你小组开除出去。但如果我完成了任务，希望你信任我，我就这个要求。"

革老哭笑不得，我也有同感。她这种说话方式，简单，直接，像个不谙世事的孩子。如果说革老不信任她，其实又有谁能信任她？这么艰巨的任务，她像去赴一次宴会一样，说接下就接下，给人感觉极不真实。是因为她确实有能耐，还是她脑袋缺根筋？虽然我对她那次在舞会上的表现很欣赏，但对这件事我也只能选择后者。我想，她一定是把南京当作重庆，把深入敌后锄奸当作排除异己？她太年轻，经历得太少了，需要在经历中成长，但这种经历任何一次都可能是最后一次。

那天晚上，我们是在新街口一家日本人开的饭店聚会的，饭店在一条车子开不进去的深弄里。开完会，我陪她从弄堂里走出来。夏天的夜晚，弄堂里时有纳凉的人，为了掩人耳目，她挽起我的手，对我说说笑笑，像一对恋人。途中她突然对我说："哦，对了，我现在待的地方，打交道的不是看不懂的密码电报，就是一群整天追求时髦浪漫的小丫头，这些人你可以想象，就是敲开她们脑袋也搞不到什么情报，这对我不是浪费青春吗，不知以后金处长有没有可能帮我调到一个好的部门？"

我心想，现在对你来说有没有"以后"都是个问题，也许白大怡会把你的命弄丢的。当然我不可能这么说，我只能说我争取。她说："最好找个核心部门，能搞到情报的。我们都是党国甩出来的飞刀，与其把刀子插在无关痛痒的脚背上，还不如不要这把刀子，因为这样的话这把刀子只能给自己增加风险，并不能对敌人构成威胁。我认为既是刀子，就应该把它插在敌人的心脏上。”黑暗中，我依然看得见她黑黑的眸子一闪一闪地亮。

快出弄堂时，我忍不住告诫她，目前要锄杀白大怡有很大的难度，她没必要为了取得革老的信任去硬拼。她感受到我的好心，表示感谢，同时又说：“干我们这行，四平八稳是干不成事的，我们的胜利都是用生命拼出来的。不瞒你说，我这次是主动要求来到这儿的，如果我爱惜生命，怕死，待在重庆是最好的，但我更爱用生命去点燃伟大的民族解放事业。”接着她安慰我，“不过请放心，我一定会完成任务的，只要你能给我提供他准确的行踪。”

我想不通，她初来乍到，单枪匹马，凭什么如此信心满满？有一会儿，我甚至有种梦幻的感觉，好像她不是真人，而是某个传闻里的人。可真的就是真的，一个坚定的、激烈的、热气腾腾的形象不时从黑暗中向我浮现，和舞会上那个聪明的、优雅的、温情脉脉的小姐截然不同。

出了弄堂，我注意到，有一辆黑色的小汽车在等她，车夫是个大胡子，戴着白手套，穿着青缎子上衣，低眉敛目，举手投足静声敛气，很沉默又很职业的样子。豪车专人接送，这让我很意外，好像她不是刚提着脑袋开完会，而是拎着裙子从舞场上出来，我送走的不是一个战友，而是一位被某个大人物包养的风尘女。不用说，她是神秘的，身上既有柔软如银的一面，又有炽热如金的一面。作为她的战友，我将不断目睹到她“炽热如金”的一面，一种火热的一触即发的激情和在激情驱使下什么事都敢作敢为的大胆和不羁；而我的冤家对头秦时光，也许会迷醉于她“柔软如银”的表面。

接下来的两天，我挖空心思收集白大怡的行踪，总算摸清大概。第三天晚上，我约林婴婴见面，她让我八点钟在中央大学北门口等她。这地方离我家不远，我是沿着一路梧桐树步行过去的，不及北门口，一辆黑色小车停在我身边，林婴婴摇下车窗叫我上车。车子绕着中央大学兜圈，我们并肩而坐，我打开事先画好的平面图，给她讲解情况。当她听说白大怡每日三餐后都要在院子里散步后，她眉毛一扬说："这个你可以详细说说。"我刚说完，她便收起图，对我笑道："行了，我想要的东西都有了，姓白的死定了。"

说真的，我心里并不响应她的说法，她过于乐观的样子反而增加了我的担忧。然而，仅仅相隔一天，她竟用铁的事实粉碎了我的担忧。这天午后，我从外面吃饭回来，刚回到局里，还没有进办公楼呢，刚走到反特处门前，便听说白大怡被枪杀的消息。天大的喜讯！我感到一种甜蜜的暖流瞬间将我融化了。什么叫幸福？就是你梦想的东西在你意想不到甚至没有意想的时刻降临。莫愁湖，你真的比神奇的梦还要神奇！

05

话说回来，白大怡毙命时，我正在一家餐厅吃饭。

是秦时光请客，他不知发了什么神经（其实是有了喜事，林婴婴答应晚上同他约会），这天中午兴高采烈地把处里全体人员都拉到我们单位门前的一家餐厅去吃大餐。餐厅不是很大，但颇有特色，二楼有露台。没什么客人，屋子里太热了，我们就在露台上吃。

我们刚开吃没多久，忽然，远处传来一声枪响。

我觉得，子弹仿佛就从我头顶掠过，呼啸而去……以后很长一段时间，我脑海里老是会浮现这么一幕——

一粒金色的子弹从远处飞来，掠过餐厅的屋顶，一直飞行。

子弹越过几棵树的树梢和布有铁丝网的院墙，飞入日军司令部大院。

弹头越来越大，滑过一个卫兵的头顶，最后不偏不倚地钻入一个人的脑门。

此人正是白大怡！他善于计算的脑袋就这样顿时开了花，血汩汩地流淌不止……

白大怡当时刚吃完午饭，从屋子里出来，在院子里散步。

野夫赶来，眼见白大怡一动不动倒在血泊中，脸上青筋暴起，面色狰狞地环顾四周。他似乎一下发现了什么，指着远处一个灰色屋顶，对卫兵大声嚷嚷："那儿！快！凶手在那儿！快去给我包围它！"

我后来专门去看过那幢楼，它是火车站一栋居民楼，伞形屋顶，三层高，坐落在一块坡地上，比旁边的五层楼还要高出一层。白大怡被杀的消息不胫而走，在保安局四处传播。据事后参加过搜捕的李士武说，他半个小时后即赶到现场，爬上屋顶，从瓦缝里找到一只弹壳，旁边留有明显人坐过、趴过的痕迹（压碎几片瓦），还有烟头和火柴棍，以及一路手印、足印。顺着脚印（清晰可辨），可见枪手是顺着贴墙的铁皮下水管上下的，枪手似乎有意不想牵连楼里民众，来去的脚印、上下水管的手抓印，留得十分醒目。

第二天，白大怡倒下的地方，又有人应枪声倒下。不过，这回只是一个稻草人。几个鬼子，还有李士武等人，正趴在枪手曾趴过的地方，在模拟射击。经过再三模拟和试验，鬼子得出结论，人趴在屋顶往白大怡毙命的地段看，前后只有十米左右的视野。就是说，目标只有进入这十米内，枪手才看得到，才能击中目标。据目力估算，从屋顶到白大怡倒下的地方，直线距离至少有八百米。这么远的距离能够一枪命中，绝对是神枪手，而且还必须是神枪。一般的枪，这么远的射程很难有命中率。后来，野夫根据弹壳型号，试射了五种枪型，基本上可以确定，凶手使用的是德国造的XB12–39狙击步枪。

从丢下那么多烟头看，枪手在屋顶守的时间很长。他可能天不亮就上去，想趁白大怡吃早饭时下手，但可能因为早上光线不好，他没机会下手，只好熬到中午。从留下的脚印看，是一双军用胶鞋，鞋子很大，一定是个大个子，男性。但人也许很瘦，因为最后他跳到地上时踩出的鞋印子不深。要么此人有轻功，可以踏雪无痕。

天知，地知，我知，这一定是林婴婴干的。这说明，她身边有一个神秘的男人，大个子，神枪手。他是谁？是那个司机吗？不会的，司机不是大个子，而且据说枪响时，司机正好开车把林婴婴送回单位来上班，他们有“不作案”的“时间证人”。

第四章

01

事发后整个下午，我像突然发了笔秘密横财，心里乐坏了。我过于激动，在办公室里坐不住，想下楼去透透气，刚出楼门便看见林婴婴，她正一个人站在不远处，向我露出迷人的微笑。我走过去，四顾无人，低声说："恭喜你，这次你可立了大功。"她说："还有好消息呢。"我问："什么？"她说："晚上找个地方详谈。"我说："好，去哪里？"她说："诊所。"看我稍有迟疑，她马上拉下脸顶我："怎么，鸡鸣寺交代过，不准你带我去那儿？"是的，但我说："没有。"她说："那就带我去。"我说："晚上八点半，你到杏子胡同口等我。"

入夜，我和林婴婴分别坐着黄包车，在杏子胡同口见面后，又一前一后，前往诊所。到诊所后，我看见秦淮河也在诊所，和革灵坐在前厅，我们的出现让他们吃了一惊。秦淮河赶紧出去放哨。革灵关了门，说："你们怎么来了？外头闹得那么厉害。"我用开玩笑的口气说："这年头哪天不闹腾？"革灵看看林婴婴又问："有事吗？"她孩子气地说："来请功啊。"革灵问："请什么功？"林婴婴看看我，咯咯地笑："还是你说吧，让功臣自己说这不成王婆卖瓜了。"

这天晚上，我们像过节似的，革老开了一瓶酒请大家喝。我喝多了，他给我扎针解酒。真是灵光！一分钟前后脑勺还痛得跟个破鸡蛋似的，一针下去，疼痛顿时轻了，又一针下去，后脑勺消失了，破鸡蛋好像滚到了胃里，只剩下胃里一股灼烧感。革老说："这没办法了，谁让你喝这么快的，酒要慢慢品。"我说："不是高兴嘛。"我真的很高兴。他说："如果你想让胃也不难受，只有一个法子，继续喝。"他说再喝上一杯，让胃受不了，吐出来，就好了。说得大家都笑了。

何止是我高兴，都高兴呢。

革灵大概是自中华门牺牲后第一次露出笑颜。

有时候，我想我们冒死工作不仅是为了信仰，也是为了让生活中留下这些难忘的记忆。这天晚上尽管我喝多了酒，但每一分钟的事情，大家说的，做的，哪怕是一丝笑容，甚至连守门的黄毛土狗在月色中的睡态，我都记了一辈子，任何时候想起来都历历在目。

02

白大怡的死，不仅是他的死，林婴婴的工作调动似乎也迎来转机。该来的人死了，这就是林婴婴的机会。一天中午，我吃完饭从食堂出来，正好看见卢胖子在前面迈着方步走。把卢局长叫成卢胖子、胖子，把俞副局长叫成俞猴子、猴子，这都是林婴婴的发明，以后我们在私下经常这么叫他俩，确实很贴切的：一个是形似，一个神似。

"吃过了？"我追上去跟卢胖子打招呼。

"吃什么，根本没胃口。"他气咻咻地说，"烦死了，野夫又在作践我，说什么我们保安局一定有军统分子，凭什么嘛，白大怡不是在他手上出的事，非要找我的碴儿。”我附和道：“就是，人在他手上，事情出在他的眼皮底下，跟我们有什么关系。”他说：“不过我也怀疑这是军统干的，这死人是白崇禧的冤家哪。”我说：“是军统错不了，问题是哪里的军统，我觉得十有八九不在我们身边，甚至不在南京。”他问为什么，我答：“听说这人在来南京前，在上海火车站就遭人暗杀过，我怀疑这些人都是从上海追杀过来的。”

这话似乎安慰了胖子，他停下来看着我深有感触地说：“理是这个理，可人家说是你的问题怎么办？你说，这事起头跟我们无关，结束也不在我们手上，他凭什么把矛头指着我们？”我说：“这不正常吗？他脏了身子要找人给他当替死鬼嘛！”卢胖子又是点头又是摇头，说：“不瞒你说，我现在也是死了心，反正只要出了事总有我们的份儿，八竿子打不着也要打。”我说：“这叫人在屋檐下不得不低头。”我绕着圈子把野夫责备一番，让局长大人心里稍微顺畅一些之后，言归正传。

我说：“我要说的是老话，调个人给我，我确实人手不够，加上秦时光这家伙你知道，整天迟到早退、往外面跑，哪能做事？”胖子对秦时光早有成见，因他是猴子的死党，所以开口闭口总叫他四眼狗——仗势欺人的货色。一提起他，他便恢复了局长大人的口气，板着脸说：“这条四眼狗做的都是没屁眼的事，我知道他经常出去乱窜，不是搞女人就是搞我。”我说：“我发现他最近常往野夫机关长那边跑，你要小心一点儿，可别让皇军那边对你有看法。”他哼了一声，骂道：“我还怕一条四眼狗不成！”我说：“不是怕他，是要防他。他们跟76号院那帮人的关系本来就好，如果皇军那边再不支持你，我们就被动了。”他气冲冲地说：“你等着瞧吧，总有一天我要把他们都治了，最先要治的就是他，秦时光！”我说：“所以你更要给我调人，多一个人我也就可以多盯着他一点儿。”

见他思量着，我趁热打铁：“电讯处新来一个报务员，叫林婴婴，我在舞会上跟她接触过，感觉人不错，听说她跟上面关系也不错，把她给我怎么样？”他干脆地答复我：“她？怎么可能？刚来，谁都不了解她，怎么能去你那边？”我故作惊讶地说：“你也不了解？我听秦时光说她是你的人。”他说：“哼，他知道个屁！老实告诉你，她是上面，最上面，总统府压下来的，我对她也不了解，到现在才见过一面。”他脸上露出不正经的笑容，说：“她很漂亮是不，你该不会是被她迷住了吧？要是这样，我劝你早收手，她的后台可不一般。”我说：“你把我想到哪里去了，我是想，既然她上面有人，有后台，我们更要拉拢她，把她养在我那儿，保准会成为你的人。”他恢复了正常语气，说：“小心驶得万年船，我不会把一个不明底细的人安插到你那儿去的，你那儿必须是我的净土。”

汪伪政权聚拢的本是一群乌合之众，追名逐利之徒，所以四处是帮派体系、裙带关系，各帮系之间离心离德、明争暗斗。保安局内也是这样，卢、俞二人貌合神离，双方用人都十分小心，像林婴婴这种从天而降的人，来历不明，两边都不敢重用。我首次出击，试探一下，连个盼头都没摸到。

出师不利！

在下次舞会上，林婴婴知情后一言不语，陷入了某种不愉快的沉思之中，脸上有一种凝固的、受苦难的表情。但她也许意识到自己这个样子在一群怒放的鲜花中有些失态，便端起桌上一杯甜酒，一饮而尽，接着哈哈大笑起来，像一朵恶毒开放的虞美人，妖艳又性感，一下把她刚才的失态淹没在笑声中。我的脸马上有种被目光烫伤的不安感，因为我看见一道雪亮的目光向我刺来，那是秦时光嫉妒的双眼射出的。当时他正跟静子在跳舞，林婴婴的笑声惊扰了他，没等曲终他就走出舞池，朝我们走来。

林婴婴说："也许我得好好使使你身边这把刀，他爱上我了。"

我说："他是猴子的一条狗，当心激怒他他咬你。"

她说："不会的，他在做梦，一只狗正在做梦呢。"说着又咯咯笑。

秦时光过来问我们在笑什么，林婴婴有板有眼地说："我们在说一只狗做梦的笑话。哦，老乡，你应该想办法帮我弄到这样一只狗，它从不咬人，也不叫，整天躺在屋檐下的走廊上，睁一只眼闭一只眼地做着一个个美梦，从不站起来一下。因为从不站起来，一只燕子在它温暖的胸脯上筑起了窝。"

秦时光装模作样地说："啊，这样一条狗，需要有人打断它三条腿，弄瞎一只眼睛，还要把它的舌头割了，牙齿拔了。"

静子看看我，说："那太残忍了。"

林婴婴上前拉住静子的手，撒娇又撒泼地说："不，静子姐，我就要这样一条狗嘛。"亲昵的样子，好像静子和她是两姐妹，至少是过从甚密的闺友。可事实上，这才是她们第三次见面。静子从开始本能地不喜欢她，到后来视她为小姐妹、闺密，中间似乎没有什么转折，像水在槽中流，怎么流都是被规矩了的，没什么好奇怪的。

这就是林婴婴，她身上有种莫名其妙的吸力和引力，能够叫你围着她转，跟着她走，男人也好，女人也罢。我不知道她是天性如此，还是特殊的工作把她训练成这样的，应该是两者兼而有之吧。

03

空气中弥漫着泥土的气息和野草的清香。

大约一个月后，一个星期天下午，我和林婴婴有一次重要约会，是在郊外一座被当地人用各种传说编造起来的神山上，整座山好似一枚巨大的马蹄形印章。人们说这是玉皇大帝掉在人间的一枚天印，故名天印山。三百年前一位道士曾想在山上营造自己不朽的法场，但石砌的庙宇刚刚落成，一夜间便倾塌为一堆废墟。我们看到一座破旧的尖塔和一个房屋的地基，这便是不朽的法场消失的最后一个象征。我们在历史的石阶上坐下来，头上顶着下午三点钟的灼热太阳，周围是一片在秋风中败落、芜杂的茅草。在我们目极之处，城市散漫地坐落在山水的环抱之中，不伦不类，龌龊不堪，犹如一桌子狼藉的杯盘。

有些时间可能什么都不会发生；而有些时间又可能什么都会发生，这天下午就是这样一个时间，似乎什么事都发生了，起码都可能要发生。这一个月来，我为了让林婴婴进入核心部门工作——这也是后来王木天特使交给我的任务，已经明的暗的做了不少努力，但都白费功夫。由于卢、俞两人的矛盾，我简直想不出有什么办法可以完成这项任务。

那天下午，林婴婴告诉我说："我得到保安局的一个天大的秘密，上海76号院那帮杂种，准确地说是李士群和丁默邨这两条狗不信任卢胖子。为了架空他，又不想让他察觉，他们和俞猴子私下开设了一部无线电台，随时在进行秘密联络。"

"有这事？"

"肯定。"

这是我们保安局内的秘密，秘密中的秘密，偌大的保安局内也许只有俞猴子与秦时光两人知晓。林婴婴正是从秦时光那里探听到这一秘密的。我马上激动起来，兴奋地说：

“这是一块敲门砖，你可以借此攀上卢胖子这棵大树。”

“是啊，”林婴婴说，“我也这么想，但光知道不行，我们应该弄到电台的频率、呼号、联时以及密码，让他当个第三者，用耳可以听，用眼睛可以看。否则卢胖子在无法证实我的忠心之前还是很难器重我。”

“那些东西怎么能弄到呢？”

“偷！”

“偷？去哪里偷？”我问，“我正想问你，他们把电台设在哪里？”

“家里。”

“难怪他上班老是迟到早退，原来他在家里还有一摊子事。”我说。平时秦时光跟俞猴子走得近是不假，但他们居然如此险恶地对付卢胖子还是让我倒吸一口冷气。

“我觉得卢胖子早晚要栽在他们手上。”林婴婴说。

“所以你更要小心。”我问她，“你现在跟秦时光接触多吗？”

“当然多，”她嫣然一笑，“不多能探到这么大的地雷？你看，这是什么？”说着从包里掏出四把簇新的铝制钥匙和一部德国徕卡相机交给我，“我已约他今晚出去喝一杯，希望你成功。”

她要我今晚就行动，去秦时光的宿舍“走一趟”。

这天晚上对我来说变得格外珍贵而惊恐，我要动一动李士群等一伙人的心脏，那里面鬼知道有什么隐秘装置，也许只要我手里仿制的钥匙一插入锁孔，某个卧室里就会响起尖厉的警报声。我经历的每一分钟都可能是最后一分钟！四把钥匙实在是太多，也太新了，它们将开启的也许不是秦时光密室的门，而是我的地狱之门。去冒这种险无异于赌博，任何力量或心智都无法决定成败，成败只能挂靠在“运气”两个字上。

感谢上帝，那天晚上突然向我伸出仁慈的双手。我是幸运的，没有一把锁（两道门、两只铁皮箱总共四把锁）不在这四把簇新的钥匙中，没有一次惊恐的经历让我持续得太久，没有一个动作让我留下蛛丝马迹，没有人看见起点，也没有人听到我无穷无尽地按下快门的咔嚓声——我觉得这声音像枪声一样尖锐，震耳欲聋。当林婴婴打来电话，通知我秦时光已离开她时，我怀着一种丧魂落魄的快乐告诉她：

“一分钟前，我已把一切甚至连像一滴眼泪一样的逗号，都装在了你的镜子（相机）里。”

三天后，林婴婴拿着我的“摄影作品”敲开卢局长办公室的门。秘书小唐请示局长同意后，把她放进去。局长正在批阅文件，之前他知道林婴婴的来头，曾主动与她见过一面，这回人家登门拜访，自是客气十分，嗯呀啊地挤出不少笑脸欢语。当天晚上，林婴婴对我转述了她与局长会面的全部过程，她说——

我把胖子从头到脚看了一遍，最后把目光落在他一头白发上，认真地对他说：“第一次看见局长不戴帽子，发现有不少银发。”

他说：“老了。”

我说：“不，局座主要是太操心。”

他对着案头的文件努努嘴说：“是啊，你看每天都有这么一大堆事儿要做。当然，为报答皇军和汪总统的知遇之恩，不鞠躬尽瘁也不行啊。”

我说：“也是。不过，以我之见，身累不如心累，公务缠身只是身累，暗箭防不胜防才令人心累。正如万兽之王狮子，一面要全心全力捕食，一面又要盯防猎户的暗算，即使再强健壮硕，恐怕也会疲惫。”

他听得一怔，对我正色道：“你想说什么？有话直说，别拐弯抹角。”

我说：“局长，您身边有小人，在暗中对您使坏。”

他说：“别胡说八道，哪儿来什么小人？”

我说：“局长您光明磊落，胸怀坦荡，可未必人人都是君子，有人在背后对你放暗箭呢。”

他说：“什么人？你听谁说的？别造谣生事。”

我说：“我可不是听说的，是看到的。”

他说：“你看到什么了？”

我说：“有人私设电台。”

他说：“谁？”

我说：“姓俞的。”

他说：“你是说俞副局长？”

我说：“是，俞猴子想做曹操，把您当汉献帝耍。”

他说：“他干了什么？”

我说：“他每天都用电台对您搞暗度陈仓。”

他霍地站起身，看了我一眼，又坐下，强作镇定说：“怎么可能？”

我说：“按常理说是不可能，不过他本来就不想按常理出牌。”

他说他能出什么牌。我说："他已经把我们保安局一分为二，但还不满足，还要独占鳌头。"他说他这是做梦。我说："如果有丁大人做后盾就不是梦了。既是电台必有双方，一方是他，你的部下；一方是你的上司，丁大人和李大人，你信吗？"他说不可能。我说："知道您谨慎，也知道您肯定会有兴趣看，所以都替您带来了。"说着从手提包里取出一沓相片，交给他看。

不看则已，一看火浇油，他咬牙切齿地问："你这都是从哪儿弄来的？"

我说："秦时光的狗窝里。"

他骂："他妈的，又是这个瘪三！"他一把将照片扔到地上，开始给你（金深水）打电话……

以后没有一件事情是不可以想象的，林婴婴捏着俞猴子的"尾巴"投靠了卢胖子——局长大人。卢胖子把她调至身边，表面上是他秘书，实际上是他的第三只眼，是他的"秦时光"，每天的任务就是窃听"宁沪"私语。这时她的身份已神奇到这样的地步：既亲昵地扶着卢胖子的臂膀，又恶毒地捏着俞猴子的尾巴，两边都有她的视野和触角。

04

这一个月里，李士武过着水深火热的日子，野夫几乎天天打电话问：凶手找到没有——射杀白大怡的神枪手！有一天，久等无果的野夫把李士武叫去他办公室，丢给他一粒XB12-39狙击步枪的子弹，咬牙切齿地发话：

“尊敬的李处长，你在试探我的良心。告诉你，本机关长有良心，但耐心有限，我限你半个月内必须找到凶手，否则你就给我吞下这颗子弹！”

半个月一晃眼要过去，急得李士武走路打瞌睡，因为天天夜里睡不着觉。这天，我和李士武吃完午饭一起从食堂出来，我想打探一下他搜捕工作的情况，跟着去他办公室闲聊。聊着聊着，他坐在沙发上，居然抽着烟就睡过去了。我正准备离去，忽见马副官押着一个人，急匆匆从外面回来，向李士武报告说凶手抓到了。我心一下紧缩起来，悄悄观察此人。他穿着完全像个农民，三十来岁，胡子拉碴，邋里邋遢，身上散发出一股汗酸味。但仔细辨别，似乎又不像个农民，他目光镇定又机灵，会讲官话。我偷看他的手，手大掌糙，右手食指明显有老茧。像个枪手！我心急如焚，连忙借故离去，向林婴婴通报此事。开始林婴婴听了也面露慌乱，焦急万分，但听我描述枪手的长相后，她笑逐颜开，说：“李士武抓不到李逵，抓了个李鬼来充数，看来我们有好戏看了，也许我们可以借机把李士武送进班房。”

下班前，李士武带着“凶手”的“供词”来找卢局长汇报工作。这块工作是俞猴子管的，按说，公事公办的话，李应该去找俞汇报这工作。但因为猴子是他的主子，这是一出假戏，李士武不想把自己主人牵连进来。所以，他找卢胖子汇报这工作，其实是阴谋中的阴谋，万一东窗事发，他可以反咬胖子一口，同时自己一身干净的俞主人还可以保他。

林婴婴告诉我，她把李士武放进去后，一直猫在门外偷听里面的对话，先听到的是卢局长的声音：

“哦，你找到暗杀白大怡的凶手了？”

“是，”李士武说，“刚刚招供，人和枪都在我办公室里。”

“是从哪里找到的？”

“周庄。”

“周庄？是乡下人？”

“嗯，他装的是个猎人，实际上是只重庆的‘山鳖’，以前是上海航七团的狙击手，神枪手，打过淞沪战争，现在是戴笠的部下，叫周大山。哦，这是他的供状，你看看吧。”

“我看有什么用，让野夫机关长去看吧，你跟机关长立了军令状的。”

“嗯。”

“那快把人交上去，去交差啊。”

“你要签字我才能交人。”

“听到这里，”林婴婴对我说，“我立刻端上一杯水，敲门进去，看到卢胖子正握着笔，准备在那份报告上签写意见。我问他这是什么，他说是什么。我当然知道这里面有诈（是她安排了那次狙击行动，她当然知道谁才是真人），全然以秘书的口吻，建议胖子去看看人。我说，这么重要的事，局长你怎么能连人都不看一眼就签字？”

“李士武对我说，放心吧，人赃俱全，不会有错的。我说举步之劳，去看一下何妨，力劝局长去现场看人。胖子同意去看后，我又临时把俞猴子喊上一起去看，搞得很慎重，李士武恨不得追着我的影子踏。看了人，我心里更加踏实，知道这是李士武找的替死鬼，力劝胖子不要签字，把权力还给俞猴子。我说局长，这是我们俞副局长主管的业务，你要尊重俞副局长，不要什么都搞一支笔嘛。我说了一大通，说得冠冕堂皇，正气凛然，把卢胖子气得拂袖而去。回到办公室，他朝我发火，说我疯了。我不卑不亢地反问他，我说我的局长大人，难道你不觉得这里面有诈？即使你看不出他们的诈也该看出我的诈啊。我说，局长你该想到，我当着俞猴子的面这么说你，肯定事出有因。他问我有什么原因，我说，如果不出我料，到明天的这个时候，局长您就要感谢我了。”

第二天，根本没到这个时候，才上午十点钟，野夫召集我们所有处以上军官开会。会议一开始，野夫便厉声责问李士武：“你给我说老实话，周大山到底是个什么人？”李士武说他是枪杀白大怡的凶手后，野夫说：“我再问你一遍，周大山到底是个什么人！”李士武老调重弹，气得野夫拍桌子骂：“放屁！给了你一次机会你不珍惜，现在你就只有等着去死了。”掉转头，指着马副官：“你说！机会给你了。”

马副官起身，勾头探脑地看看李士武，欲言又止。卢胖子催促他说：“机关长在这里你怕什么，是什么就说什么。”马副官咳嗽两声，如实道明真相：周大山不是凶手，是李处长让他去找来的一个替死鬼，他本是南京乡下周庄的一个猎手。

李士武跳起来：“你放屁！是你——”

野夫大拍桌子：“你放肆！闭嘴，让他说，我说过你没机会了。”

马副官清清嗓子，越说越大声：“事情是这样的，李处长……他说他跟机关长立了军令状，必须找到凶手，找不到要丢脑袋。我们找了一大圈，一点儿线索都没找到，他怕机关长问罪，安排我四处去找一个顶替凶手的人，最后我在周庄找到了。我说……欺骗皇军是死罪，劝他不要，他说天知地知，只要我守口如瓶就谁都不会知道。可是……可是……”

不管是什么样的“可是”，结果是一样的，李士武因此以“欺骗皇军罪”被当场带走，关进班房。

05

进班房还不是李士武倒霉命运的结束，林婴婴还要把他钉在“军统内贼”的耻辱柱上。这天一大早，林婴婴问我：“李士武有没有家属？”我说：“他老婆孩子就跟我住一栋楼。”她问我：“你跟他老婆熟吗？”我说：“还行吧，有什么事吗？”她说：“你想办法尽快去通知他家属，告诉她李士武已经被野夫抓走，情况很严重，可能要枪毙。一定要说得严重一点儿，非死不可，让她去闹，去求情，争取见李士武最后一面。”我问她有什么打算，她说：“他们不是口口声声说有内贼吗，我们就满足他们吧。”我又问：“你想干什么？”她说：“那就看你能给我干什么了，现在你的任务就是去给李士武家属煽风点火，一定要让她意识到丈夫就要死了，她无论如何要豁出去跟丈夫见最后一面。”

我说：“我还是不懂你想干什么。”

她说：“以后你会懂的。”

果然，第二天下午我就懂了，那时我正在办公室一如既往地举着望远镜看我的“消息树”，突然空中传来一声枪响。半个小时后，林婴婴像只刚逮到一只大耗子的小猫一样，欢快无比地溜进我办公室，兴奋又压抑地对我说：“李士武下地狱了。”我很震惊，问她怎么回事。她反问我：“难道你刚才没听到枪声？”我说：“听到了。”她说：“那就是送他下地狱的鞭炮声，他继承了白大怡一样的噩运，正在院子里好好地走着，突然被远方射来的子弹断了魂。”说话间，她忽然从身上摸出一沓钞票给我，说：“你去看看他家属吧，犒劳她一下。这次行动之所以能这么顺利，全靠她给你及时准确地提供关押李士武的地方。我一听他关押在那个地方就知道有戏了。”

我这时才明白，为什么林婴婴非要让我去鼓动李士武老婆见李，因为只有见了他，才能知道他关押在哪里，然后才可以安排枪手狙击他。因为野夫不可能去班房里审问他，而是会在办公室里提审他，而野夫的办公室是固定的，现在李士武的关押地也明确后，他走的路线就可以排出来，枪手就可以选择固定的地方守候他。

我问她：“那个神枪手到底是什么人？”

她笑道：“反正不是我，枪响的时候我正在给胖子泡茶呢。”

我说：“但肯定是你安排的。”

她说：“这还用说吗？”

我说：“所以我问你那个人是谁？”

她说：“对不起，无可奉告。你该知道规矩，不该问的不要问。这是一号的人，这里任何人都无权知道。”也许为了岔开这个敏感的话题，她起身给自己倒了杯水，对着我茶杯一碰，“我觉得我们应该庆贺一下，来，因陋就简，以水代酒，为我们小小的胜利果实干杯！”

我们碰杯，一饮而尽。

我们沉浸在幸福中，你一言，我一句，有说有笑。最后，她想起一首诗，背诵道：“我们从事的是世上最危险、最残酷的事业。我们采取的每一个行动都可能是最后一个，甚至一道不合时宜的喷嚏都可以让我们人头落地。”

我背：“但是，死亡并不可怕。”

她背：“因为我们早已把生死置之度外。”

我背："为亡国而生，轻如鸿毛。"

她背："为救国而亡，重于泰山。"

我背："革命尚未成功。"

她背："同志仍须努力。"

我背："一路平安，同志们！"

我背完最后一句后，她激动地上前握住我的手，高兴地说："你也会背这首诗啊。"我说："这是我的座右铭，每天晚上睡觉前都要默诵一遍。"她开怀大笑道："哈哈，我也是这样的，我们不但志同道合，连生活细节都不谋而合，哈哈哈。"

秋天了，阳光如梭，轻风送爽，一只小鸟欢快地从我们窗外的空中一掠而过。

这之后，俞猴子作为李士武的主子，又是"周大山事件"的审查把关者，在野夫眼里一落千丈，而林婴婴在卢胖子心里则变得越发宝贝了。那以后，保安局里没有一个声音是我们听不到的，没有一个行动是我们不知晓的。正如什么事情都会恰恰发生在一个时间里，什么事情有时往往也会发生在一个人身上，林婴婴就是这样一个人，什么不可能的事情都会被她不可想象地创造出来，她撑顶起双手，便把保安局的地下世界支立起来，而且这世界还相当发达。她和战友们活动于此，游刃有余，一点儿也不感到局促，不感到封闭和危险；我们置身其中，既看到了遥远的星辰之外的奇观，也看到了深在海洋之下、地球中心的微妙。

林婴婴，像一面巨大的魔幻的镜子，保安局的一切细微、奥妙，无不显现在她这面镜子里。

第五章

01

但是，林婴婴也给我制造了一个麻烦：李士武出事后，俞猴子在野夫那边的行情一路看跌，卢胖子的感觉变得特别好，他决定乘胜追击，要拿秦时光开刀。这天下午，他把我叫到操场上散步，见面第一句话便笑嘻嘻地说："我要送你个礼物，是你一直想要的东西噢。"我问，是要给我们处配一辆新车吗？他哈哈笑道："车嘛，哪有人重要？"我说，难道你还要给我调人？其实，之前他已经把小唐秘书放给了我（因为他不可能配两个秘书，既然留下林婴婴，小唐必须放下来）。他说："不，我要叫你那个四眼狗滚蛋！"他说的是秦时光，"我要撤他的职，把他扔下去，去搞后勤，让小唐接他的班。小唐跟我这么长时间，该给她一个位置。"我一时有些语塞："这……合适吗？"他干脆地说："有什么不合适的，这里还是我的天下嘛，像他这种瘪三没资格待在这种重要的岗位上，只配去后勤管管吃喝拉撒。"

我虽然讨厌秦时光，但我并不希望他离开我，因为他是我的"跷跷板"，是我博得胖子"宠爱"的杠杆。只有他在我身边，胖子才会把我当作他的裙带，拉拢我，器重我；同时，有秦时光在身边，我也多少能掌握到他们那个派系的一些秘密勾当。

"我认为这不合适。"我思量后表态。

“为什么？”

“时机不对。”

“什么时机，你知道什么，现在是最好的时机。”

“表面上是这样的，现在是俞猴子失落之时，但你这样做是乘人之危，落井下石。”

“这叫一不做，二不休，趁热好打铁。”

“可是你想过没有，你才把他的左膀卸了，现在又要把他右臂断了，人家会跟你急的！兔子急了还要咬人，何况他还有76号的后台，你不要把他想简单了。”

他以为我不知道秦时光私设电台的事，又不便让我知道，只好语焉不详地对我说：“我知道他跟76号的关系，关系很复杂，你不知道都……我掌握了大量证据，知道他在搞我的鬼，所以我才下决心要把他搞走。”

我当作不知道电台的事，只好另找说法：“你想，上次秦时光当着我——他明知我是你的人，居然敢当着我的面在丁主任（丁默邨）面前说你的不是，这正常吗？”我看他默而不答，接着说，“难道他没想到我会告诉你？当然想到。想到了又不忌讳，说明什么？说明他是有意为之的，是公然向你宣战。这次我不知道他又怎么了，但总之是对你不恭了。然后你想，他这么频繁地招惹你，无事生非，说不定是他有意挖的一个陷阱，目的是要激怒你，等着你去处理他，好让他的后台老板跳出来对你发难。这是一种可能。二，……”我搜肠刮肚，总算临时编了几条听上去不乏道理的道理，吓唬他，让他打消处理秦时光的念头。他也还真的给我吓住了，接受了我的建议。

“那好吧，先放他一马。”他说，“不过这只四眼狗，总有一天我要叫他吃不了兜着走！”

我想，这也是你的下场，总有一天你也要兜着罪孽走，你这个大汉奸！作为一台杀人机器的操作手，胖子手上没少沾我们同志的血。他曾经是南京城里的一个赌棍，赌博输了，杀人越货，坐了大牢。鬼子占领南京时，他趁乱越狱，投靠鬼子，上蹿下跳，丧尽天良，揭发了一大批志士仁人、爱国将领，手上沾满中国同胞的鲜血。因为打小没受过教育，长期在底层混，他身上沾满各种不良习气，吃喝嫖赌，打砸抢偷，见利忘义，卖国求荣，卖友求财，威胁利诱，无恶不作。好在有俞猴子、秦时光等一批对立面牵制他，否则鬼知道他会把保安局搞成什么样子，也许比黑社会还要黑，还要毒，还要乱。所以，我要力保秦时光，一方面是为了抬高我的身价，掩护我自己；另一方面也是要借力用力，制约他，别让他有恃无恐，无法无天，作乱造殃。

总的来说，胖子是个只有胆量、缺乏心计的粗鄙家伙，一直把我看作是他军师的角色，我的话是要听的。就这样，林婴婴给我制造的这个麻烦——赶走秦时光——算是给我就地化解。但是，她接着又不停地给我制造麻烦，越来越多的麻烦，有的麻烦太大太大了，我们都无法解决。为了解决这些麻烦，我们都将面临生和死的考验。

02

刘小颖的书店就开在我们单位大门口，这样便于我们随时联系。大约是林婴婴给胖子当秘书后不久，一天早上，我去书店闲逛，发现离书店不远，在书店斜对面，新开起一家裁缝店。一个跛足的三十来岁的壮实汉子正在一扇扇地卸下木排门，摆出裁缝店的招牌。此人似乎很在意地看了我一眼，但我没太在意。

后来，刘小颖告诉我，林婴婴经常去裁缝店，我也没太在意。因为我想，像她这种大小姐，富贵人家的子女，钱不是用来维持生计的，而是维护面子的，每天花钱熨烫衣服、擦亮皮鞋，是她要维持体面的一部分。我根本没想到，这竟然是我将来麻烦的一部分。

李士武被杀后不久的一个周末，林婴婴约我在雨花台见面。到了雨花台城门口，她让我上她的车，叫司机往郊外开。这是我第二次坐她的车，那车比胖子的车还要好，真皮座位，桃木装饰，车身高贵，漆水亮得刺眼，摸上去手打滑，光溜溜的，比婴儿的皮肤还要细腻，苍蝇停上去一定停不住，会滑下来。我不认识这车是什么牌子，据说是美国货。司机还是那个人，一个中年人，满脸大胡子，戴墨镜，穿西装，搞得比我还有派头。他对主人言听计从，但嘴巴基本不用，最多用的是“嗯”，要不就是点头，或者摇头。以后也是这样，我一度甚至怀疑他是哑巴。

车子一直往郊外开，开了至少几十公里，开进一片田野，看到一条清澈的小溪，我们才停车。下了车，司机守着车，我和林婴婴沿着小溪往前走。中秋已过，田野里不时飘来阵阵稻花香，清澈的溪水里跳动着欢乐的阳光，加上李士武刚刚被我们除掉，我的心情出现了自去年妻子女儿离别我后快一年来从未有过的舒畅。我们一边走一边说了好多最近工作上的高兴事，越说心里越开朗。突然，林婴婴想起静子，问我：“嗳，静子园长呢？好久没见她来找你了。”我说：“我们本来就见得不多，见她都是有事情。”她笑道：“什么样的女人是这样的？你需要时就见她，不要了就恨不得躲着她。”我知道她在说什么，骂她：“你这张嘴吐不出象牙，只会咬人。”

她说：“你才咬人。你不就想说我是狗嘛，狗嘴吐不出象牙。”

我说：“你满嘴都是象牙，比象牙还值钱，可以救无数人的身家性命。”

她说：“可我连自己的亲人都救不了。”说着哭了，哭得很伤心，一边哭一边告诉我她不堪回首的经历。她的经历真的比我还要惨，上海沦陷后，一夜间她家被鬼子杀掉十一个亲人，包括父亲、母亲、兄弟、嫂子、襁褓里的婴儿。正是这次惨痛的遭遇，让她下决心参加革命。后来偶然认识上海军统站的人，便介绍她入了军统。

我问：“他是谁？”

她说：“此人后来去了76号当走狗。”

我说：“是不是王木天的前任，上海军统站前站长陈录？”

她说：“是的。”

我说：“难道传说中那个刺杀大叛徒陈录的孤胆女英雄就是你？”

她笑道：“正是鄙人。也正是凭这个，一号才把我调到身边。这都是老皇历了，要名副其实，还要再立新功。”

在我们往回走的时候，她又突然提起静子，还拿出一只翠绿翠绿的手镯，让我转给静子。她说：“既然谈情说爱，你该给她买点礼物。这镯子不错，我想她会喜欢的。”我说不用：“我给她买礼物，岂不是穷人接济富人，穷摆阔？”她说：“那你就以我的名义送她，告诉她我喜欢她。嗳，哪天你带我去她单位看看吧。”我说：“要见她也不用去她单位，我喊她出来就是。”她却执意要去：“登门去拜访更显得诚恳嘛。”我只好说实话：“那会让你难堪的，进不去，她那个鬼地方可比熹园右院都还要难进。”

她说："怎么会呢？不就是个幼儿园嘛。"

我说："我也不知道为什么。"我是真的不知道。

不知怎的，这天她似乎怎么也放不下静子和她的幼儿园，乘车回城里的路上，她又提起来，并一定要我带她去看看。我说："那要绕很大一个圈子呢。"她说："有车，又不要你走。"我说："有什么好看的，肯定进不去的。"她说："最近我们运气好，也许会有转机。"

去的路上，我无意中发现他们好像去过那儿，虽然她和司机在问我路，但有两个路口我们在说其他事，他们忘了问我，可司机照样没走错。当我发现这个异常后，快到幼儿园时，我有意不说，司机照样自动减慢车速，林婴婴的目光也是老远就很在意地瞅着幼儿园。这使我更加怀疑他们来过这儿，今天鼓动我来绝不是随意而为，而是蓄谋已久。

她为什么要来这里？为什么有些事瞒着我？她跟静子私下有在接触吗？一时间，我脑海里冒出好多疑问。这也是我第一次对林婴婴产生一丝夹杂着复杂心理的情绪。后来，这种心理被不断放大，最终在我的诱导下，她不得不对我承认了她的秘密身份。

03

天皇幼儿园设在明代屯兵要塞内，前不着村，后不连市，孤零零的，门口无招无牌，大门终日紧闭。它与日本高级军官居住的熹园右院相距不远，直线距离至多两三百米，但中间有一条护城河，河的北岸是熹园右院的后围墙，南岸有不少临时搭建的棚户，住着战争难民。

作为一座幼儿园，它太不像了，建筑不像，管理也不像。南京城里的人，可能谁也想不到，这里是幼儿园，它森严的样子使人想到监狱，没有通行证，谁也进不去，包括我。我从没有进过幼儿园大门，只在门口张望过，看到大门内有一面影壁，上面用日语写着“天皇幼儿园”几个大字。院子看上去很空旷的样子，当中是一块有五六亩大的四方形空地，铺着明代大方砖，四周有一些古式建筑，连着高大、厚实的围墙。大门口，有一棵孤零零的老槐树，有一半树枝已经枯败，向天空伸着绝望的枝丫。这天，我们车子开过去时，我老远注意到，老槐树在落日的余晖下拖着长长的阴影。

当我们车子从大门口缓缓经过时，我听到一间屋子里传过来一群孩子咿咿呀呀的朗读声。林婴婴认真听了，问我：“你知道他们在朗读什么吗？”我听着觉得像日语。“是日语吧。”我说。她点点头，跟着孩子的朗读对我翻译道：“他们在读——我们的故乡在远方，我们的父母在天堂，中国是我们的土地，南京是东京的兄弟……”

据我所知，幼儿园里有五十个孩子，都是孤儿，父母亲都在侵略中国的战争中丧命。其中有静子自己的孩子，一个男孩，今年六岁，父亲在台儿庄战役中遇难。他是园中唯一还有亲人（母亲）的孩子。每次来这里我总要想，这场战争给我们留下的孤儿更多更多，多得难以计数。可同样是孤儿，我们的孩子无家可归，沦落街头，生死天定，他们却像宝贝一样被珍藏在这里，衣食无忧，接受着良好的教育和关爱。我相信，如果让他们出现在街头，一定会引来无数仇恨的目光。这座城市的每一棵小草都对他们充满仇恨。也许正因如此，这里才变得像监狱一样森严。

林婴婴听我这么说后，对我坚定又沉重地摇摇头，问我：“你见过那里面的孩子吗？”当然见过。她又问我：“你觉得他们像日本人吗？”我说：“你这是什么意思？”她说：“就这意思，你看他们像不像日本国的孩子？”我说：“这……怎么看得出来，但肯定是嘛。”她哼一声，对我不屑地说：“为什么？就因为他们说日语？”我说：“你想告诉我什么，直说吧。”她说：“我听说那里面的孩子都是我们中国人，是在南京大屠杀中遇难同胞的遗孤。”我情不自禁地提高了声音说：“开玩笑！你没见过那些孩子过着什么样的生活，养尊处优，跟一个个小皇帝一样的。”她说：“这就是不正常，凭什么要对他们这么好？”我说：“因为他们的父母亲都是他妈的靖国烈士！”她说：“这是他们说的，其实真实情况根本不是这样，那些孩子是我们的，鬼子在拿我们的孩子做一种试验。”什么试验？她从车上找出一本杂志，对我说：“你听着，我给你念一篇文章。”

我说：“给我看就是了。”

她说：“这是日语，你懂吗？”

我说：“我一辈子也不会学这种强盗用的语言，我以会日语为耻。”

她说：“我喜欢你这种雄性大发的样子，可惜太少了。”

我说：“整天过着一种藏头掖尾的日子，人都霉了。我真想去前线，生死一瞬间，生不怕死，死而无憾。”

她说：“我们也在前线，我们在前线的前线，在刀尖上。你听着，”她翻开杂志给我讲起来，“这是日本一个著名科学家在接受《朝日新闻》访谈时说的，他说当今世上犹太人和支那人是人类的灾难，这两个人种素以精明、伪善和奸诈著称，人类在他们的影响下信义不存，公正无求，道德沦丧。世界要和平，要恢复正义，要安定团结，必须灭掉他们。在西方，希特勒已开始大举灭绝犹太人，在东方，本国政府也已进兵支那。但这些兵刃相见的行为过于血腥，缺乏智慧，所以容易遭到非议和反抗而引来重重阻力。狗急要跳墙，明目张胆屠杀必将引发全民战争、世界大战。不战而降之，温柔而屈之，笑中藏刀，蜜中灌药，让他们在感动中、在幸福中、在无恐无惧中消失，才是高明之举，长远之策。”

我问：“完了吗？”

她说：“这只是他说的冰山一角，很多东西由于涉及他下一步行动的秘密没有刊登。”

我说：“他还说了些什么？我想你一定知道。”

她说：“他准备研发一种药物，人吃了会降低智力。”

我说：“这种药现在就有，要他研发干什么，什么镇静剂、麻醉药，经常吃就会伤害身体。”

她说：“可是这种药你一个正常人会去吃吗？知道它是药，只有病人才会去吃，吃了是治病的。他要研究的是一种食品，像烟酒、零食、点心什么的，开始吃好好的，看不出有什么副作用，但吃了就要上瘾，吃多了人就完蛋了。”

我说：“这不就是鸦片嘛！”

她说：“对，可以这么说，他要研究一种新型鸦片，让我们中国人再做噩梦！”

我觉得她越说越离谱，不知说什么好。

她合上杂志，继续对我介绍说：“你别小看此人，他在生命科学领域里是独树一帜的，像现在风靡欧美的Melatonin Plus梦美助眠药就是他研发的。据说这是一种几乎没有副作用的安眠药，不但能催眠而且还能催醒。就是说，你服用后半小时内一定能睡着，八个小时后又一定能按时醒来，像定时闹钟一样。”

我说：“我根本不相信，如果真有这种药，如此神奇，早普及了，至少我们早听说了。”

她说：“你错了，有些东西恰恰是通过限销甚至禁销来突出它的权威和价值的，目前这种药只供欧美高级市场，其他国家几乎看不见，禁销。”

我说：“你越说越玄了。”

她说：“还有更玄的，他是个瘫子，双脚不能行走，只能靠轮椅生活。自古异人都有异相，一万个瘫痪在轮椅上的人，可能九千九百九十九个都是废物、寄生虫，但有一个或许就是人上人、人中骄子。世界就是这么神奇怪诞，世界音乐第一人贝多芬是个聋子，留下世界名画《蒙娜丽莎》的达·芬奇喜欢男人，杀人魔头希特勒是个见了女人羞羞答答的人。作为一个瘫子，能够自食其力已经难能可贵，但他现在至少是一个在生命科学领域里有名的科学家，报纸采访他，你看他接受采访也是说得头头是道。这说明什么？他不是一个普通的瘫子，而是一个人上人。”她一口气说完，最后盯着我，对我一字一顿地说，“我得到消息，这个人现在就在静子那里，在幼儿园里。”

“他在那儿干什么？”我十分诧异。

“已经来了半年多了，”她像没听见我问的，依然自顾自说，“我们怀疑他就在孩子们身上做实验，研制那种药。”她完全沉浸在自己的思绪中，露出了一点儿“马脚”。

“你说的‘我们’是指谁？”我问她，“除了你，还有谁？”

她意识到刚才失言，沉下脸，对我爱理不理地说：“这重要吗？对不起，现在无可奉告，到时候自会让你知道的。”

我确实把这个看得很重要，因为我对她已经心有阴影——我在怀疑她的真实身份，在真实身份大白之前，她的身份问题比什么都重要。此刻，她也许并没有意识到我在怀疑她。

我说："我想现在就知道，不行吗？"

她说："这问题要一号才能回答你。"

我说："你是在告诉我，这是一号交给你的任务？"

她说："你的理解能力一向令我钦佩。"

我说："你的行动能力一向令我佩服。所以，我在想，既然我们明知他就在里面，他又是那么罪大恶极，你把他干了就是了，你不是手上有个了不得的神枪手吗？"

她突然哈哈笑道："首先，他整天待在屋子里不露面，神枪手英雄无用武之地；其次，我们也不能杀他。"

我有意跟她抬杠："怪了，哪有鬼子我们不能杀的？"

她说："杀了我们就要吃大亏！刚才我只说了他一个身份，世界著名科学家，同时他还有一个身份，日本现任天皇的表兄，是皇亲国戚。两个身份，任何一个都决定了不能暗杀他，搞暗杀，杀一个科学家，一个皇亲国戚，全世界的人都会谴责我们，鬼子就有理由大肆屠杀我们的黎民百姓。"

我想，他娘的，这人就像书上写的，怎么要什么有什么。"其实，就算他没有这两顶保护伞，你不要以为就一定能杀掉他。"她说，"我们现在对里面的情况一无所知，谁知道有多少人在里面。"这个，我记得静子跟我说过，老师连她也才五个人。她反驳我："首先，静子说的不一定就是事实；其次，就算老师真的只有五个，可还有生活员、医生、炊事员等，你知道有多少人吗？"

我说："这个我不知道，但有一点是明确的，大门口没有卫兵，守门的是一个残疾人，一个一只袖管空洞洞的断手佬。如果他们要养人保护他，养卫兵是最方便的，名正言顺，包括老师也可以多设。”她说我这个推理不无道理。“不过，”她带点儿调侃的口吻对我说，“我们现在的任务也不是要搞暗杀，我们要搞清楚真相，所以你必须想办法进去看看。”

我说这肯定不行。她说：“这只说明以前你没有努力过，努力一下，好好打打静子这张牌，我就不相信你手上有这么大一张牌，有静子园长关照，还进不了门。”她早准备好一条烟，甩给我，“给你点子弹吧，我相信看门的断手佬一定抽烟的。”我揶揄道：“你知道的比我还多嘛。”她说：“因为我要完成任务。”至于任务到底是谁交给她的，她一直没有道明。

这一天，林婴婴让我看见了新的一面，但这一面具体是什么内容，意味着什么，我并不知道。当然，以后我会知道的。

04

第二天下午，我揣着两包烟，去幼儿园找静子。我有意只带两包，因为怕多了让断手佬多疑。我还有意没有坐车，走去的。林婴婴给我灌了一团黑乎乎坚硬的夹生东西，过去了一天我还消化不了，我想走着去，路上好好思想一下，消化一下。

却是越想越糊涂。

怎么说呢？幼儿园是我最早接触的地方，从现有情况看，如果里面有什么任务，我也是完成任务最合适的人选，组织上为什么避开我，对我隐瞒？林婴婴虽然对我说了一些，但很显然，她说的没有藏的多。这是为什么？这里面有什么秘密？到底是怎么回事？我思考了一路，眼看幼儿园到了，还是无果。

依然大门紧闭。我敲门。大门上的小门洞开，断手佬走出来，他还是老样子，穿着没领章的旧军服，四十来岁，面相凶恶。他认识我，还“认得”我的来意，一见我，二话不说，对我点点头回去了。我知道他是去喊静子了。可我今天有任务，我想进去，看看这里面有没有那个瘫子科学家——这个所谓的皇亲国戚！我喊一声“太君”，擅自跨进小铁门，跟着断手佬走去。他发现后连忙转身过来，把我赶出门，还对我骂骂咧咧，又是甩胳膊舞臂，又是吹胡子瞪眼，直到我拿出两包烟送给他，才安静下来。

断手佬嗅着香烟，阴沉的脸松懈开来：“我抽过这烟，好烟，谢谢！我知道你要见静子园长，我帮你去叫。”又回头走了。

“嗳，太君。”我喊他。

“什么事？”

“让我进去，”我笑道，“给我个机会，我想给园长一个惊喜，从天而降，突然出现在她面前。”

“不行。”他立时变了脸，“如果这是条件，你把烟拿走，我抽不了。”他把烟塞给我。

“不不，不是一回事。”我把烟推还给他，“烟你拿着，太君抽我的烟，我高兴。”

“那我帮你去喊园长，”他说，“你要自己进去是绝对不行的。”

我又递给他一支烟，给他点上，自己也点一支，陪他抽，一边跟他套话：“为什么？这儿又不是军事要地，凭什么这么严格，我们是自己人。”他干脆地说：“这你别问我，你去问园长，她不是你朋友嘛。说，你要不要我去喊？”下最后通牒了，我只好说“要”。

后来静子出来，我也编了些理由，请她说服断手佬让我进去看看：我想看看你的闺房，想看看你的孩子，想看看孩子们的教室……不管我说得多么煽情、肉麻，静子一概含笑摇头。“走吧，”她拉着我的手催促我走，“他不可能让你进去的。”我说：“你不是园长嘛，只要你让我进去他能不听你的吗？”静子拉我的手更着力了，虽然给了个口头安慰：“下次吧，让我舅舅带你进来。”

这安慰对我形同虚设。

这天，我又带静子去熹园吃饭，席间我很小心地问起幼儿园的一些事情，我感觉到她不是很愿意谈。她说：“我的工作没什么好说的，每天都一个样，给孩子们当保姆，当老师，当朋友，当医生。我很累，但也很开心，因为孩子们很可爱。”我说：“你们当初怎么会选中那地方，那儿以前是屯兵的，屋子都造得阴森森的，墙高门厚，整天阴风袭人，见不到阳光，怎么做幼儿园？做监狱还差不多。”她说：“其实我也挺奇怪的，为什么要把幼儿园设在这儿。”我说：“你不是园长嘛，怎么就不选个好地方？”她说：“幼儿园已经开办三年，我才来了一年多，哪轮得到我选？”随后她问我今天干吗要请她出来吃饭，幼儿园的话题就没有继续下去。我怕她多疑，后来也没有再主动问起，直到送她回去的路上，我有意选择从熹园右院背后河边的那条路走，中途突然发现，幼儿园方向有一片灯火。我判断那儿就是幼儿园，可孩子们怎么这么迟还没有睡？我这么问她，她说那楼应该是他们的医院。医院？他们医院？幼儿园里怎么还有医院？他们又是指谁？我一下涌出好多疑问，但没有提出来。我怕我一时问得太多，让她也想得多。事实上我没有发问也引起了她的怀疑，她意识到自己刚才说漏嘴了，主动对我解释，那医院刚搬来不久，她也不知道他们在做什么。我想医院当然是看病的，不知道在做什么的医院就一定不是医院。是什么呢？我马上想到林婴婴说的那个瘫子科学家，他在秘密研制毒药，医院不过是个幌子。

难道林婴婴真的没说错？

这可不是我要的答案，我心里很乱。

我一直送她到单位门口。从熹园过来，抄小路走，真的很近，只有二十分钟的路程。分手时，我把林婴婴交给我的手镯送给她。在月光下，手镯发出绿莹莹的光，看上去真像是一件宝贝。她一定没有想到我会送她东西，很激动，当即套在手上反反复复地欣赏、夸奖，末了问我："这东西一定很贵吧？"我说："不贵重的东西怎么好意思送你？"她说："你干吗送我这么贵重的礼物？"她也许等着我说：我喜欢她。可我开不了口，我怕开了口收不了场，便要了个滑头："这问题你回去自己去想吧。"她含情脉脉地看着我，把手递给我。我牵起她的手，也许应该顺势把她揽入怀里，但我只是紧紧地、好像是深情地用双手捏了一下她的手，便放她走了。这也是我们除跳舞之外，第一次带暧昧的身体接触，我感觉她的手是冰凉的。

回家的路上，我对自己说：你今天无功而返，明天林婴婴一定不会给你好话听的。我还想，要从静子嘴里挖到幼儿园的秘密，也许比了解她身体的秘密还要难。从现在的情况看，我可以负责地说，我要得到她的身体也许是没什么困难的。

第二天早晨，我约林婴婴提前到单位，在操场上散步。林婴婴得知我落败而归，嘻嘻笑："这么说，香烟白送了，石头（翡翠手镯）也白送了？不，你是把石头送给了我，我现在心里好沉重啊。"我说："没办法，情况就是这样，断手佬绝对买不通的，给他一箱烟都不行。"她说："这也是一种情况，说明他接受了死命令。"我想也是。

“你有没有问过静子？”她问我。

“什么？”

“为什么搞得这么森严？”

“没有。我没敢问，怕她多疑。”

“对，你不要问，要问也让我来问。”

“估计你也问不出名堂。”我说，“静子这人……很稳重的，不爱多言。”

她沉思一会儿，说：“没事，我来想办法吧，反正我们一定要进去，进去了才能有判断。”

我不想介入这件事中，有意把里面有关医院之事隐瞒不说。我不想给她提劲，我要对她泼冷水，强调她的说法不对。我说：“你不知道，那里面是一个空荡荡的地方，怎么可能藏得下一个研究机构？”她以庄重的口气对我说：“我的同志，请你相信我，不要怀疑，要怀疑请用事实来怀疑。以我掌握的情况看，这里面一定窝藏着罪恶，那个罪大恶极的人肯定就在里面。你不想想，一个幼儿园干吗要那么大地盘？不瞒你说我昨天也去了，开车绕着围墙转了两三圈，我注意到，一排房子晾着好多孩子的衣服，这应该就是孩子们的寝室。可是在这排房子对面，还有一幢楼，阳台上晒着好多白大褂，好像是一座医院。”

我知道，以她的性格，如果下一步我不给她搞清楚这是不是医院，她也会自己去找静子打探的，那样的话静子反而会怀疑我盯住医院了，因为这其实是她说漏嘴的一个东西。于是我索性告诉林婴婴，那就是医院。我说：“我听静子说过，里面确有个医院，刚迁来不久，静子也不知道那里面的情况。”她问我：“那么你想，把一个医院放在幼儿园里，而且那地方那么偏僻，正常吗？不正常！如果是一个正常的医院，给人看病就诊的医院，鬼子会放到那么偏僻的地方去吗？我判断这个所谓的医院就是研制基地，那些人表面上是医生，实际是那个瘫子的助手。”她突然想起，告诉我，“哦，那家伙的名字叫腾村，腾村龙介。”

东升的朝阳，把远处的天空映得金光闪闪。可是，我的心情很灰暗，她越把事情说得真实不可怀疑，我心里越是不踏实：一来，我在追问，这任务到底是谁交给她的；二来，如果这确实是今后我们小组必须完成的任务，我觉得要完成它是很难的。而她则再三强调说，我们必须想办法进去。我烦了，对她不客气地说：“请你搞清楚，是你想，不是我想，我认为这没办法，你也想不出办法。”她又开始对我发出她经典的哈哈大笑，一边对我说：“金处长，你太低估我了，不瞒你说我已经有办法了，只需要你配合一下，把静子给我约出来，把我隆重地介绍给她，行吗？”

我说：“这没问题。”

她说：“那我们就准备进去吧。”信心满满地。

05

她真的想到办法了。

这天中午我把静子约出来，她在得月楼豪华地宴请我们，完了又执意要用车送静子回单位。静子说：“不要送，我自己回去，很近的。”近是不近，可静子怎么会让她送？出来吃饭是看我的面子。我等着她把牌打给我。果不其然，林婴婴拉着静子的手，亲昵得跟一对姐妹似的嗔怪道：“岂有此理。静子姐姐，中国有句老话，客随主便，今天是我当妹妹的请你出来，我要善始善终把你送回家。金处长，你说我该不该送？”我能说什么？

“该送的。”我对静子说，“是的，客随主便，上车吧，这也是林小姐的一份心意嘛。”

静子就上车了。

车子就开走了。

转眼就要到静子单位，我还是不知道林婴婴葫芦里到底藏着什么迷魂药，会让断手佬敞开那扇沉重森严的大门。两个拐弯，小车停在天皇幼儿园大门前，断手佬闻声出来，打开小铁门，恭候静子回来。

“好了，你们回吧。”静子欲下车，被林婴婴拉住，不让她开车门。

“哎，姐姐，别下车，我说了今天我要送君送到家。”她又吩咐司机：“去跟门卫说一下，就说园长回来了。”

静子连忙阻止：“不要，不要进去，就这样吧，我走进去就行了。”

静子说着挣脱阻拦，下了车。林婴婴跟着也下车，挡住静子去路，一边叫司机打开后备厢。林婴婴拉着静子来到车尾，指着后备厢里的东西说：“姐姐，你看，这是我送你的。”后备厢里蹲着一只大大的石狗，林婴婴介绍道，“姐姐，我知道你生肖属狗，专门请大师傅给你凿了这个，看家护身的。”

这时我才明白她葫芦里藏着的是什么迷魂药，我上去抚摸着石狗夸奖：“啊哟，这师傅的手艺真好，你看这对眼睛，跟活的一样。”林婴婴说：“何止是师傅的手艺好，你看这石头，血流成河，百里挑一的。这是浙江昌化的鸡血石，最名贵的宝石，比铁还要硬，还要重。”转身对静子说：“姐姐你说，你走进去，它怎么进去啊，除非金处长是个大力士。金处长，你能扛进去吗？”

我说："我能把它从车里搬下来就不错了。"

她说："那这个任务就交给你了，等车进去了你把它搬下来，搬进姐姐的屋里。"

我们俩就这样一唱一和，鼓动静子去吩咐断手佬开门。静子去吩咐了，断手佬也听了，门就开了，汽车轰的一声就进去了。车子停在静子宿舍门前，我和司机负责把石狗搬进屋，林婴婴则择机四顾，一边套静子的话。院内静得出奇，几无人影。

"哗，这里面好大哦，姐姐，这里有多少孩子啊？"

"五十个。"

"不多嘛，怎么要这么大的地方？"

"我也不知道，我来的时候孩子们已经来这儿了。"

"这房子很古老气派啊，古代的建筑就是气派。"

"嗯。"

"怎么没看见孩子呢？"

"现在是午休时间。"

两人边说边打开门，帮助我和司机把石狗弄进屋。进门前，我注意到，对面楼里出来一个人，穿着白大褂，站在阳台上，在朝这边张望。为了多套她一些话，林婴婴一进屋便对屋里面的所有东西都表现出好奇，向静子问这问那。静子如前一样，并不乐意作答，但碍于情面也尽量应付着。

林婴婴看见墙上有好多幅静子和成群孩子的合影，问静子："这就是你的孩子们吗？"

"嗯。"

"金处长，你来看，他们真可爱，看了他们我就想起自己的小时候了。"

我过去看着孩子们照片，一边问她："你小时候的幼儿园有这么好吗？”她说：“简直是天壤之别，我们那时候就在一栋破房子里，几十个孩子才两个老师。静子姐姐，你这儿一定有好多老师吧？”又套上话了。

“并不多。”静子答，“老师连我才五个。”

“但肯定还有很多生活员，炊事员啊，勤杂工啊，对不对？”

“嗯。”

“肯定还有卫兵。”

“卫兵倒没有，就一个看门的。”

林婴婴指着窗外对面的那栋像医院的楼问：“姐姐，那栋楼也是你们的？怎么有个穿白大褂的人，是医院吗？”

静子支支吾吾。适时电话铃声突然响起来，静子获救似的去接电话。放下电话，静子慌乱地催我们走。我猜，这一定是刚才那个白大褂发现我们进来，在指责静子，便告辞。

车子开出大门后，林婴婴跟我分析刚才那个电话：“这说明你的静子虽然是园长，但并不是里面最大的，还有管她的。”我说：“也许是监视她的，否则不可能我们一进去就被人发觉。”她说：“我看到我们进去时一个穿白褂的人在对门楼下冒了一下。”我也看见了，是个年轻人。她说：“秘密一定就在对面楼里。”我想也是，静子刚才的样子简直有点儿“谈它色变”。她说：“可惜今天没有见到孩子。”我说：“行了，毕竟是第一次。不过下一次不知要送什么才能进去了。”从今天情况看，要有下一次，难！她说这个问题交给她好了，胸有成竹的样子。她越是这样，我心里越是对她有疑问。

我说：“我对另一个问题更有兴趣。”

她问：“什么？”

我说：“这到底是谁交给你的任务？”

她说：“说出来你要吓一跳，还是先不说吧。”

她真的没有说。她是打算永远不说，还是在等待一个合适的时机说？我不知道。但我知道，她对我有秘密。这个秘密正在变得越来越大，越来越真实，越来越把我们拉开距离。江湖险恶，我是一个谨慎的人。

第六章

01

以后我会认识他——刚才在对面楼里张望我们的那个穿着白大褂的人，他名叫小野，二十四岁，中等个子，肌肉发达，目光明亮，走起路来，步子迈得急促又轻松，给人感觉很精干。他的白大褂里总是穿着军服，领章上缀着少佐军衔。这天，自我们进去后，他一直立在阳台上注视着我们，直到我们离去，他才离开阳台，下了楼，往幼儿园这边走来。

以下是后来静子向我复述的一幕——

小野过来，在静子屋前停下。静子以为他要来找她，可他停顿一会儿又继续往前走，脚步加快，似乎刚才的停顿给他增加了脚力。

断手佬注意到小野在往自己走来，主动迎上来，面带笑容，是一种带着惧怕的笑容。他似乎从对方急匆匆的脚步和严肃的表情中读到了恐惧。

果然，小野冲到他面前，二话不说，重重地甩他一个耳光，骂："是谁让你放他们进来的！"

断手佬挨了打，反而泄放了恐惧，不服气地顶撞他："她是园长，我能不听她的？"

小野喝道："有些事园长也要听我的，我们要为她的安全负责。"

断手佬说："那你要跟她说，否则……下次她又叫我开门怎么办？"

小野哼一声："不会有下次，记住，不要放任何外人进来！"说罢转身离去。

小野又来到静子屋前，又像刚才一样略为停顿一下，却没有像刚才一样走掉，而是上前敲静子的门。静子一直在注意他，这会儿为他打开门，不冷不热地问他："有事吗？"

"我来看看它。"小野走到石狗前，一边看着一边说，"原来是一只狗，嗯，有意思。最近我看园长你经常外出，是不是有了如意郎君？这东西就是你的如意郎君送的吧？"

静子瞪他一眼："你管得真多。"

小野笑道："我怎么敢管你？你是园长。"

静子看小野要把石狗翻过来看："嗳，你干什么，别去动它。"

小野说："我看看底下有没有机关。"

静子说："你还是看看自己脑袋，什么都怀疑，这是石头，比铁还硬的石头，哪里去藏机关？"

小野笑笑："园长，凡事小心为妙嘛，我要为你的安全负责。"

静子冷漠地说："谢谢，我很安全。"

小野说："这些中国人良心大大地坏，你要大大地小心。"

静子说："去对你的教授说吧。"

小野说："教授是我们大日本帝国的国宝。"

静子说："我知道，这里的安全措施都是为他，不是为我的。如果是为我，对不起，我不需要，搞得跟监狱似的，烦死人了。"

小野说："心里安静就不会烦，你看教授，整天待在楼上，从来不下楼也不烦。"

静子说："他能下楼吗？"

教授就是腾村龙介，著名科学家，皇亲国戚。但这里，人人都叫他教授。

教授下不了楼的，他的脚筋断了，两只脚形同枯木，着不了地，只能靠轮椅代步。以后，接近教授成了我的噩梦，因为他是难以接近的，他每天待在对面楼里——所谓的医院，足不出户，过着像时钟一样精确刻板的生活。好在他身边有四个女助手，分别叫千惠、百惠、十惠、小惠，个个年轻、漂亮，各有专长。她们除了负责陪教授工作生活外，还有一个职责就是写日记，全程记下她们陪教授度过的每一分钟，每一件事。我对教授的了解和想象均来自她们的日记，那记得真是事无巨细。从千惠的记录看，我们离开幼儿园时，教授正坐在轮椅上，在二楼室内运动场里对着墙壁打网球。打得大汗淋漓。千惠帮他捡球，她的专长是运动保健，主要负责教授的身体健康，每天下午陪教授运动一小时，完了做按摩，晚上熬汤焖药，次日安排教授分餐定时定量进食，强身健体。以下是我根据千惠这天的日记想见的一幕——

千惠说：教授，时间到了，不打了吧。

教授说：好，今天到此为止。

千惠开始捡球，她穿裙子，捡球时有些姿势可能很性感，让教授受了刺激，上去摸了她的屁股。千惠一下显出万种风情，上来搂住教授脖子说，今天晚上要我来陪你吗？

你行吗？教授冷冷一笑。

怎么不行？千惠说，我的每一个细胞都等着您的召唤。

可是今天不行。教授说，我知道的，你正在“休假”。

千惠顿时惊慌地察看背后，从屁股一直看到脚，没有发现什么异常。

教授说，你以为有血迹？没有的事，干净得很。脏了才知道就不是我了。千惠问他，那你怎么知道的？教授大笑着说，我是研究生命科学的，生命对我来说没有秘密，我可以从你的眼睛看到肝脏，从你的嘴唇看到阴唇，从你的头发看到血液，所有看不见的秘密都在我的眼睛里。

千惠上前亲了一下他的额头说，教授，你真不愧是我们大日本国的国宝。

教授说，等我在中国的全部研究计划完成了，就不仅是日本国的国宝。

千惠说，而是世界的。

教授说，对，到那时全世界的人都要感谢我，就像今天的欧洲人感谢希特勒一样感谢我。

千惠帮他擦汗，教授继续说道，世界上有两种民族一直是人类的灾难，一种是犹太人，再一种就是我们身边的支那人，人类要安定，要公平、秩序，要正义，必须把这两种人都灭掉，灭绝。

就在这时小野进来，毕恭毕敬地向他汇报刚才静子带人进来的事。教授一直默然地听着，眉宇间透露出一种高贵、睿智，目光里却藏匿着冷漠、阴鸷——冷得有一丝杀气，阴得有一股毒劲。不等小野汇报完毕，他手一挥，发话：叫野夫来！

02

如果说千惠是教授的生活助理，那么百惠就是工作助理，她的职责主要在教授办公室里：只要教授进了办公室，一切均由她来负责照顾。教授的办公室有半个篮球场大，分各种区域，工作，生活，休闲。休闲区内专设有茶艺区，铺着地毯，临着窗户。

野夫驱车赶来时，百惠正坐在窗边泡茶，教授在另一端的实验区，坐在轮椅上，穿着白大褂，正对着显微镜在仔细察看什么。他已经五十岁，从背后看，可见头顶头发稀拉，几乎快秃顶。在他背后，有一溜长长的案台，台上放着各式玻璃器具，大小不一，形状各异。在两个半米多高的玻璃瓶里，用福尔马林药水泡着两个婴儿的标本，都睁着眼，握着小拳头，蹬着光腿，看上去瘆人。

从百惠的记录看，野夫亲自驱车而来，绝对是最快的速度。车子一头闯进断手佬刚刚打开的大门，依然保持最快的速度，绕着操场转了大半圈，最后停在医院楼前。因为速度快，停下来时刹车片发出尖厉的摩擦声。

小野早在楼前立着，脱掉白大褂，亮出一身黄皮军服，呈立正姿势。等野夫下车，他向野夫行日式军礼。野夫把一个长方形的纸盒转交小野拿着，两人便进了楼。

小野带野夫进来，轻轻地走到教授身后，恭敬地向他报告：“教授，野夫机关长来了。”教授继续看着显微镜，说：“知道了，让他先喝杯茶。”小野把野夫引到茶艺区，安排他坐下，百惠给他端上一盅茶。野夫饮过三杯茶后，教授才过来，自己推着轮椅。小野上去想帮他推，他挥手不准。

野夫恭敬地起身相迎，对教授说：“尊敬的教授先生，您好，打扰您了。”

教授一挥手，吐出一个字：“坐。”

野夫乖乖地坐下。待教授坐定，百惠及时献上茶。教授接过茶盅呷一口，问野夫这茶怎么样。野夫连声道好，随后谦卑地问教授：“今日召见，有何指示？”教授把茶盅还给百惠，冷冷地说：“喝茶，先喝茶。知道这是什么茶吗？”野夫连忙喝一口，品一会儿，说：“这是杭州的龙井茶。”教授说是龙井不错，但龙井茶也有精粗之分，这是精品，是用谷雨前的牙尖尖焙的。野夫说是的，这茶确实好，这么好的茶叶他只在中村将军那儿喝过。

教授说：“这茶就是中村将军送的。”

忽然，教授瞥见沙发脚边放着野夫带来的那个大纸盒，问这是什么。野夫打开纸盒，拿出一个青花瓷瓶给教授看，说这是他刚从上海寻来的，据说有三百年历史，是景德镇的官窑烧制的。

教授拿来细细看着，最后道：“假的！”

教授指着百惠说：“它的年头还没有百惠长。”“惭愧！惭愧！”野夫难堪至极，一再致歉，求谅解。教授这才言归正传，把下午静子带人进来的事说了个大概，指出两条：一、你要告诉她——静子园长，下不为例，不管什么人，什么理由，都不要带进这个院子；二、听说静子跟一个支那人接触很多，要求野夫“关心”一下。教授指着那个假青花瓷瓶对野夫警告：“别像你买的这个玩意儿一样，又买个教训。”

静子告诉我，野夫告别教授，当即去找她“关心”。时值下课时间，静子和另一位老师小美正带孩子在户外玩耍，孩子们见野夫的小车开过来，都咿咿呀呀地围上来，把车子逼得停在路中央。野夫下车，把静子叫到她办公室里，先了解了情况，后照着教授的指示留下两个要求。对第一个，静子爽快答应了，对第二个，静子没有答应。

静子说：“本来就没有的事，我们只是跳过几次舞，吃过几餐饭。”

野夫问：“你喜欢他吗？”

静子说：“我没考虑过这个问题。”

野夫说：“这样好，希望你永远不要考虑这个问题。”

静子答应了。

事情没有像野夫事前担心的一样严重，静子的表态也让他满意，野夫出门时心情很好。所以，出来见孩子们时显得很慈祥可爱，有说有笑，平易近人。上车前，他还装模作样地对孩子们行了个军礼，孩子们都像受过训练似的，一齐还以军礼。野夫在孩子们齐刷刷的军礼中上了车，车子驶出大门时，静子看到孩子们还对着大门高举着小手。

03

不光是教授和野夫在操心我与静子的暧昧关系，还有一个人比他们还操心着呢，他就是刘小颖瘫痪在床的丈夫陈耀。

陈耀曾是我部下，也是我发展的同志，明的暗的都与我在一个时空里，朝夕相处，交情笃亲笃深。几个月前，灾难降临，陈耀在外面吃饭，与一个人发生争吵，那人先出手打人，扇了陈耀一个响耳光。陈耀是大个子，体力过人，打架是不让人的，最后把对方打趴在地。那人逃走后，喊来一个鬼子报仇，鬼子举着手枪闯进餐厅，毒打陈耀。陈耀自不敢还手，任其痛打。鬼子打够了，逞了能，走了，原先被陈耀打趴的那家伙刚才一直没机会出手，临走前顺手操起板凳打了陈耀一个拦腰。就这下，把陈耀彻底打趴，打断了脊梁骨，造成高位瘫痪，卧床不起，把一家子的生计和军统的工作都压在了刘小颖一人身上。他们有个小孩，叫山山，才五岁，陈耀瘫痪后，家里的日子过得十分悲苦，孩子都养不起，只好送回老家。我一直以老单位领导的身份，尽可能照顾他们，给刘小颖张罗起这家书店，挣点小钱，聊以度日。我曾多次给卢胖子施加压力，想把刘小颖弄到保安局来工作，哪怕打个临工也好，但胖子始终不答应。

后来我了解到，陈耀其实早就操心起我和静子的关系。那是林婴婴刚到南京不久的时候，他是偶然从我的部下小青那儿听说此事的。作为前同事，小青偶尔也会去看看陈耀，有时是我安排她去的，比如送袋米、送包药什么的。小青是个性格很开朗的姑娘，对人很热情，话比较多，有一次就跟陈耀说起静子跟我的交往。说者无心，听者有意。陈耀觉得这是个非常大的事，小青一走便让小颖挂出火钳，通知我去书店。

我去了，手上拎着一小袋红薯，大大咧咧地，老远就嚷开了："小刘，来客人啰。"刘小颖热情地上来迎接我，有意大声地说："啊哟，金处长，你怎么又给我们带东西来了？"我说："陈耀好吧？"刘小颖接过东西说："好的。"里面的陈耀听见了，大声喊我进去。

屋子被一排书柜当中隔开，外面是书店，里屋是他们简陋的家，陈耀就躺在里屋，一张散发着贫寒气的破床上。我被陈耀喊进去，他挣扎着想坐起来，却不行。我连忙上去扶起他，帮他坐好，责怪他说："这屋里跟战场上一样烟雾腾腾的，你怎么抽这么多烟啊？"他说："心里烦着。"我说："有什么好烦的，你该烦的都烦过了，别老是在死胡同里打转转。"他气呼呼地说："我是为你烦。"当时林婴婴刚到，我心里偷着乐，对他笑道："为我烦？哈，我这几天乐得简直做梦都是高兴事。你应该知道吧，组织上给我派来了一个人，很能干的……"他打断我说："别跟我说组织上，今天只说你。"我想，除了组织上的事，我还有什么好说的呢？

陈耀点了一支烟，很严肃地对我说："老金，你今天得跟我说实话。"像我对他说过不少假话似的。我不无疑惑地问他："说什么？"他直截了当问我："你和那个日本女人到底是什么关系？"这让我有些意外和尴尬，一时无语。他急着追问："你说啊，到底是怎么回事？"我说这是组织上安排的。他问："安排你们谈恋爱吗？"我说是的。他瞪大眼睛，一时不知说什么好，顿了半晌，说："老金啊，她是野夫的外甥女你知道吗？"我说："我怎么不知道，正因为这样组织上才安排我去接近她，她身上有货。"他几乎喊起来："不是货！而是祸！你有没有想过以后？"我说以后的事谁说得准，走一步算一步。他啧啧地摇着头说："老金啊老金，亏你还是个聪明人，怎么就在这件事情上犯糊涂？鬼子的女人你能要吗？"我说："我不要，可你知道这是工作需要。"他依旧激动地说："工作需要也不能往火坑里跳。老金，你是我最好的朋友，兄弟，你是我大哥，亲大哥，比亲大哥还亲，你——听我一句劝，不能再这样下去，你必须跟她分手，否则你以后要遗臭万年的。"

我怔怔地看着他，不知道说什么。

他依然慷慨陈词："如果说当伪军是为了生计，还情有可原的话，可跟日本婊子相好那是绝对没人会原谅你的，你知道吧老金？"我想谁跟婊子好了，静子不是婊子，我也没跟她好过。我有些不高兴，说："我知道。"他说："知道就到此为止。"我说："问题是革老不会同意。"陈耀用非常坚定的语气说："他当然不同意，可你也不能都听他的，都听他的你就完了。这个人，我现在不信任他！"我问他这是什么意思，他说："就这意思，别听他的，听我的，我才是为你好，他就是要我们为他好，为他卖命，我已经为他卖了命，现在轮到你为他卖命了。"我说："你这就有点胡搅蛮缠了，你出事……完全是偶然。"他说："不错，我是跟人打架，可我要不替他干活，我会去那种地方吃饭吗？那是汉奸开的饭馆！你再想，我凭什么去保安局干活，还不是他安排的，否则谁要穿这身臭黄皮！"他指指挂在墙上的衣服，接着说，"要没有组织，我宁愿饿死也不要穿这身黄鼠狼的臭皮！"

他越说越激动，身子坐不住，滑下去。

我又扶起他，安慰他："是的，我们都是为了党国才穿这身黄皮的，我跟静子接近也是为了党国。"他说："可天下有几个人知道你这是为了工作，以后革老死了，知道的人都死了怎么办？别说以后，就是现在，你跟她相好的事情一旦公开，保证有人背后朝你吐口水，走在大街上说不定还要挨黑枪。赶紧想办法，让那婊子死了心，远离你！"我敷衍了事地说一句："有什么办法呢？"他说："找个女人，成个家，她就死心了，你也就安稳了。"

据刘小颖说，之后陈耀整天都在琢磨为我找女人的事，有时也跟她商量，谁最合适。刘小颖倒是马上想到一个人，就是革灵。中华门牺牲后，革灵一直没找人，很可怜的，每次见到刘小颖都哭哭啼啼。革灵和中华门的夫妻关系是没公开的，刘小颖觉得我们结合还是蛮不错的。刘小颖跟陈耀这么一说后，哪知道反而让他灵机一动，灵感突发。他觉得自己虽然没死，其实已是行尸走肉，跟死没两样，当男人当不了，做父亲做不成。与其让我去“可怜”革灵，不如“可怜”他陈耀，让我娶小颖，这样至少对小颖和孩子有好处。孩子才五岁，需要有父亲照顾！

04

这天我下班回家，路过书店，虽然不见火钳子挂出来，但我还是进去了，因为我刚给陈耀买了一些药。陈耀天天躺在床上，需要补一点儿维生素什么的。刘小颖收下药，客气道：“啊哟，你去花这个钱干什么？”我为了不让她歉疚，说这是局长安排的，我在医务室拿的。我一边说着，一边准备进去看看陈耀，却被刘小颖拦住。她小声说：“算了，你走吧，他在睡觉。”我说：“我也没事，去跟他聊聊天，别老是昏睡。”刘小颖却很固执，一定要我走。我觉得有些不正常，问她有什么事。她说没什么，有意岔开话题，问我：“莫愁湖同志都好吧？”我说：“好的。”她又问：“他（她）到底是哪个人啊？是男还是女的？”我说：“算了，你别问，组织上不想让你们认识。”

陈耀醒了，喊我：“老金，你在干吗？进来坐坐吧。”我准备进去，却又被刘小颖拦住，她一边推我走一边对里面说：“老金有事走了。”我走出书店，心里很纳闷，越想越觉得刘小颖的举止很怪异。我搞不懂刘小颖到底为什么不让我去见老陈。

我一走，刘小颖即去了里屋。我心里有疑问，便悄悄返回去，听到陈耀气呼呼地在责问刘小颖："你干吗不让他进来！"刘小颖说："他有事。呶，他给你的药，是维生素，把它吃了吧。"说着扶起他，准备给他吃药。我听到陈耀把药扔了说："哼，什么事，都是你的事，你就是怕我跟他说那件事！"刘小颖忍不住顶一句："是，我就觉得不合适。"陈耀发狠地拍打自己的身体号叫："你觉得这样合适吗？你没看见我已经是个死人啦，我已经管不了你们啦！"刘小颖抱住陈耀抽泣起来："这不行的……我不能丢下你……我宁愿跟你一块死也不会同意的……这叫什么事嘛，亏你想得出来……"

我不知道他们在说什么，后来才知道，其实这里也在酝酿一场暴风雨，这场风雨只针对我一个人！陈耀鬼迷心窍，一心想说服我当他儿子继父，刘小颖极力阻挡，不准我去见他。很长一段时间，刘小颖都不让我进屋，有事都在门口悄悄说。有一天，她在整理床铺时在被褥下面发现陈耀写给我的一封信，说的还是这件事，被她当即烧掉。陈耀知情后，又跟她大闹一场，以至寻死相胁，一定要刘小颖把我叫来一谈。刘小颖告诉他，其实这跟老金说没用的，就算他愿意，没有革老同意也不行。

"要他同意干吗？"

"这不是个人的事。"

"这就是个人的事嘛，只要我同意，你同意，他同意，跟组织上有什么关系？"

"我们的一切都是组织的，当初我和你的事还不是组织上安排的？"

"当初是当初，现在是现在。"

"但我们工作的性质没有变。"

陈耀冷静下来，说：“这样也好，那就跟鸡鸣寺说吧，我自己也觉得跟老金不好开口，所以才决定写信。你不知道，我都写了一天了，写了又撕，撕了又写。既然这样，让革老出面来说最好。这样，你去找一下他，就说我有重要事情要跟他谈，请他来一下。”

刘小颖迟疑地看看丈夫，犹豫再三，还是狠了心劝他：“算了吧，这事不行的。”

陈耀又发作起来：“你又来了！你以为我是疯子吗？我这一切还不都是为你们好！”

“可这不行的。”

“行不行要跟他说了才知道！”陈耀吼道。

“难道我就没有发言权吗？”刘小颖突然变得很坚决，“我说不行，我不愿意！”

“那我就死给你看！”

陈耀滚下床，爬着去拿菜刀，上演了一场自杀戏……

这是刘小颖对我复述的一幕，她说陈耀抢到菜刀，真的把它架到脖子上要砍自己，把她吓哭了，晚上还做噩梦。这只是开始，以后这样的恐怖戏、这样的噩梦不断上演。陈耀的精神像他的身体一样，已被固定成一个样子：绝望！他整日躺在床上等死，唯一想完成的一件事就是把妻儿托付给我！他信任我，也相信自己的决定：把妻儿交给我，是最好的选择。

所以，他的死，已经注定。

可怕，这一天，终于降临！

05

这天，刘小颖在丈夫疯狂的胁迫下，只好把我再次召唤到陈耀床前。陈耀没有直截了当提出想法，而是迂回了一下，先是老话重谈，好心劝我应该尽快找个女人，借此摆脱静子。我苦笑着，出于应付，随意说了一句：“好的，那我知道了，我找找看吧。”

他立刻说：“别找了，我给你介绍一个。”

我取笑他：“你现在连门都出不了，还给我介绍？要介绍也只能给我介绍个书里的人吧，你现在是书店老板。”他却认真地说：“不，我要给你介绍的人，远在天边，近在眼前。”我问是谁，他说是刘小颖。我霍地站起来，像被他抽了一鞭子，不由得跳开一步，气愤地指责他：“陈耀，你说什么，简直胡闹！”他说：“老金，相信我，我这是为你好，也是为我好，更是为他们母子好，你就答应了我吧，算我求你了。你把我送回老家，把他们母子俩接回你的家，我死也甘心了。”

可我死也不相信他会说出这种话！我气愤难当，不知说什么好，把烟头丢在地上，踩灭，对他怒喝：“不要说了，这是绝不可能的！亏你想得出来，我为你害臊！”说完我愤然离去，走出门。刘小颖正在门口拿钳子拨弄着炉子，看我气鼓鼓地出来，过来搭讪：“老金……”我在气头上，没说好话：“你去管管他吧，我有事走了。”

没走多远，只见刘小颖疯了似的追出来，大叫大嚷：“老金！你回来！老金！回来！”我停下脚步，冷漠地立在那儿。刘小颖追上来，因为气急而气喘吁吁地说：“老金，你……快回去，他要……自杀……枪抵着脑袋，要自杀……你快去劝劝他……”说着哭了。

我拔腿跑回去，冲进屋，果然看见陈耀举枪抵着脑袋，命悬一指。

“你回来了，好。”他笑得很灿烂。

“陈耀，把枪放下！”我对他喊。

“你别过来，就站在那儿。”

“你别干傻事，有话好好说。”

“是的，”他说，“喊你回来就是有话要对你说，你听着……”这时刘小颖也冲进来，陈耀对她说：“你走，这里没你的事，今后你把孩子带好我就死得安心了。”我说：“就看在孩子的面上，你先把枪放下。”他摇摇头，平静地对刘小颖说：“你走，别让我生气，快走吧。”刘小颖哭泣着离去。陈耀没忘记交代她：“别哭，把力气留着带我们的孩子吧。”我说：“对，陈耀，山山才五岁，他需要你，快把枪放下。”他说：“我可以放下枪，但你要答应我一个条件。”我说：“好，什么条件都可以，你先把枪放下，你这哪像说事情的样子嘛，别走火了。”他大声说：“你先答应我！你不答应我就走了！”咔嗒一声，他真的按下撞针。我连忙说：“好好好，我答应你，你说吧。”他说：“老金，我们兄弟一场，战场上我救过你，今天你就救救我，答应我，把小颖娶了，孩子也是你的，把他们都接到你家，让他们过个像样的生活。我从躺下那天起就在想，今后他们怎么办，想来想去只有托付给你。可我一直开不了口，开了口也没有人同意，都骂我疯了。我没有疯啊老金，我是没办法，孩子这么小，世道这么乱，今后怎么办！”见他稍停，我马上插话：“你不要这么想，陈耀，还有我，我们还有那么多同志。”

他打断我："听我说老金，事到如今我谁也不相信，我只相信你，你就答应我，我死了也安心。"我说："你把枪放下我就答应你。"他说："不，你先答应我，不答应我就开枪走人了。"

我还能说什么呢，我不知道我在说什么，好像别人在帮我说："好，我答应你，从今以后小颖和山山……都是……我的人……我的亲人……我的家人……"他说："老金，你答应了，可不能反悔啊。"我说："不反悔，现在你把枪放下。"他苦笑道："我还没说完，让我再跟你说几句吧老金，革老这人不可信任，他太自私，只想着给自己捞资本，你不要全听他的……"我上前两步："我知道了，你把枪放下吧。"他说："你别过来，过来我就开枪了。"我大声喊："陈耀你到底想干什么，我已经答应你了。"他突然流了泪，说："是的，你答应我了，我可以死得瞑目了。"我说："你再不放下枪，我要收回我的话了。"他泪流满面地说："收不回去了，老金，小颖……是个好女人啊，可惜她命苦，我对不起她，只有拜托你了。"我说："我不是都答应你了，你把枪放下！"他说："老金，今天我举了枪就没想过要再放下，你答应也好不答应也好，我们都只有下辈子见了。"

我预感到他要开枪，扑上去想夺他的枪，就在这时，枪响了。

血溅在我脸上，又滴回到陈耀脸上。我抱着抽搐的他又是痛哭又是痛骂："陈耀！陈耀！你这个王八蛋，你怎么能这样，我不是都答应你了，陈耀！你这个王八蛋……"

这一天，正好是我陪林婴婴智闯天皇幼儿园的同一天。一个小时后，静子也受到野夫警告：不准她与我再往来。就是说，我们俩几乎在同一时间，以不同的方式被不同的人告知：不能往来了！

第七章

01

看来十一月是我的扫帚星，去年这个月，我妻子和儿女别我而去，今年这个月，我的老朋友、老搭档又步后尘。死亡对死者是解脱，对活人是折磨，我对生活的眷念越来越少了，但担子却越来越重。安葬完陈耀后第四天，我回了趟杭州老家，两件事：一是给妻子和女儿上坟，她们走了一周年，必须祭一下；二是把儿子接回南京。我已在陈耀坟头对刘小颖表明态度，让她回去把山山接回来，我把儿子接回来，然后一起过。

我儿子叫达达，今年七岁，这一年来由我父母照管着。父母年纪大了，不想出门，再说我也不想把他们带到我身边。我是个炸弹啊，随时要爆炸的，还是别让他们挨着我好。再说，有了小颖，孩子有人照顾，他们也可以不来。

可是，我想错了。

我回到南京，发现刘小颖还没有回来。陈耀和刘小颖老家都在常熟，就是沙家浜的地方，离南京很近，她回去接儿子，按理早该回来。我同她分手时也是这么约定的，让她先回来守着点，万一出现什么突发事件可以给组织上通个风。怎么会这么长时间没回来？我想革老也许会了解情况，当晚便去诊所。诊所又有变化了，为我开门的是个五十来岁的妇女，包着一块麻线头巾。才十一月份，天还没有冷到这份上，我马上猜想，她可能是个北方人，也许是革老的老乡，他们那边的妇女爱包头巾。

革灵好像身体不舒服，躺在床上，病恹恹的样子，革老正在帮她扎针。革老确实知道刘小颖的情况，我一问，他就说："她跟我请了长假。"长假？我问什么意思。他不悦地说："不明摆的吗，她不干了！"我说："这怎么可能？我们分手前讲好的，她回去接了儿子就回来。"他说："可她跟我不是这么说的，她跟我说陈耀死了她心里很难受，不想干了，只想回老家把儿子带大。"我说："她回家要工作没工作，要积蓄没积蓄，怎么养孩子？"他说："这你别操心，中国这么多人穷得叮当响，可谁家不养孩子？"我说："这不行，我没有联络员怎么行？"

我要求派人去她老家把她找回来。革老说："没必要，我已经给你找了一个帮手。"说着让革灵叫来刚才为我开门的那位妇女，介绍我们认识。她姓陈，叫陈珍莲，五十二岁，确实是革老同乡。二十年前她和丈夫一起到济南闯天下，开了一家馆子，生意不错，发了。前年丈夫当了汉奸，在外面吃喝嫖赌，她一气之下参加了革命。不久前，经组织介绍，她辗转到南京，加入我们组织。

革老本想叫她去接管刘小颖的书店，做我的联络员，我不同意，因为我还想让刘小颖回来——必须回来！否则我怎么跟陈耀交代？但我没有直说，我说："这肯定不行，那书店是保安局的房子，给刘小颖开书店是照顾她，除了她没人能在那儿开店。"我说得冠冕堂皇，让革老一时没了主意。倒是我儿子日后的保姆，陈珍莲同志，一下替自己找到角色。她听说我有个儿子才七岁，说："那我就去帮你带孩子吧，当你家保姆，这样还更便于工作。"革老也觉得这主意不错，当即决定，我无权反对。

以后，她就来了我家，一边照顾我儿子，一边暗地里帮组织上做事。我儿子喊她“陈姨”，我对外也这么叫她。陈姨同志性格坚强，是个很有主见的人，加上又在大城市生活过，见多识广，有点知识，能看报，会写字，后来替我做了很多事。这是后话。

02

话说回来，第二天我去单位上班，老规矩，小李见了我，带上钥匙和一堆文件替我开门，率先进去，放好文件，一边说：“处长，这是这几天的文件，都已经送呈传阅过，你看看吧。”我点头，他又说：“林秘书来过电话，让你一回来就去找卢局长。”我问：“什么事？”他说：“不知道。昨天周部长来局里视察工作了，也到了我们处。”我说：“没事吧？”他说：“没事，都正常。”我问：“秦处长呢？”他说：“不知道，上午来过一下，后来又走了。”我又问：“小唐呢？”他答：“她在楼上，在局长那儿。”突然，小李想起什么，跑回办公室，给我提来一个捆得严严实实的纸包。我问他：“这是什么？”“这是刘小颖送来的，”他说，“她回老家去了，让我把这个交给你。”

看样子像书，我没有马上打开来看。我知道，马上小青会来找我。她是管电话的，一般我外出回来她都会来跟我汇报谁给我打过电话。果然，不一会儿，她来了，还是老样子，蹑手蹑脚地进来，调皮地喊：“报告处长！”我故作受惊的样子说：“你怎么又老一套，吓我干吗？”她嬉笑着说：“对不起，处长，我不是故意的。”我说：“说吧，有谁找过我？”她头一歪，问：“电话吗？”我说：“你还跟我捉迷藏。”她缩缩脖子，一五一十跟我数了几个曾找过我的电话，却没有静子的。我觉得奇怪，问她："没有了？"她说："没有了。"看看我又说，"我觉得应该还有，可就是没有了。"我说："没有就没有，你走吧。"她说："我奇怪这么多天静子园长怎么没给你来过一个电话，处长，你们是不是吵架了？"我说："去去去，谁说她必须给我来电话？"她说："以前都这样的嘛。"我想也是，这是怎么回事？当时我还不知道野夫已经禁止她跟我来往。

小青还想跟我说什么，秦时光突然闯进来，一副久违的样子："啊哟，你回来了，我的大处长，什么时候回来的？"我说："昨天下午。"他关切地问："谁去接你的？"我说："我自己。"他煞有介事地说："你看你看，你又在放任自由了，你想过没有，你是这栋楼里机密度最高的人，你要对自己的安全负责啊，万一……"我打断他："好了，不要危言耸听，我的安全没问题。我一个人悄悄回来就是为了安全。"他说："你这叫什么理论？"我说："最朴素的道理。什么人最安全？一个消失在人群里的普通人最安全，你又派人又派车，搞得兴师动众，人都盯着你，反而不安全。再说我这次出去是私事，按规定也不能用车。"他说："这你又错了，你的安全是最大的公事。"我说："行啦废话少说，有事吗？"他说："没事。"我说："我有事。"他问："去楼上？局长找你？"看我点头，他立即面露不恭，揶揄道："嘿，我敢说他找你一定是说我的事。"我问："你有什么事？"他说："还是让局长大人亲自告诉你吧。"一脸鬼祟。

我一边上楼，心里一边敲小鼓，这秦时光到底什么意思？林婴婴见到我，兴奋地朝我做鬼脸，对我小声说："你回来得正好，我有好多事要跟你说呢。"我问她什么事，她指指里屋，更加小声说："这里怎么说，晚上找地方聊。"里屋，卢胖子正敲着桌子在训人："你这叫不仁不义！我对你这么好，有人在戳我脊梁骨你居然不问不顾，你良心长在哪里的……"突然他像有预感似的，对外面喊："谁来啦？"

我推开门进去，看见挨训的人是小唐，让我倍感意外。这是我第一次看到局长对小唐发火。小唐曾是他秘书，一直是他贴心的人，怎么会让他大动肝火？小唐走后胖子告诉我，秦时光在周佛海面前说他坏话，小唐在场却不理会，听之任之，任其抹黑，显得很软弱。我马上想到，这可能不是软弱，而是变节——她变阵了，跑到俞猴子阵营里去了。小唐这次被林婴婴挤下来，放到我身边，至今没有安排职务，可能很失落，于是另攀高枝。这种可能性很大，但我没对胖子说，他没给我机会说，他心里憋着气，急着要对我宣泄，小唐一走便声色俱厉地对我发火："你那条四眼狗，我要扒他的皮！上次真不该听你的，没把他赶下去。"

"他怎么了？"我问。

"怎么了？他在周（佛海）部长面前说我坏话！"我知道他会继续说，故意不置词。他径自往下说："这个小瘪三，也不知吃了哪个王八蛋的屎，胆敢在周部长面前告我黑状，我要叫他吃我的屎！"我说："他去找周部长了？"他说："他算老几，见部长？没门儿！是部长临时来这儿视察工作，找了几个处长去谈话，你不在，我就怕他乱讲我坏话，专门叫小唐跟着他。结果小唐压不住他，他在部长面前大谈什么局里存在着危机，有内贼，说了一大堆问题，都把问题指向我，狗东西！"

我问："他说你什么？"

他说："他说我跟姓俞的貌合神离，拉帮结派，搞得大家人心惶惶。哼，我拉帮，我拉谁啦，我需要拉吗？是有人结派想抢我的权，反倒成了我的不是，吃屎的反倒把屙屎的告了，荒唐！”

我说：“局长，你跟他生气是抬举了他，小人一个，何必呢？”

他说：“我看我还是该把他收拾了。”

我说：“收拾他小菜一碟，但一定要找对时机，要做到人不知，鬼不觉，现在先别管他，看他能折腾到什么地步。”

这事说得差不多后，我把刘小颖的事情提出来。当时我还不知小颖走是另有隐情，以为她是不好意思面对我，有意躲我。女人嘛，都要面子的，陈耀把她这么塞给我，对她是很没面子的，她拒绝很正常。不过我相信，只要我坚持娶她，她会同意的。她躲我，是欲擒故纵的那一套，可以说，是在等我用切实的行动和语言去打动她，劝她。现在，我就采取行动了，我要趁机说服胖子把她弄到保安局来工作。

“嗳，局长，我刚才来单位的路上看见刘小颖的书店关门了，是怎么回事？”

“我怎么知道？”

“以前陈耀活着，还有一份工资，现在死了，母子俩的日子一定更难过了。”

“这能怪谁，谁喊他死的？这事你不要再多管，你对他们够好的了。”

“话是这么说，但理不能这样讲，陈耀毕竟跟我那么多年，现在人走了，丢下孤儿寡母，我不管谁管啊。”

“你怎么管？”

“我觉得局里应该给刘小颖找个工作，让她有份固定的工资。”

“工作，工作，哪里有她的位置？”

“只要局长有这份心，哪里都找得到位置的。”

他气呼呼地走回办公桌前，一屁股坐下，扬起头，瞪我一眼说：“叫你来是帮我解难的，你倒好，还来给我添乱。我跟你说，这泼妇的事我不会管的，你以后再不要跟我提她了。”

看他态度这么强烈坚定，我不再往下说，心想，今天他情绪不好，硬说反而容易逼他说绝话，把路堵死，择日再说吧。

03

啊，幸亏没有说下去，因为等我回到办公室，打开小颖给我的纸包，发现小颖的走别有隐情。是怎么回事？小颖给我留了纸条：

老金，我走了，回老家，不回来了。走之前，我想对你磕个头，感谢你对陈耀这么长时间的照顾，更感谢你让陈耀走得体体面面。我想陈耀在地下一定是安息了，我为他有你这么好一个朋友和上级而感到万分欣慰。今后你不要再记挂我和山山了，我们很好，会好的。这次有人给我一笔钱，给钱的人你也认识，他欠陈耀的，当初他要好好待我们，陈耀不会死的。现在他用钱来还债，打发我们，我也不客气地收了钱。有了这些钱，我回乡下会生活得很好的，所以你就放心好了。最后，我要说的是，可能陈耀说得对，这人不大有人情味，你以后跟他来往要多加小心。祝你平安！刘小颖敬上。

信是夹在一包书里面的，“祝你平安！刘小颖敬上”，是一个笔迹，我认出是小颖自己写的，其余是另一个笔迹。小颖的文化水平不高，写不出这么长的信，前面那些话一定是她找人写的。这人是谁我不感兴趣，也无关紧要，我感兴趣的是信中说的给她钱的那人是谁。

我首先想到革老。虽然信中有些话没直说，但不难看出，小颖回家是革老的意思。那么革老为什么要叫刘小颖走，甚至不惜给她一笔钱，还专门大老远地去替我找来一个新的联络员，动这么大的心思，费这么大的力气，为什么？当时我还不知道陈耀曾经为我娶小颖的事找过革老，但是琢磨这封信，我怀疑革老已经知道这件事。

中午，这封信像一个催命鬼似的把我赶出门，去了诊所。我要证实一下，革老到底知不知道这件事。开始革老跟我打太极，含糊其词，后来我把刘小颖的信丢给他看，他承认了，还理直气壮地对我说：“你应该感谢我才是，哪有这样的事，这不丢人嘛。”果然，他知道这事。我说：“陈耀生死都不计了，哪还在乎丢不丢人？”他说：“他不在乎，你要在乎，我也要在乎。老实说，我知道这事，比你还早知道。”

我怀疑是他强迫刘小颖说的，问他：“你怎么知道的？”他说：“陈耀自己跟我说的，他还让我来跟你说呢，我当然不同意，所以没跟你说。简直笑话，这种事，你会同意吗？你同意组织上也不同意。别理他，不管他有什么遗嘱，这不是儿戏，可以讲人情，这是大是大非的问题，没有商量余地。”我说：“所以你要刘小颖走？”他说：“这是一个原因，但不全是。”我说：“还有什么原因？”他摇摇头露出一副苦恼样，撇着嘴说：“说实在的，我是为她考虑，孩子这么小，书店生意又不好，如果留在城里生活成本太高，我们组织上也养不起，索性安排她回老家去。”我说：“可她是我的联络员，我的工作需要她。”他说：“这不给你安排新人了吗，陈珍莲不错的，别看她年纪大了一点，干事情只会比刘小颖强。”

我觉得心里有一股气在一浪一浪地涌上来，我忍了又忍，没忍住，直通通地说：“可我已经答应他了。”他一下变得严肃，问：“你答应什么了？跟谁？”我说：“陈耀死之前把刘小颖和他儿子托付给我，我答应了陈耀，现在我已经别无选择。”

革老连出几口冷气，在屋子里团团转，最后横着脸停在我面前，指着我鼻子说：“我猜就是！可我不明白，你怎么能够答应他呢？听着，这不行的，绝对不行！”我沉默一会儿，抬头说：“革老，这样我的心难以安宁，你不知道，陈耀就是看我答应下来了才狠心走的，现在我反悔，他在地下也难以安息。我活得不安宁，他死得不安息，你高兴吗？”他说：“我不高兴，但我不会因为不高兴就放任不管，让你去做傻事。高不高兴是个心理问题，可你想过没有，如果你娶了刘小颖，那就不是心理问题，而是实实在在的、事关党国利益和我们工作意义的现实问题、历史问题。要是断了静子这条线，我看你怎么办！”最后一句话，他说得掷地有声。

我没跟他碰硬，尽量让自己平静下来，对他说：“革老，没这么可怕，首先，我跟静子的关系也没有好到那地步，好像我跟谁结婚就伤害了她似的。其次，我们结婚也可以不公开，悄悄地……”革老抢断我的话：“悄（敲）你个头！悄悄地？我看你是昏了头，养情人都悄不了，你还想悄悄养个老婆孩子在家里？除非他们是一件衣服，可以压在箱子底下。再说了，婚姻大事是人一辈子的事，能当儿戏吗？你爱刘小颖吗？我敢说，你这根本不叫爱，你是可怜她，同情她。”我说：“我想对陈耀了一个心愿。”他说：“行，那你也了我一个心愿吧，革灵，我女儿，亲生女儿，她现在也是挺可怜的，中华门死了，她肚子里还怀着他的孩子，怎么办？你同情同情她吧，娶了她，她或许可以把孩子生下来。”

我知道，中华门和革灵是结婚多年的夫妻，以前在北平从事地下工作，去年革老把他们从北平带到南京，由于工作需要，一直没有公开夫妻关系。如今中华门走了，秘密已经无法公开，公开等于暴露了革灵和革老的秘密身份。所以，革灵怀的孩子成了一个“无本之木”，要么尽快嫁接到另一个棵树上，要么只有连根拔掉。

革老接着说：“不瞒你说，我和革灵都这样想过，但我跟你说过吗？没有，为什么？就想到静子，不想让私事影响公事。现在我可以告诉你，革灵已经把孩子打掉了，你没看见她病恹恹的？伤心啊，身子和心都伤了。作为父亲我不希望她这样，我希望你能娶她，让她把孩子生下来，哪怕只是名义上的娶，只要能把孩子生下来就行。可想到静子，想到你的任务，想到党国的利益，我别无选择，只有亲手把孩子打掉。”

革老说着掉过头去，也许是流泪了，让我非常难过，也难堪。不一会儿，革老拭了眼泪，掉过头来，看看我，看看时间，像是给我们解围说：“行了，这事我们不要再争了，总之一条，你不要把静子这条线给我断了，这是我们的生命线，这条线断了，别怪我无情无义。至于刘小颖，你放心好了，我给她的钱不少，足够她把孩子带好带大。走吧，你下午还要上班。”说罢，革老率先往外走。我沉重地立起身，默默地跟着他往外走。革老一边走，一边劝告我："俗话说，无毒不丈夫，做男人，尤其是干我们这行，不能讲情义，如果什么情义都要讲，我们可能早已经死了好儿次了。"

我走了很远，革老的这句话还在我耳际回响。

04

林婴婴约我晚上七点半在鼓楼街21号见面。

到时间，我在约定地点见不到人，左右四顾好一会儿，终于看到附近花坛边有个黑影在朝我招手。我过去看，人影儿又不见了。正当我由疑惑向惊悚演变时，背后有人拍了一下我肩膀。回头看，正是林婴婴。

夜来天寒，她穿一件黑色风衣，系着腰带，挂一条长围巾，显得很洋派。我说："你搞什么鬼，差点我就拔枪把你撂了。"她说："你有这么快的身手吗？别高估自己。"我说："你干吗躲到这儿来，这儿哪是21号，都快23号了，而且你还迟到五分钟。"她说："我比你早到两分钟，就因为站在那儿，欣赏我美貌的人太多了，我才躲到这儿来的。你没看见，刚才我站在那儿，有多少男人回头看我。"我说："谁让你约在这里？这哪是说事的地方？"她说："那走吧，我带你去一个能说事的地方。"说着上来挽住我手，"给你个机会，这样就没人回头看我了。"

她拉着我走，我们像一对闹别扭的恋人，马路上有个拉双轮车的老汉，奇怪地看着我们。林婴婴说："嗳，你别这么僵硬行不行，你就把我当静子好了。"我说："我还没跟静子这么牵过手呢。"她说："我敢肯定她一定希望你这样去牵她手。"我说："你怎么话这么多？"我闻到她身上散发出来的香气。她说："我在关心你啊，不要做苦行僧，要做浪漫主义革命者。就说我们尊敬的一号吧，他把工作和生活融为一体，一手尖刀，一手女人，鲜血和鲜花一起灿烂。"我说："我应该提醒你，秦时光就是这样的人，一手刀子，一手女人，你可别跟他灿烂。"她说："承蒙关爱，不胜感谢。不过放心，我已把秦时光养成一只宠物，伤不着我的。倒是你，好像没把静子养好，你们好久没见面了吧，想见她吗？"我说："没事见她干什么？"

其实是有事的，她已经好久没给我来电话。这就是事，我按理应该去了解一下是为什么，是她不在南京，还是有其他原因？但几次我要拨电话，听筒扣在耳朵上，总是先听见陈耀在骂我。他死了，却变得无所不能，只要我想起静子，总是被他发现，然后总是凌厉地骂我，不准我想她。他的声音黏在了我心上，驱不散，赶不走。

林婴婴说："你不能老是这样，有事才去找她，平时还是要跟她常来往。我跟秦时光就是这样，我们经常见面，但他休想占我便宜。便宜都让我占了，这就是我的水平。艺术，交际也是一门艺术啊。"我说："你也可以去找她，你们不是以姐妹相称了吗？"她说："你怎么知道我没找呢？"

我们去了一家日本人开的茶馆，林婴婴好像经常来，服务员都认识她，进门都热情地迎上来，甜甜地招呼她。上了二楼，服务员径直带我们去了一个包间，给人感觉好像这是她固定的地方，至少是早订好的。我进去时，发现里面已经有一个人，一个女的，居然是静子！

"深水君，你好……"她显然不知我会来，手忙脚乱地立起身，不知怎么迎接我，僵僵地杵在那儿，像站在悬崖边，无措得很。“你怎么在这儿？”我惊愕的样子并不比她好多少。不用说，这是林婴婴有意安排的。我有理由怀疑她在背后监视我、调查我，她不但知道我和静子已经多时不联系，还知道野夫警告过静子不要和我来往。

后来我问林婴婴，确实，她知道这事。我说：“你怎么知道的？”她说：“是静子告诉我的。”这说明她背着我见过静子。她坦然承认：“是啊，最近我们经常见面。”我说：“你干吗背着我见她？”她说：“她是我姐姐怎么不能见？她也希望见到我，再说你不见她我更要见了，我们不能断了她这个关系。你知道，那里面有我们的任务。”我说：“你不要利用我做事。”她说：“你把我当作什么人，我们是同志，一条战壕的，我们在合作做事。”我说：“我至今没有接到过上级有关这方面的任何指示。”她说：“看来你至今还不信任我，那就算是帮我行吧，如果说以前我没有帮过你，我想以后你会需要我帮助的。”听，她在跟我做交易。要说交易，我是欠她的，她至少替我干掉了白大怡。

这是静子去厕所时我们谈的，她希望我一定要破掉野夫的“限止令”，让静子回到我身边。她说：“我感觉得出来，野夫的禁令让她很痛苦，她心里依然有你。这说明野夫的禁令不过是根草绳，只要你给她动力，多些甜言蜜语，她一定会挣断草绳，跟你重续旧缘。不信你看，待会儿她回来我就走，把时间单独留给你们，看她会不会留下来。如果她不留下，不想和你单独相处，说明草绳还是比较牢的，可能是根麻绳，需要你拿出耐心。如果她留下来，说明草绳已烂，必断无疑。”

静子留下来了，真的像林婴婴说的一样，很痛苦，我还没说什么，她眼泪已经默默地流下来，好像很为自己的屈服深感内疚。尤其是我回杭州前给她打过电话，她很想来车站送我，但最后因野夫的禁令没有成行。说起这个，她竟然呜呜地哭了。看她这个样子，我明白草绳真的已经烂了。其实我也知道，如果静子就这么“离我远去”，鬼知道革老会作何猜测，他一定会以为我是因为要娶小颖故意推开她的，那样他没准会处分我。我似乎又该感谢林婴婴，但不知怎么的，现在我再不像以前那样佩服她。甚至，我有点隐隐地惧怕她，好像她在天上走，我的一切事情，明的暗的，都在她的视野里和掌控中。

这天晚上我和静子聊了很多，我的亡妻和她的亡夫都聊到了。她告诉我，下个月七日是她丈夫去世三周年的祭日，以前她在北平一家医院当军医，后来丈夫牺牲在战场上，她带着孩子来收尸，当时她舅舅野夫已经就任机关长一职，她便留在南京。她去幼儿园工作也是很偶然，孩子大了，要上幼儿园，她四处找，偶然找到这家幼儿园。她想把孩子送进去，却怎么恳求说情都不行。我说：“难道你舅舅去说也不行？”她说：“他是首先反对的。”我问：“为什么？”她说：“因为那里面的孩子都是孤儿，没有父母，父母都死了，我的孩子还有我，还不够资格。我舅舅是非常恪尽职守的人，最怕别人说他闲话。”

我问：“那最后怎么又进去了呢？”

她说：“很偶然，原来的园长出事了，服毒自杀了，才把我调去。”

即使这样，她的孩子其实还没有正式“入园”。她说：“调我进去后，我舅舅和园方开始不准我带孩子进去。这太过分，我强烈要求后他们才做了妥协，允许我带孩子进去，但依然规定我的孩子不能纳入幼儿园的管理中，必须跟我一起吃住。”我说：“这太荒唐了吧，哪有这么严格的？”她说：“就是这么严格。”她告诉我，现在幼儿园其实有五十一个孩子，她的儿子就是多出来的那一个。

我问：“你喜欢这个工作吗？”她想了想才说：“我挺喜欢小孩的，但是怎么说呢，这幼儿园……太特殊了。”我心头一紧，蓦然想，是不是真的像林婴婴说的一样，孩子们都是“实验品”？

我问：“怎么特殊？”她说：“这些孩子都是我们国家英雄的后代，连天皇都关心他们，我压力很大。”话到这儿我决定套她话，问她：“听说天皇还有个亲戚也在里面，是不是？”她霎时变了脸，很严肃地问我：“你听谁说的？”不等我作答她又追问，“是不是林小姐跟你说的？”我说：“你跟她说过吗？”她说：“没有，我没有跟任何人说过。”

静子是个很单纯的人，没有受过任何训练，她没有意识到，当她这么说时其实已经给我一个信息：里面真有那么一个人。后来我把这个情况告诉林婴婴，她很兴奋，高兴得手舞足蹈。不过我马上打击她：“你别得意，静子已经对你频频找她有点警觉了。”她问：“她说我什么了？”我说：“具体也没说什么，只是我感觉到她在怀疑你，问了我不少你的情况。”她说：“你说什么了，你有没有说那是我跟你说的？”我说：“什么？”她说：“天皇亲戚的事啊。”我说：“我没这么傻。”她问：“那你最后怎么把这事圆过去的？”我说：“不用我圆，她后来没再问了。”

我因此觉得里面的秘密静子可能并不知道，她也是局外人，不知道腾村在里面做什么，否则她不会这么不敏感。林婴婴也有同感，并认为这对我们有好处。她说：“如果她也是同谋，我们很难从她嘴里挖到什么。”我说：“你已经找她挖得太多，别再挖了，万一她找野夫了解你就麻烦了。”她说：“我还想再进去。”我说：“别做梦了，根本不可能。静子告诉我，野夫已经知道她带我们进去过，为什么野夫不准她跟我来往，就因为这事，这是导火线。”

确实，以后很长一段时间，林婴婴拿幼儿园没有任何办法，静子基本上不接受她的单独邀请，她试图进去的法子想了一个又一个，均以无用告终。包括我，对她也是“无用”的。我觉得，幼儿园成了我和林婴婴之间的“异物”，我们本来互相信任，亲密无间，现在不是了。

05

革老的“生意”转眼间兴旺起来。

一天晚上，陈姨接到通知，要求我和林婴婴，包括陈姨，都去诊所开会。会上，我一下子见到好几张陌生面孔，有两个年轻人，三个中年人，都是男的，加上原有的我、林婴婴、革老、革灵、秦淮河和陈姨，总共十一人，屋子里挤得都坐不下。后来陈姨告诉我，诊所门口新开了一家烧饼铺，里面的一对父子也是我们的人。这么多人，不知从哪儿来的，但我知道，他们是为何来的。这天晚上革老在会上这么说：

“今天把你们叫来开个碰头会，有几件事要说一下，第一件事你们已经看到，我们的队伍又壮大了。我们已经度过了最困难的时期，刚才你们来之前我已经接待了‘一家人’。看到自己又有那么多‘家人’，我就觉得很安慰，很来劲，像在整条胆经上扎了针。我首先把这个情况传达给你们，也是想给你们心理上增添安慰和劲头，我们并不孤单，我们是一个完整的组织。

“第二件事很重要，最近重庆几次来电、来人，都说到一个新情况，就是新四军有北上、往大别山方向调动的迹象。这是个很严峻的情况，你们知道，新四军是共产党的军事力量，他们不听从委员长的指挥，擅自布置、调防部队，其险恶用心不言而喻，就是想借抗战的名义扩大自己的地盘，将来跟党国争夺江山。据可靠消息，最近共产党往南京派来不少人，建立了多个地下组织。这是对我们的挑战，一号要求我们尽快把他们地下组织的情况摸清楚。”

我听着觉得心里憋气，忍不住问：“鬼子的事情都忙不过来，还去管他们做什么？”革老不悦地看我一眼：“做什么？目光看远一点，鬼子迟早要滚蛋，共产党始终是我们的后患。”我耸耸肩，说：“大敌当前，这些话听着总觉得有点刺耳。”革老眉毛一挑，不客气地说：“这不是我要说的，是委员长要说的，你如果有意见可以写成文字，我给你往上转。”林婴婴嬉笑着出来打圆场：“老人家这可使不得，你这不是把我们老金同志往火上烤嘛。”革老说：“不是我要怎么样，是他自己要的。”林婴婴对我笑道：“老金，你要自焚吗？这可要不得。”我说：“我知道我要什么，但不知道你们要什么。”革老说：“我们要什么？要听重庆的，委员长的。金深水，你这个思想……怎么说呢，我知道你恨日本人把你的妻子女儿杀了，我也恨，中华门不是走了，他是我女婿，我的兄弟也是被鬼子炸死的。日本佬，包括日本佬的一群走狗，黄皮狗，汉奸走狗，当然是我们的大敌，但是对共产党我们也不可掉以轻心。用委员长的话，我们在抗战，共产党在干什么，拉队伍，磨刀子，队伍拉大了，刀子磨锋利了，到时候你看好了，不知道刀子往谁头上砍呢。”

林婴婴说：“委员长的意思是与其让他们日后砍我们，不如我们先砍了他们是不是？”

革老说：“没说现在就砍，现在是让我们摸情况。”

听革老这么说，我气就更不从一处来，共产党当然跟我没什么关系，但在这个节骨眼上把矛头转到他们头上，我总觉得不对劲，心里不舒服，且不说这本身不厚道，关键是我心里没有任何兴趣去干这些事。于是，我脱口而出：“情况摸清楚了，有一天想砍就砍，说来说去就是要自相残杀，没劲！”这是带着情绪说的，我自己都感到吃惊，心里对上面反共的意图有这么大情绪。林婴婴似乎感到不对劲，出来当和事佬，说：“好了好了，既然这话题没劲，就换个话题吧。革老，说下一件事吧。”革老说：“不行，这话一定要说清楚，你说，金深水的思想是不是需要清理一下？”

林婴婴一本正经地说：“我觉得首先要清理思想的是我们委员长。”革老很生气：“你怎么这样说话，放肆！”林婴婴说：“本小姐说话一向放肆，可如今也只能在这儿放肆放肆。革老，你要理解一下我们，我们整天钻在敌人堆里，说话做事全都是掐头去尾，掖掖藏藏，也就是在这儿，在同志们面前才随便一下，请你别大惊小怪，小题大做。再说了本小姐就是这样的人，直来直去，不说假话，如果说我对委员长个人有看法，但这不影响我为委员长卖命，因为他现在代表的是党国，而我就是为党国生、为党国死的忠实信徒，党国利益就是我的行动准则。我认为，老金有什么想法没什么错，但只要党国需要，必须无条件服从。我们都是军人，俗话说，军令如山，不管你理解还是不理解，必须服从。这就是我要说的。”

我不得不佩服林婴婴，在嬉笑怒骂中，把每一句话都说得那么有力量，又那么不容置疑。这天晚上革老的情绪很不好，会议草草收场。散会前，革老把我单独留下来，林婴婴没有及时走，革老对她说："你也回避一下吧。"林婴婴的语气依然不太正经："革老，这是你第一次让我回避，一次不多，但是多了，革老你在我心目中也会像委员长一样，变成一个多疑的人，多疑是离间的最大武器啊。"革老说："你这个小女子，怎么……干我们这行的有些回避很正常的。"林婴婴起身说："是，这是我们安全的需要，我理解，革老，告辞了。"革老说："路上小心一点，你啊说话老是没轻没重的，我……"林婴婴说："让你担心了？不用担心，你放心，其实这是我的优点，举重若轻，笑里藏刀，绵里藏针。"说着走了，让革老怔怔的。林婴婴走后，我不等革老开口，先开口了："正好我也有事要和你说。"

他问："是刘小颖的事吗？"

我说："不是。"

他要说的是刘小颖的事，我说的是天皇幼儿园的事。其实，我早就想问革老天皇幼儿园的事，却一直没说，这天晚上不知怎么的，我突然有冲动，把这事掐头去尾地跟革老说了。革老说他没有听说过这事，问我是从哪听来的。我没有说实话，以"道听途说"敷衍过去。既是道听途说，他也没太在意，答应我可以问一下重庆。他所以跟我说刘小颖的事，是看我今天有情绪，以为这跟刘小颖有关，我在借题发挥。我默认了，趁机又建议他把小颖叫回来。我说："我们不能这样抛弃她，这会让人寒心的。"他把我大骂一通，说我组织观念淡薄，魂被陈耀带走了。说到陈耀，他又把陈耀大骂一通。我觉得他的情绪似乎比我还不对头，肝火那么旺，嘴巴那么毒，真是有点老不死了。

我们不欢而散。

我刚出门，正好遇上革灵和林婴婴手牵着手从另一间屋里出来，很亲热的样子。尾随我出来的革老看见林婴婴，很是奇怪，责问她：“你怎么还不走？”

林婴婴笑着说：“问你女儿吧。”

革灵说：“我找她有事。”

革老问：“什么事？”

革灵说：“爸，我们女人的事，你别问了。”

林婴婴突然朝我走过来，落落大方地挽住我的手，对革老和革灵做了一个怪相说：“我也有事，我在等他，我的假男朋友，我们这样出去才更安全，你们说是不？否则这么个黑巷子，一个孤男，一个寡女，才引人注目呢，灵灵姐你说是不是？你要跟我学习，大胆去牵男人的手。《圣经》上说，两个人在一起总比一个人独处好。”

她暗暗推推我，我们便手牵手相依离去。门口那个卖煎饼的老汉，奇怪地看着我们。走过煎饼摊，我问她：“你刚才叫革灵怎么叫姐啊，你什么时候跟她搞得这么亲密了？”她说：“不是我，是她要跟我搞得亲密，知道为什么吗？”我问：“为什么？”她说：“她对你有意思，想让我牵线搭桥。怎么样，她有心，你有意吗？”我抽出手，警告她说：“你正经一点！”她说：“生什么气啊，我又不是要逼你娶她。”我说：“你管得太多了，一会儿静子，一会儿革灵，你觉得这正常吗？”我觉得她有点不正常。她说：“你才不正常，把我的好心当驴肝肺。”我说：“谁知道你安的是什么心。”她又来挽着我的手说：“刚才会上那么多人，只有我和你是同一条心的。”顿了顿，又问我，“嗳，你今天为什么对革老布置的任务意见那么大，给人感觉好像你是共产党似的。”

这是她第一次在我面前提起共产党，我当时没有什么反应，当耳边风吹了。

这个晚上，我的心情极差。我一直对我的工作看得非常神圣，我盼着日本人早一天滚出中国。对共产党我虽然没有感情，但要让我把生命用去对付他们，我是不愿意的。所以，当革老提出要我们去摸查共产党的情况时，我有些控制不住情绪。在我看来，这是很不明智的，外敌当前，国人应该同心协力才是，报上不也是这么说的吗，怎么私底下就变味了？还有林婴婴，她怎么就变得越来越陌生了？说真的，这天夜里我在床上辗转反侧之际，有一会儿突然冒出一个怪念头：她会不会是共产党？

我一边这么想时，一边又告诫自己，别胡思乱想。

第八章

01

这些日子，每次上下班，我的目光都会不由自主地朝书店看去，好像刘小颖没有走，好像她随时会回来。这天下班，我发现书店门口放着一张破沙发，我好奇走过去，见书店的门依然紧闭，一把大锁正在生锈。不一会儿，一老头拉着一辆双轮板车过来，把破沙发搬走了，显然是他收来的破东西，临时放在这儿的。

我掉转头，突然看到对门裁缝店那跛足师傅在偷窥我。这已经不是第一次！我不由自主地往那边走去，好像那里边藏着我不能不探究的秘密。我走进裁缝店，发现不见人影。

“有人吗？”我喊。

跛足裁缝从里屋跌跌撞撞出来，满脸堆笑，说：“哟，长官，您这是……需要我为您效什么劳？长官。”我有些冷淡：“师傅贵姓？”他答：“免贵姓孙，孙悟空的孙。”我说：“听口音，师傅是苏北人？”他说：“对，苏北沭阳的，长官也是苏北人吗？”我答非所问：“认识我吗？”他说：“长官常去对门买书，见过几次也就记着了。长官贵姓？”我说：“金。”他说：“哦，金长官有何吩咐？”我看见他背后的衣架上挂着一件女军服，他主动介绍说：“这是你们单位林小姐的衣服。”我说："嗯，她是我们首长的秘书，她好像很照顾你的生意嘛，经常来是不？"

他爽朗一笑，说："嗨，我就是为她来的，人家是大小姐，家里有金山，衣服每天都要熨，鞋子每天都要擦，我啊，有福气啊，她看上了我的手艺，走到哪里把我带到哪里，所以天塌下来我还是有碗稀饭吃。"我说："哦，这个派头也太大了嘛。"他说："那当然，她可不是一般人能比的，你想都不敢想。"我说："是吗？能不能说来听听，她是怎么的不可比？"他说："反正家里有的是钱，听说她在'总统府'里还有人。"我说："哦，这么说，她是又有钱又有势，确实了不得啊。"我问他跟她几年了，他答："小三年了。"

我一边跟他说着话，一边悄悄观察他的手。这是一双裁缝的手吗？骨骼粗壮，手掌宽厚，看上去充满力量。他注意到我在观察他的手，顺便把手塞进了正在擦的鞋套里。他的穿扮也很土，明显比他年纪要老相。没有上门前，我以为他是个小老头，见了面，仔细看，我猜他年纪顶多三十来岁。他似乎有意在把自己扮老样，包括抽的烟，是老年人抽的那种旱烟，烟杆细长细长。我请他抽了根纸烟，他抽了一半，灭了，说劲不够，改抽自己的旱烟。不知什么时候起，他已经戴上脏乎乎的工作手套，抽烟时，我已看不到他的手。

恰在这时，林婴婴进来。"哟，金处长怎么在这儿啊，稀客啊，稀客啊。"她大大咧咧地说，好像在自己家里。我故作神秘地说："我在这儿等你。"她问："你怎么知道我要来？"我说："你不是这儿的常客吗。再说了，晚上你不是要出席中华海洋商会的联谊会吗，你能不来整洁一下吗？"她说："这么说你也是为此来的。"我说："我哪有这雅兴。"她说："我就不信静子园长会不邀请你，我给了她两张票。”

静子下午确实给我打过电话，说过这事，否则我怎么会知道？我说：“这么说你又去见过静子了。”她说：“没见着，她在上课，叫断手佬来取的。”我想静子已对她有所防备。我说：“你完全可以把票给我，何必舍近求远？”她对我悄悄说：“这你应该知道为什么，我变着法子想进去啊。”我说：“你还在做梦，该醒了。”她大着嗓门说：“晚上要请我跳舞哦。”

就在这天晚上舞会上，我第一次听到杨丰懋这个名字，并见到了这个人。我后来曾在舞会上多次见过他，他给我的印象是个傲慢的人，或者说装得像个傲慢的人。他是高个子，长方脸，阔嘴巴，西装革履，头发油亮，抽着粗壮的雪茄，神色冷漠，气宇轩昂，既有绅士的风度，也有水手的那种粗犷气概。据说，当时在南京上流社会里，他的名字人尽皆知。他曾给汪精卫捐赠过一个师的武器，长枪短枪，大炮小车，一应俱全，且都是德式货。这个师成了汪精卫的王牌师，驻扎在南京江宁，把守南京城的半边城门。1945年秋天，这个师跨过长江，上了大别山，替汪精卫率先敲响了丧钟。但是在1940年冬天，这个师俨然是“汪总统”的看家狗。

这是一个十分高档、西式的派对，地点在“总统府”宴会大厅。派对下午四时开始，服务员端着酒水穿来梭去，国人、洋人、伪军、鬼子，齐聚一堂。陈璧君（汪精卫夫人）、周佛海、中村将军、野夫、卢胖子、俞猴子，但凡有点名堂的人，悉数到场。晚上七点半钟，舞会开始，大人物陆续离去，大人物的喽啰们相继赶来凑热闹。

我和静子到场时，舞会已经开始一会儿，舞池里一对对男女旋来转去，其中有林婴婴和秦时光，小唐和马处长等人。我和静子起舞时，我发现卢胖子和俞猴子拥着一个风度翩翩的人进来，其人年不过三十岁，但架势煞是引人注目，不少人见到他都围上去，跟他交头接耳，俯首称臣。静子告诉我，此人就是下午在这里搞派对活动的主人、中华海洋商会会长杨丰懋。

在胖子和猴子的引领下，杨丰懋分别与舞会上的很多人一一相认，包括我和静子、林婴婴、秦时光等人。有一阵子，静子和秦时光去跳舞，我和林婴婴坐着聊天。我注意到，在我们对面，杨丰懋正和俞猴子攀谈着，举手投足，一副志得意满的模样。我问林婴婴："那人你认识吗？"她说："好像是个大人物嘛。"言外之意是不认识，让我略为意外。我说："你不认识？"她说："怎么不认识？刚刚局长不是才介绍我认识的？"我说："他好像很有来头嘛。"她说："当然。你来迟了，没看见，刚才周部长（周佛海）在他面前跟个跑腿似的。"我说："看样子又是发国难财的家伙。"她说："可能，听说他旗下的那个海洋商会是做黄金和军火生意的。"我说："把我们国家的黄金运出去，拉回来一堆废铜烂铁。"她笑着说："这需要调查。"

我不由自主地将目光再三投向那个人，心里默念着他的名字：杨丰懋……

我隐隐地感觉到，此人非同一般，可他仅仅是一个商人吗？我的确这样想过，但当时我怎么也没想到，这人将会在我的生命中占据无人可替代的位置，堪称浓墨重彩啊。

秦时光和静子从我们面前舞过时，我小声问林婴婴："听说你晚上又开车去接过静子？"她笑道："看来静子对你真是无话不说。"我说："接成了吗？"她说："你还不知道？"我说："我当然知道，可你为什么不听我的，我让你别去打搅她，难道你不觉得她现在对你不像以前那么好了？"她说："所以你更要在她面前替我唱赞歌啊，让她消除误解。”我说：“我自己都不理解你，怎么让她理解你？”她意外地犹豫起来，神色变得凝重，最后简单地说：“等着吧，我会让你理解的。”

我想再说什么，看见杨丰懋款款朝我们走来。显然，他的目标是林婴婴。

“你好，林小姐，可以请你跳个舞吗？”

“幸会，幸会，杨会长，久仰您的大名啊。”

“幸会的是我，我久仰你的美貌啊。”

两人握手，寒暄，起舞。不知怎么的，我总觉得这个杨会长跟林婴婴似乎有些相同之处。长相？神态？声音？都像，又都不像。

随后，我请静子跳舞，在与杨会长和林婴婴他们擦肩而过时，我问静子：“你怎么认识他的？”她说：“谈不上认识，只是一面之交，是在我舅舅家里。”我说：“如今南京城里的富翁都是机关长的朋友。”静子说：“可惜你不是他的朋友。”是指她舅舅。我说：“他知道你又在跟我来往吗？”她忧郁地点了一下头。我问：“他不反对吗？”她突然问我：“你爱我吗？”我没有选择，只能说“爱”。她说：“他可能会找你谈话，你就这么说好了。”

我问：“怎么说？”

她说：“你爱我，我们是真诚相爱的。”

我说：“那会不会激怒他，把我调到前线去？”

她咬着牙说：“如果这样，我跟你一起去前线。”

我明显感觉到，说这话时她的身体往我挨紧了一些，胸前那两团暖暖的软物贴到我的身上。我顿时觉得那部分身体僵硬得发麻，好像挨着了两枚炸弹，或者两盘蛇。

02

刘小颖杳无音讯，书店形同虚设，但我在办公室枯坐时，还是经常会拿起望远镜看看它。没办法，习惯了。这天午饭前，我又习惯性地拿起望远镜看，竟然发现书店门口的炉子又在老地方出现，冒着熟悉的烟气。

我闭了眼，又睁开眼看，不是幻觉！

沉稳一点，我应该吃完午饭再去看。可我稳不住，太意外了！我当即出门，往书店直奔去。刚走出大门，看见书店里跑出来一个孩子，我认出是小颖的儿子山山。以前山山一直在南京，他爸爸出事后才被送回老家去，所以我们很熟的。他老远看见我，高兴地朝我跑过来，喊我“金伯伯”。我朝他跑过去，抱起他，亲他小脸蛋。小脸蛋又瘦又黑，像个乡下孩子。我问他什么时候回来的，他说昨天晚上。我问他老家好玩吗，他摇摇头。

他说：“村子里有好多日本鬼子，用皮鞭打人，好可怕。”我捂住他小嘴：“不要乱说，要叫皇军。”他声音更大了：“皇军真的打人，把一个老人打死了。”我问：“皇军有没有打你？”他说：“皇军不打小孩子。皇军给小孩子糖吃。”说着从身上摸出两颗糖，给我看，请我吃。我说：“你留着自己吃。”他说：“我还有好多，皇军给我发了好多，每个孩子都有。”这时刘小颖出来，发现我和山山在一起，张了张嘴，却没出声，迅速回了屋。

我对山山说：“走，我们去找你妈妈。”

他说：“我妈妈现在经常哭，昨天晚上把我哭醒了。”

我说：“嗯，那山山更要听妈妈的话了，不能让妈妈生气。”

我们手牵手走进书店，刘小颖置若罔闻，就是不转过身来迎接。山山喊："妈妈，金伯伯来了。"她这才转过身，冷冷地对我说："我们昨天傍晚到的。"我走上前，对她说："山山跟我说了，家里都好吧？"她答非所问："以后你别管我们，我会照顾好山山的。"气嘟嘟的。我笑道："你在说什么啊，我在问你家里好不好。"她说："有什么好不好的，反正……就这样。"顿了顿，又说，"我会去跟鸡鸣寺说，是我自己闯回来的，跟你没关系。"我说："回来好，我还准备去叫你回来呢。"她说："我觉得这……不公平，让我就这么离开组织。"我说："你是应该回来，我这边工作需要你。"她吞吞吐吐地说："我……希望……我们只保持工作关系，反正我……不是为……那个……回来的，我可以照顾好山山，一定，你放心好了。"我说："先别想那些，回来就好。"

山山捧着好多纸包糖从里屋出来，向我夸耀："金伯伯，你看，我有好多好多糖。"我说："就是，这么多，都是日本鬼子给你的？"山山说："是皇军，金伯伯，不能乱说的。"我对刘小颖说："是我刚才教他的，孩子就是学得快。"山山说："你吃吧，金伯伯，吃一颗，很甜的。"我拿了一颗，说："好，我吃。不过这个糖呢，小孩子不能多吃。"山山吃了一颗，说："我今天还没有吃过。"刘小颖不耐烦地推开山山："进屋去，别在这儿闹。"

山山乖乖地进去，我对刘小颖简单介绍了一下组织上安排陈姨到我家做阿姨的情况，对她说："就让山山去我家，阿姨可以照顾他。"她说："像什么话！"我看着她，诚恳地说："你也去吧，达达也需要一个妈妈。你看，什么时候我们去……办个证？"她坚决地说："不，不可能的！"我说："为什么？”她说：“没有为什么。”我说：“可我要对陈耀负责。”她说：“你别管他，他死了，他就这么狠心抛下我们母子俩，我恨他！”

营区里传出下班的号声，她听了像得救似的，冷冷地说一句：“你走吧，开饭了。”转身去了里屋，而且当即关了门，把我晾在外面。我怔怔地立一会儿，默默地走了。

革老得知小颖回来后，把我叫去痛骂一通。他以为是我把她叫回来的，我懒得解释，任他骂。骂够了，他问我：“难道你真的要跟她结婚？”我说是，他更火了，一把揪住我胸襟责问我：“那你告诉我静子那边怎么办！”我说：“难道你要我跟静子结婚吗？”他说：“你以为娶了刘小颖她还会跟你来往？”我说：“我可以不告诉她。”他说：“放屁！你以为你带回家的是一只猫，可以藏起来？”我说：“我们可以暂时不住在一起。”他说：“你敢！”

他威胁我，我要娶小颖，他就上报重庆，开除我党籍！我跟他大吵一场，要不是革灵突然回来，真不知怎么收场。革灵进来时，手上拎着一只药箱子，风尘仆仆的样子。革老急切地问她：“见到人了没有？”她说见到了，说着从药箱子取出一封信，递给父亲。革老看看我，对我说：“你先出去一下，别走，我还有事要说。”

起风了，外面寒意脚底生，秦淮河却赤着膊在站桩，任凭寒风肆虐，岿然不动，像座石像。革灵带我去了另一间屋，她看我气得满脸通红的样子，幽幽地问我：“你们在吵什么？”我没说实话，只说没什么。她说：“我刚去见了王（木天）特使，又有任务了。”我问：“他怎么在这儿？”她说：“专程为这任务从上海来的。”我问：“什么任务？”她说：“静子那边的事。”

我一个激灵，问她："那边有什么事？"她说："不是你说的吗，要父亲问问重庆，天皇幼儿园是不是有什么情况，一问还真问出了情况。"

我问是什么情况，她说的情况和我从林婴婴那儿听说的差不多。她不知道我是从林婴婴那儿听说的，以为是我从静子那儿探获的，跟我解释说："怪了，我听王特使说，这事共产党早已经插手，他们几个月前就把情况通报给重庆，要求我们配合他们行动。"我说："那为什么我们这边一直没接到通知？"她说："重庆不相信有这事，直到我们去电问，才关心这事，然后又去找共产党了解情况，确认后才下达任务。"我说："以前肯定没有下达过任务吗，对任何人？"她说："肯定，王特使到现在都觉得这事听上去有点玄，让我们先以探明情况为重，不要贸然行动。"我说："那会不会是一号单独给某些人下达的秘密任务呢？"她说："怎么可能？一号在华东地区的事哪一件王特使会不知道？"

我想也是，作为一号的特使，这种纯公务的事，一号凭什么要对他隐瞒？再说了，如果要对他隐瞒不可能到现在又交给他来处理。而林婴婴口口声声说，这是一号给她下达的任务。

这到底是怎么回事？

我只有一个想法：林婴婴或许是个共产党！

这个想法一落地就噌噌地长大，活了，因为她留给我的诸多疑点、空隙，在这个想法面前一一弥合了。这个晚上，我有一种坠入深渊的感觉。我是步行回家的，天冷了，我心里更冷，走到最后我浑身哆嗦起来，回了家后陈姨看见我这个样子，紧张地问我："出什么事了？"我说："没事。"同时我在心里说，事情出得太大了，我都快受不了了。

03

书店对面的裁缝店，是我在睡梦中还在惦记的地方。不用说，如果林婴婴是共产党，裁缝店一定是她的联络站，就像我的书店。第二天中午，吃了午饭，我把穿在身上的制服外套扯掉两个扣子，去了裁缝店。我想去看看他屋里有没有电话线。我觉得他既是个跛足，行动不便，靠什么跟外界联系？也许有电话。我察看一番，没发现有电话线进来。当然，也可能是电台。一个跛足者用电台是最合适的。以后，我一直怀疑这屋子里有部电台。

从裁缝店出来，我又去了书店。小颖见了我还是冷淡得很，问我干什么。我没看见山山，问："山山呢？"她说："在睡觉。"我问："怎么这时候睡觉，生病了？"她说："刚才我打了他一顿，哭累了，就睡着了。"我说你打他干什么，她一下红了眼睛，说："孩子真可怜，我心情不好就找他出气……"我上去握住她手，说："就让山山去我家，让陈姨先带着，我们的事……"她立即抽出手，毅然说："没我们的事，你别老惦记着，忘了它。"我说："你怎么了？小颖，我觉得你……怎么变了？"她说："我从来就没想过要高攀你。"我说："你说什么话哦，我们之间哪有什么高攀低就的，我们都是……"她抢断我的话："为了陈耀的一句话？没必要。"我说："也是为孩子嘛。"她说："老金，你就别听死人的话了，听我活人的，以后就别再想我们的事了，不可能的，陈耀也不会怪你的，他要有在天之灵，我想他也该领你情了，是我不愿意，要怪也该怪我。"我被她的坚决和毅然所震惊，一时不知所措。我心里乱得很，本来还想再同她说说林婴婴的事，看她如此决绝，只好黯然离开。

那几天，我跟丢了魂似的，经常心神不定，身边那么多同志，一个个让我寒心：刘小颖不理我，林婴婴算计我，静子错爱我，革老对我恨之入骨……真有点四面楚歌的感觉。唯一让我安心的是陈姨，她确实是个很干练的人，里里外外都是一把好手，我儿子达达一下子喜欢上了她，很服她的管教。她特意给孩子在诊所附近选了学校，每天利用接送上下学的时间顺便去诊所做卫生，上下午各一个小时，给人感觉她有两份工作。这就是她的干练，巧妙地把两方串在一起，自然而然，方便宜行。她照顾我也是照顾得很好，每次我下班回去，她总会在第一时间给我泡上一杯茶，早上还给我煲营养汤，红枣汤、枸杞茶什么的。

这天我下班回去，她照例给我端上茶，告诉我革老让我晚上过去一下。她还给我带来好消息，今天达达他们班级第一次考试，达达考了全班第二。我说："好啊，看来我们达达很适应上学嘛。"儿子冲上来对我嚷道："都是陈姨教的。"我说："那你要好好谢谢陈姨。"儿子懂事地对陈姨鞠个躬。我想如果山山过来，她照样会带得很好的。所以，这天下午我突然萌发出一个新念头：实在不行，先把山山接过来也行，陈耀要我照料他们，说到底是为了孩子。从现在情况看，陈姨一定会把孩子带好的。

这天下午，我的心情就这样好了许多。

但等晚上去了诊所后，我的心情又变坏了。

诊所静静的，几间屋里都黑灯瞎火，只有一间屋漏出灯光。我朝它走去，屋里面正好出来一人，近了方知是革灵。革灵发现黑暗中的我，欣喜地说："你来了，刚来吗？"我说："嗯，老人家呢？"她说："他们都出去了，就我一个人在家。"我问："他不是有事要见我吗？"她说："进屋说吧。"

革灵一边热情地给我泡茶，一边说："他刚走，也不知是谁来的电话，挂了电话就跟秦淮河走了，最近大家忙得很。”我问：“忙什么呢？”我发现，今晚革灵无论是穿着还是神态，都较以前要精神，要漂亮，脸上似乎还施了粉。她给我端上茶，说：“重庆现在对新四军很不放心，天天来电要求我们一定要把共党在这儿的地下组织摸清楚，就忙这事。”我没好气地说：“完全是瞎忙。”她笑道：“父亲说要把你这情绪调过来，看来还是没有。”我说：“所以他也不给我分派任务，怕我怠慢。”她说：“那倒不是，父亲是信任你的，不给你任务是考虑到你的码头太重要，好钢要用在刀刃上，对共党这种小事情就让其他人去跑腿吧。”我说：“那么关于幼儿园的任务，他是怎么安排的？”她说：“你当然是急先锋，同时父亲准备让林婴婴做你搭档。”我说：“是她主动请缨的吧。”她说：“是的，听说她现在跟静子的关系也不错。”我说：“是的，甚至超过我。”她说：“这就好了，你们可以好好合作。”

我心想，该叫好的是她，你们这些笨蛋，你们知道她是什么人吗？有一阵我真有种冲动，想把林婴婴的底子亮给她看，最后还是忍住了。我知道，我这是对组织不忠诚，但我不知道为什么就选择了不忠诚。

不知怎么的，革灵突然跟我说起刘小颖的事：“她回来第二天，父亲见过她，对她擅自回来做了很严肃的批评，可听说你支持她回来。”我说：“是我把她喊回来的。”其实不是。她说：“你还想娶她是吗？”我说：“这是陈耀的遗愿。”她说：“我爸跟我说了，他坚决反对这事，你好像有点固执己见。”说这话时革灵的目光中泛起无比的温柔，脉脉地盯着我。我说：“我没有退路。”我想抽烟，发现身上没带。革灵出去给我找来一包。我发现，今天革灵跟以往有大不同，走路的姿势挺拔了，扭腰的幅度大了，对我好像也亲近了许多。她几乎把烟塞进我嘴里，一边说："你想听听我的意见吗？"

我说："想。"

她认真地想了想，对我说道："我……个人认为，这事你要慎重，因为这不是小事。对你个人来说也是人生大事，对组织来说静子这条线断了确实是一大损失，尤其现在有新任务要用到她。"我说："我跟静子的关系没有那么深。"她说："不深也是关系，但你要娶了玄武门（小颖）就没关系了，断了。"我说："我不这么看，静子对我是有好感，但野夫已经警告她不准与我来往。"她说："可她照样跟你来往，所以我觉得静子真的爱你。爱是自私的，一个女人真的爱谁，绝不希望他属于另一个女人。"我说："不一定。假设她真的喜欢我又没有婚嫁的想法，她可能就希望我有个女人，有家庭，这样她知道我不会缠她，反而敢大胆跟我进一步来往，因为没有后顾之忧。"

革灵听了，思量一会儿问我："你们现在……好到什么程度？"我说："就一般关系，吃吃饭，跳跳舞，散散步，没有像你们想的一样深。"她说："所以，你还是决定要娶玄武门？"我说："我不能食言，更不能对死人食言。"她抬头认真地看我一眼，郑重地说："你愿意娶她，还要她愿意嫁给你。据我所知，她不愿意嫁给你。"我说："还不是你父亲威胁的结果？她怕。"她说："据我所知不是这样的，你不理解女人，女人其实比男人更坚强，更要尊严，尤其是在婚姻这件事情上。你说实话，你喜欢她吗？"我说："喜欢怎么了，不喜欢又怎么了？"

她久久地沉思着，然后一口气说道："我认为，你要真喜欢她就不会这么回答，你这么回答我可以理解为你并不喜欢她。问题就在这里，你娶她不是因为喜欢，而是出于责任，甚至是同情。但责任和同情都不是爱情，而女人是为爱情而生的。男人和女人真的不一样，一个男人因为某种原因可以跟一个不喜欢的女人……发生关系，但女人不会，除非被迫。男人一旦喜欢某个女人，对女人喜不喜欢他是不大在乎的，总相信只要娶回家就成了，不喜欢也会变成喜欢的。女人刚好反过来，把男人的喜欢看得比自己喜欢还要重要。不是有种说法，追女人穷追不舍是法宝，女人就是这样，只要对方喜欢，咬定青山不放手，最后都会缴械投降。这就是女人，只要你喜欢她，她就会喜欢你，不喜欢也会被感动，也会变成喜欢。为什么男人总相信只要把女人娶回家就成了，就因为他知道女人是可以被改变的。反之，哪怕她喜欢你，可如果你不喜欢她，她会放弃自己的喜欢。我相信刘小颖是喜欢你的，但她不愿接受同情，她宁愿放弃你。”

我从来没发现革灵有这么好的口才，我听得出神，她也说得出神。她不遗余力地想让我明白一个道理：小颖对我冷淡是因为我不喜欢她，作为女人她要的是爱情，而不仅仅是责任和同情。真是这样的吗？我认真地端详面前这个女人。每个女人的内心都是一个幽深的湖。

“我相信就是这样的，至少你不喜欢她，这一点我现在深信不疑。”她说。

“我没有想过这个问题，我觉得喜不喜欢都一样，也懒得去想了。”我说。

“你连想的热情都没有，更说明你不喜欢她。你不喜欢她，她也就不会喜欢你，即使原来喜欢也会变得不喜欢的，事情就是这么简单。”她说。

“我觉得已经够复杂了。”我说。

她说：“不知你肯不肯承认，你不喜欢刘小颖，是因为你心里喜欢另一个女人。”

我说：“谁？你是说静子吗，怎么可能？”

她说：“不是她。”

我问：“那是谁？”

她说：“林婴婴。”

我说：“胡扯！”

“明摆的。”她言之凿凿地说，“我早发现了，她现在对你和以前不一样，她已被你的喜欢改变了。也许以前她并不喜欢你，正是你对她的喜欢让她也开始喜欢上你了。这就是我刚才说的，女人会因为对方的喜欢而喜欢对方。”

“真是一派胡言！”我大声说，“你不了解她，她……”我差点要说她是共党分子，话到嘴边才改口，“她就是那种人，大大咧咧，无拘无束的。”

“可能你就是喜欢这种女人，刘小颖太矜持，所以只能博得你的同情。”她说。

这天晚上革灵说了很多，让我刮目！我和革灵单独在一起的时候很少，如此深的交谈更是从未有过。我没想到这个在我印象中话不多的女人，今天晚上会突然变成这么一个人：像个女性恋爱问题专家，像个话痨。这真是一个奇怪的晚上，我被女人包围了，也困惑了。我不知道革灵为什么要跟我说这些，更不知道她背后还有一个大导演。此刻，导演就在隔壁房间，简易的木板把我们所说的每句话都一清二楚地输入她耳朵！

中途，革灵去了隔壁。隔壁是她房间（有夹层，是电报室），木板的缝隙虽然用报纸贴住，但透过一些看不见的缝隙，我闻到一股特别熟悉的香气——除了林婴婴，没有第二个女人有这样的香味。隔墙有耳！我震惊万分。我的心情陡然变得烦躁起来。

镇静！

镇静！

我告诫自己，不要冲动。

不一会儿革灵回来，把手上一团纸丢在簸箕里，对我说："我在熬药。"我装糊涂，问："你病了？老人家的针灸也不管用，必须吃药？"她竟然低头抽泣起来，说："身病好治心病难治，丈夫没了，孩子也没了，我太伤心了，呜呜呜……"哭得伤心。我怔怔地望着她，不知该说什么。她还在抽泣，一边说："中华门肯定恨死我了……他是烈士，应该得到嘉奖，可是我却在惩罚他……要把他的孩子打掉……"

我烦躁的感觉又慢慢消失，取而代之的是一种悲伤。我点上一支烟，狠狠抽两口。她刚才进来还拎了一只小布袋，这会儿她从布袋里拿出一条烟，递给我："这烟好抽吗？我给你买了一条，你拿去抽吧。"我很不安，说："你干吗破费给我买烟？"她依然在抽泣，只是声势弱了些："我也不知道为什么，那天上街看到，就买了一条……"我看看四周，想到墙那边的林婴婴，问："你爸怎么还没有回来？"她问我："你要走了吗？"

我起身告辞，她一直送我到院门口。

04

这个夜晚，我的心里五味杂陈，心情比夜色还要黑沉。林婴婴还会导演什么戏，我不知道。不过我知道，我敢肯定，一定是在她的鼓动下，革灵才会有今晚的异常表现。我可以想象，今晚的戏是她策划并导演的，她要把我"导"给"灵灵姐"。同样可以想象，革灵出于感激，将视她为闺中密友，并将我们小组的情况对她和盘托出。这就是有着多重秘密身份的林婴婴导演这出戏的独特匠心，她要博取革灵的欢心和信任，然后套取我们小组的内情。我担心，我几乎相信，她一定进去过那个“夹层”，那些绝密电报，对她早已不是秘密。

我离开诊所，心烦意乱，不知要去哪里，漫无目的地乱走。最后，不知怎么的，我发现自己立在书店门口。门关着，也没有灯光射出。她睡了吗？我想她一定睡了，可我还是去敲门。里边传出窸窣声，不一会儿刘小颖问：“谁啊？”我说是我。她迟疑一会儿，问：“你有事吗？我睡了。”我几乎是用命令的口气说：“有事，你开门。”

门犹犹豫豫地打开，刘小颖不高兴地说：“这么晚了你有什么事？”我看她穿的衣服，应该是还没睡。我说：“你没睡干吗骗我？”她说：“我正准备睡，而且山山已经睡了。”我走进屋去，说：“正好，我还担心他没睡，妨碍我们说事。”她关了门，问我有什么事。我一时不知说什么，在屋里踱一圈步。她拉出一张凳子，我没有坐，又走一圈，终于对她发问：

“对门那个裁缝，你跟他接触过吗？”

她没想到我会问这个，愣一会儿，说：“他来我这儿看过两次，我们聊过一些闲话。”我问：“你觉得他有什么不正常吗？”她说：“我感觉他好像在注意我，还有就是你们那个女秘书经常去那儿，三天两头去。”我突然说：“她就是莫愁湖，叫林婴婴。”刘小颖一惊，问：“啊，是她，就是她。她知道我身份吗？”我摇头说：“按规定你们不能‘通线’，所以我也一直没告诉你。”她问：“那现在为什么告诉我？”我说：“我有疑惑，我需要同你交流，想听听你的意见。”她问：“你发现什么了？”我说：“我怀疑她不是我们的同志。”

她瞪圆眼：“你听谁说的？”

我告诉她：“是我分析出来的。”

我把林婴婴给我的一些疑点从头说起，她听了满脸紧张，仿佛置身于敌人面前，不敢轻易发言。我继续说：“我觉得这不外乎两种可能，第一种，她是日伪分子，是敌人安插到我们组织来的奸细，故意在幼儿园捏造出一个子虚乌有的大任务，而且故意说得遮遮掩掩，让我们信以为真，最后把我们都套进去。另一种可能是，幼儿园的任务是真的，但这任务不是重庆，而是延安交给她的，她需要我们的力量来帮助她完成。”

她久久地看着我，说：“你刚才不是说重庆已经证实幼儿园确实有问题？”我说：“严格地说，如果敌人要想套我们进去，他们也会找合适的人给重庆透露这方面的信息。不过我分析这种可能不大，因为我在跟静子打交道的过程中，确实也觉得她们幼儿园很不正常，是有问题的。所以，我觉得后一种可能性很大。”她说：“这样最好，如果是日伪分子我们麻烦就大了，共产党现在不是在跟我们合作吗，即便不完全同心同德，至少不会害我们。”我苦笑，说：“今非昔比，最近重庆要求我们把共党在南京的地下组织摸清楚，现在我们的人都在忙这事。”她说：“所以她要笼络革灵，进一步了解情况。”我说：“对，她要从革灵那儿摸我们的情况，反侦察。”她说：“这么说我也觉得她是共党的嫌疑很大，那么对门的裁缝可能就是她的联络员。”我说：“你下一步可以有意接触他一下，摸摸他的情况。时间不早了，我该走了。”

我嘴上这么说，脚上却没有马上响应，我久久地看着刘小颖，看着她那双深陷在眼窝里的黑眼睛。这一段时间她明显瘦了。一股怜悯之情突然涌上心头，我猛然伸出手，有些冲动地握住她的手，说："小颖，你是不是觉得我……不喜欢你，其实……"她抽出手，打断我的话："别说这个，你走吧。"我说："你为什么要这样，你不喜欢我吗？"她反问："喜欢有什么用？"我又拉住她手说："喜欢我们就一起生活，我需要你……"她又抽出手，说："你需要正视现实，不要胡思乱想。快，走吧。"她毅然起身，去打开门，低声说，"不早了，快走，别人看见不好的。"

夜深人静，街上静谧诡异。

我埋着头，一语不发地走了，像一个偷欢的人。

第二天早上，我刚进办公室，便接到卢胖子电话，叫我上去一趟，然后砰一声扣了话机，带着火气的。他在跟谁生气？我甩甩脑袋，让自己保持清醒。昨天夜里我没睡好，我的心被几个女人纠结成一团乱麻，天微亮时才打了个盹儿。想到这里，我走到窗前，朝窗外瞥一眼。院子里，有一排两层楼高的榆钱树，叶子已在一夜间掉光。南京在南方，气候却是北方，天气说冷就冷。

"昨晚你去哪里了，我到处找你知道吗？"我刚进外面林婴婴的办公室，胖子就从里面冲出来对我吼。我急忙说："阿姨跟我说了，可当时太晚了，我想你一定睡了，所以没给你回电话。"他一边往里走，一边不客气地问："深更半夜还在外面干什么？"我跟他去里屋，一边说："山山病了。"他掉头瞪我一眼："山山是什么人？"我说："陈耀的儿子，昨晚病得很厉害，发高烧，我先去找郎中拿药，后来又一直守着他，直到烧退了才敢走，确实很晚了。"他一听陈耀火气更大，对我吼道："陈耀，又是这死鬼！我看你是被他鬼附身了，魂都丢了。"我说："人家孤儿寡母托付给我，我不管谁管？"

林婴婴给我端茶进来，朝我使眼色，我假装没看见，不理会。她没变，我变了。心变了，冷了。我觉得她身上好似有股无形的毒气，让我不敢挨近她。我对胖子说：“好了，这事先不说吧，说你的事，这么急找我什么事？”他是气极无语的样子，就地转一圈，重重地坐在沙发上，才说：“什么事？妈的，我又被你那四眼狗害了，老子真的要把他做了。”我说：“他又怎么了？别生气，跟他生什么气？我说了，他害你是正常的，不害你才不正常，你生什么气？”他朝我喊：“说得好听，他朝你头上拉屎你能不气吗！”对林婴婴一挥手：“去，把那东西拿来给他看。”

林婴婴拿来的是一份材料，我当场看。是秦时光以个人名义写给野夫的，说的是“保安局内鬼”的事。材料上说，自“凶犯神枪手”事发后，他一直遵照野夫机关长的批示在暗中调查“谁是内鬼”，李士武被射杀后，大家认为他就是内鬼。但他通过调查，收集各路信息，发现李士武绝不可能是内鬼。他在材料中这样写道：

> 如果李是内鬼，白（大怡）专家不可能逃过“那一劫”。据我了解那天夜里，重庆方面派出四员干将潜伏至熹园白专家之下榻处，企图暗杀白。最后正是凭靠李及时发现敌情，调兵遣将，一举粉碎敌人行动，四名匪贼当场被击毙，无一幸免。试想，假如李是内鬼，他完全可以知情不报，放任不管，或者明管暗放，任匪作歹，放虎还山。那么，那天丧命的人绝不会是四名匪徒，而是白专家……

既然李不是内鬼，内鬼应该至今还在我们身边，是谁？我看得毛骨悚然，真怕他掌握了更多材料，在后面说到我。即使他没有掌握什么材料，我想他出于对我的恨，也可能造谣中伤我。好在看下去，我发现他没有掌握我什么情况，也没有造我谣。也许是我的资格还不够吧，他把矛头直指胖子，是是非非说了他一堆贪财敛物的事情（其中不乏真事）。从他言必有据的陈词中，我明显觉得有些材料肯定是小唐提供的，想必胖子也觉察到，难怪他气急败坏。过去的亲信离他而去，反戈相击。这且不说，关键是秦时光话锋一转，这样写道：

> 我虽然至今尚未掌握到确切证据，证明他（指胖子）跟重庆"有一腿"，但从他极度贪财敛物的贪婪本性分析，这种可能性极大。中国有句老话，贪者必朽。如今，重庆方面削尖脑袋想在我们的高官中寻找突破口，他身居要职，飞扬跋扈，贪婪成性，极易被拉下水……

通篇看完，我暗想，秦时光确实是越来越张狂，居然指名道姓，公然叫板老大。这对我不是坏事，所以我有足够的好心情安慰他。我把他气恼的对象巧妙地转移到小唐身上："要说秦时光在单位的口碑本来就不好，风流成性，二流子的形象，他的证词是不值钱的，你不必太在意。你能得到这份材料本身说明，野夫对他这番忠心是没放在眼里的，更没放在心上。把东西像垃圾一样丢给你，你该高兴才是。这时候你对他下手，反而容易让机关长小瞧你，你搞打击报复，是小人那一套。你要装出大人大量的样子，对小人不计较，对流言敢于嘲笑，这才是你该塑造的形象。我倒觉得，小唐的变节你要重视，她毕竟是你的前任秘书，她一旦指控你，反倒容易给人造成可信的假象。"

加上林婴婴在一边添油加醋，落井下石，把胖子的情绪一下点燃，当即叫来管组织人事的政治部主任商量对策。几天后，小唐哭着鼻子来找我，说她被调到江阴支队去了，她不想去，恳求我替她去找局长说情，别让她离开南京，哪怕去搞后勤也行。我打官腔说："小唐啊，你是他的老秘书、贴心小棉袄，哪有我替你说情的份儿？"这个冠冕堂皇的话我说得好开心。

从此以后，我再也没见过小唐，听说她没有去江阴报到。她自动脱队，流入民间，失踪了。

05

我不知道林婴婴对我是怎么想的，知不知道我在怀疑她。也许她有所觉察，从这天发生的事情看，我估计自己没能骗过她的眼睛。是她的眼睛太毒，还是我的演技太差？总之，这一天林婴婴对我采取一个"大行动"，让我大开眼界，也叫我退路全断。

这天是周末，她大清早给我家里打来电话，要我几时去哪里，她有事要同我说。我不想去，但她已经挂掉电话，好像知道我要拒绝，不给我拒绝的机会。本来，这天我要带儿子去紫金山上看人冬泳。山上有一个湖，叫烟霞湖，每到入冬时节，经常有人在那儿搞冬泳活动。这是今年第一场冬泳，报纸上大说特说，好像这座城市的人生活很有情调似的。我很少带儿子出去玩，这次又给出一个空头许诺，儿子很不高兴，把自己关在房间里，不肯见我。陈姨怎么喊他，他都不肯出来与我道别。小家伙生气了。

我按时去林婴婴约我的地方，发现她的小车已停在那儿。我刚走过去，车门自动弹开，林婴婴在车上对我说："上来吧。"

我上车问她："去哪里？"她故作神秘地说："去执行任务。"

我们去了天皇幼儿园。

车子绕着幼儿园几乎转了大半个圈，拐进与幼儿园只有一条马路之隔的居民区。这是一片环境脏乱差的贫民区，多半是简易搭建的平房，只有挨着马路一带有少量几栋楼房，挨近河岸一带的全是临时棚户，寄宿的大多是难民。车子最后停在一家简陋的私家客店前，我们下车，林婴婴带我进了屋，上楼。

客店真的很简陋，是民居的样式，两层高，没有门厅，招牌只是一块生锈的洋铁皮，歪歪扭扭地挂在门楣上，上面的字粗俗不堪。室内除了石灰粉墙外，几乎什么装饰都没有，连服务台、服务员都没有。到了二楼，林婴婴带我进了一个房间，里面也是乱糟糟的，床上的褥子、床单、被子又旧又脏。但是很奇怪，房间里居然有一台很高级的、配备耳机的收音机。后来我知道，壳子是收音机，壳子里不是的。

我们进房间后，林婴婴打开"收音机"，但没有广播声，扬声器只传出咝咝啦啦的噪声，偶尔有好像是门的开关声、脚步声、咳嗽声……我好奇地问她："这里面是什么声音？"她笑道："地狱的声音。"说着她从被窝里挖出一架望远镜，说："去吧，先看看地狱的样子吧。"

她推我到窗前，拉开窗帘，递给我望远镜，用手指着远处一栋青灰色的老楼说："你看吧，看窗户，那儿不是有七扇窗户嘛，你看左边四扇窗户。如果运气好，你也许可以看见一个美女在伏案写作。"

我没有急着去接望远镜，因为我惊愕地发现，那栋青灰色的老楼正是天皇幼儿园的北楼，即我们常说的医院。这家客店的位置没有紧邻马路，虽然它位置与幼儿园处在一条直线上，但由于它没有紧挨马路，前面隔着几栋房子，拉开窗帘前我根本没有想到，站在窗前可以一览无余地看见它。其实，前面至少有两栋楼比我们楼高，还有树、电线杆、屋顶上的晾衣架等，它们都可能挡住我的视线，但恰恰都没有。我的视线像经过计算似的，左冲右突，跌跌撞撞，最后与幼儿园北楼狭路相逢。举着望远镜看，可以清晰看见墙体上的每一块砖头、窗帘子的颜色甚至花纹。只有一扇窗户没有拉上窗帘，我的视线透过玻璃扑入窗洞，但没看到什么，窗前没有坐着像林婴婴说的埋头写作的美女。也许美女正坐在床上绣花吧，我想。

在我举目观察之际，林婴婴已经把一张幼儿园的平面图铺在床上。等我放下望远镜，她叫我过去，指着图纸对我介绍说："你来看，这是我画的幼儿园平面图，现在你可以一目了然，整个幼儿园南面、北面、西面都没有出口，出口只有一个，在东面，就是我们上次进去的那道门。"我说："北面其实也有一道门，是小门，在这儿。"她说："但这门从来不开，封得死死的。出口其实只有一个，就是东大门，你如果想了解里面的人员进出情况，到东大门对面去找个房子守它几天，全清楚了。不瞒你说，我已经派人在东大门前连守五天，发现进出的人员非常少，包括静子在内只看到五个人进出，都是女的，看样子就是静子说的那五位老师。"

这时，"收音机"里嚓嚓地"走出来"一个渐行渐近的脚步声。林婴婴辨听一下，很老到地说："这人是腾村的二号助手，叫百惠。"不一会儿脚步声没了，随之而起的是一系列叮叮当当、窸窸窣窣的声音。林婴婴听一会儿，又说："她在泡茶，听上去好像摆了两副茶具，看来腾村来客人了。"我云里雾里，又惊愕又好奇，问她："你怎么听出来的？"她说："听多了总结出来的。”我说：“这些声音来自哪里？”她说是腾村办公室：“你刚才看到的那些窗户都是腾村助手的宿舍，他有四个女助手、两个男助手，都住在这边——北边。腾村的宿舍和办公室在南边，这儿没法看到。”我问：“你在他办公室安装了窃听器？”她说：“是的。”我说：“你进去过？”她笑道：“当然，不止一次，但不是我。”我问：“怎么进去的？”她又笑说：“《水浒传》里有时迁，我身边不但有神枪手，也有时迁的传人。”

我盯着林婴婴，忍不住责问她：“你手上到底有多少人？”

她笑笑，正想说什么，忽听“收音机”里又“走出来”一个脚步声——事后我知道，这是腾村的男助手小野，我们上次见过的。小野进来后不久，又出来一个声音，不是脚步声，我听不出是什么声音。但林婴婴听得出来：“这是轮椅的声音，他来了。”我问：“谁？”她说：“腾村，他是个瘫子，我跟你说过的。”说着出去，不一会儿，她领进来一个戴着黑框眼镜的小伙子。

小伙子很英俊，动作利索，进屋后立即坐在桌前，戴上耳机，打开一个本子，记录起来，很熟练的样子。除了一些无关紧要的口水话外，他把耳机里的对话都清晰地留在了历史档案里。这天，我看到的是这些：

腾村：生命无处不在，空气中的尘埃、飞鸟，地底下的宝物、死尸，都各自在演绎着生命的逻辑。生与死，存与亡，凝聚与消散，升华与腐烂，像它们（事后判断是指花瓶），能够这样永久旷世地保留下来，是对生命逻辑的开创，或者造反。我迷恋它们——这些老物。正是欣赏它们这一点：无视生命原来的逻辑。

野夫：我听说教授对人体生命颇有研究，大有建树。

腾村：不要奉承我，你不懂我的事业，想奉承也不知如何奉承。

野夫：是是是，在下才疏学浅，不敢高攀。

腾村：才不疏，学是浅了，要说的话常常词不达意。

野夫：是是是……

腾村：别装得这样谦卑，你本性不是谦卑之辈，你心里的欲望和愤怒，如油似蜡，一点就着。这是你生命的黑洞、陷阱。你生命的双足如履薄冰，身体笨重僵硬。你惧怕死，但是不珍惜生。要想出人头地，世间最大的敌人是自己，要想长命百岁，世间最好的医生是自己。你——放松一些吧，来，倒茶。

喝茶。

腾村：我在这儿其实很孤独，因为两条废腿，出不去；因为承担着天皇秘密的使命，我的行踪是保密的，少有人知道我在这儿；因为天皇的关系，嘿，那些知道的人也没胆量上门来看我。我每天就在这一层楼里像只困兽一样，从这个房间转到那个房间，如果不是胸怀大志，心存为大和民族永久兴盛的宏大理想，我想没有一个人能够受这种煎熬，早就破窗跳楼了。

野夫无语。

腾村：你，因为静子园长的关系，有幸知道我在这儿；因为升迁的愿望，多次刻意前来拜访我。你或许还收买了我身边的某个人，知道我好什么。我就好这个青花瓶啊，所以你也找到了我们沟通的渠道，让我有热情再三接见你。这一切，我把它们看作是我们的缘分。所以，刚才我对你的生命提出了忠告，希望对你有用。

野夫：谢谢，谢谢，在下已经铭记在心，至死不忘。

腾村：我看到的还是一个贪生怕死的生命，谢谢你来看我，给我带来了聊以打发虚空的玩物，送客……

小伙子记录完，好久都不见声音出来，对林婴婴说："他可能在看书或者休息了。"林婴婴示意他走。小伙子走后，屋里只剩下我和她。我呆若木鸡，仿佛跌入黑洞。我强烈感到了被严重欺骗的滋味。摆在我眼前的一系列事情，显然不是一两个人一两天做的，它是一个故事、一场战斗，经过精心准备和策划……我终于看清楚，她一直在利用我，背着我做了这么多事情，而我居然浑然不知。我感到羞愧，感到气愤。我冲动，想骂她。为了控制自己的情绪，我背过身去，掏出烟想抽，却摸遍口袋也不见火柴。林婴婴如同在家似的，打开抽屉拿出一盒火柴递给我。我接过火柴，忍不住讥笑她："看来这儿也是你的家。"

她一把夺走我的烟，掐了："你想说什么，别阴阳怪气！"自己满脸屎不说，还说人家屁眼里有屎，荒唐！我不忍了，放开喉咙，一吐为快："我就是装了个阴阳怪气，可你装了什么？你从头到脚都是装的！我真是瞎了眼，没早把你认出来。"她怒目圆睁，盯着我，厉声喝道："希望你懂得尊重我！"我说："那要看你是什么人，我不可能尊重一个刀子架在我脖子上的人。"她说："我的刀子只杀鬼子，不像你们手上的刀，要对自己兄弟下手。"我问："谁是我们兄弟，是共产党吗？"她说："是。"我说："因为你就是共党。告诉你，别装了，你的尾巴早露出来了，只不过我不想揪你而已。"

林婴婴怒视我一会儿，突然抓起烟缸朝我砸过来："揪！我让你揪！"幸亏我躲得快，否则我的脑袋准要开花。脑袋幸免一击，人却四仰八叉摔在地板上。我爬起来，不客气地说："你非要我撕破脸皮，那好，你听着，你口口声声说，天皇幼儿园的那些情报是绝密的，是一号专门交给你的，暂时不能公开。哼，说的比唱的好听。告诉你，我也是从一号身边出来的，据我向一号现在身边的人了解，根本没有这回事。"其实我是诈她的，想看她的反应。

不料，她竟然做出此等反应——她冷静地拔出枪，递给我，说："现在我明确告诉你，金深水，你说得没错，我是共产党，而且还肩负着把你发展为同志的任务。原来我想等把这幼儿园的任务完成了再发展你，现在提前了，我把枪交给你，接着！"

我拔出自己的枪，说："谁要你的枪！我自己有。"她却相反，把枪里的子弹和弹夹都退了，放在一边，对我说："好，你用自己的枪也行，反正只要你手里有枪就行。我不要枪，我要刀。"说着从抽屉里抽出一把尖刀拿着。我迅速推上子弹，退开一步，拉开架势："你别乱来。"她笑道："该说这话的人是我，你以为我拿刀是要跟你战斗，我才没这么傻，用冷兵器跟枪斗。现在我让你选择，二选一：一，不愿意做我的同志，开枪把我毙了，我身上有我们组织的联络图，你可以拿它去邀功领赏，重庆不是要你们摸清我们在南京地下组织的情况吗？就在我身上。二，愿意做我的同志就挨我一刀，我们都各挨一刀，你喝我的血，我喝你的血，这叫歃血为盟，是父亲教我的。"

我举枪对她："别逼我！"

她坦然相告："那你就开枪吧，我马上数数，数到五你不开枪，我就动刀，先割我自己。一——二——三——"

我放下枪，拔腿而去，丢下一句话："疯子！你这个疯子！"

算她聪明，没有追出来。

第九章

01

我一个人，步伐凶狠地走在路上，周围人纷纷从我身边闪开，有的人还站在远处呆呆地盯着我。我的心里包着一团火，我觉得，如果我慢下来就会被这团火焚烧。就这样不知走了多远，我猛然发现手里还提着枪。我连忙把枪藏了，尽快找了个胡同钻进去。胡同里十分安静，前后无人，我就近找了堵墙，狠狠地对着墙，拳打脚踢。

我心里窝着一团怒气啊！

突然出来一彪形大汉，对我喝道："你不想活了，妈的，擂我们家的墙干什么！"我连忙道歉，对方却得理不饶人："谁要你对不起，对不起管屁用，你看我家的墙给你擂成什么样了！"我看墙其实也没有怎么样，只是掉了一些石灰，倒是我的手已经鲜血直流。我人在气头上也懒得讨好人家，便说："我看也没怎么样嘛，它又不是豆腐做的，哪会经不起我拳头打两下？"他说着要上来揍我，这是找死！我拔出手枪对着他喝道："老子今天心情不好，你别惹我。"吓得他连忙逃开，讨好我，连喊我大哥。

我不吭一声走了。

我只是一味在走，漫无目的。是呀，尽管事先有怀疑，但当她亲口对我这么证实时，我心中的愤怒还是大大超出我的想象。这个下午我周身的血液一直在沸腾，然而身体是冷的。我在发烧，又发冷，双脚像踩在云端上，好几次我都差点扑倒在大街上。

啊，林婴婴，你这个魔鬼！

回到家，我和衣躺在床上，是一种被击垮的感觉。震惊和恐惧把我变成了一个废物！突然，我从床上跳起来，翻箱倒柜找出一顶国民党军帽，像模像样地摆在眼前，久久看着，直到陈姨喊我吃饭才罢。

我估计林婴婴晚上可能会来家里找我，吃完饭又出了门。我不想看见她，因为我不知怎么面对她。我也不知怎么来处理这事，如实向组织报告也许是最简单的，但可能会引发更多的悲剧和是非。隐情不报，我又怎么面对党国的利益和纪律？我心里有两个我在厮打，在搏斗。茫然中，我跟着路走，漫无目的，最后居然走到了火车站。

我仿佛要去接什么人，随人流一直走进月台。进了月台，又离开人流，独自沿着铁轨走。走出百十米远，我看到一伙流浪儿，正聚在一个角落里，吃着也许是刚刚讨来的东西。其中有两个孩子我认识，上次我回家给妻子祭坟，进月台时前面走着一个鬼子，他们抢走了鬼子手上一袋东西，给我留下深刻印象。后来回城时我又见到他们，在车站里乞讨，我给了他们一张五元的中储券。

我走过去。孩子们看见我，察觉到我目光里的同情，并受到鼓励，向我一拥而上。其中一个少年，显然是孩子王，他用力喝一声："都散开！"孩子们都听话地散开。"叔叔我认识你，上次你给过我钱。"孩子王对我说。我又给他一张十元的中储券："去门口买十个包子，我请客。"孩子们顿时欢呼起来。孩子王指派一个手下去买，问我："叔叔，你在火车站工作吗？"我说："这儿工作的人你该都认识吧。"他说："就是，你肯定不在这儿工作。你是干什么的？"我笑道："打狗的。"他说："我上次打死一条狗你看见了？那是这儿王麻子家的狗，早该吃了它。"我问："王麻子是谁？"很多孩子抢着说："是车站警备队队长。"孩子们纷纷模仿起王麻子，嘴里喊着"太君""皇军"，点头哈腰，学得很像回事。那个去买包子的少年买了包子回来，见此情景学着样将包子递给孩子王："太君，我的王麻子，包子买回来了。"

就这时，对面突然枪声大作，一个戴毡帽的中年人手上挂彩，鲜血直滴，从一列货车底下钻出来，往这边跑来，同时传来有人追杀的吆喝声。孩子王一看样子，立刻喊："是我们的人，快，我们帮他逃走。"孩子们迅速行动起来，以最快速度引导那人往一个通道逃走，同时几个孩子又马上制造假象，纷纷往另一个通道看热闹，感觉人是从那儿逃走了。不一会儿两个追杀的人从货车底下钻过来，其中一个竟是秦淮河！我迅速闪到一边，以免他发现我。在孩子们的错误引导下，秦淮河和同伙往另一通道追去。

"妈的，是自己人杀自己人，真没劲。"

"就是，早知道这样，管它干什么！"

"不，可能后面的人是黄皮狗扮的，他们经常穿便衣。"

"不，我觉得他们都是黑社会的……"

孩子们议论纷纷，听起来知道得很多，这也是生活教他们的。我怕他们来征求我的意见，悄悄离开了他们。我可以肯定，秦淮河追杀的人一定是共产党，这一点孩子们一定没想到。我继续漫无目的地走，像一条丧家犬，像一个可怜蛋、一个幽灵，无家可归，无处着落。不知怎么回事，鬼使神差，后来我居然去了诊所。孩子们的笑声犹在耳畔，我发现自己已立在诊所门前，那位卖煎饼的老头还在忙碌，我和他对视一下，没有说话。

大门少见地反闩着。我只好敲门。革灵来开门，手上竟然握着枪，见了我十分意外："哎哟，你怎么来了，谁叫你来的？"我说："没人叫，我自己来的。没什么事，路过这儿，顺便来看看。"革灵听了有些高兴，进了屋，给我又泡茶又递烟。她发现我抽的烟正是她送的，问我："这烟好抽吗？"我说："很好的。"她说："那以后我再给你买。"我说："让你给我买烟，怎么好意思？"她唠叨说："有什么不好意思的，中华门走了，我现在是无牵无挂，挣的钱都不知怎么花。以前嘛，要给他买烟买酒，还要买布做衣服。"我说："刚才你怎么拿着枪来开门？"她说："他们都出去行动了，我得警惕一点。"我想起在车站看到的情景，问她："是什么行动？"她说："在火车站，要除一个人。"我问："是什么人？"她说："一个共党分子，他太危险了。"我问："怎么回事？"她说："他知道我们上海站的地址，上礼拜居然以此要挟我们要给他们提供一批药品，太可恶了。"我脑海里突然反复响起刚才那孩子说过的话：

> 妈的，是自己人杀自己人，真没劲……
> 妈的，是自己人杀自己人，真没劲，没劲……

林婴婴和我也许都应该感谢这些孩子，这天晚上我几次冲动想向组织报告林婴婴的"案情"，最后正是这句话、这些孩子的形象冥冥中阻止了我，也安慰了我。直到这时我才有所觉悟，今晚我为什么会鬼使神差地来这里。也许我是想来揭发林婴婴的，只是鬼使神差地又被孩子们烙在我心上的一句话阻挠了。这是天意，也是我的命。

02

我回家已经很迟，一进家门，果然，陈姨告诉我："晚上有一位姓林的小姐来找过你，给孩子带来好多东西，还给你送了一条烟。"我忙问："她进我书房了没有？"她说："怎么会呢？你交代过我，我记着的，不会让任何外人进你书房的。"我问："她跟你说什么了？"她说："跟我没说什么，跟达达问了些学校里的事就走了。"

我的预感是准确的，烟盒里有纸条：

> 我愿以生命担保，我从来没有用延安的身份做过一件对不起重庆的事，我多一个身份仅仅是这个破碎的国家的需要，它能让我多做一份抗日救亡的工作。外侮当前，岂容自相残杀！请别背叛我，帮助我，让我们一起来拯救中国！孩子们需要我们！中华民族需要我们！我们要团结一致，共同努力，粉碎腾村的阴谋！

接下来的几天时间我都在尽量躲避她，我心中没有决定、没有方向，我不知道该怎么面对她。但是这天晚上，我再也无法回避：我回家，一进屋，看见林婴婴趴在餐桌上，竟然睡着了。陈姨一脸无奈地解释道："没办法，我已经劝她好多次让她走，她就是不走。"林婴婴醒来，说："是的，金处长，你别怪阿姨，是我赖着不走的，因为单位出了事，卢局长要我一定来找你了解一下情况。”单位有什么事？鬼话！我想，可嘴上只能这样问：“什么事？”她指指书房，“里面去说吧。”我说：“就在这儿说。”她说：“这怎么行，保密，不知道吗？”说着擅自要进书房，发现门锁着——一定是陈姨见她赖着不走，悄悄锁的。林婴婴竟然拿出自己身上的钥匙捣弄着，一边说：“金处长知道，这难不倒我的。”陈姨急了，上前阻止她：“嗳，你这姑娘怎么这样没礼貌，这又不是你家！”我劝住她，亲自去开了门。林婴婴对陈姨扬了扬钥匙说：“阿姨，你别在意，我跟金处长很熟的，这是我家的钥匙，我逗他玩的。”

一进书房，她立刻回身关上门，压低声音，来一个恶人先告状：“这都是你逼的，别怪我，时间在一天天流逝，事态在一天天严重，我们却按兵不动，麻木不仁，任凭可怜的孩子在魔窟中受摧残……”我气极而骂：“你闭嘴！”她说：“我偏要说，那是我们的孩子，中国的孩子！你之前不是也在协助我嘛，至少你还是党国的人，现在重庆也要求我们进去探明情况。”我说：“难道重庆知道你是这货色？你不要说，听我说，我长话短说，今天我给你个态度，看在你曾经多次帮过我，我不去告你，我给你个机会，你去自首，其他事一概不谈。现在你走吧。陈姨，送客。”

我毅然打开门，林婴婴还想说，我断然走开，去了厕所，把她丢给陈姨。直到陈姨软磨硬逼，把她弄走，我才出来。陈姨很想了解事情原委，我没心思同她说，以“时间不早”为由，答应改天同她说。可后来发生的事情，决定我再也没机会同她说了。老天在帮林婴婴，我的意志起不了作用，只好一步步退回到她身边。

第三天下午，警政系统召开处级以上军官会，地点在熹园招待所。会上，警政部部长周佛海——这个要被中国人的唾沫淹死的大汉奸，言之凿凿地通报了最近新四军南下的动向和共产党在南京大批扩建地下组织的情况，其言其义，和革老讲的如出一辙。开完会，我们在对门餐厅吃饭。我从餐厅出来准备回家时，刚好看见秦时光和招待所那个领班背对着我走进招待所，他们勾肩搭背的样子，好像很熟悉。那个领班，我曾经用静子的证件找他开过房间。他们在嘀咕什么？太远，我听不见。可想起秦时光前段时间的作为（为了给李士武翻案，把卢胖子钉上了内鬼的黑名单），心里不免有些不安。不过冷静下来寻思一番，我觉得这领班不可能知道我那天住在招待所，心里又释然许多。

次日晚上，吃罢晚饭没多久，我正在看儿子画画，电话铃声突响。我听是林婴婴打来的，想挂掉电话。她训我："不要挂电话！你有麻烦了，我正跟四眼狗在外面喝酒，他说他已经抓到你的把柄……"秦时光？我的心悬起来，又把话筒扣回耳边。"有人看见在熹园暗杀白大怡的那天晚上你在现场，那天晚上你住在那里的是不是？凌晨才走。"我马上想到那个领班，难道我走的时候他看见了？"他已经向野夫报告，估计野夫明天一定会拿你是问。"我脑袋一片空白，愣愣地傻站着。"你必须在野夫找你之前想好应对方案，把这件事圆过去，否则你完蛋了。"

估计她打电话的条件不是太好，身边很嘈杂，她不便多说，等我稍稍缓过神来，想跟她交流一下，她已经挂掉电话。

事后我知道，那天一天秦时光都在忙着收集我的证据，那个领班确实看到我凌晨才离开招待所，他跟秦时光很熟悉。昨天我们在那儿开会，他认出我，便和秦时光顺便聊起那次我带静子开房间的事。是当男女绯闻来说的，秦时光却如获至宝，当天下午便向俞猴子汇报。因为事情牵涉到静子，猴子倒是谨慎，怕捅马蜂窝，没有马上捅上去，要秦时光去找静子证实一下情况。他认为，如果静子那天晚上和我一起在那儿过夜，这不过是一个偷情故事，没什么价值，一个鳏夫带一个寡妇去开房间睡觉，不值得大惊小怪。所以，晚上秦时光便去找静子求证。静子不知道秦时光手里握着刀子，以为他是对男女情事的好奇，为了表明清白，她把我那天开房间的真实情况如实相告。

这四眼狗！

今天上午，征得俞猴子同意，秦时光写成诉状，下午报给野夫。野夫看了给予高度重视，表示一定要追查到底。秦时光仿佛看见我金深水已跌入深渊，乐坏了。晚上，他约林婴婴出来喝酒，酒过三巡，他管不住舌头了。以下是林婴婴后来向我转述的——

秦时光说：不瞒你说，我们保安局要闹地震了。

林婴婴说：大震还是小震？

秦时光说：绝对的大地震，震中就在咱身边。

林婴婴听出弦外音，有意套他话：如果我没猜错的话，你的金头儿出事了？

秦时光说：你真聪明，一言中的。

林婴婴问：出什么事了，他？

秦时光说：你猜呢？

林婴婴说：一个光棍汉能出什么事，肯定是男女作风呗。说实话，他没少来骚扰我。

秦时光说：×！他胃口大嘛，都什么年纪了，还想吃嫩草。

林婴婴有意激将他：问题不仅仅在此，他可能也发现我们接触比较多，所以……

秦时光说：经常在你面前说我的坏话？

林婴婴说：反正没说好话。

秦时光说：哼，说吧，就让他说吧，我看他以后去哪里说，有本事找野夫机关长去说。

林婴婴敏感地问：怎么，你在机关长面前奏了他一本？

秦时光说：不是我奏他，而是他做了见不得人的事。

林婴婴说：到底什么事嘛。

秦时光说：说来话长……

秦时光把这两天的所见所闻对林婴婴添油加醋地说一番，把林婴婴吓得心惊肉跳。可以想见，如没有特别事务，野夫明天一早就会找我了解情况，我只有一个晚上的时间来应付调查，如果应付不了我就完蛋了。所以，她在第一时间给我打来电话报警。

挂了电话，我脑海里一直盘旋着她最后说的那句话：这件事你要圆不过去就完蛋了！我想：野夫也许明天一上班就会找我……

03

果不其然，第二天刚上班，野夫就打来电话，要我“马上过去一趟”。

野夫办公桌上放着一枚金黄的子弹，我走进办公室时，他正在擦拭锃亮的军刀，低着头擦了好久，方才开口问我：“金处长，知道我为什么喊你来吗？”我说：“不知道。机关长有什么指示，请尽管吩咐，我一定努力效劳。”他说：“没有指示，只有几个问题。不是小问题，是大问题，大是大非的问题。你如果回答得不能让我满意，可能你今后再也没有机会听我吩咐了。”我沉着应对，道：“我争取让机关长满意。”感谢林婴婴，给了我一夜准备时间，否则这场对话可能就会成为我的断头台。

“第一个问题：你是不是经常在熹园招待所开房间过夜？”

“不是。”

“有过吗？”

“有过。”

“什么时候？”

“嗯，应该是今年8月……24日。”

“今天是12月7日，都过去这么久了，你怎么记得这么清楚？”

“因为那是个特殊的日子。”

“怎么特殊？”

“就在那天晚上，一伙重庆叛贼企图暗杀机关长的客人白先生。”

“嗯，这确实是个特殊的日子。第二个问题：那天晚上你和谁在那儿过夜的？”

“只有我一个人。”

“这就有点说不过去了，你家近在咫尺，为什么非要去熹园过夜？而且恰恰是那天夜里，熹园发生了这么大的事。”

“这……”我的迟疑是故意的。

“这你要说清楚，否则——我可以明确告诉你，有人已经来告你的状，说你是重庆的奸贼，参与了那天夜里的谋杀活动。”

“这……简直……机关长，这是诬蔑，我对皇军忠心耿耿。”

“除非你能对自己的行为解释清楚，否则我也怀疑你，因为太离奇了，你从来不去那儿过夜，恰恰在那天你去了，怎么解释？”

“这是巧合。”

“当然有这种可能，可我不是要你解释，我是要你回答问题，你去那儿干什么，是好玩吗？”

“没有……机关长，那天晚上，我本来……”我必须支支吾吾，因为马上要说到静子了。

“不要吞吞吐吐的，吞吞吐吐我会怀疑是在现编瞎话。”

“机关长，那我说实话，请你理解我。我……妻子已经走了一年多了……前不久，我交了一个女……朋友，那天晚上我想约她去那儿……过夜的，可最后她不同意……我们一块儿在对门餐厅里吃了饭后，她不愿跟我上楼……就走了。我因此心情很不好，想反正开了房间，就在那儿睡了一夜，没想到正好碰上叛贼作乱，太倒霉了。”

“可我听说事实并非如此。”

“就是这样的，不信机关长可以派人去问。”

“问谁？”

“我女朋友，她就是……机关长……您的……”

“我知道她是谁，可她并不是你的女朋友。”

“谁说的？”

“这你别管。”

“她就是我的女朋友。”

“好，就算是你的女朋友吧，可据我所知，你那天根本不是要带她去过夜。她亲口告诉我们，你带她去熹园不过是为了借她证件订房用，享受优惠。”

“这……我怎么好意思直接对她说……就……编了个说法。机关长，说实在的，当时只是我一厢情愿，我不可能……直接说什么的，包括对招待所里的人说的，我也是瞎编的。”

“你对招待所的人是怎么说的？”

“我说……是她……要会男朋友……”

“嘿，你确实很会编，可能你对我说的这些都是编的吧？”

“没有，没有，这是事实，这种事……怎么说呢，机关长，我……还是第一次，我怕有人传到保安局去，总想……掩盖……”

“是吗？”

“是的，那时我们关系还没有像现在这样好，我们在房间里聊了一会儿天，后来吃完饭，我再请她去房间，她……没去……当然，如果现在……”

“现在怎么了？”

“现在我们很好。”

“很好？怎么个好法？”

“不瞒您说机关长，昨天晚上我们……就在一起……在莫愁客栈。”

野夫久久盯我一会儿，拂袖而去。我窃喜——昨天晚上，我接到林婴婴的电话后，知道野夫一定会追查这事，所以不管三七二十一，连夜把静子约出来，在莫愁客栈一起过的夜。我知道，野夫出去一定是去找静子对证了。野夫回来冲到我面前刮了我一个耳光，声嘶力竭地骂我：“浑蛋，我要枪毙你！”我说：“机关长，我们是真心相爱的。”他又刮我一个耳光，想骂我又不知说什么，他气得团团转。我把早准备好的话一股脑儿端出来：“请机关长允许我冒昧说两句，爱这个字也许不属于每一个人，但我作为皇军的忠实信徒，我想我应该是有权爱皇军的每一个人的，包括机关长，我也深深地爱着您。正因为有这份爱，我们才甘愿为皇军出生入死，以生命做证。”

野夫转过身来，意味不明地看着我。

我继续背诵着我的腹稿：“有人怀疑我对皇军的爱，正如机关长怀疑我对静子的爱一样。机关长怀疑我是因为不了解我；有人怀疑我，把我指责为蒋匪，企图置我于死地，其险恶用心不言而喻。据卢局长说，就在不久前有人也曾向机关长指控他是蒋匪；今天又说我是。到底是谁？机关长多次强调，我们保安局内部有异党分子，我认为想把我置于死地的人就有异党分子的嫌疑。机关长也许会怀疑我对静子的爱，但总不会怀疑我对皇军的爱吧。”

我清清嗓子还想说，被他一声断喝封住喉咙。他叫我闭嘴，叫我滚，正中我下怀。我标准地敬礼，恭敬地告辞，都是事先设想好的。出了楼，被风一吹，一股冷气直逼我胸膛，我这才发现，全身上下已被汗水浸透。

回到保安局，正好遇见卢胖子坐车出去，所以回到楼里我便直接上楼去找林婴婴。她看到我，笑嘻嘻地关了门，一边说：“终于把你请上来了，金处长，难啊。”我说：“谢谢你。”她问：“看来你已经过关了。”我又说：“谢谢你。”她明知故问：“野夫召见你了吧。”我说：“幸亏你给的消息及时，否则我会措手不及的，谢谢你。”她说：“你说了几个谢谢了，跟我这么客气干什么？把你的客气给另一个女人吧。”我问谁？她说：“还能有谁，当然是静子小姐呀。如果我没有猜错的话，昨天晚上你把她约出来了。”

我盯着林婴婴，心想：这个妖精，什么都瞒骗不了她。就这样，在我最危急的关头，林婴婴及时救了我，同时我们濒临破裂的关系也得到了挽救。很难想象如果没有这件事，我们的关系会怎么发展，现在则很容易想象了：我在林婴婴面前无险可守，似乎也只有“任其摆布”。

这天下班，我刚走出大门，看见林婴婴在车上对我招手，让我过去。我过去问她什么事。她说：“你回家吧，我送你一程。”我说：“不必了，我不回家。”她说：“别骗我，上车吧。”我说：“真的，晚上我要请人吃饭。”她问我请谁，说着又像想起什么似的：“噢，我知道了，你是请静子小姐吃饭。对对对，你今天应该请她吃饭，就像我，应该去安慰安慰四眼狗一样。不过晚上我也想见你，我们都快一点结束吧，八点钟，我在你儿子的学校门口等你。”她的态度里多了一种不容商量的味道。我心有不甘，问什么事。她说是大事，未等我表示可否，便叫车开走。

八点整，我赶到儿子学校门口，林婴婴的小车已停在那儿。我上了车，她象征性地冲我嗅了嗅，不正经地说：“嗯，一身酒气，看来静子是准备把你灌醉又同你欢度良宵的。对不起，我坏了你们好事。”我说：“你胡扯什么，我根本就没跟静子在一起。”她问：“你不是晚上请人家吃饭嘛。”我说：“请人吃饭是没错，但不是静子。”

我请的是刘小颖母子俩。很奇怪，自从和静子有了肌肤之亲后，我心里一直觉得对不起一个人——刘小颖。我不知道这和“爱”有多大关系，我只知道我很愧疚，我想用这种方式来表达我的愧疚，让我心里稍感安慰。可效果并不好，山山高兴得上蹿下跳，小嘴巴叽叽地说个不停；刘小颖则沉默不语，老是低着头吃东西。我想谈点儿温暖的话题，可她一点儿也提不起兴趣，像受罪似的。我只好一边逗山山玩，一边喝了几口闷酒。最后，我吃惊地发现，刘小颖的两腮上，一边挂着一颗饱满的泪珠。

“你请的到底是谁？”林婴婴问我。我说：“你问得太多了，难道我必须告诉你吗？”她跺脚说：“你可以不告诉我，可是你今天必须见静子，要请她吃饭，你刚才真的没有跟她在一起？”我说：“是的。”她一听急了，朝司机喊：“回头。”司机问：“去哪里？”她说：“幼儿园。”我有些恼火，我不想受她支配，让司机别掉头。她对我训道：“你今天必须去见静子，你不是口口声声说她是个好女人嘛。她不是夫子庙里的女人，天亮就分手，分了手就没个念想的。我敢说她今天一天都在等你消息，等你去约她出来。可你居然在请另一个女人吃饭，不可思议！这不是明摆着要让人家怀疑你别有用心嘛。”我懒懒地说：“你说的道理我都知道，我也想过，可是……”她说：“没有可是，你今天必须去见她。”说着从皮夹里摸出一对耳饰递给我，“送给她，它可以为你的谎言增加可信度，你就说儿子生病了，去医院耽误了。”她让司机快点开，好像去迟了，我又有什么把柄要被人揪住似的。这还不够，她还要叮嘱我：“到时候你见到她应该显得很急切的样子拥抱她、亲吻她，这比说什么都好，说什么都容易露出破绽。”我心想：你到底是什么人，一个大姑娘说这些不难为情吗？同时我又不得不承认，她说的这些都没错。

04

不过，有一点她想错了。

林婴婴一定以为那天晚上我和静子那个……了。其实没有。

也许是应该那个的，一个光棍、一个寡妇、一个夜晚、一间房间，不那个干吗？我约她出来也是做好了这个的准备。所以一进房间，我即主动将静子揽在怀里。因为太突然，她不乏紧张但更不少欢喜地钻进我怀里，任凭我抱着，抱紧，抱紧……后来，我们也接吻了，接吻时她哭了，像个小姑娘一样哭，好像吓坏了。但我们始终没有那个……不是她不愿意，是我不行，我身体出了问题。好像是，我一年多没有做爱，已经丢了这功夫，怎么都那个……不了。最后我们只是相拥而寝到天亮，各奔东西。

虽然没有那个，但毕竟亲了，吻了，抱了，相拥而寝了，捅破了以前一直暧昧的关系。所以，林婴婴说得也没错，今天我不去见她是没道理的，见了热烈相吻也在情理中。让我没想到的是，这次见面静子完全像变了一个人，断手佬刚把大门关上，她急急地一把将我拉到一边，就在门口，疯狂地亲我，一口气足足亲了几分钟，好像她要用我的呼吸来救自己的命似的，亲得我喘不过气！亲吻的时候，她还用手大胆摸我的下面，当发现我那玩意儿一反昨天的熊样，坚实地挺了起来，她竟然直截了当地说：“走，我们去开房间。”

就去开了房间。

进了房间，她更加放肆地亲我，亲我……从头到脚，把我每一寸皮肉，连脚趾都亲了。我一度想用意志、可怕的想象、陈耀的鬼魂等不祥恶煞来帮助我回到昨晚的状态：无状态。可她变了，她变得凶神恶煞，她温暖、潮湿的舌头像蛇一样在我身上游走，我完全控制不住自己的身体……更令我难堪的是，我的身体由于内心的苦楚迟迟不能进入高潮，我像吃了春药似的骁勇善战，为她至少赢得了两到三次癫狂。她每一次癫狂，我都恨不得抽自己耳光。这也许是世上男人最痛苦的一次做爱！

分手后，我没有回家，而是只身来到玄武湖边。夜黑沉沉的，可我眼前全是两个女人的头像：静子和小颖——静子在笑，小颖在哭，笑声和哭声都一样折磨着我。我有一种强烈的冲动，想跳进湖里，一死方休。

我真的跳下去了，只是没有死。我的水性很好，我在深深的水底被冰冷的水赶上了岸。我趴在岸边，想站起来，可四肢冷得发抖，站不起来，只能跪着，对着星空，久久跪着，似乎要请求天神宽恕。也就是在这一瞬间，我发现我是那么想、那么需要得到刘小颖的爱。就像出卖灵魂的人需要救赎一样，我需要用刘小颖的爱来救赎我，洗涤我……这个念头给了我力量，我一路狂奔，来到书店。刘小颖开门看到满身是水的我，问我怎么了。我二话不说，疯狂抱住她，强行找到她的嘴唇吻起来。她措手不及，被我吻一阵后，奋力推开我，骂我疯了！我说："我没有疯，我现在比什么时候都清醒，小颖，我要你，我要娶你！"我想重新去抱她，她坚决不从，抗拒、挣扎着，最后哭了。看她哭了，我也冷静下来，抱着头蹲在地上，瑟瑟发抖。

她怕我冻出毛病，没让我在她那儿多待一会儿，叫来一辆人力车，让师傅把我送回家。回到家我都不知是怎么上的床，直到后半夜，我发觉浑身不舒服，意识越来越模糊。等第二天早上陈姨发现我在发烧时，其实我已经完全糊涂了，要不及时去医院抢救，生命也许就要离开我了。这样死去，我不会后悔的。死，是结束，是解脱。我在医院醒过来时，反倒有深深的悔恨。

我的病给林婴婴赢得了与静子单独接触的机会，她去幼儿园把静子接到医院。作为一个地下工作者，林婴婴的优秀就在于她能捕捉任何机会，任何缝隙都将成为她猎取情报的旁门左道。这不，她又猎上静子了："静子姐姐，你那个门卫真讨厌，今天又不让我的车进去，否则我们至少可以提前十分钟到医院。你说有这必要吗？一个幼儿园，又不是什么军事重地，搞得这么森严做什么？”静子幽幽地说：“这是规定。”林婴婴说：“是啊，我纳闷的就是这个，姐姐，一个幼儿园何必制定这种规定？好像里面在做什么见不得人的事一样。金处长，你说是吗？”我只能配合她，说是。静子禁不住她再三诱导，老实地说：“其实这样子我也不喜欢。”林婴婴说：“你不是园长嘛，可以改一改规定。”静子说：“这规定谁都改不了，我舅舅也不行。”

林婴婴绝不会放过挖掘的机会，说：“那我知道了。我以前就听说那里面住着个大人物，他是做什么的？”静子上当了，说：“我也不知道，他整天待在医院的楼上不下楼的。”林婴婴问：“他在楼上干什么呢？”静子说：“我不知道，真的，我还从来没有见过他呢。”林婴婴说：“怎么可能？除非他是个幽灵。”静子莞尔一笑说：“幽灵？他是个……残疾人，腿坏了。”我一听，怦然心动，这说明以前林婴婴跟我说的那些全是真的。

林婴婴还不满足，还在追问：“哎哟，静子姐姐，你可把我的好奇心挑逗起来了，这到底是个什么样的人物，这么了得，腿不会走路，你们却什么都要听他的。”静子看看我，对林婴婴说：“好了，林小姐，你不要问了，我已经说了很多不该说的。”看到静子为难的样子，我连忙插话打圆场：“就是，林秘书，你可别让我们静子园长犯错误，有些好奇心你永远不可能满足的，静子也不一定都知道。”静子眉目间露出几许忧伤，说：“真的，很多东西我不知道，知道了也不能说。”林婴婴笑着说：“尤其是关于这个大人物的事情？”静子安静地点了头。林婴婴说：“姐姐，那我就不多嘴了。”

第二天，我出院回家，在家里养病，林婴婴又来看我，走的时候从随身的拎包里摸出一盒巧克力一样的东西，把它塞入我被窝，在我耳边说："你好好休息吧，我走了，这东西是我的上级让我转给你的，我们都希望你能喜欢它，照亮你的人生。"我欲拿出来看，她连忙按住，说："等我走了再看，保管好它，别让人看见。"我已经有所预感，这是什么东西。

这是一只很精致的方形铁盒，打开来看，表面上的确是一盒巧克力，但巧克力的塑料托子下却有一本《共产党宣言》。初见此书，我神经质地吓一跳，下意识地连忙关上盒子，将它重新塞进被窝里。过了一会儿，我又忍不住打开，却不是为了看书，而是寻找可能有的纸条。果然，书中夹有一张纸条。我把纸条捏在手心里，迟疑很久才展开来看：

> 这是一本阳光普照的书，每一个字都是一盏灯、一个小小太阳。我就是读了这本书后才明白了生命的意义，有了终生的信仰。我和我的组织衷心希望你喜爱这本书，早日加入我们的组织，你的生命将因此变得更加光辉灿烂。

我看完，照例将它点燃，丢在烟缸里。很快，纸条化为灰烬，我的心也仿佛成了死灰。捧着书，一种盲目的不真实感包围着我。加入军统快十年，我一直把此书视为毒药、死敌，现在这本书居然就在我身边，还想钻到我心里去。我忍不住想打开来读一读，却又莫名地怕着什么，某个瞬间我甚至想把它烧掉。

不过，最终我还是把它收拾好，藏了起来。

第十章

01

一天早上，陈姨送达达去上学，我还没起床，听到有人敲门。这么早，才七点多呢，是谁？以为又是林婴婴，却是革灵。她精心打扮过，漂漂亮亮的。“怎么是你？”我很意外。革灵笑笑进来，问：“你以为是谁？”我说：“我以为是陈姨回来了。”她说：“陈姨怎么可能这么早回来？”确实，陈姨去了学校她还要去诊所搞卫生，不到十点钟回不来的。我问：“有什么事吗？”我想她这么早来一定有什么急事。革灵显出轻松的样子，说：“别神经过敏，没有什么事。我听说你生病了，来看看你。”我放下心，又生出问题：干吗来这么早？她分明是想避开陈姨，跟我单独见面。看来，林婴婴还在给她灌毒。这么想着，我的心情陡然烦起来：我这次病完全是被两个女人闹的，她还来插一脚，分明是乱中添乱，你们到底还要不要我活？想起来，这确实是我峥嵘岁月中的一段荒唐经历，三个女人围着我转，加上一个古怪精灵的狐狸精（林婴婴），四个女人像四柱石墩子，给我架起一个火炉子，烧烤我，焖煮我。

我以为是陈姨告诉革灵我的病情的，结果她说是林婴婴。我问：“她去找你了？”革灵点头说：“她也生病了。”我问怎么回事，原来昨天晚上林婴婴去诊所找她聊天（不是开会），突然上吐下泻，革老给她扎针，竟把她扎昏过去。革灵说：“昨天晚上她睡在我那儿，现在都还在睡。”我心想，她才不会睡觉，她在偷看你的机密文件！最近，重庆对新四军在江南大肆扩展地盘十分头痛，已经明确下令要出手阻止，要清除。林婴婴拿我当诱饵，骗取革灵的信任，现在又用苦肉计把自己滞留在革灵房间里。这会儿她一定钻进文件堆里，在大量阅读秘密电文呢。

当时我真有种冲动，如果革灵敏感一点，及时开导开导我，我也许会把林婴婴的秘密身份告诉她。那样我的历史就该重写了。我说：“革灵，我看你们现在打得火热啊。”她说：“是，我跟她挺投缘的。”我问：“你觉得这正常吗？”她反问：“有什么不正常？”我说：“我也说不上，只是觉得……她对你好像有点过分地好。”她说：“也没有好到哪里去，就是人投缘，多说几句私房话而已。”我笑道：“说的不仅是私事吧。”她说：“那还能说什么？我们聊的机会也不多。要说好，我看她对你真是挺好的，一直在我父亲面前说你的好话。”我说：“她更在你面前说我的好话，说得天花乱坠。”她说：“说你好还不行吗？”我说：“问题是我没那么好，甚至我现在成了你父亲的头痛病。我知道，最近我有几件事是让你父亲，也许还包括你很不高兴。”她问：“什么事？”我说：“我同小颖的事，你父亲强烈反对，可我一意孤行，要娶她。”她问：“你真的要娶她？”我说：“我没有不娶她的理由，那是陈耀的临终嘱托。”她思量一会儿，平静但有力地说：“陈耀重要还是党国的利益重要？你娶了她就无法更好地为党国工作。”我问：“你们是不是找小颖谈过话？”

革灵坦然承认：“是，我和父亲都找她谈过话，并且出过文，组织上的态度很明确，不同意你们俩结婚。”我说：“难怪。”她说：“难怪什么，刘小颖不愿意跟你结婚？这就对了，她都有这个觉悟，难道你没有？”我说：“难道组织上非要把我和一个日本女人、一个刽子手的前妻绑在一起，让我落下千古骂名？”她说：“谁骂你？这是工作，将来组织上还要给你邀功领赏呢。当然，组织上也不要求你必须跟静子结婚，保持关系就好了。”我有意气她：“保持什么关系，恋爱关系，还是肉体关系？”革灵备感意外，问我：“肉体关系？不至于吧，你们关系有那么深了？”我说：“行了，我累了，你走吧。”革灵过来扶住我，关切地问我：“没事吧，看你脸色确实很不好。”我挣脱她，说：“我犯的全是心病，四周的人没一个真正可以信任的。请转告你父亲，对共党下手不要太狠，吓吓他们就行了，否则搬石头要砸自己的脚。”

革灵惊愕，想反问，我不给她机会，起身去打开门，请她走。

革灵怅然离去。

中午前，陈姨回来，我让她去叫刘小颖来见我。为了想单独跟小颖说事，我交代陈姨留在店里，管好山山。我有意把门虚掩着，上了床，刚跟革灵长聊了一阵，我确实也累了，想歇一会儿。没多久，刘小颖像个受委屈的人一样，幽幽地进来，远远地站在我床前，问：“你怎么了？”我看她可怜兮兮的样子，心里不禁一阵抽搐。我说：“你来，过来坐。”她向前挪两步，依然远远地站着，像怕我似的，又怯怯地问：“你怎么了？”我说：“还不是那天晚上，冻着了。”她问：“那天你怎么了？怎么……”我说：“那天晚上的事……原谅我……我……冲动了……”她说：“别说了，除了工作，我们没什么好说的，都过去了。”我说：“问题是我们的事一直没说，今天我必须跟你好好说一说。”她说：“你下命令让我来就为了这事？我不想听。这事情早过去了，不可能的，我也不需要。”我一下子提高声音：“可我需要！你过来坐下，听我说。”她依然站着不动，我说：“还要我下命令吗？那我命令你过来坐下，你站在那儿像什么话。”

刘小颖这才过来坐下。我说：“小颖，我知道你为什么不想说这事，是因为诊所的人找你谈过话，给了你压力是不是？那么我问你，难道陈耀的遗嘱对你就没有压力？”她露出坚定的目光，说：“你误入歧途了，老金，这件事……于情于理，于公于私，都是迈不过去的，你怎么还放不下？难道你就那么认死理？陈耀的死和死前说的话，都是疯狂行为，你没必要跟他一块儿疯。”我说：“我没有疯，我恰恰是太清醒。说了你不相信，我的搭档，就是那个林秘书，是延安派来的共产党。”

她的对立情绪由此有所缓解，开始用心听我说。我继续说：“现在军统已经明确下达指示，要求我们把工作重心转移到破坏共党在南京的地下组织，所以林婴婴一心想巴结革灵，争取她的好感和信任，以获取我们的情报。”她问：“你上次说她都已经进了我们的电台室了。”我说：“是的，所以你可以想现在革灵对她有多么好，可她凭什么博得革灵这么信任？凭我！”她问：“你什么？”我说：“革灵最近突然跟我接触很多，我感觉得出来，她很孤独，她一定是受了林婴婴的影响，以为我对她有意思。”她说：“她也死了丈夫，又没有拖累，我觉得你们倒是很好的一对。”我大了声说：“你怎么就听不明白呢，我怎么能跟她好？这是林婴婴给我设的套子，她利用我拉拢革灵，偷我们的情报，为共产党做事。所以她比谁都反对我娶你，比革老都还要反对。”她说：“这女人真歹毒。”我说：“所以我们结婚吧。”

刘小颖低头不语，我以为她正在掂量我的话。我把头扭向窗外，看到有两片枯黄的香樟树叶正悠悠地飘过窗口。我嗅到了一股严冬的气息。不一会儿，她慢慢从身上掏出一张纸条，递给我说：“你看吧，这是革老亲笔写的，我回老家前就给我了，塞在我门缝里的。”

你和雨花台重任在肩，万不可照陈耀遗嘱行事。现转达一号指示，电文如下：陈之亲属当组织照顾，切忌感情用事，否则将以变节处之。

鸡鸣寺

看罢纸条，我勃然生怒，拍着床板骂：“放屁！我敢说他根本就没有跟重庆汇报过这件事，他这是在吓唬你。”刘小颖迟疑地说：“可是他……也代表一级组织的。革老这人做事很绝的，我劝你别跟他作对，不要管我们了。”我说：“那我怎么办？你让我整天吊在一个鬼子女人的脖子上，暗地里又跟一个莫名其妙的女人偷情，然后夜里就做噩梦，接受良心的谴责？我已经把情况都跟你说明了，现在你跟我结婚不仅仅为陈耀，也是为我，把我从水深火热中救出来。”她说：“可是……革老不同意，我们将以变节被处置，说不定就被暗杀了。”我说：“这你放心，我会去说服他的。”她问：“说服谁？革老？”我说：“对，我已经想好怎么去说服他。”

她显然不信。

我确实说的也是大话。

02

第二天，我来到诊所，请革老扎针，当然别有用心。这次感冒发烧后我的身体一直没有完全恢复，烧是退了，但浑身乏力，也没胃口。革老对我主动向他示弱求助很称心，对我笑道："给你扎了那么多次针，以前都是唱空城计，今天看样子要动真格的了。"我说："主要是没胃口，浑身乏力。"他说："我刚才看你的舌苔就知道了，没事，今天一轮针扎下去，晚上就见胃口。胃口长，力气也就长了。"我问："革灵呢，出去了？"他朝一旁努努嘴。

我侧耳听，隐约听见电波声。看来，革老这边近来是够忙的。趁着扎针的闲工夫，我想和革老谈谈我和刘小颖的事情。可是我一出口，革老就不耐烦："又来了，又是刘小颖！我说深水啊，你怎么跟个小孩子似的，一个话要说几遍啊？我的态度很明确——不行！理由很简单：静子这条线我们不能失去。"革老的态度我早有思想准备，我说："革老，你听我说，不是我不懂事，有些事根本不像你我想的那样，静子其实是希望我早点跟人结婚。"他说："鬼话，骗鬼去，我已经七老八十了，鬼话骗不了我。"我说："真的，革老，我不骗你，你以为人家真是爱我，不就是想玩玩我？"

革老盯着我看，不语。

我说："其实道理很简单，我没有婚姻，人家反而有压力，怕我缠着她要结婚。可她能跟我结婚吗？就算她想，野夫也不会同意。鬼子说到底是鬼子，静子表面上看温文尔雅的，骨子里跟别的鬼子没啥两样：好色、贪婪、变态。我是看透她了，见面就想上床，下了床就想走人。”

革老惊讶，盯着我看了好一会儿才发问：“你们的关系有这么深了？”我说：“从来就这么深，也可以说这么浅。不瞒你说革老，我们第一次见面就在外面开房间了，否则你不想想，凭什么我们的关系能这么快速发展并维持至今，还不就是一个‘欲’字、一个‘色’字。老人家，我今天跟你倒个苦水，我不容易啊，我在饰演什么角色，你知道！”

他叹口气，动情地说：“我还真没想到你……有人说我们是吃软饭的，在花园里抗敌，吃香喝辣，屁话！牺牲是多种多样的，雨花台同志，你做出的牺牲党国都会记着的。”我也做出动情的样子：“今天跟你说这些也不是为邀功领赏，我也觉得丢人，一直羞于跟你说。可是——你如果想让我在静子身边留的时间久一些，让我们这种关系能够维持下去，必须尽快结婚，了断她的后顾之忧。说了你都不信，近来她常在我面前夸林婴婴怎么怎么好，言外之音什么意思我听得出来。你说，我能跟她发展关系吗？她也看不上我。”他说：“这不是她看不看得上的问题，这是纪律，你们两个人怎么能绑在一起？”我说：“我想来想去还是刘小颖最合适，保安局上下都知道我们两家是老交情，今天重新组合可能在人们意料之外，但也在意料之内：两面破镜子拼在一起凑合着用。”他问：“你们有感情基础吗？”我说：“感情嘛，是可以培养的，现在当然没有。”

革老认真地看着我，态度和眼神里却有前所未有的温存和慈悲。

革老开始取针，神色沉重，沉吟道：“你说的这个情况是个新情况，容我想想再说。”我说：“革老，今天我把该说的和不该说的都说了，树要皮，人要脸，有些话就到此为止，别跟人说了。”他说：“知道，我把它带到棺材里去。”我起身穿衣：“唉，人在病榻上，一听棺材二字心里都发虚啊。”他说：“你这叫什么病嘛，累的，不找医生看，过几天也会好的。要有时间，明天再来扎一次，什么事都没有了。怎么样，现在人是不是要轻松一点儿？”我试着眨眨眼睛，说：“嗯，眼睛都觉得亮了一些。”他说：“明天再来，你现在生病，单位是知道的，往这儿跑勤一点儿也没事。”我看看自己，说：“我这个样子还真像个病人。”他说：“你本来就在生病，回去看看你的舌苔，跟青苔一样的，又黑又厚。”我笑了，说：“你这个神针扎了，说不定我没到家青苔就没了。”

有人说，这世上的一半事由谎言促成，这天我对革老撒了一个弥天大谎。谎言像阳光一样驱散了层层雾霭，让我看到希望的曙光。我收拾好东西，与革老告辞。不知是革老的针真的管用，还是我心情的变化，走在路上，周围的树木、街道、房屋，果真变得亮堂了许多，我的身体也变得轻快起来。

只是，很遗憾，第二天下午革老让陈姨给我捎回来一纸条，上面写道：再次请示重庆，依然不同意你与小颖的事，请见谅。

我看完，对着纸条吐了一口痰。

革老的回音让我气得肺都痛！我本已见好的病情又卷土重来。这次生病，我在家足足休息了一个礼拜，也让我有空整理了一下心绪。说实在的，我有些累。很累。心累。革老、重庆、延安、林婴婴、刘小颖、革灵、静子，还有已经在这世上消失了的太太、女儿、陈耀……他们不时地在我的眼前晃动着，千头万绪。矛和盾、纠和结、痛和苦，消耗着我的心力和精力。像我们这种人，在刀尖上行走的人，是不能疲惫的——一疲惫就分心，一分心就出事。这些我都明白，可我就是累，不想出门，想到外面的世界，心里就会莫名地惆怅、烦躁、苦恼。我想要一种生活，带着刘小颖和两个孩子从这个城市消失。去哪里？我不知道。似乎很想念陈耀，想去跟他会合。

那可不是阳世，是阴间。

我为自己的颓废感到沮丧、害怕。所以，当陈姨这天傍晚回来，说当晚革老要召集大家开会，问我能不能去参加，我没有因病推脱。我想去看看同志们，听听消息，受些鼓舞，把精神焐一焐热。

不知是陈姨把开会时间记错了，还是他们提前开会了，我去的时候会议已结束，两间屋里空无一人，其中一间屋里有好多烟头和茶杯，明显是刚聚会过。我路上走累了，准备坐下来歇个脚，忽然听到革灵房间里传出林婴婴的说话声，然后是革老、革灵。

林婴婴说："他知道吗？"从后面的对话听应该指的是秦淮河。

我没听见他们前面在说什么，好像是又一次行动失利，在分析原因。

革老说："他没问题的，他跟你一样，是一号特使王木天带来的人。"

林婴婴说："这不是信任的理由，一号身边的人出问题多得是，比如说前军统上海站站长陈录，一号多信任他，后来不是变节了？"

我心想，你本人不就是最好的例子？没想到革老现在对林婴婴这么信任，单独跟她聊这么私密的事。我不知道有一天他发现林婴婴的秘密后会怎么样，我只知道我是不想告诉他了。我本来是有点想告诉他的，或者说是在想与不想之间摇摆；现在不摆了，就是不想告诉他。

“当然，”林婴婴说，“我不了解他，但我们也不能凭他的出身去认定他是一号的人，就一定可靠。一个人可不可靠，要通过一件件具体的事情去认识他。比如这件事，他知不知情？不知道另当别论，但如果知道就要引起注意。”

革灵说：“他应该不知道吧。”

革老说：“反正我肯定没同他说过。”

革灵说：“我应该也没说过。”

革老问：“应该？应该是什么意思！”

革灵说：“我想不起来了。”

革老说：“我不知道你整天在想些什么。”

林婴婴说：“好了，你们别争，革灵姐最好想一想，有没有同他说过。”

革灵说：“我没印象了，要说也是在无意识中说的。”

林婴婴说：“就怕这种情况，说者无意，听者有心。你不晓得他已经知道，他传出去也没有压力。对了，那天去夫子庙香春馆抓共党的人是不是他？”

革老问：“你怎么知道这事？”

林婴婴说：“我能不知道吗？他带人冒充我们保安局去抓人，被人识破，轰走了，事情马上被报到我那儿去了。”

革老说：“这小子最近我喊他去做的几件事都没成。”

革灵说：“上次去火车站让他去除个共党分子，他也没办成。”

革老说：“这小子说起来功夫贼好，可几次行动都没有得手。”

我真想对他们发笑。怎么可能得手呢？看看你们身边是个什么人吧！该怀疑的人不怀疑，结果肯定要冤枉好人。凭我的直觉，秦淮河是值得信任的，上次在火车站我亲眼看见他把那人打伤了，要不是几个孩子临时插一杠，那人一定会死在他手里。是真杀假打，我还看不出来吗？那天他的样子完全是杀红了眼。可现在林婴婴正在往他身上下烂药，革老似乎已经开始怀疑他，他的处境微妙！

03

几天后的一天晚上，我从外面办事回来，很迟了，路过书店，看到书店和裁缝店都关了门，熄了灯。正当我走过书店门前时，书店门缝里突然透出光。我以为小颖从里面看见我了，要找我，便走过去。以为我过去，门就会开。没有。我便凑到门前，透过门缝朝里面看。没看见什么，只听见一些动静，很诡异，我便敲了门。刘小颖的声音传出来：“是谁？”听说是我，她打开门。刘小颖的样子让我大吃一惊，她打扮得花里胡哨，几乎像个妓女。“我没走错门吧。”我半开玩笑地说。刘小颖一笑，再看看自己的怪异打扮，说：“我要去执行一个任务。”我问什么任务，她从身上摸出一把手枪说：“去杀一个汉奸。”我问：“莫名其妙，叫你去锄奸，谁安排的？”刘小颖说：“革老。”

让刘小颖去杀一个汉奸，这会不会是革老的阴谋？我有种不祥的预感。我点着一支烟，点烟的手有些轻微地抖。我坐下来，狠狠地抽着烟。我越想越觉得这事情有些蹊跷，叫小颖别去。她问我为什么，我也说不出个所以然，只是说：“我现在不信任革老。”我说我要去找他。她说：“这个行动是绝密的，你去找他不是把我卖了？”我说：“说不定他就想害你，什么人不能去，非要安排你去？你打过几次枪？你去杀人不是去送死？”她说：“你不要乱想，不是安排我一个人去，秦淮河，还有革老，都要去。”

“他们也要去？”

“对。”

“还有谁去？”

“就我们仨，杀一个人，去三个人也够了。”

“问题是，我总觉得让你去是很荒唐的，又不是没有其他人了。”

“可必须去一个女的，革灵要守电台去不了，只有我了。”

“你们晚上开过会了？”

“嗯，我刚回来不久。”

“你把开会情况跟我说一说。”

“你不能去找革老理论，他再三交代过，这行动要保密，不能让多一个人知道。”

“你说吧，这么大的事我要给你把把关。”

开始刘小颖坚决不肯说，后来经我再三劝说，她犹豫再三，最后还是开口说了。这是我根据她说的想见的一幕——

革老把秦淮河和刘小颖叫到他房间里开会，布置锄奸任务。

革老把一张照片往桌上一扔，说：“好好看看，要杀的人就是他。”

秦淮河和刘小颖传看照片，革老一边介绍说：“这人曾是拉贝身边的人，大汉奸。就是他，向鬼子通风报信，把鬼子带进了难民安全区，把藏匿在安全区的几百位国军伤兵都杀了，后来还把安全区的教会女学生买给鬼子做慰安妇。”

秦淮河问：“这么个大汉奸怎么到今天还没除掉？”

革老说：“他后来出国躲了，前不久才回来。”

秦淮河问：“在南京？”

革老说：“对，今天就在南京。”

秦淮河说：“把这任务交给我吧。”

革老说：“你一个人完不成，他很狡猾的，而且我们现在还不知他具体躲的地方。”

刘小颖插嘴：“不知道地方怎么杀？”

革老说：“可他要经常去一个地方，我们知道。”

秦淮河问：“哪里？”

革老对秦淮河说：“你去过的地方——香春馆。上次你失手了，这次绝对不能失手，所以我和小颖都陪你去。”

秦淮河说：“没必要。上次还不是你专门交代不能开枪，才搞得那么难堪。要我说一枪把那个鸟女人干了，拿了东西就走人。”

革老说：“你懂什么？上次的任务是要捣毁他们窝点，动不动杀人干什么？对共党分子还是要手下留情，知道不？跟对日伪分子是不一样的。”

刘小颖说：“就是。”

秦淮河说：“可你前天还说，要对他们开杀戒了。”

革老说：“现在是现在，情况又变化了。”

刘小颖说：“别说这些了，还是说说怎么杀他吧。我孩子一个人在家，不能待久的。”

革老拿起照片，先对刘小颖说：“这家伙是个色鬼，经常去香春馆嫖妓。我已经在香春馆安了内线，包了一个房间，是给你的。呶，衣服也给你准备了，到时你就假装那种人吧。”完了又对秦淮河说：“你就是去找她的嫖客，你们俩就在房间里守着，等他来。”

秦淮河问：“今晚一定会去？”

革老说：“一定。”

刘小颖问：“是哪儿来的消息，确凿吗？”

革老点头说：“我在里面安插了内线，会及时告诉我消息的。到时我们一块去，有些事情我们可以到了那儿再商量。”

刘小颖这么说后，我原有的顾虑不大有了。我原来的顾虑主要是担心革老有意给刘小颖安排一次艰巨的任务，让她去冒生死之险。她能完成任务也罢，送命也罢，反正是惩罚她，给她苦头吃。可现在革老要亲自去，秦淮河又将一直在她身边——革老对秦淮河也许有所猜忌（林婴婴栽的赃），但我想不至于要对他下毒手。而且，从这次任务的完成方式看，确实也需要一个女性，加上我对秦淮河的了解和信任，我打消了顾虑，没有阻止刘小颖出发。我只是带走了山山，送她上了人力车，看她在夜色中消失，没有想到这竟是永别。

04

消息是林婴婴传过来的，当时我正睡得迷迷糊糊，床头的电话响起来，里面传来林婴婴的声音，告诉我香春馆发生枪击案，有人死了，有人受了伤。我一时没转过神来，挂了电话我才想到刘小颖。我一下子从床上蹦起来，穿上衣服跑出门。

我先赶到书店，发现门锁着，说明刘小颖还没有回来。我又赶到香春馆，看到现场非常混乱，聚着很多人。妓女、嫖客、看客，三五成群，嘁嘁喳喳，乱七八糟。有几个警察正在处理现场，地上躺着一具尸体，我发现是秦淮河。我马上想到林婴婴说的话：有人死了，有人受了伤，难道是刘小颖受伤了？正当我想找人探听情况时，看见反特处马处长从楼里出来。我想躲开他，不行，他已经看见我。他见我后一点儿也不奇怪我为什么会来这里，竟然对我说："她在楼上呢，中了两枪，估计活不成了，你快去看看她吧。"

他说的是刘小颖！

我冲到楼上，医生正在一间房间里抢救刘小颖。我问医生情况怎么样，医生得知我是她朋友后，告诉我她已经不行。我上前看，地上全是血，小颖躺在血泊中纹丝不动。我抱住她，又摇又喊又叫，把她从死亡线上拉回来，对我睁开了眼睛。我欣喜万分，喊医生："你看，她还活着，还活着！"我大声叫担架，要送她去医院。医生对我说："别折腾了，她有话要说，快听吧。"我冲他发火："你先抢救她！"医生说："她就等着见你一面，坚持不了多久的。"我回头捧住刘小颖的头喊："小颖，小颖，你挺着，没事的，医生会救你的。"她摇摇头，对我动了动嘴唇。医生对我说："快把耳朵凑上去，她有话要说。"我低下头，把耳朵凑上去，喊："小颖，你想对我说什么，你说吧，小颖，我听着。"她声音很微弱，但很清晰，仿佛来自天外："我要走了，山山交给你了。"我大声喊："你不会有事的，小颖，山山还等着你回家！"她摇摇头，闭了眼。我又喊。她又睁开眼，嚅动着嘴。医生说："快听，她快坚持不住了。"我又凑上耳朵，听到她又说了一句——

山山交给你了……

我看到她的眼睛倏地亮了一下，然后彻底熄灭。

有些爱，只有伤心；有些爱，只有痛苦；有些爱，没有开始就结束了。我知道刘小颖是爱我的，她只是不敢爱，不忍心爱，怕我受苦、受伤害。刘小颖，她把生命的最后一丝热气给了我，我能给她什么？但愿，我的吻，能够告诉她我的爱；但愿，我的吻，能够陪她去天堂。

我真的吻了她！

当天晚上我去诊所找革老，却只见到革灵。革灵说她父亲出去避风头了，在她的讲述中，革老不但出现在“枪战中”，而且受了伤，差点被“共匪干掉”。共产党？革灵其实是说漏了嘴。我说：“不是去杀一个汉奸吗，跟共产党有什么关系？”革灵意识到说漏了嘴，解释道：“这家伙也投靠了共产党。”尽管革灵后来极尽所能，想把话编圆过去，但谎言终归是谎言，她可以巧舌如簧，说得严丝合缝，一时迷惑了我——也不过是一时而已。

到了第二天，有人把她的谎言击得粉碎，这人就是林婴婴。这天下午，我为刘小颖丧葬的事去找卢胖子，离开时林婴婴递给我一片纸条，是这样写的：

> 晚上九点半，在你儿子学校的后门口等我，一定要来，有十万火急的事。到时会有一辆救护车来接你。务必准时！

我不知道她葫芦里藏的什么药，但我还是去了，想看看到底是什么“十万火急的事”。九点半，我准时出现在学校后门口，不一会儿，一辆救护车向我驶来，我有意识往外走出几步，迎了上去。车子停下，后门被打开，有人喊我上车。我看见车上有不少人，都不认识，站在车下疑惑地问："你们是什么人？"躺在担架上的那个人坐起身，把嘴上的纱布扯下一点儿，喊我："老金，是我，快上车。"声音确实是林婴婴的，我这才上了车。

我一上车，车子就开动，林婴婴伸出手与我握手："没想到吧，我成了个大病号了，哈哈。"我看看身边的人，没一个认识的，而且他们都戴着口罩，即使认识，在那种光线下也认不出来。林婴婴朝那些人看看，对我笑道："别担心，他们都是你的同志。来，我给大家介绍一下，这是我新发展的同志，很优秀的；至于其他情况，大家也知道规矩，我就不介绍了。"这些人的长相和气质都是我陌生的，但凭直觉我知道，他们都是共产党。这也是我第一次参加共产党的活动，可我当时根本还不是他们的同志，我觉得林婴婴太疯狂了！

我已经上车，想下车，没门，只好跟这些人一一握手，但双方都不做自我介绍。我算了一下，连同司机，车上有六个人，除了林婴婴，另有一个女的，看上去胖胖的。车子驶出胡同时，林婴婴想把绷带扯下来，有人却说："别扯！"此人就是今晚会议的主持人，是一位中年人，说话有北方口音。后来我知道，他是老D，是他们这儿的三号人物。

老D清了清嗓子，看看大家说："我们开会吧。今天老A有事，来不了，我代表老A主持会议。"我知道，老A就是当时共产党在南京地下组织的头脑，是一名中央委员。听说此人是演员出身，擅长化装术，神出鬼没，少有人知道其真面目。像这种代老A，我想在南京也许有两三个，甚至更多。

会上，老D首先明确，红楼小组从此成立，今后将不定期聚会。然后他分析了国内形势，指出国民党已经再度挑起内战，"战争的风雨一时也许停不了"，要大家做好长期埋伏的准备，打持久战。在布置任务时，他说以后工作重心要转入收集军事情报和在工人中组织武装队伍这两个方面。

我左边突然有人插嘴说：“那以后学生运动是不是不搞了？”

我不记得老D当时是怎么回答的，也许没有回答。提这个问题的人是个小青年，书生模样，但性子似乎有点急，提问的方式也不机智，几乎马上让我猜到是个学生。他的眉角有一块猪肝色的红记，这对他做地下工作似乎不大有利。后来年底的会上我就没再见到他，听说是被捕了，不久我又听到他被杀的消息。他是这个小组最年轻的同志，却是最早遇难的。

一个暗号叫红胡子的山东人是我们几人中年纪最大的，有五十多岁，额梢上有一撮下垂的白发，暗示出他古怪的性格。那天会上林婴婴和他有点不愉快，是为天皇幼儿园的事情，两人有分歧。他后来很快离开我们，据说是去了上海，也可能是无锡。坦率说，我不喜欢这个人，他身上我觉得有种莫名其妙的傲慢和怨气。

还有一位同志当时坐在我右侧，是个魁伟的人，二十五六岁，长着一头神秘的红头发，也许是染的，我不清楚。他乔装成医务人员，穿着白大褂，并且有一个医生的暗号，叫一把刀。他在那天会上几乎没说一句话，以沉默为我所注意。很不幸，他几乎就在南京快解放的前几天暴露了身份，在拒捕中被乱枪打死。

林婴婴一直坐在担架上，在我们中央。一身坚硬的黑色衣服使她显得凶冷、离群，而头上的绷带使她显得圣洁。所以总观起来，她那天身上有一种圣洁的冷漠和敌意。她一直缄默不语，我以为她不打算发言，但车子从郊外回来的路上，也就是会议的最后十几分钟里，她突然说：“我挨到最后讲，是想多讲几句。”

她说："刚才代老A说了，今天会议的主题是粉碎重庆的分裂活动。我们得到可靠消息，蒋介石对我新四军的迅速发展壮大非常不满，把新四军说成是'养虎为患'，他已经下令停止对新四军的供给，并且要求新四军撤离江南。戴笠一向是蒋介石的黑手，南京又是军统的老地盘，以前我们和这边的军统组织时有合作，这是抗日的需要。但如今时局已变，谨慎起见，老A要求我们从今天起断绝和军统所有合作和联系。害人之心不可有，防人之心不可无，军统已经对我们下手，下一步也许还会加大力度，我们一定要慎之又慎，对我们的安全高度负责。我昨天见过老A，他要我转告大家，回去你们要召集各自小组开个会：如果有军统认识的同志，该躲的要躲，重要的同志也可以暂时离开南京；如果有军统知情的联络点，该撤的撤，该换地方的换地方。"

就这样，她一口气说了很多，语调、言辞、神情很是坚定，热气腾腾，具有演讲的气派。她说完后，另一个女的，我后来知道她叫老P，问林婴婴："我在香春馆的事军统知道吗？"我听着觉得她的声音有点熟悉，仔细想，好像是香春馆那个老板娘。那天我去香春馆替小颖收尸时，她接待过我。

老P说："以前他们知道老J在那儿，还有人去骚扰过。"

老D说："知道老J，不一定知道你。"

老P问："老J什么时候能回来？"

老D说："已回了，他在张罗幽幽山庄开业的事，管不了你那边了。"

车子开到鼓楼街附近后，老D宣布散会，然后他们几个人像约好似的，为自己炽热的信念所驱使，围成一圈，伸出双手，虔诚地叠在一起，齐声高喊："中华民族万岁！共产党万岁！！"

我的手虽然也被林婴婴强行拉过去，但口号我没有喊。

胆大妄为！竟然敢把一个军统特务公然叫来参加共产党的地下会议，而且会议的主题是反军统！她真的不怕我出卖她吗？要知道，我当时还没有被她发展为同志！开会的人，都是他们各小组领导，她这不是在拿整个组织的安危赌博？我觉得这实在不可思议。

然而，这就是林婴婴，冒险是她的作风。不，敢冒险只不过是她的一半：她的冒险不是鲁莽，冒险的背后是她非凡的胆识。从当时情况看，她有足够的证据相信，我绝对不会出卖他们，从逻辑上说我要出卖早该出卖她了。此外，这天晚上林婴婴手头还捏着一张底牌，足以保证她“胜券在握”。

老D宣布散会后，人陆续下车，最后车上除了司机，只剩下我和林婴婴，还有老P。我们最后都在香春馆下了车，下车前老P摘了口罩，我认出她就是香春馆的老板娘。

夜已经很深，街上人车稀少，黑咕隆咚，但香春馆照旧闪耀着艳俗的霓虹灯光。车子从香春馆后门开进去后即熄灭车灯，顿时我们四周漆黑一团。这里一盏照明灯都没有，只靠前方屋顶灯箱招牌散发过来的余光，依稀照见院内情形。这儿有个小院子，一排平房兼做围墙。下车后，老P带我和林婴婴进了一间屋，司机则去了另一间。我从司机的背影和走路姿势中，发现他好像就是林婴婴的那个司机——如果确实是的话，他一定专门乔装过，眼镜、发型、胡子、穿着，都和我以前见过的截然不一。我觉得这个夜晚对我而言过于奇特了，奇特得完全出乎我的想象，因而不免让我有些心虚，好像随时要踩到陷阱似的。

进了屋，老P对我一五一十讲了刘小颖和秦淮河前天晚上遇难的始末。不论是形体，还是长相，还是说话的声音、腔调、手势，老P都十足像一个我们印象中的老鸨。她首先坚决否认了革老在这里“有内线”的说法：“做梦，他！你知道这是什么地方，怎么可能有他的腿子？如果他有狗养在这儿，我的命早不在地上，而在地下了。”不用说，这里是共产党的秘密据点。老P对林婴婴说：“因为他在这里碰到过老J，所以他怀疑这里是我们的地盘，所以才几次三番派人来滋事。可我认为，到现在为止他还没有掌握什么有用的情况，连我的身份都不知道，否则他早对我下手了。来滋事既是为了探听虚实，也是想通过滋事促使当局来封掉这里。封掉了，不管是不是我们的地盘，对他总是有利无害的。”

林婴婴说：“这儿已成是非之地，你做好走的准备。”

老P问：“去哪里？”

林婴婴说：“幽幽山庄。”

在老P的讲述中，那天晚上这里根本没来什么大汉奸，来的是一个持双枪的杀手，五十来岁，罗圈腿，三角眼，下巴上有一条血红的刀疤。他第一次来是九点多钟，在前台付了钱，领走了一个房间的钥匙。一个小时后，一个女的（就是刘小颖）来了，直接上楼去了那房间，然后又来一个男的（就是秦淮河），也去了那房间。过了不多久，刀疤佬又出现，他一来直接去了那房间，进门就开枪打死了那个男的（秦淮河），女的（刘小颖）对他还一枪，趁机逃出房间，冲到对门房间，想跳楼逃跑，却被追上去的刀疤佬击中一枪，倒在楼板上。刀疤佬上去对她又补一枪，然后跳窗逃了。

照这么说，这是一次谋杀，刀疤佬是革老花钱请来的屠夫。

这是真的吗？我心如刀绞，既矛又盾，乱成一团。说实话，我也在怀疑这件事，从一开始我就担心这是一场阴谋，但我还是不相信。我思忖，虽然革老对秦淮河有所误解（确实是误解，纯粹是林婴婴从中捣鼓的后果），对刘小颖私自回城心怀恨意和惧怕（怕我一意孤行娶她为妻），但总不至于会对他们下毒手。虎毒不食子，刘小颖和秦淮河毕竟是跟他这么长时间的手足。甚至我想，即使他心存杀念，以我对革老的了解和对时局的判断，他会找到更高明的杀法，就是派他们去执行一项必死无疑的任务。

眼下，剿共行动大幕拉开，革老会这么蠢吗，请杀手灭手足？我对老P的说法半信半疑。况且，老P这么说也有离间我的嫌疑，好让我同革老彻底反目，尽快加入他们的组织。这么想着，我尽量让自己保持镇静，对林婴婴和老P表现出应有的老练和持重。我对她们说："如果你们能让我找到那个刀疤佬就好了。"林婴婴没想到我会这么冥顽，呵斥我："什么意思，你还不相信？"我说："我更相信你们说的这些是别有用心的。"林婴婴久久地瞪着我，最后憋出一句："好，你等着吧，我会给你看到这一天的，那时候你别气得吐血！"

尽管我半信半疑，这天晚上革老在我心里可怕的形象还是大过了林婴婴。这是我第一次有这种感觉。以前，我对革老只是有些反感，以后，这种感觉被日益放大、加深。至此，我和革老的路几乎已经走到尽头，一种崭新的生活正在前面不远处等着我。

第十一章

01

刘小颖和秦淮河是新历旧年的最后一天走的，即一九四〇年十二月三十一日。第三天，我把刘小颖安葬在紫金山东麓向阳的山坡上，与陈耀的坟并列。相隔才一个多月，又是冬天，陈耀的坟上一片青叶子都没有，像座新坟。我觉得陈耀是个幸福的人，有那么爱他的妻子，愿意为他受苦、守寡，死了也没有让他孤单太久。可以想象，来年春天，两座坟上将冒出一样的新绿，更像是同一天安葬的。立在坟墓前，我有一个强烈的念头：他们清静了，安息了，可我还得像他们活着时一样吃苦、受难。

山山在小颖死前已被我接到家中，从那以后他一直是我的儿子。安葬完小颖后的那天晚上，我让山山改口叫我“爸爸”。他才五岁，加上我们本来就有很深的感情，他高高兴兴答应了，“爸爸、爸爸”，喊了我一个晚上，喊到睡着为止，在梦中还在喊，喊得我流了一夜泪，怎么也睡不着。一件件闹人苦心的事接二连三朝我扑来，折磨得我精神萎靡，有事不想做，有话不想说。清理书店本来是早该做的事，可我一直拖着，直到好多日后，一月八日，我才去清理。我之所以对这日子记得这么清楚，是因为这一天很特殊。

这一天上午，我叫上小李、小青，还有陈姨，用了半天时间，把书店里的书和少有的家什如数搬回家。这是陈耀和小颖留给山山的遗产，我要保管好，等他长大了交给他。书店搬空了，也就关门了，但愿这关门能给我带来吉利——关门大吉！

其实，这是个耻辱而大悲的日子，不过也可以说是“大吉”，看怎么说。就我个人前程而言，这不失为一个喜庆之日。我是最后一个离开书店的，离开时专门看一下对门裁缝店，发现孙师傅也在看我。四目相对，他朝我挥挥手，我也给予回应。他的身份已经不言自明，以前我对他总有些敌意，这一次我隐隐感到一丝亲切。我本想过去跟他打个招呼，却被一个飞奔而来的报童的叫卖声打搅了。

“号外！号外！特大新闻！皖南内战，千古奇案！”

每天都有报童沿街吆喝，但这个吆喝显得特别刺耳。我叫住他，买了一份，没有马上看，因为手上抱着一捆书，没法看。到了家，吃午饭时，我才开始看。打开一看，惊了一下，扑入眼帘的是一个通栏大黑标题：千古奇冤，江南一叶。同室操戈，相煎何急？我看内文，方知出了惊天大案：就在二十几个小时前，国民党第三十二集团军七个师八万余人，在泾县茂林以东山区对新四军实行袭击。新四军奋起自卫，浴血苦战八个昼夜，终因寡不敌众，九千余人只有两千多人成功突围，大部分将士壮烈牺牲，或被俘虏，或被打散。军长叶挺被扣押，副军长项英、副参谋长周子昆下落不明，其余新四军领导多数牺牲。事变发生后，蒋介石公然诬陷新四军为叛军，宣布撤销其番号。这一事变，意味着国民党近半年来掀起的第二次反共高潮达到了顶点。

我狠狠地撕了报纸，心里很明白，我撕毁的是自己的过去。可以说，这个消息让我对自己的信仰失望透了。正是从这一刻起，我决定要做林婴婴的同志。我主动给林婴婴打去电话，要见她。她问我："你看报了没有？"我说："看了，我刚把它撕了。"她说："撕了有什么用？愤怒不是这么表达的。"我说："你说该怎么表达，我听你的。"她知道我说的是什么，立刻兴奋起来，说："好的，我会约你的。"

我以为她当天晚上就会见我，结果挨到第三天晚上我们才见上面。想想看也是，出了这么大的事，这些天他们一定很忙。这天晚上八点半，林婴婴来车把我从约定地点接走，车子往紫金山上方向开去，不久已颠簸在陡峭的山路上。严冬来临，山上奇冷，天一黑，不少路段结着冰，车子不敢全速行驶。好在要去的地方不远，穿过一个小山谷，越过一大片树林，车子便开进一个小院，停在一幢大别墅前。即使在黑夜中，别墅鲜红的颜色还是给我留下强烈印象。

林婴婴的司机熟门熟路，领我们穿过宽敞、华丽的厅堂，拐入一条走廊，又转入另一条走廊。走廊上四处挂着装裱考究的书法、绘画作品，有一幅画画的居然是一位裸体的西洋大奶子妇女，那对奶子饱满得像要炸开来，丢下来。我只瞥了半眼，便红了半张脸，记了半辈子。别墅真是大啊，廊道一条连一条，曲里拐弯，像迷宫。最后我们拾级而下，来到地下。地下也是蛮大的，约莫走了二十米远，才走入一间屋子。

屋子很简陋，只有一张桌子和几条长凳子，墙上却有一只粉红的壁炉，怪怪的，像茅草屋上挂了只绣球。有三个人正围着火炉在暖手，看样子也是才刚来。我们进去，他们都迎上来跟我们握手、问好。三个人我都见过，只是老D（那次的代老A），上次戴着口罩，我没认出来；还有一个是老P，我认识的；另有一个人也是认识的，但我做梦也想不到，竟是他！

"欢迎，欢迎。"是大老板杨丰懋！他很热情地拉住我的手，一脸笑容，根本没有我上次见过的那种大老板派头。“认识我吧？”他笑着问我，“我可早认识你，金处长。”我说：“我也认识你，中华海洋商会的杨会长，杨老板。”他爽朗地笑道：“好眼力，舞会上光线那么昏暗你都把我认得了。”我说：“没想到杨老板也是中共的人，你们场子好深啊。”林婴婴说：“杨先生是我们组织的领导，代号老A，我们都是他的部下。”

杨丰懋说：“我希望您也成为我的部下，金先生。”

林婴婴说：“喊他同志吧。”

他不知道我今天来已经决定做他们的同志，一本正经地给我做工作说：“金深水同志，今非昔比，你要做一个识时务的俊杰啊。同室操戈，相煎何急？皖南事变不是天降大祸，而是人造灾难哪。这个人是谁？正是蒋介石和以他为代表的国民党顽固派，是他们精心策划并犯下了这反动透顶的罪行，充分暴露了他们无心抗日、热衷内战的险恶用心。这是一个黑暗的政府、黑暗的政党，为所有追求光明、坚决抗战的志士仁人所唾弃。我们虽然初次见面，但我了解你，理解你刻骨的恨，铭心的爱。我深信，为一个黑暗的政党献身不是你的志向，那样你的前途也是黑暗的。光明的前途在哪里？就在这里，我们热切期盼你投入我们的怀抱里来，与我们并肩战斗，与伟大的中国一起向前走。”

我说：“请问老A同志，我什么时候能加入中国共产党？”

杨丰懋看看我，又看看林婴婴。林婴婴对他开心地笑道：“人家来之前早已经决定做我们同志，你还说这么多。”说得大家都开怀大笑。

我当场填写加入中国共产党的申请书。我的字曾传递过不少重要的情报，营救过同胞，杀戮过敌人，但我此刻写下的字才是最神圣的。此刻，我的字传递的是我至死不渝的信念、永恒的誓言。从这一天起，我的生命翻开了崭新的一页，我有了新的组织、新的使命。

宣誓完毕，在场每一个人都和我热烈拥抱。林婴婴拥抱我时激动地哭了。“这一天我等了好久啊，老金，”她说，“我太幸福了。”我也含着泪说：“谢谢你，是你给我的生命注入了光明。”杨丰懋接过我的话说：“从今天起，你就喊她老K。”他当即给我下达三条指示：第一，今后我的组织代号叫老U，平时只接受老K的单线指挥和联络，其他同志无权给我传令；第二，我必须平息情绪，要把刘小颖的死放下，绝不能因此去找革老理论，更不能搞打击报复；第三，我要继续保留现有身份，一方面监视汪伪，同时监视重庆。最后，他对大家说：

“根据我判断，下一步军统对我们的破坏活动应该会有所减弱，因为现在国内外舆论都在谴责国民党一手制造分裂，给蒋介石造成很大压力。”

“刚才老G拦截到一份电报，”林婴婴的司机突然插话说，“戴笠已经下令暂时停止反共活动。我想停止是不会的，但可能会收敛一下。”他刚才一直在充当服务员，围着炉子给大家烧水泡茶。但我总觉得大家对他很客气，包括林婴婴每次接受他添水都会用目光致谢。我和他虽然见过多次面，但这么近距离、正面接触还是第一次。他还是留着大胡子，穿得周正，沉默寡言，不苟言笑。所以，他突然插话让我感到有些意外。我不知道老G是谁，但从他的话中我分析，他可能是老G的搭档，他们在负责电台的工作。

这么说，他还是个重要角色，管电台的！

想想也是，今天晚上的会议明显比上次红楼会议要高级，他能参加这个会，说明他不是普通一员。以前我以为他很年轻，但今天晚上我发觉他年龄比我可能小不了多少，鱼尾纹、抬头纹都有了，甚至还有些谢顶。灯光下，我发现他天庭饱满，目光明亮又锐利，有些知识分子的感觉。自始至终，没有人告诉我他的代号，我心里把他设为老X。

杨丰懋对老X点点头，对我和林婴婴说："嗯，所以下一步我们要转移工作重心，当务之急是要突破天皇幼儿园进不去的瓶颈问题。人不能正常地进去，一切都无从谈起。这个任务主要还是靠你们两位来完成。"他问我："与静子的关系还是正常的吧？"

我说："基本正常。"

他说："基本正常？难道还有什么小问题吗？"

我说："问题主要是我，我跟她在一起有压力，所以有点回避她。"

他说："这不行，这是我们唯一的突破口，你不能退缩。"

林婴婴看一眼我，笑道："现在该不会退缩了吧，以前你是对我有看法。"杨丰懋看我沉思着，说："现在这是你的头等大事。"接着林婴婴对我说："据我们了解，前两天幼儿园死了一个孩子，你听静子说起过吗？"我说没有，同时我马上想起，今天下午静子给我办公室打过电话，说想见我，听口气和声音好像情绪很不好。我由于要参加这个活动，婉言辞了。林婴婴看看手表，对我说："今天太迟了，明天你约她一下，问问情况。"我问她："你怎么了解到这个情况的？"她说："这你还用问吗？你又不是没见过我们的'顺风耳'。"我知道她说的是窃听，我说："能不能给我看一下最近的窃听记录？"林婴婴从老X手里接过一个档案袋，递给我说："都在这儿，你回去看吧。"

02

林婴婴给我的窃听记录内容不多，只有十来页纸，记录的主要是最近几天的事。事后我才知道，前段时间刮大风，把窃听器的听筒方向吹偏了。当时那个会飞檐走壁的“梁上君子”身体不好，无法飞檐走壁去调整，所以一段时间窃听不到东西。好在现在已经伤愈，去做了调整，又可以窃听了。从记录看，大部分内容是腾村与几个女助手之间的调情、问寒问暖的口水话，只有如下几段记录让人想见他们在做一些什么事——

一九四一年一月五日，上午十点。

有五个人先后来到腾村办公室，好像在开会。其中有个男的，以前没有出现过，腾村叫他“院长”，应该是指医院院长。会议一开始，腾村让百惠向大家宣读实验结果。

百惠宣读：我们根据三种动物的体重比例，注射了相等剂量的“密药黑号”药水，每隔一小时定时观察。我们发现：第一天三种动物体温和食量均无异常；第二天，白鼠在第32个小时出现拉稀和呕吐现象，并且一发不止，滴食不进，至第51个小时衰竭而死，死亡时体重减少到只有原来的一半。狗是第47个小时出现拉稀和呕吐，同样是一发不止，滴食不进，至75个小时衰竭而死，体重减少5.5公斤，它原来体重为16公斤。兔子最幸运，虽然在第42个小时出现拉稀，却没有呕吐，也没有停止进食，到现在依然有食欲，没有死亡迹象。我的报告完毕。

腾村拍掌：很好，我很满意。

五个人跟着拍掌。

腾村：我要说这个报告完全体现了我的愿望和猜测，下一步我们将进行人体试验，如果不出意外，我想这个不幸的人应该和白鼠同命，也就是在30到40个小时之间出现拉稀和呕吐现象，并且——用百惠小姐的话说——一发不止，直到毙命，死亡时间应该在48到60个小时之间。小惠，你能告诉我为什么我会有这种猜想——对人体。

小惠：教授，这个问题很简单，因为人体细胞的结构与这三种动物相比，和白鼠最为接近。我记得您曾经说过，白鼠将是下下个世纪的“人类”，它——

教授打断她：好，够了，很好。十惠，你记得我曾经说过这种话吗？

十惠：我没有印象，但我觉得这话像教授说的。

千惠笑道：我想那一定是教授在私底下与小惠说的。

笑声。

※※※※※※

一九四一年一月六日，下午两点。

有呼噜声，腾村好像在沙发上睡觉。突然传出千惠开怀大笑的声音，笑声放浪。

腾村：你笑什么！

千惠：快看看，这是你吗？哈哈，笑死人了，你怎么睡了一觉就变成一个妖怪了，哈哈。

腾村像是刚醒来，他长长地伸了一个懒腰，叹道：自古英豪难过美人关，我腾村在全世界人面前都是铁骨铮铮、说一不二的英雄豪杰，但在你们几个小妖精面前却成了小丑。我是太宠你们了。

千惠：放心，你再丑我们都舍不得离开你。

腾村：没办法，是人总有软肋，我这辈子最后肯定要毁在你们身上。

千惠：乌鸦嘴！刚醒来，别乱说话。

腾村：扶我起来。

千惠：对不起，请自己起来。

千惠喊：百惠，把轮椅推过来。

百惠推轮椅过来的声音。

百惠：教授，醒了？

腾村：几点了？

百惠：两点（下午）。

腾村：孩子们该出来了。

千惠：是的，我刚看见他们在操场上。

百惠：来吧，起来吧，我推你去窗前看看，你去定一个人。

千惠：是啊，让我看看到底是谁要倒霉了。

腾村：行了，我不管，你们去定好了。

百惠：男孩还是女孩好呢？

腾村：这有什么区别？随便。

千惠：那我肯定要一个女孩。

腾村：同性相斥，很正常。如果让你物色一个人去谒见天皇，你一定会挑男孩的。

百惠：您的意思是希望我们挑个男孩？

腾村：挑谁都一样，过两天就变成垃圾倒掉了，不讲究。

十分钟后。

百惠：挑好了。

千惠：我们挑了一个长得特别像支那人的小美女。

腾村：嗯，这个讲究我喜欢。通知静子，3点钟，给孩子们打预防针。

百惠：说预防什么好呢？

腾村：废话！你是我的助手，是研究生命医学的研究生，不仅是来陪我睡觉的。

百惠：好了，别生气，我知道了。

※※※※※※

一九四一年一月九日，下午三点。

腾村气喘吁吁的声音，很累的感觉，好像在贴着墙壁在做倒立。二十分钟结束，千惠过来给他擦汗，完了扶他上轮椅，递上杯子，请他喝水。他连喝两杯水。

千惠：教授，我在想您是不是应该张罗一个派对欢庆一下。

教授：庆祝什么？

千惠：庆祝您的“密药黑号”试验成功啊。

教授：区区小事，何足挂齿？

千惠：这是您热爱的事业，怎么能说是小事？

教授：这药能做什么用？充其量是给野夫、小野这号武夫杀人扯个幌子，瞒天过海，暗度陈仓而已，怎么可能是我们万里迢迢来到中国要干的事业？我们的事业就这么小吗？

你小看你自己了，更小看了我。

千惠：我觉得这事也不简单啊，毒性几十个小时后才能反应出来，这样杀人真是神不知鬼不觉的。

教授：我的任务不是杀人，那是希特勒的手法，太笨拙了。关键是这样你能杀多少？当初松井石根在这里杀了几十万人，国际舆论大得盖过天，极大地损害了我们大日本帝国在国际上的声誉。我早说过，不战而屈人之兵，不费枪弹地夺人之国，才是上策之上——上上策。

千惠：莫非教授还有更宏伟的计划？

教授：不言而喻。

千惠：能让我先听为快吗？

教授：计划其实早已开始，下一步该由你们来实施。你去找一份文件，让大家看一下，如果我没记错的话，应该是前年12月份，由兴亚院发给派遣军中国总司令部的五号文件。正是这东西给了我来中国的灵感。

千惠：哪里去找呢？

教授：找小野要就是。

千惠：明白。

※※※※※※

一九四一年一月十日，晚上九点。

有人在泡茶的声音，后来发现泡茶者不是百惠，而是千惠。腾村好像在看书，时而会与千惠交流一两句，问她最近看了什么书，并建议她看看“这本书”。

腾村：你的茶艺实在不能与百惠相比。

千惠：教授，你还没喝呢，怎么就知道我不如她，喝了再说吧。

腾村：要喝了才能品头论足，就不是我了。

千惠：莫非你能闻出来？

腾村：当然。再说你这端茶的步子仪态也只能算业余水准。

千惠：喝吧，喝了说不行我还服气一些。

腾村：喝了我就不说了，我要说就在喝之前。听着，你这茶首先茶叶就拿错了，晚上要喝台地茶。台地茶性温，味平，但香气奇异。因为台地茶不在高寒的山巅，四周花草丛生，茶叶是最会呼吸的植物，日夜与花草同生长，自然吸纳了花草的奇香异味，所以香浓味异。为什么性温、味平？因为台地茶一般种植在丘陵地带，坡缓地阔，种植量大，加上采摘及时，致使茶之精气不足，所以性温、味平。

千惠：这茶在第几个罐子？

腾村：左边数，第三个锡罐。

千惠：啊，我泡的真不是那罐茶。

腾村：你泡的应该是第一罐的。

千惠：是是是，你都闻出来了。

腾村：这是谷地茶。谷地茶一般种植在山谷洼地，周边水草丰沛，地湿成泥，故不免有丝青草和泥土味。我早晨喜欢喝这个茶。

千惠：啊，教授，你真是个神仙，无所不知。

腾村：百惠的茶艺倒可以说是出神入化。

千惠：啊，幸亏教授赏人不是以茶论道，否则我就不可能得到教授的垂青了。来吧，今天晚上就破例喝喝带点泥土和青草味的谷地茶吧。

腾村：倒了吧，我晚上其实是不喝茶的。

千惠：那你刚才为什么不说？我都泡得好辛苦噢。

腾村：世上所有的天才都爱捉弄人，所谓言不必行，行不必果，天马行空，我行我素，乃天之骄子矣。

千惠：那么请问天之骄子，今天晚上要我陪吗？

腾村：不用，今天晚上它（应该指书）陪我。

千惠：是它陪你我没意见。

腾村：如果是百惠你就有意见了？

千惠：教授，我怎么敢对您有意见嘛！

腾村：不敢和没有是两回事。不敢只说明你是明智的，明智只是一种一般人都有的人生技巧，不是一种大彻大悟，还不能出神入化。

千惠：世间没有几个人能像您一样大彻大悟、出神入化的。

腾村：当然，你还有乖巧的一面。女人乖巧，就像男人勇猛，是最容易得到异性钟情的。

千惠：您说我们四个人中谁最乖巧？

腾村：这个问题就问得很不乖巧了。行了，你走吧。

千惠：我已经找小野看了兴亚院前年下发的五号文件，我很奇怪，那文件居然要求帝国军人每到一地，要给当地中国的小孩分发糖果。

腾村：很荒唐是吗？

千惠：嗯。

腾村：那就请你多给我一些看书的时间吧，我要在书本里寻找答案。

千惠：好的，但愿它（应该是指书）今晚能给您带来灵感，就像我的身体能给您带来欢乐一样。

很多事我们是后来才弄清楚的，腾村从三年前便躲在冲绳岛着手从患有霍乱的老鼠粪便中提取一种生物病毒，试图研制一种毒药——密药。来中国之前，该毒药已经研制成功。这是一种剧毒，没有异味，甚至略含香气。一千个人吃的稀饭里只要注入半个拇指大的一小瓶药水，稀饭会更可口，但食者在半小时内将必死无疑。

他不满足于此，用他自己的话说：这是一种杀人见血的杀人，愚蠢至极。到中国后，他用密药在白鼠身上做试验，开始研制一种新的生物病毒毒药：密药黑号。这种毒药的病毒只要进入人体就会迅速繁殖，致人死地，但要到36小时后才会表现出来，症状是上吐下泻，无药可治。这样杀人就能做到神不知鬼不觉。从窃听记录看，就在几天前，这种毒药已经研制成功，并在一个孩子身上得到验证。一九四三年九月，鬼子正是用这种病毒，毒杀了已经不大听他们话的走狗——大汉奸李士群。

窃听记录虽然不全面，但有一点昭然若揭：腾村的研究没有结束，他在继续研制一种隐蔽性更好、杀伤力更大的毒药。这也是他来中国的真正目的：他要用剩下的四十九个孩子做试验品，研制一种让中国人生不如死的毒药，即密药黄号。从后来我们了解的情况看，这种药将以糖果、糕点、奶制品等儿童食品面世，孩子在成长过程中免不了要吃的、爱吃的，而吃了就会上瘾，吃多了就会智力下降、精神麻木。

正如林婴婴说的，腾村不是想做屠杀中国人的刽子手，他要把每一个中国人都变成一头猪！蠢猪！

03

第二天中午，我请静子出来到一家日本料理店吃午饭。这也是我第一次以地下共产党员的身份约见她，这身份注定让我会一反以往的消极态度，变得“积极主动”地打探幼儿园里的秘密。从静子给我反映的情况看，我更加肯定她是个“局外人”，对腾村正在干的见不得人的勾当毫不知情，对我别有用心的探询也没有过多防备。她几乎是“自动”告诉我：园里有个女孩得病死了，让她很伤心。我问她孩子得的是什么病，她说：“好像是霍乱。”

我说：“里面不是有医院吗？医生怎么说的？”

她说：“他们就说是霍乱。”

接下来，她第一次明确告诉我医院里有什么人：有四个女护士，一个男院长。我问：“院长就是你上次说的那个行动不便的残疾人吗？”她说不是的。那么会不会是我前次远远见过的那个偷窥我们的年轻小伙子呢？我这么想着，并巧妙地发问，她又说：“不是的。”她告诉我，院长叫解之三郎，我上次见过的那个人叫小野，是腾村的警卫，等等。

正是这次谈话，我才彻底弄清楚对面楼里有几个人，他们的名字、职业、关系。交谈中，我突发灵感，问她：“你想不想讨好一下你的上司？”她说：“我的上司？谁？”我说：“你刚才说的腾村先生啊，我想他一定是你的上级。”她默认了，问我：“你打算让我怎么讨好他？”我说：“我认识一个郎中，是专门治各种疑难杂症的，他曾让好几个瘫痪在床的人都站了起来。”“真的？”她很惊喜。我想，有门儿了，她一定会努力促成这件事。果然，她答应我回去问问他，明天给我答复。

林婴婴知道这事后，觉得这是个好办法，有可能让我们破掉“铁桶阵”，入虎穴去瞧瞧。我们甚至找到一个老郎中，让老D去向他现学了两招，准备让他到时扮成郎中进去与腾村进行会面。但是第二天静子通知我，腾村不领情，让我别张罗此事。她是打电话告诉我的，当时没有多说。事后我才知道，为此静子第一次去对面楼里拜见腾村，腾村给她留下了很不好的印象，当着我的面骂他：“什么大教授，我看是个老流氓。”

话里有话！

在我追问下，静子才羞涩地告诉我，腾村对她“动手动脚”。我嘲笑道：“看来他需要的是女人，而不是医生。”静子不语，我又说：“换句话说，他是想让人陪他上床，而不是让人帮他从床上站起来。”我有意这么逗她开心，希望她给我多提供一些他们见面的细节。断断续续地，静子大致把他们见面的情况都跟我说了，其中有一点让我很意外：腾村的瘫痪病既非天生残疾，也不是后来得了什么病或出了什么事故，而是他自己一手弄断的。

原来，他年轻时是个采花高手，那时候日本刚流行跳交谊舞，他从十五岁起便经常出入各种交谊舞会。他舞跳得好，加上出身名门，姑娘们都迷他，每次舞会结束总有姑娘跟他走。静子说：“也不知他是吹牛还是真的，反正他说他在二十三岁之前，已经跟上百个女人缠绵过。有一天他恨透了自己，再也不想过这种声色犬马的生活。他立志要做学问，要当一个研究生命科学的大科学家，便自己动手，用平时修剪胡须的剪刀剪断了自己的脚筋，强行把自己关在家里，足不出户。”

好一个悬梁刺股的“有志青年”！

说真的，当时我并不信，静子也不信，但后来种种事实证明，这是真的。他是个疯子！也许天才和疯子本来就是一种人，他就是这样一种人：游走在天才和疯子之间，一面是天使，一面是魔鬼，就看你是站在哪一面，怎么看他的。

这天是星期天，我和静子吃完饭，照例去一家客栈开了房间……从那一回开始，我们总是这样度过一天：从饭店开始，到客栈结束。这是我生命中最不堪回首的日子。但有什么办法？自从被林婴婴发展后，破掉幼儿园封死的“铁桶阵”成了我的使命，我必须把静子哄好。我把肉体交给了撒旦，为的是殉道：往小的说，是为了让那些孩子的生命得到拯救；往大的说，是为了拯救我们中华民族。腾村这个疯子，像另一个疯子——希特勒，如想把犹太人灭掉一样，腾村想让我们炎黄子孙永世做他们大和人的走狗。为了粉碎他的痴心妄想，我愿意，我们都愿意，让我们的肉体去做包括死在内的任何事。

这一天，我离开静子后心里有种从未有过的踏实感。如果说之前我对完成自己的使命毫无信心，那么现在我有了一些信心，因为我发觉静子对腾村不怀好感。这一点对我很重要，至少在心理上，我在静子面前不再像以前那么缩手缩脚，不敢过于深入地探问情况。我也许是个过分谨慎的人，工作经常因为谨慎陷入僵局。

这天分手前，我大胆又隐蔽地迈出了一大步，以“据说”的方式向静子表示：她手下的孩子不是日本人，而是中国人。静子断然不信——不信才好，如果她知道这情况，就说明她是同谋，以前我们对她的判断是错的。让我更称心的是，她没有追问我这是从哪儿得到的消息，而是拿出种种证据否定我，说服我。显然她没有怀疑我。那么我想，既然这只是“是非”之争，下一步我的任务就是去收集一些说服她的证据。有一点很明确，之前我已同林婴婴达成共识：让静子确信那些孩子的身份真相，这是第一步，只有在此基础上，我们才有可能向她揭发腾村在搞的阴谋——这是第二步；第三步当然是得到她的帮助。

但是随后发生的一系列事情，使我们的工作被迫停下来。我们接连遇到几件麻烦事。第一件事就发生在这个星期天，我和静子分手后，在回家的路上，看见满大街张贴着捉拿老A的通缉令：

> 高宽，原名张卫国，1907年出生，浙江江山人。身高五尺七，体形偏瘦。当过演员，曾主演过《四万万》《白蛇传》等多部电影和话剧。1933年加入共匪，长期在华东从事地下叛乱工作。1938年到重庆，在周恩来身边工作。1939年被派回上海，出任共匪上海市委组织部部长。1940年6月调任中共南京地下反动组织前委书记，人称老A。

通缉令上有三张图片，两张是过去电影海报上复拍下来的五寸照，年轻、英俊，一定能唤醒很多人的记忆。那曾是两部红极一时的电影。但海报上的样子毕竟是“明星照”，化妆味很浓，和本人平常的相貌也许不相称。所以，最大的一张图片是画师画的，为的是要反映出老A舞台下的相貌。这张图片很大，有一尺见方。在画像上，老A戴一副肉色深度近视镜，天庭饱满，大包头，中分，脸上方下圆，腮肉丰满，鼻子向前凸出，两侧有个明显的肉八字。总的来说，也许是由于回忆者或者作画者感情用事，把老A视为“狗特务”，过分地强调了头发的长乱和腮帮上的两道横肉，因而显得有点怪模怪样：既有一个秘密组织头目的毒辣、刚毅的气质，又有山里土匪的那种野蛮劲儿。

我记得，王木天特使第二次到南京时曾向我们说起过老A这个人，说他因为当过演员，擅长装扮，经常改变相貌。这无疑也给回忆和画师增加了难度。但不管怎样，杨丰懋和画像上的人绝不可能是同一个人，最差劲的画匠和最高明的化装术都不可能将同一人演绎成如此两个人。这头像对我的意义就是这样，让我明白杨丰懋和老A不是同一人。

就是说，杨丰懋其实也是代老A！

通缉令的出现，使我不敢直接回家，怕出事了。我紧急约见林婴婴。我们去了单位，在她办公室里见面。她承认，杨丰懋确实不是真正的老A，但我们组织内部没几个人知道这情况，那么敌人怎么会知道呢？后来我们才明白，是王木天干的好事！他最近一直在南京，并且和周佛海勾搭上。由于皖南事变在国内外造成极大舆论，给重庆政府极大压力，蒋介石一时不便再出手打击共产党。可“心腹大患”不除又不甘，重庆便很不要脸地玩起一招“借刀杀人”，暗中勾结汪伪政府，把他们掌握的有关共产党在华东各地的资料拱手送给汪伪政府，让汪伪政府出面打击。这不失为一高招、毒招，我们组织的安全面临着严峻考验。

我们保安局直接介入通缉老A及其随从的行动中。老A的通缉令，经过反特处马处长的手被无限复制，四处传播，到处张贴。不过我认为它在巡捕过程中并不能发挥什么作用，因为照王木天的话说，老A擅长乔装，那么他一定将因此把自己化装得更不像画像上的人。我以为，那头像除了眼镜和额头外，其他都有些夹生，那一定是回忆者回忆不确切或者画师表达不到家造成的。既然这样，我想只要把眼镜摘了，或者换了，就行了，这是很容易做到的。

对此，林婴婴不像我这么乐观，她说：“虽然眼镜确实可以改换，额头也可以通过眼镜和发型的变化得到一定改观，但鼻子两侧的‘肉八字’是不容易改变的。”她这么说，使我以为她一定见过老A。但她又否认了，说只是见过他的照片。

我问：“照片和那头像像吗？”

她说：“有些像的。”

可能确实相像，要不组织上不会做出让老A暂时离开南京的决定。做出决定是一回事，怎么离开又是一回事。当时情况很糟，老A的头像铺天盖地，大街上随便捡起一张废纸，都可能是老A的头像。再说南京这个城市是个古城，四周城墙环绕，城门就是出口，将城门把守起来，你只有变成一只鸟飞出去。为了让老A离开南京，我们专门开过一次会，做过很多努力，但依然找不到一个绝对保险之计。最后想来想去，还是利用杨丰懋的地位和关系，花钱买通了把守光华门的一个小头目，将老A装在一只木箱里，陪他出国去了。

这是十多天后的事，老A总算躲过一劫。

04

一个星期天，我记得很清楚，上午我在家阅读了几张解放区的报纸和一本小开本的油印刊物——都是林婴婴给我的。中午，天气很好，陈姨建议我带达达和山山去小红山公园看马戏团的演出，我以有事搪塞推辞了。其实我没事，我只是想清净，想一个人待在家里，让宝贵的孤独包围我，让那些平时沉睡的东西苏醒过来。干我们这行，静心敛气是最重要的，最近事多，我心里乱乱的。也许是我多疑，我觉得革老最近对我爱理不理的，包括革灵，对我也不像以前那么热情了，我真担心他们对我和林婴婴的身份已有所觉察。

后来，我坐在阳台上，目送陈姨带着两个孩子远去。腊月的阳光温暖又快活地在孩子身上跳跃着，陈姨一只手牵着达达，一只手牵着山山，很抒情的背影，很像一个幸福的家庭。这时我突然想，这场战争到底什么时候才能结束？我在莫名其妙的不安中默默地回到房间，荒唐地翻出刚才已经看过的几张解放区报纸，重新看起来，仿佛这种阅读能够给我勇气，使我安宁。事实也确实如此，因为几张报纸都亲切地告诉我：美国已经对日宣战，我们已经赢得了一个最有战斗力的帮手！我一边接受着熟悉的鼓舞（已是第二次看报），一边以一个幸福的人的眼睛预示着未来。

下午一点多钟的时候，林婴婴突然出现在我面前。以前她来总是坐车，汽车的引擎声会提前通报她的到来；这一次一点儿汽车声音都没有，她像幽灵一样地出现，说明一定有什么紧急事要告诉我。我去窗前朝外面张望一番，看见一辆人力车正好在弄堂里往外骑去。我问她："你坐人力车来的？"她说："我的司机回乡下去了。"说着倒在沙发上，微睁着眼，满脸疲惫，像一个病人。我想会不会是有什么坏事把她吓成这样的，所以心里更加焦急，问她出了什么事。她不置可否地摇摇头，很心乱的样子。

我说："你脸色不好，很苍白，是不是身体不舒服？"

她这才抬起头，看我一会儿，突然告诉我——很坚决地："我怀孕了。"

"怀孕？"我像是被什么烫着似的，慌乱地说，"怎么可能？"

我想说你还没结婚呢。她告诉我，她已经结婚，丈夫是我们的同志，因为工作需要才没有公开。隐瞒婚姻对我们搞地下工作的人来说很正常，革灵不就是这样的嘛。

我问她："他知道吗？"我是说她爱人。

她摇头，并且告诫我："你别问我他是谁，我无法告诉你的。"这我理解，也许此人就在我身边。

我又问她："你能确定吗？"

她说："上午去医院检查了，没错的，已经两个多月了。"

我知道这不是个正常喜讯，林婴婴找我也不是来报喜的。从现实角度说，这是一道费解的难题，要考验我们的理性和感情、个人和组织、忠和孝。我不需要夸张就可以这么说：这个生命伸出的一只手握住了我们的良心，另一只手却抓住了我们作为战士的信念；它把两件我们最珍视的东西放在一起，同时又无情地要让我们做出"舍一取一"的选择。这种选择无疑是我们最最害怕的：比死亡还让人害怕！死亡对我们来说并不是可怕的事，因为我们无视死亡，因为我们早已把生死置之度外——人们经常这样说，我们确实也是这么做的。

"他知道吗？"我问。

"谁？"

"老A。"

"不知道。"

"大海呢？""大海"是杨丰懋的俗称。

"他们都出去了，"她说，"现在可能在缅甸。"

"什么时候能回来？"我想这事只有他们俩才能决定。她说："不知道，也无法同他们联系。"我又问："那现在这里谁在负责？"她说："老D。"我说："他打算怎么办？"她说："我还没告诉他。"我说："这个问题只有组织才有权回答。"我还想说，包括她爱人，我想也是无权下决定的。确实，大敌当前，生儿育女是忙中添乱，按理是不许的。

以后几天我一直在等她的回音，我希望马上召开一次红楼会议。但我和林婴婴都无权召开红楼会议，只有老A或者代老A（杨丰懋）才有权召开。我从来没有想过要当老A，只有那几天，我忽然希望自己就是老A，有权召开红楼会议。

大约是第五天，在保安局例行的舞会上，林婴婴告诉我她已决定不要孩子，最近就会找机会去处理掉。是谁让她做出这决定的？孩子父亲知道吗？难道非要这样不可？说真的，当时我确实为她想得很多，甚至一想到她已决定不要孩子，我想劝她生下来的愿望就更加强烈了。也许，如果她做出相反的决定，我可能又会有相反的愿望。这没办法，有些事你永远不会知道正确答案，所以你对给出的任何答案都不会满意。

不知是出于同情，还是关怀，抑或是出于对一个生命的负疚心理，我还是建议她要想好，不要太冲动。我还说到战争可能很快就会结束，孩子也许可以保留下来。我话没说完，她浑身抽动了一下，一滴眼泪无声地滴在我衣襟上——当时我们正在跳舞。过一会儿，她告诉我这不是她自己做出的决定，她已和老A取得联系，老A命令她必须把孩子做掉。我问：“他回来了？”她看看我，没有回答。我想一定是回来了。

老A！

老A!!

那个时刻，我对这个满脸蛮横的老A不可抗拒地产生了恨意。在不满和不安之中，我想，我们这位老大也许像戴笠和李士群一样，是个冷酷无情的家伙。我知道，是信念使他变得冷酷无情，但当时我并不觉得这是可以理解的，因为一个人的痛苦已使我失去理智。那天晚上，我第一次目睹林婴婴软弱无助、痛苦不忍的样子。有一会儿，趁着停电的几分钟，她居然软倒在我怀里，偷偷地小泣一阵。正因为是偷偷的、咬着牙的哭泣，让我感到特别难过，因而对神秘的老A产生了一种特别的怨恨。

然而第二天，深深的自责又折磨了我。

第二天又是个星期天。

马上要过年了，上午我去农贸市场买了些年货。我是九点钟出门的，中午前回来，陈姨告诉我，她十点多钟从菜市场回来，经过秦时光的楼下时，正好看见林婴婴开车来把秦时光接走了。我心想今天是礼拜日，林婴婴经常要借机安慰一下这只四眼狗，就像我马上要出门去跟静子约会一样。这是常有的事，我没有当回事。

下午三点多钟，我和静子分手后回到家，陈姨急杀地告诉我两件事：一，林婴婴给我来过电话，要我尽快回电；二，中午十一点多钟，秦时光在回家的路上被人当街击毙。陈姨说，就死在前面的大街上，她还赶去现场看过，脑门和脖子上各中一枪，死得硬硬的。

秦时光死了！

这是怎么回事？我当即给林婴婴打去电话问情况，林婴婴没有说什么，只是通知我晚上尽早去紫金山上的杨会长会所。听口气，她好像出了什么事，声音嘶哑，有气无力，把我的心一下子提起来。我反复问自己，会出什么事？我一下想出很多事，又觉得都似是而非的。最后我想，可能什么事也没有，她之所以这么病恹恹的，可能是刚做了手术，处理了孩子，身体不适。这念头使我感到内疚，好像我是手术医生。我也感到遗憾，因为我正打算在晚上的会上替她说说情呢。说真的，我是做父亲的人，我能体会到孩子对父母来说有多么重要。总之，我想了很多事，就是想不到，此刻在我几公里之外，另一个生命也结束了，而且这个生命的消失对我党是极大的损失。

死的人是老A！

我是晚上八点钟赶到紫金山上杨会长的会所后才知道这一噩耗的，让我难以相信的是，原来老A就是林婴婴的司机！那个多次为我开过车、倒过水的大胡子司机！更让我想不到的是，他竟然就是林婴婴的爱人！林婴婴此刻肚子里的孩子，父亲就是他！！

05

面对着老A的遗体，林婴婴哭着，泣着，对我讲述了发生在当天上午的事情。

这天上午，林婴婴和秦时光见面后，带他去了玄武湖畔的幽幽山庄。这地方我后来去过，在玄武湖北边，占地几十亩大，里面有假山、人工渠、钓鱼台。一间间竹子搭的小屋，掩在幽幽竹林中，显得十分幽静雅致。这是继香春馆被革老几次捣蛋，不得已关停后，我们组织上重新开辟的一个新联络点，依然由老P和老J这对假夫妻坐镇。林婴婴这是第一次带秦时光来，老P把他们安排在一座叫“桃花”的独立小屋里后，便离去。

林婴婴站在窗前，禁不住赞美窗外的风景：“有道是，宁可食无肉，不可居无竹。这地方真不错，夏天就更好了，竹林幽幽，鸟语花香，闹中有静。”

秦时光问她：“你常来吗？”

林婴婴说：“这是第二次。”

秦时光问："第一次是跟你的司机？"

林婴婴说："没司机我怎么来？我又不是鸟，会飞的。"

林婴婴对我说："秦时光这话里其实含有很特别的信息，如果我要正确解读了这个信息，也许可以避免后来发生的悲剧，但当时我没在意。"我问："这里面有什么信息？"林婴婴说："我和老A有时在车上会拉拉手，他可能在不经意中看到过。"

其实，从后来秦时光的反常表现看，我觉得这是肯定的，而且可能就在当天上午，他们把车停在秦时光楼下时，秦时光在楼上或者在下楼时，正好瞥见他们在车上有什么亲昵行为。所以，这天林婴婴进小屋后，秦时光从开始就显得很不老实，油腔滑调，对林婴婴动手动脚。以前虽然也有这种情况，但一般只要林婴婴耍个威风，他就老实了。林婴婴告诉我说："今天他完全变了一个人，就想占我便宜。我发火，叫他滚开，他反而一把拉住我说：'行了，别装淑女了，我知道你是谁。'我问他我是谁，他说反正不是圣女。他还说什么以前他一直把我当圣女看，太傻了。我起身要走，他竟然一把抱住我要亲我……"

林婴婴使劲反抗，秦时光反倒把她按倒在沙发上，强行要亲她。

林婴婴说："秦时光，你疯了！"

秦时光无惧无畏地说："我是疯了，你允许下贱的车夫疯还不允许我疯，岂有此理？来来来，乖一点儿，让我也好好疯一下。"

林婴婴奋力推开他，骂："滚开！秦时光，你会后悔的！”

秦时光说：“我才不会后悔呢，我把你当圣女，结果你却把我当乌龟王八蛋，今天我就要让你知道我是不是王八。”说着发起新一轮攻势，很疯狂的。

林婴婴招架不住，只好大声呼救。老A闻声赶来，破门而入，想把秦时光拉开，秦时光回头狠狠地朝他挥出一拳，打在他脸上。

打一拳倒没什么，伤不了人的，要命的是，老A的假胡子被打掉了，让秦时光一下认出眼前的人原来就是老A。林婴婴对我说：“老A当时一定没有想到秦时光眼睛会这么尖，一眼就认出他来了，所以他没去掏枪，他想把胡子戴好，免得他认出来。就在这时，秦时光已经掏出手枪对着老A和我，我们一下变得很被动……”

秦时光举着手枪对准老A说：“原来是你！哈，我认得你，著名的影星。他妈的，到处通缉你，想不到就在眼前，把手举起来！”

林婴婴想去沙发上拿包，包里有手枪。

秦时光将枪口对准她：“你也别动！把手举起来！都举起手，站到这边来！”

林婴婴一边往前走一边说：“秦时光，你胡说什么，把枪收起来！”

秦时光看她往自己移近，警告她：“别过来，过来我就开枪了。”

老A说：“你认错人了，秦处长，我可不是什么影星。”

秦时光说：“少废话，转过身去！”

林婴婴和老A站在一边，与秦时光对峙，寻找反击机会。

秦时光威胁道：“我再说一遍，转过身去，否则别怪老子开枪！”

老A见机不妙，一个鱼跃想扑倒秦时光，就在这时枪响了。

中弹的老A一把抱住秦时光，叫林婴婴快跑。林婴婴没有跑，反而上来夺秦时光的枪。此时枪口被老A的身体挡着，秦时光无法对林婴婴开枪，开出的一枪又射进了老A的身体里。

转眼间，手枪居然被老A夺下来，秦时光见势不妙，把老A的身子推向林婴婴，趁机跑了。此时老A已经身中两枪，虽然枪在手里也无法举起来，只好眼看着秦时光跳窗逃了……

后面的事可以想象，为了堵住秦时光的嘴，林婴婴屡试不爽的那个神秘狙击手又被紧急起用。林婴婴对我说：“老A死前对我说的最后一句话就是：‘快去追他，叫阿牛杀了他，快！必须！’”

阿牛就是那个神枪手。

于是林婴婴顾不得悲伤，亲自开车进城找到阿牛，布置任务。林婴婴当然知道秦时光回家的必经之路，她安排阿牛守在秦时光的家门口，同时自己又守住秦时光可能去单位的必经之路。这些路线林婴婴是最熟悉不过的，只要秦时光回家或去单位，必死无疑。

林婴婴说："运气不错，他回家了，走进了阿牛的枪口里。"

真是运气好，我想，如果去单位，林婴婴能一枪把他打死吗？如果打不死，后果不堪设想！

就在林婴婴和我讲这些事的时候，有人正在花园里挖坑，准备安葬老A。天漆黑一团，我从窗户里看出去什么都看不见，但挖坑的人，一边挖掘一边呜咽的声音却听得十分清楚。我可以想见，他是多么悲伤地在劳动着，挖出的坑里一定埋了他很多滚烫的眼泪。

坑挖好了，他进来通知我们，我一见他，傻了，居然就是裁缝店里的那个孙师傅！

除了孙师傅，这天晚上到场的人还有老P、老G、老D、老J，加上我和杨丰懋、林婴婴，还有会所里两个工作人员，总共十个人。我们为老A举行了一个简单的追悼会，然后由孙师傅抱出去把他埋了。没有做成坟墓，只是在上面移栽了一棵蜡梅。这样处理，这么快，甚至不乏草率地安葬老A，一方面是安全需要，我们必须把他的尸体藏起来；另一方面我们也相信，总有一天，等战争结束了，我们一定会重新举行追悼会，隆重地安葬他——老A，我们敬爱的首长！

天公作美，安葬老A时，骤然下起大雪。这是这年冬天的第一场雪，来势凶猛，转眼间便纷纷扬扬，把漆黑的草地铺白了。当我们回到屋里时，外面已是一片银白。等我下山时，整座紫金山都白茫茫的，好像在为老A披麻戴孝。我清楚地记得，这是一九四一年元月的最后一天，这一天我经历了太多太多，都是不可思议的事情，以致很长时间我都觉得这一天不是真的，是在梦中。

这天夜里，林婴婴没有下山，下不了了，过分的伤心让她变成了废物，身体像一团烂泥，根本起不了身，连坐都坐不住。

我是最后一个下山的。杨丰懋之所以把我单独留下来，是因为有重要的事要跟我商量。因为重要，他沉默了很久，才一步一步走到我面前，认真地对我说：

“金深水同志，我已接到上级指示，今后南京地区地下工作由我负责，我就是今后的老A。现在我任命你为代老A，今后你有权代我行使老A权力，有一件事你需要马上做出决定。”

我问：“什么事？”

他说：“你是知道的，林婴婴怀着老A的孩子。老A生前曾以组织的名义要求她处理掉这孩子，但现在孩子父亲已不幸牺牲，林婴婴希望组织上重新考虑她的要求，同意她把孩子生下来。”顿了顿他又说：“这是老A唯一的孩子。”

我说：“你现在不是在这儿嘛，干吗要让我来代你做决定？”

他说：“因为我是她哥哥，亲哥哥，无权做出这样的决定，现在请你行使代老A的权力做决定，你的决定就是组织上的决定。”

天哪！

天哪！

这对我真的是一个惊心动魄的晚上，那么多不可思议的事情像窗外漫天大雪一样，接二连三地朝我压过来，我完全昏了头。其实不光是杨丰懋，当时我们组织内有好几位同志都是林婴婴的亲人。杨丰懋看我一时不表态，对我建议说：“如果你想不好，可以召开红楼会议，由大家来民主讨论决定。”我当即表态：

“不需要，我同意。”我本来就不大赞成牺牲孩子，现在既然权力到了我手上，我毫不犹豫地同意林婴婴把孩子生下来。

然而，我想不到，林婴婴和杨丰懋也一定想不到，我的这个毫不犹豫的“决定”却给我们组织带来了无法估量、无法弥补的损失。没有人能否认，老A的牺牲对我们组织是个巨大的损失，然而为了让林婴婴把孩子生下来，我们组织遭受的损失却还要更大、更惨痛。这一切，在林婴婴的日记里有详尽的记录，我就不多说了。好记性不如烂笔头，林婴婴的日记是我们了解她的身世和家史，以及钩沉那段历史真貌的最真实又最珍贵的材料，也是最好看的书。我不相信哪个作家能写出这么好看的书。事实上，好书都不是作家用笔头写出来的，而是有人用非凡的生命、非凡的爱、非凡的经历谱出来的。我觉得，林婴婴就是这样非凡的生命。

下部：阴面

第一章

01

我本姓冯，是上海滩上的航运大亨（以前叫漕帮主）冯八金的女儿。父亲原来的名字土得掉渣，叫八斤，当了老板后才改为八金。父亲铁匠出身，体格强壮，又从小习过武，练了一身本事。作为上海滩上的一代漕帮主，我家曾经家大业大，而这一切都是靠父亲当初拼命打出来的。父亲有三个儿子，他们的名字都是龙啊虎啊马啊的，而给我取的却是一个轻飘飘的名字：点点。父亲给我取这么个名字大概是希望我永远生活在无忧无虑中，不要去闯江湖，不要有负担，不要吃苦受难。如果不来日本鬼子，父亲的愿望我想一定是能实现的。

但是，鬼子来了……

一九三七年八月十三日晚上，我们全家人聚在餐厅在吃夜饭，突然听见远处传来隆隆爆破声，像天幕被炸开，整个城市上空都在抖。厨娘刚端菜上来，受爆炸声惊吓，手里盘子打了斜，菜汤溢出来，洒在桌上，连连向大家道歉。但接连而来的爆炸声掩盖了她的道歉声，我们都没听见，没跟她搭腔。厨娘觉得很无趣，无话找话地说：“这是什么声音啊？是不是打雷啊？”我们都知道，这不是雷声，这是炮弹的轰炸声。我们都不吭声，只有父亲，接着厨娘的话说：“打雷倒好了，就怕上海的天要变了。”母亲因此责怪他说：“让你走你不走，天真要塌了，我看你怎么办，这么一大家子人。”父亲说：“哼，妇人之见，仗还没打你怎么知道我们一定就要输？”母亲说：“邻居都走了。”父亲响了声说：“你别拿人家来说事，我还没有老糊涂，不会埋汰你们的。”

母亲没敢再说话。

在家里，父亲是绝对权威的，只有小弟才敢顶撞他。我有两个哥哥和一个弟弟：大哥叫一龙，二哥叫二虎，小弟叫小驹——我们都叫他小马驹。小马驹三岁时上街玩，被一个浑蛋裹进大衣绑走，要父亲拿两根金条去换人。那时父亲还没有后来发达，两根金条比他的命还值钱，他没有去要人，结果人家发了狠，把小马驹的两只脚板剁了，丢在大街上。后来父亲发达了，金条多得要砌进墙壁里，可小马驹永远只能像一条虫一样在地上爬。父亲觉得亏欠了他，所以对他宠爱有加。小马驹用两只残废的脚换来了在父亲面前的任性，家里只有他可以不视父亲的脸色行事。其次该是我了，因为我是独养女。外人都说我是父亲的掌上明珠，父亲待我比谁都好。可我知道，父亲给我的特权只是可以在两位哥哥面前耍耍小姐脾气，要在他面前撒野，得趁他高兴。

就是说，我还是要看父亲的脸色行事的。

比如这天晚上，我其实很想站在母亲一边告诉父亲，这场战争我们必定要输的。这不是说我不爱这个国家，我要诅咒她输，而是我要比父亲更了解这个国家和她的敌人——日本佬。父亲那时在上海滩上是无所不能的，包括那些在上海滩上混的日本佬，有些还是蛮有头面的，都对他恭敬有余，称兄喊弟，常来找他办事，对他言听计从。他在南京政府里有朋友，有的位高权重，消息灵通。也许是受了这些人的影响吧，父亲一直对这场战争的输赢抱有幻想。正因此，在很多有钱有势的人相继离开上海，出去躲了，父亲却选择留下来。他多次对我们说：“天塌不下来，塌下来也砸不到我八金头上。”

那是父亲最风光的时候，白道黑道，地上水上，都有他的势力，洋人国人都把他当个大佬。他有理由自负，更有理由留下来。他拼搏了一辈子，在上海滩上九死一生，才积攒下如此规模的家业，他不想因为我们战败而毁掉这来之不易的一切。

但是战争很快击碎了父亲的幻想，鬼子从海上飞来的飞机每天盘旋在我们头顶，丢下成堆的炸弹，让国军寸步难行，并且每天都有上万人死，小小的日租界，靠着一万多日军的坚守，守得岿然不动，坚如磐石。与此同时，鬼子从海上来的援军日日增多，气焰日益嚣张，飞机越发地多，大炮越发地响。到了九月份，鬼子援军开始一次次撕开国军防线，大兵随时都可能压上岸，对国军实行四面夹击。

尽管南京从四川、广西、湖南等地调来大批部队进行顽强抵抗，把撕开的防线一次次用人墙、用惨痛的代价补上、补上、补上……但这倒霉的一天，终于还是来了！我记得很清楚，报纸上到处写着：一九三七年十一月五日凌晨，趁我们守部调防之际，日本陆军第十军司令柳川平助中将指挥所辖十一万人，在海军第四舰队的运送下，分乘一百五十五艘运输船，编成三支登陆队，在漕泾、金山嘴、金山卫、金丝娘桥、全公亭东西长约十五里的沿海登陆。

天亮后，上海的天空里四处飘飞着鬼子成功登陆的传单，我的窗台上也丢落了一张。我拿着传单下楼去找父亲，最后在大门口的廊房里找到他，看见他瞪着布满血丝的眼睛，朝街上张望。

02

已是初冬，梧桐开始落叶，菊花蔫了，街上一派秋深气败的凋敝景象。偶尔，有人肩扛手拎着包包裹裹，慌乱走过，一派逃难的样子。我把传单交给父亲看，他不看，当即揉了，紧紧捏在手心里。显然，他已经看过这东西。父亲是个明白人，他知道这意味着什么：国军顶不住了！很长时间，父亲不理我，一脸肃杀地看着落叶在地上翻飞。父亲虽然已经六十多岁，身板看上去还硬得很，但硬朗里却透着孤独，那是一种又冷又硬的味道。尤其是他的目光，很少正眼视人，看什么总是迅疾地一瞟一睃，冷气十足，傲气逼人。他看我穿得单薄，对我说：

“天冷，回去，别受凉了。”

我回去加了衣服，从楼上下来，看见父亲也回来，一个人在天井里伫立。我想上去跟他搭话，只见管家气喘吁吁地从外面跑回来向父亲报告说：“完了，老爷，城里的日本佬开始反击，昨天夜里已经渡过苏州河，国军开始撤退了。”父亲不做任何表示。管家摇着头唉声叹气地说：“哎哟，也不知道是真是假，要真是过了苏州河，那可是说打过来就要打过来的。”父亲冷冷地斜他一眼说：“是吗？”管家说：“那当然，鬼子脚上都是长着四个轱辘的，从那边过来，没遮没挡，能不快嘛。就算从金山卫过来，也要不了两天的。哎哟，真不晓得老蒋养的这些烂丘八是吃什么饭的，一百多万人，怎么连一小撮小鬼子都挡不住？”父亲面如凝霜，盯一眼管家：“你少说一句不会吃亏的。”说罢转身走了。没走两步，又回过身给管家丢下一句话：“大少爷和阿牛回来后，叫他们马上来见我。”父亲的声音有些沙哑，沙哑里有新添的沧桑感，却还是含着一股不容置疑的蛮横。

大哥和阿牛哥相继从外面回来，带回来同样的消息：国军全线撤退，上海沦陷在即。吃早饭前，父亲在厢房里召集大哥、二哥、阿牛哥开会。二哥迟到了，我去叫他时他还在睡觉。二哥新婚才几个月，婚房里披红挂彩的喜庆气氛还很浓郁，窗户上的大红喜字仍然红彤彤。父亲平时喜欢和大哥、阿牛哥商量事，对二哥是有点恨铁不成钢的意思。但这次，父亲非要等二哥下楼来才开会。我预感父亲是要同他们说大事情。

二哥像只猴子一样，蹦蹦跳跳从楼上下来，看见阿牛在天井里等他，冲上去照着他胸前背后嗨嗨地抡几拳。阿牛哥不跟他闹，说："快去，你爹在等你。"二哥伸出头，冲着阿牛，摇头晃脑地说："桂芝还在等我呢。是在床上，你没这种福气吧。"桂芝是我二嫂。阿牛哥白他一眼："不就是个女人，有什么稀罕的？"二哥说："当然稀罕，人生两大乐事——金榜题名、红袖添香——你懂吗？"

"老二，进来！"突然传来父亲冷峻的声音。

二哥立时收住声息，理好衣衫，进去了。

二哥就是杨丰懋，想不到吧。杨丰懋是何等角色？大佬架势，绅士气派，谈吐优雅大方。而眼下的二哥，只是一个整天打打闹闹、胸无大志的愣头青，经常给家里惹是生非。二哥进屋后，父亲让我出去，但我没有走远，就在门口。我要偷听他们说什么！我当时是个心里有秘密的人，很关心父亲要同他们说什么。我听见父亲说："看来上海沦陷是迟早的事了，日本人的德行你们是知道的，我们必须做好应付事变的准备。俗话说，三十六计，走为上策，但走了这一大堆家产怎么办？不到万不得已，我是不会走的。可该走的还是要走，我想好了，今天就把妇人和孩子都送乡下去。”顿了顿，他又说：“阿牛，这事你负责，马上去通知他们，准备走。”

阿牛应一声出门。

接着，父亲对二哥说：“老二，你去找一下杜公子，请他给我们搞一张杜老爷子的宝札名片，让阿牛带上，免得路上遇到麻烦。”二哥说：“桂芝也走吗？”父亲严厉地说：“她是男人可以不走。”二哥低声说：“她怀孕了。”父亲说：“那更要走。我再说一遍，妇人和孩子都要走。”我想见父亲这会儿的目光一定是死盯着二哥。二哥说：“好，知道了。”父亲说：“知道就好，就怕你不知道。”接着父亲问大哥：“你的事办得怎么样？”大哥说：“都办好了，几笔大款子都转到美国花旗银行了。”父亲问：“找谁办的？”大哥说：“罗叔叔。”

罗叔叔是一家报纸的总编，也是父亲的老朋友。父亲说：“找老罗办这事，你是找对人了。”短暂的沉默后，二哥像临时想起什么似的，突然说：“爸，我听说罗叔叔可能是共产党。”父亲问：“听谁说的？”二哥说：“杜少爷。”父亲说：“杜少爷说的就要打折扣，他们两人尿不到一个壶里。”父亲又说：“共产党也好，国民党也好，你们都不要去掺和。”大哥说：“嗯，知道。”二哥笑道：“是啊，乱世不从政，顺世不涉黑，这是爸的处世哲学嘛。”父亲说：“你别光在嘴上说，要记在心上。你们看，还有没有其他事？”大哥问：“小妹走不走呢？”父亲说：“怎么不走？当然走。”大哥说：“她要上学的。”父亲说：“沦陷了学校能不能保住还不知道呢。”

我心想：我才不走呢。

厨房那边飘来一缕缕我熟悉的桂圆煮烂后特有的香气，那是父亲每天早上要喝的桂圆生姜汤散发出来的。我看见徐娘正往这边走来，她是我家的厨娘，是父亲从老家带来的一个远房亲戚，已经跟了我们十几年。我知道徐娘是来叫我们去吃早饭，我示意她别过来，让我去喊。我推开门进去，通知他们去吃早饭，同时想趁机跟父亲说说我不想走的事。父亲却不给我机会，不准我进门，说："别进来了，我们马上来，你先去吧。"

但他们并没有"马上来"，我和妈妈、大嫂、二嫂、弟弟小马驹，以及大哥的儿子小龙、女儿小凤，围坐在餐桌前，安静地等着父亲来吃早餐。小马驹有残疾，只能坐在轮椅上，因此公馆内的诸多地方都专门设有轮椅通道。徐娘的怀里抱着年仅一岁的小凤，正在用汤勺喂她稀饭。小家伙不停地将胖嘟嘟的小脸蛋扭到一边去，一双眼睛滴溜溜乱转，看看这个，看看那个。等了好久，父亲总算驾到，却没有带大哥和二哥，只他一个人。父亲落座后谁也不看，只说一句：

"吃吧。"

妈妈问："他们呢？"父亲依旧没抬头，呷一口汤，一边说："不管，他们有事。"我们这才端起碗筷闷声不响地吃饭。不一会儿父亲抬头看看大家，直通通地说："日本佬可能很快就要进城，我已经做了安排，吃完饭后你们就回屋去，尽快收拾东西，准备走。"妈妈问："去哪里？"父亲说："回老家。女人和孩子都走。徐娘，你和小兰一道去。"小兰是家里的用人。满桌子的人都愣住了，面面相觑，但谁也不敢开口问什么。父亲又说："阿牛送你们去，兵荒马乱的，他可以照顾你们。"我看见二嫂张了张嘴，欲言又止。

我犹豫一会儿，终于说："爸，我不走。"

"为什么？"

"我要上学的嘛。"

“你没看见街上的人都跑了，谁给你们上课？”

妈妈也说：“上学就不要去想了，这仗打得人心惶惶的，谁还去上学？”

我对妈妈赌气说：“那也不能说走就走，总要给人家一点儿时间准备准备嘛。”

爸爸说：“晚上走，给你一天的准备时间，够了。”

我撒娇说：“不够。爸，过两天走吧，我学校里还有好多事呢。”

爸爸撩起眼皮瞪我一眼说：“你不要名堂多，现在什么事都没有走重要。”我不敢过多顶撞，只好僵硬在那儿，不知如何是好。妈妈伸手碰碰我，让我快吃。我不理她。妈妈说：“还愣着干什么，快吃，还要做好多事的。”我瞪妈妈一眼，干脆起身往外走。“你去干什么？”妈妈在我身后喊。我没好气地说：“我去收拾东西，行了吧？”

03

吃完饭，小马驹在天井里“姐、姐”地大声叫我下楼。

我刚走下楼梯，他神秘地凑到我跟前，对我嬉笑道：“姐，你的白马王子听说你要走，很伤心是不是？”我说：“你说什么？别信口雌黄！”他说：“要想人不知，除非己莫为。你蒙得了爸妈，蒙不了我。”说着，他一脸坏水地冲着我笑。我心烦着，气呼呼地对他说：“你知道什么嘛！”

他说：“凡是你不想让爸爸妈妈知道的事，我都知道。”

我说：“我知道你就想来套我话。”

他说：“那你什么都别说，看我知不知道你的秘密。”

我说：“知道就说，少啰唆。我还不知道你的鬼把戏？凡是算命的人都是骗子，什么神机妙算，就是骗人的把戏。”

他说：“听着，你的白马王子是某部电影里的一个人，你敢说不是吗？”

我一下慌了，十分吃惊地望着他，急不择言：“你……怎么知道？”

他一边嘿嘿地笑，一边说：“天上有风，地上有水，鸟儿会唱歌，鱼儿会说话，你说我是怎么知道的？”说着，眼神里和面孔上即刻蒙上了一层缥缈的雾气，整个人都变得虚幻起来。

我敲一下他的脑门说：“又说疯话了！老实交代，你还知道什么？”

他双手合十放到鼻尖上，闭目沉思片刻，睁开眼说：“我还知道你两个小时后会从后门溜出去。”

他怎么知道的？我没跟任何人说过呢。这下我真是吃惊得很。他把脸凑到我跟前，得意地说：“放心去吧，我会替你保密的。”说着将轮椅歪侧着在地上旋出一个漂亮弧圈，洒下一廊笑声，消失在廊道里。

小马驹，我亲爱的小弟，从小为世人所伤害，又被家人溺爱。他既天真又孤独，既聪明又傲慢，既自卑又自负。他的生活就是在这个家里，在轮椅上，但通过他的聪明好学，又走到别人不可及的远处。外人都说他算命算得极准，刚才我也算是领教了一回。

听母亲说，她怀小马驹时经常做梦看见白云仙鹤，算命先生说她怀的是个武将，将来一定能够顶天立地干大事。想不到，他成了废人一个，双脚一辈子都立不了地。可除了不会走，小弟什么都比人强，断文、识字、算命、下棋等，都是一把好手。尤其是算命，经常有人慕名而来。报社的罗总编，罗叔叔，是最喜欢他的，说他是个通灵人，并认他为干儿子。我不信他，但有时候又觉得他真有点神。比如他说我的“白马王子”的事，就是真的。我确实爱着一个人。我不知道小弟怎么知道的，可他就是这样，很多事情他不该知道却都知道，难道他真会通灵？

我爱的人就是高宽！

04

两年前，父亲花了两百块大洋找关系，把我送进上海艺术专科学校时，一定没想到我会违反他的“死规定”，谈自由恋爱。上艺专前，我曾读过一年会计学校，那是父亲希望我学的。可我学了一年，整天打算盘，跟数字打交道，烦死了。有一天，我跟同学去片厂看人拍电影，觉得那太有意思了，回来就向父亲要求去艺专读书，去学表演。我要当演员！父亲说：“什么演员，不就是戏子嘛，最下三烂的东西。”他极力反对我去读艺专，只是拗不过我的坚持才勉强同意，同时又有一个条件：不准我在学校“搞自由恋爱”。他觉得我们是大户人家，学艺的人大多是自由青年，疯疯癫癫，配不上我家。我起头也没有这种打算，直到有一天高宽出现。

高宽英俊吗？

不，他的天庭过于饱满，以致整张脸有点“头重脚轻”，下半张脸显得特别小。小马驹说他是“异人异相”，说白了就是长相有点怪，说好听点是长得有点个性。但不论怎么说，都不能算英俊，不是那种让女孩子一见生情的相貌。

高宽有钱吗？

不，他甚至连家都没有，父母亲在他五岁前都死了。他自小由姑姑养大，十五岁到上海闯生活，当过报童，拉过板车，在片厂打过杂。他后来当演员就是因为在片厂打杂，被临时拉去当群众演员，扮一个黄包车夫，没有台词，没有正面镜头。没想到两场戏走下来，被导演看上眼，派给他一个小角色，演一个街头小混混，他演得活灵活现。然后他一演又演，演成一个大明星。这种事生活里不多，像书里的故事。

我在上艺专前就知道他，看过他演的电影《秋水》《四万万》。说实话，在听他的诗词朗诵前，我对他一点儿感觉都没有。人年轻时都爱虚荣，喜欢人的长相，我觉得他长得一点儿也不吸引我。我甚至有点反感他，因为平时经常听同学们说他曾跟谁谁谁好过，现在又跟谁谁谁在好，感觉像个被女人宠坏的谈情高手。第一个学期，我没跟他说过一句话，只在路上碰到过几次。那时他还没给我们上课，他教表演，要二年级才给我们上课。但他名气大得很，全校师生都以他为荣，路上遇到他，都对他恭恭敬敬，或者一惊一乍的。我不理他，几次都这样。有一次他主动招呼我，问我是哪个班的。我瞟他一眼，还是不理他！我就这脾气，从小养成的，只要我心烦的人，不管天皇老子都不理。我决不跟人打肚皮官司，我烦谁一定要显摆出来。我妈因此说我是石头投胎的，不开窍，傻得很，到了社会上一定要吃苦头。我妈没有改变我，改变我的是高宽：他说我这大小姐脾气，参加革命后是必须克服的。

其实，高宽那时就是共产党，但我们都不知道，因为是“地下”的嘛。放寒假了，有一天，在报社当总编的罗叔叔给我一份请柬，说他们报社有个三周年庆典的联谊活动，让我去参加。这天天气很好，我想出去走走，就去了。活动在报社里举办，但罗叔叔的报社很穷的，城里租不起房子，开在闸北区。那地方离我们家很远，我路又不熟，迟到了。到的时候，正好遇到高宽上台表演节目。是词朗诵，朗诵的是岳飞的《满江红》——

怒发冲冠，凭栏处，潇潇雨歇。
抬望眼，仰天长啸，壮怀激烈。
三十功名尘与土，八千里路云和月。
莫等闲，白了少年头，空悲切！

靖康耻，犹未雪。臣子恨，何时灭！
驾长车，踏破贺兰山缺。
壮志饥餐胡虏肉，笑谈渴饮匈奴血。
待从头，收拾旧山河，朝天阙。

我没想到在这里碰到他，更没有想到他的朗诵那么打动人。会场本是闹哄哄的，他朗诵后顿时安静下来，不一会儿静得鸦雀无声，以至于仿佛可以听见他睫毛眨动、目光拉伸的声音。他嗓音磁性十足、感情充沛，配着自然得体的手势，目光时而放远，时而收敛，声音时而高昂，时而低沉，错落有致，收放自如，十分具有感染力。

朗诵了原文后，他又把它译成白话文讲解了一遍。这下，他和台下观众都更进入角色了。他自措的激扬的文字与他的激情融会贯通，把大伙的情绪都调动起来。他诵一句，大家跟一句，现场顿时一派热火朝天。我被彻底感染了，跟着大伙大声念，并且默默地流出了热泪。那泪水是滚烫的，我感觉眼睛都被灼伤了。

人真是个怪物，以前我那么反感他，可就这么几分钟，他在我心里完全变了样。

05

从那以后，我一直渴望在学校里遇到他，每次遇到都紧张得手心出汗，心里默默对他说：嘿，停下来跟我说说话吧。不知不觉中我甚至养成了习惯：经常在心里跟他说话。尤其情绪低落时，他的身影就会在我的头脑里塞得满当当，我不便对人说的话都对他一个人说了。每到周末，要回家前，我总想他突然出现在我面前，陪我去车站。如果可以，我还想和他一起去旅行，去某个荒凉小岛，或许是某座闻名遐迩的文化古城。我想和他一起吃早餐、午餐、晚餐，在花前月下散步、吟诗、诵词。我不知道这是不是叫爱，反正我开始惦记他，想念他。之前我从来没有这么惦记过一个人，他是第一个。可他好像知道我心里的秘密，整整一个学期都没理我，见了面总是视而不见地走过，好像在报复我。直到放暑假前一天，我们在炎炎夏日下，在去食堂的路上劈面相遇，他手上拿着两个包子，没有任何预兆地叫住我，对我说："冯点点同学，你暑假准备怎么过？"我都忘记说什么了，反正结果是他告诉我，他暑假会在哪里开一堂课，一周讲一次，希望我去听。

讲课的地方在法租界的一个佛堂里，时间是晚上，听课的人一半是社会上的人，一半是他学生，其中有两人是我的同班同学。受父亲的影响，我对政治是小心的，没兴趣，平时尽量不去掺和，学校里搞的各种主义小组和游行活动我一律不参加、不关心。可高宽开的课讲的全是些主义，什么马克思、列宁、共产主义、苏维埃、延安，等等。我听了两次，闻到了一股可怕的气味：他是个共产党！我害怕，第三次没去。但第四次又去了，因为我发现我老是想着他，我想见他的愿望远远大过我对共产党的害怕。这一次——就是第四次，他上完课后与我单独聊了一会儿天，问我前次为什么没来听课什么的。我当然没说实话，随便找了个事搪塞。闲聊中，他发现我家和他住的地方很近，只隔了一条弄堂，他便叫我搭他的车回家。

从此，我们来去都是同一辆车。当然是黄包车，他才坐不起汽车呢。

我知道我不该爱上他，可我更知道，我已经爱上了他。两个人相爱确实是神奇的，有时根本说不出理由和道理，至少他具备的几个在别人眼里的优点，比如是名人，比如是共产党，这些都不是我爱的。我甚至不知道爱他什么，可我就是爱上了他。就这样，这个暑假我哪儿都没去，一周那么多天似乎就在等着去听他的课，可实际上我对他的课又一点儿兴趣没有。我去就是为了跟他同坐一辆车，同来同去，听他说话，闻他的气息。这就是恋爱的感觉！我真的爱上他了，虽然我没有对他表白过，但我给他送过烟、钢笔、苏州产的折扇。这些东西是我精心巧打的小算盘，我希望他从中看见我的心思，然后对我说一个字——爱！

我等着这一天。

可一个暑假都过去了，他什么都没说，把我气得回家撕裙子！

开学了，他要排一个话剧在学校里演出，他请我去演一个角色。一天晚上我们在操场上散步，他给我说戏，黑暗中，有那么一会儿，我们的肩膀不小心碰了一下，我有种触电的感觉，要晕过去！为了保持平衡，我不得不蹲在地上。他俯身问我怎么了，我有种冲动，想对他说“我爱你”，可说出来的话完全不是这样。我说：“同学们说你是共产党。”他笑道：“难道这把你吓倒了？”我抬头看着他，沉默着。他索性坐在地上，对我继续笑道：“你的样子好像是受了惊吓，那我只能说不是了。”我说：“你说实话，到底是不是？”他反而认真地问我：“你说呢？”我说：“我不关心这个。”他问：“那你关心什么？”我低下头，一咬牙，干脆地说：“你心里有没有我？”他要滑头，反问我：“你说呢？”我说：“我要你说。”他久久看着我，久久才说：“有，高老师心里有一个大大的你。”我说：“你骗我。”他说：“没骗你，真的。”我激动地捧住他的手，一吐为快：“高老师，你该早发现了，我喜欢你。”他牵住我的手说：“该怎么说呢，点点，要说喜欢，我早就喜欢上你了。”我说：“那你干吗不说，非要我说，好在我也敢说。”他说：“我想等你毕业再说也不迟。”我说：“那我刚才说的不算，就等我毕业了你再跟我说吧，正式说，好吗？”他说：“好，你等着吧。”

窗户纸就是这么捅破的，这天晚上。一九三六年九月十七日的晚上，离我二十一岁的生日还有五十五天。我记得，这天晚上月亮特别大，也许是中秋月吧。

06

五十五天后，就是我生日的晚上，高宽带我去大世界看了一场电影，是葛丽泰·嘉宝和罗伯特·泰勒演的《茶花女》，里面有一段影像和台词像胎记一样长在了我身上，让我永铭不忘。那是泰勒和嘉宝互相表达爱情的一段——

在花园里，泰勒和嘉宝，像两只幸福的蝴蝶一样，笑容绽放，翩翩走来。嘉宝说她要卖掉所有家当，告别以前的生活，重新开始选择新的生活。

泰勒立停，拉住嘉宝的手问：是吗？你会为我放弃一切吗？

嘉宝深情地说：我心甘情愿，为了你。相信我，别再怀疑我，这世上我最爱的是你，我爱你胜过一切。

泰勒吻了嘉宝：那你就嫁给我吧。

嘉宝张着潮湿的嘴唇，定定地看着泰勒：什么？你说什么？

泰勒又吻了吻嘉宝，坚定地说：我们现在就去教堂结婚，牧师将对我们说的每一句祷告，就是我们心中的誓言。

嘉宝问：真的？

泰勒说：真的，因为我爱你。

嘉宝顿时激动万分：我也一样爱你，爱你！我是为你生的，我还要为你活。以后别再说我会离开你，上帝会生气的。

泰勒说：我永远不会离开你。

两人再次相吻……

这一次，他们吻得无比热烈，把我感染得身心都化了。我浑身的骨头像被抽掉，身体不由自主地偎在高宽怀里。就这时，他吻了我。第一次！我的初吻！说心里话，自这个吻后，我把自己完全交给高宽，同时我也彻底被他迷住。这个吻像是有魔力的，把我和他都变得为爱而生、为爱而死的一对梦中情人，说话、做事、想法，都变了。有时我自己都不认识自己，我内心竟然有那么多的深情和浓浓的爱意。我们几乎天天见面，每次见面都有说不完的话、抒不完的情，不想分别，不想让任何人和事打扰，只想两个人在一起。

很奇怪，以前我老觉得他额头太凸出，不好看，可现在我反而很喜欢它，觉得那里面藏着他的智慧和动人的思想。我经常抚摸他高而大的额头问他："这里面有什么？"他总是说："爱！对冯点点的爱。比大海还深的爱。比天空还阔的爱。比时间还久的爱。比……比……"他不停地比，把地球上所有能比拟的东西都比完，有的比已经比得很不贴切，甚至肉麻，可我还是爱听，他还是爱说。

我们家，我父亲和哥哥他们，总的说是反共的。所以，罗叔叔从不在我家谈论他的信仰，我父亲也从不相信他是共产党。以前，我在家里常听他们丑化共产党，说他们共产共妻，嗜血如命，一群无情无义的土包子。高宽完全改变了我对共产党的坏印象，我觉得他是世上最懂得爱的人。很长一段时间，他每天都给我送花、写信，校园里的野花都给他采完了，我收到的情书可以结集出一本书。我觉得他比嘉宝的那个泰勒还要好，好得多。他成熟、稳重、幽默、热情、诚实、宽厚、有思想、有理想、有斗志，虽然形象没有泰勒帅气，但心地一定比泰勒有魅力。这一年，他开始给我们上课，每一次听他讲课的时候，我的心都一直跳得飞快，血流加速，魂不守舍。我注视着他，想象着他已经对我说过和即将要说的情话，根本听不清他讲课的内容。有时候，我们的目光碰在一起，我的心会有那么片刻，猛一下停止了跳动，浑身也会随着抖动一下。到了夜里，我经常一个通宵一个通宵地失眠，满脑子都是他的音容和笑貌，失眠的痛苦灼伤了我的眼。

啊，恋爱的感觉真痛苦！

啊，恋爱的感觉真幸福！

如果没有战争，我有一百个理由相信，我一定会被他的爱融化，我会成为他的心、心的灵、灵的光。我们会一起看大海，登高山，逛大城市，住小旅馆，一天又一天，一夜又一夜，度过许多美好的时光。爱一个人，就是与他一起去看世界，走天地，翻山越岭，有苦同当，有福同享，编织一个只属于我们的世界。我们会结婚，父母亲反对也要结婚！可是现在我要走了，去乡下，这一别，不知何时能再见。我决定走之前无论如何都要见他一下。

第二章

01

谢谢小弟，在他的策划和帮助下，我成功躲过父亲的监视，溜出门去找高宽了。可他没在家，我打电话找他也找不着。我在楼下等他，等过了中午，到下午三点钟，还是没有等到他。傍晚就要走，我不敢再等，只好给他留下一封信，怏怏地回家。

父亲从中午起派阿牛哥和小兰四处找我，我在回家的路上正好遇见阿牛哥，他混在一堆乱哄哄的人群里，不知道在忙什么。我怕他看见我，连忙躲了，钻进一个店铺里。我很好奇，想知道阿牛哥在干什么。看了一会儿，知道了，原来是出了车祸，有人被压在汽车轮子下，阿牛哥正在救人。阿牛哥膀大腰圆，力大过人，他一个人把汽车端起来，一个老汉声嘶力竭叫着，从汽车下面爬出来，满脸血污，却怎么也站不起来，寸步难移，很明显是腿骨被压断了。他的老伴在一旁号啕大哭，引来很多人观望。父亲经常说，阿牛哥天生有一副菩萨心肠。这不，他不但救了人家，还从身上摸出钱袋子，抽出两张纸币送给他们，让痛哭的老伴顿时感动得手足无措。

此时刚好有三个地痞，瞅见阿牛钱袋子里有不少钱，便趁机作乱，挤向阿牛。转眼间，阿牛的钱袋已经落入他手，手脚之快，令人称奇。这一切都被我看在眼里，我急得差点喊出来。不过阿牛随即发现钱袋子丢了，他稍微察看一番，便心知肚明地朝那三个正要溜走的地痞追上去。阿牛哥揪住其中一个。那人说："你干什么！"声势吓人巴煞。阿牛哥说："把东西给我，走人。"那人装糊涂："什么东西！你看，我身上什么也没有。"两个同伙上来帮腔，说着吵着，挥动拳脚要打阿牛哥。阿牛哥呼呼两下，将两人撂倒在地。第三个家伙拔出刀子，朝阿牛哥逼过去，哪知道阿牛哥拔出来的是手枪，一下子把他们吓坏了。其中一人乖乖交出钱夹。阿牛哥接过钱夹，骂他们："浑蛋！这时候还要偷，真是要钱不要命了。"说罢掉头走，让三个地痞和一群围观者痴痴地目送，像个不落名的英雄。

我也看呆了，嘴唇差点咬出血。

听母亲说，父亲刚出道时有四位结拜兄弟，阿牛哥的父亲是其中之一。在阿牛哥十三岁那年，他家遭黑道洗劫，一家老小无一幸免，唯独阿牛哥因为当时在外地拜师习武，侥幸躲过劫难。父亲收他为义子，把他培养成自己的保镖，待他比对亲儿子还要好。阿牛哥身壮如牛，腰杆笔挺，走路带风。他的性格也像牛，敦厚老实，不爱说话，有几分乡下人的土气。我听说他天天晨起习武，身手不凡，却从来没有见识过，这还是第一次目睹。不过我从小就佩服阿牛哥，他替我教训过曾经欺负过我的所有人。小时候，同学们从来不说我是谁家女儿，总是说我是谁的妹妹——阿牛哥的妹妹！在我的童年时代，阿牛哥是所有想欺负我的坏小子的噩梦，只要我提起阿牛哥，他们便会对我讨好卖乖，俯首称臣。那是我童年最开心的记忆。

在我后来的岁月里，阿牛哥更是成了我崇敬的大英雄。我到南京后，阿牛哥改名孙土根，做了我的联络员，在我单位门口开了一家裁缝店，扮成一个跛足的裁缝，暗地里帮我做了很多事，白大怡、李士武、秦时光都成了他的枪下鬼。这是后话。

话说回来，我回到家，免不了要被父亲骂。但他没时间大骂了，因为出发在即，我还没有收拾东西。等我收拾完东西下楼时，天井里已经堆满行李，站满了人，母亲、大嫂、二嫂、徐娘、小兰、小龙和小凤，一干女将和孩子。我发现没有小弟，问母亲。母亲说小弟不走了。我觉得他是最该走的，怎么不走？我去找小弟，他正埋头在案台上一门心思地用一堆虎骨卜算我们一路的凶吉。我说："小弟，听说你不走了，你干吗不走？"他说："我干吗要走？"我说："爹不是说我们都要走？"他说："爹说的是女人和孩子才走。我是女人吗？是孩子吗？我都十九岁了。如果老天不亏待我，让我有一双好脚，我都可以去前线打仗了。"后来我知道，他就是用这句话说服父亲，同意他留下来的。我想既然小弟可以不走，我也可以不走，便又去找父亲说情。

"别跟我啰唆，你快准备走！"父亲用怒眼和一句话回复我。

车子停在门外，行李都已经装进去。我们相继出了门，准备上车之际，突见小弟滚着轮椅冲出来，不准我们走。他说："我用牌给你们出行卜了一卦，命相极凶。"他说了一堆理由和证据，要我们"改天再走"。父亲和妈妈似乎都给他说服了，在犹豫。

二哥跳出来发话，说："爹，妈，你们别听他的，他这玩意儿唬唬外面人差不多，怎么能唬自己人嘛。几天前他还在说日本人要等明年开春才能攻占上海，现在才初冬呢，完全是瞎说。"

正是这句话，坚定了父亲要我们走的决心。

我们就走了。五个小时后，小弟的话应验了！

02

给我们开船的是阿贵，曾经和阿牛哥一起做过家里保安工作，前年犯了痛风病，一只脚老是伸不直，才安排他去开船。阿牛哥安排我们坐他的船也是出于安全考虑，毕竟他干过保安，万一路上有事，他可以搭个手帮衬一下。船看上去很普通，一只三吨载重的货船，破破烂烂，座位都是临时加设的。但实际上，这船装的是英国舰艇的发动机，开足马力，比小汽车还开得快。我们上船时，太阳已经贴在江面上，红彤彤，像一个刚出炉的大铁饼。船驶出市区，天昏暗了。我心情不好，一路上不吭声，满脑子里都是高宽，想着想着累了，就睡着了。当我醒来时，已是夜幕沉沉，我听见阿贵在前面驾驶室里急促地叫："阿牛！阿牛！快来看！"阿牛跑过去问："怎么啦？"阿贵往前面河上一指，说："你看，那是什么？"

我也来到驾驶室，顺着阿贵手指的方向望去，只见前方不远处，有一个简易的小小的乡村码头，码头上有一间低矮的水泥屋子，灯火通明，屋檐上竟插着一面血淋淋的太阳旗！

阿牛说："糟了，日本鬼子打到这边了！快，掉头！快掉头！"

但迟了，鬼子已经发现我们，雪亮的探照灯射过来，几个日本兵从小屋里冲出来，端着枪朝我们又喊又叫，要我们开过去。我们的船刚靠住码头，一个小队长模样的鬼子带着两个士兵和手电筒跳上船，对我们进行盘问和搜查，抢走好多值钱的东西。最后他们带着东西准备走了，可走在后面的那个年长老鬼子从我面前经过时，看见我脖子上戴着一根红绳子，便凑到我面前，猛地一扯绳子，扯出一块玉佩。这是高宽送我的，这也是他母亲留给他的唯一遗物。我不肯给他，他要抢。我急了，忘了害怕，抢夺中任性地推了他一把。小队长看见，冲上来对我举起手枪，哇啦哇啦骂。我不敢动，乖乖地原地不动，老鬼子便上来取玉佩。刚才他要抢的时候，我已经把玉佩又塞回到衣服里，这下他来取时居然想把手伸进我衣服，吓得我一下蹲下身子。可他已经抓住我衣服，紧紧地抓住不放，我身子往下一蹲，衣服就被拉开，露出半片胸脯，在手电筒的照耀下。

许多事情是无法回顾的，我一直不知道，如果没有这件事，鬼子会不会……现在，已经没有假设，只有噩梦——只见小队长举着手电来到我面前，照着我的脸看了好一会儿，然后嬉皮笑脸地说：“花姑娘的，大大的不错，带走！”头目这么发话，船上和岸上的士兵都乐开了怀，一拥而上，强行把我拖出去。阿牛和阿贵上前想拦阻，被几个鬼子用枪托打倒在地。小队长有点一不做，二不休的意思，带走我后又打着手电照了一圈，把我大嫂、二嫂和小兰都拖走了。二嫂死活不从，见东西就抓住不放，一路抓，一路放，最后抓住的是阿贵的大腿，她哭着叫着要阿贵抓住她，别放手。阿贵紧紧抓住她不放手，小队长开了枪，把阿贵打死，踢进了河里。

鬼子把我们拖上岸后，用刺刀挑断缆绳，把枪栓拉得哗哗响，要船开走。但是船没有开走，我听见妈妈的声音：“我们不能丢下她们不管！”接着妈妈毅然从船舱里出来，面对鬼子，凛然抗议道：“不走！我们不走！你打死我也不走！”鬼子不解其意，用刺刀抵着妈妈的胸脯淫笑，露出不屑的神情。阿牛哥及时将我妈妈拉回船舱，很快又出来，手上拿着两只金元宝，给鬼子下了跪。

但是，金元宝和下跪都没法阻挡日子鬼子的兽行。我们四个，都被鬼子拖回哨所糟蹋了……

03

记得高宽在课堂上曾给我们讲过莎士比亚的戏剧，有一句经典台词同学们经常挂在口头说："是生是死，这是个问题。"以后很长一段时间，这句话经常盘旋在我脑海里，仿佛哈姆雷特就寄生在我心中。这是我人生中最大的耻辱，在以后的岁月里，我不敢去触它、碰它、想它，那里是一片空白。二嫂出来后直接跳进河里，幸亏天已发亮，被阿牛及时救了上来。

但二嫂最后还是踏上了不归路，那是第二天夜里。我们是第二天中午回到家的，天大的耻辱！说都张不了口啊。回家前，母亲要我们都跪在她面前发誓，这件事只有天知地知我们知，不能跟所有人提半个字。阿贵死了，尸体没找着，母亲便借此编了个说法：路上遭不明人抢劫，我们只有回头。家里人也相信这个说法，毕竟死了人，我们痛苦的样子似乎也在情理中。可母亲的一番苦心被二嫂的死出卖了，回来当天夜里，二嫂死在了澡堂里，她把自己洗得干干净净，穿上一身洁白的长裙，吊死在了澡堂的横梁上。

二嫂是一了百了、英雄一般地走了，却害煞了我母亲，她忍痛用心编织的谎言由此被揭穿。真相大白后，父亲连夜叫上家里所有亲人、家丁，当着二嫂的遗体向大家交代："你们都记住，不能对外人说她是怎么死的，就说是在回乡下的路上，船遭撞了，她落水淹死的。任何人问起都这么说，没有鬼子的事。"后来我想，父亲这么说时其实已经想好要报仇了。要报仇必须这么说，不能提鬼子半个字。

果然，安葬了二嫂后，父亲把我们全家人叫进堂屋，举行了一个秘密的祭祖仪式。父亲跪在蒲团上，对着祖宗的牌位含泪相告："列祖列宗在上，我冯八金在下。十二年前我曾在此喝过血酒，发过毒誓，今生今世绝不再开杀戒。十多年来我以忍当仁，从没有食言。但今天我已忍无可忍，日本鬼子在光天化日之下对我冯家犯下奸淫大恶。是可忍，孰不可忍！是可饶，孰不可饶！列祖列宗在上，我要再开杀戒，替天行道！

"天上的神，地下的灵，冯家列祖列宗，我冯八金愿以全家老小性命和万贯家产作保发誓，我要杀掉对我冯家犯下奸淫大罪的恶鬼，有一个杀一个，有两个杀一对，斩尽杀绝，决不姑息。月有阴晴圆缺，人有冤仇恨痛，不报此仇，我冯八金誓不为人！"

从这一刻起，父亲跟佛祖修了十多年的因缘一刀两断，一笔勾销。我家的历史又翻开了猩红的一页……很多事我事后都不知道，但我知道，对我们作恶的那几个野兽没有活过新年。这年新历年第一天，阿牛哥把玉佩还给了我。我接过东西，问他："都死了吗？"他不语。我又问他："我们有人受伤吗？"他还是不语。我又问："父亲知道吗？"他说："别问了，以后开心一点儿就好了。"他真的什么也没有告诉我。后来也没人跟我说，至今都没人说，大概他们是希望我忘掉这件事吧。可我怎么能忘掉？很长一段时间，我睡不着觉，看见黑夜就怕，看见自己的身体就发抖，一睡着就做噩梦，就哭，就流泪。

为了防止我步二嫂后尘，母亲随时跟紧我，寸步不离，晚上跟我一起睡。我没打算向二嫂学习，但我也不知道，除此之外我还能做什么。我唯一能做的就是回忆，回忆我和高宽之间的点点滴滴，回忆高宽说过的那些话、那些事。为了消磨时间，我开始用毛笔抄录他曾写给我的一些零散纸条，以便保存。这天午后我正在抄写下面这段话：

为富不仁，犹如浮萍；为官不为，不如草木。中国，正走在史无前例的颓败之险途上。有钱人不仁慈，当官的不作为，拿枪的不杀敌，受迫的不呐喊。当今之中国，内乱外患，道德沦丧，纪律涣散，民心萎顿。冰冻三尺非一日之寒，中华民族要崛起，必须施行新政，推举新主义，提倡新文化……

正抄到这里，新来的女佣小燕敲门进来，对我说："小姐，外面有个人找你。"我问是什么人，她说一个男的，留着长长的头发。我马上想到是高宽，问她："他在哪里？"她说："在大门口，一个人。要不要我去喊他进来？"我不由得立起身，想冲出去，可身子却又沉重地坐了下去。小燕问："小姐，你是不是不想见他？"我当然想见他，可是……我见他说什么？我不知道怎么面对他。我对小燕说："是的，让他走吧。就对他说，我回乡下去了。"小燕说："他知道你在家里。"我说："他怎么知道的？"她说："我也不知道。"我怀疑是她说的，生了气，叫她走。她走到门口又回头说："小姐，你还是见他一下吧。"我说："别说了，我不见。"她说："那我怎么对他说？"我说："你想怎么说就怎么说！"我觉得我的肺要气炸了，那里面盛满了恶气。

小燕给我带回来一封高宽的信，是这样写的：

点点，亲爱的点点：

请允许我情不自禁地这样称呼你，这也是我有生以来第一次对一个女孩发出如此痴情的呼唤。那天我看了你给我留的信后，我的心一下空了，我一点儿心理准备也没有，就要忍受分别的痛苦。我担心这是你父母有意要让我们分手才这么突然让你走的。也许这是我多心，也许事情比我想的还要糟糕。总之，我不知道。我不知道你的真实情况，可我又是那么想知道。这就是痛苦。爱一个人原来是这么痛苦，整整一个礼拜我天天失眠，天天来你家门口晃悠，像一个幽灵。我希望你突然出现在我眼前，那么多天我见到了你家里的每一个人，可就是见不到你。我以为你真的走了，可今天我又听说你没走。天哪，你真的没走？点点，我太高兴了！我是一路跑来的，现在还在喘气，你看我的字写得多差，因为我的手在抖。听说你病了，我的手抖得更厉害了。点点，我要批评你，你不该对我隐瞒病情，你病了更应该告诉我，因为这时候你更需要我。我知道你是为我好，为了不让我担心，可我只有见了你才放得下心啊。好了，点点，你好好休息，明天我再来看你。放心，我很好，你也会很好的。人嘛，总是要生病的，不用怕，好好养病，我为你祈祷，你一定会很快告别病魔，跟我再见的。

最最爱你的人，阿宽

04

一连多天，高宽天天来看我，我天天“生病”，不见。小燕天天给我带回来高宽恳切见我的信。每一封信、每一个字，都像刀子一样捅我心、剐我肉。我恨死小燕了，对他泄露了“我没走”的天机。我更恨自己，命这么苦！

其实小燕是无辜的，背后有一只“黑手”在操纵着这一切，就是阿牛哥。

后来阿牛哥告诉我，他其实早知道我跟高宽的恋情。有一天晚上高宽送我回来，分手时他吻我的一幕恰好被他撞见。二嫂的死，说明我们活着的苦难，真是生不如死啊！大嫂还好，两个孩子天天吵着她，时间容易打发一些。她至少要为孩子活下去。我和小兰是最难过的，天天睁开眼睛都不知道怎么过，想得最多的就是一个字——死。小兰不久离开我们家，回老家去了，那里没人知道她的痛苦，她也许会好过一些。可我能去哪里？我只能待在房间里，像我的床，床又像我的棺材。小弟是没脚出不了门，我是身体空了，魂丢了，不知道去哪里。阿牛哥看在眼里，急在心里，他想让高宽来陪我度过最难的时光，便四处找他。可学校已经停课，剧院已经歇业，要在偌大的上海乱世里找到行踪诡秘的高宽，并不比在一座森林里找一片特定的树叶容易。阿牛哥找到了，可想他付出了多少努力。但他想不到的是，这非但不能减轻我的痛苦，反而是增加了。鬼子已剥夺了我爱高宽的权利，我无法面对他！面对他我能说什么？我还能给他什么？我给他，他会要吗？再见了，高宽，我的爱人，请你把我忘记了吧，不是我绝情，而是命不该如此。高宽，请你饶了我吧，别来找我！离开我，去找你新的爱人，我已经无脸见你……读着他一封封要求见面的信，我只能在心底无声地呐喊。

我的冷漠和沉默终于把高宽激怒，一天傍晚，小燕给我送来这么一封信：

我的点点：你到底怎么了？我知道你没生病，你为什么要这样折磨我？请你别折磨我了好不好！现在请听你着，我一定要见你！明天下午三点钟，老地方，双鱼咖啡馆，风雨无阻，不见不散！如果不去，你就再也见不到我了。

这是对我的威胁，但更是他的痛苦。我呆呆地看着信，心里反而感到出奇地轻松，因为我知道我是不会去的。只要我不去，他就对我绝望了，我就解脱了。这样好，我想，让这段孽缘就这么结束吧。我的生命似乎也就这么结束了。从看到这封信起，我一直躺在床上一动不动，听不到自己的心跳声，只听到钟摆一下一下的摆动：嗒、嗒、嗒……天黑了，天亮了，约定的三点钟转眼就到，我仍然躺在床上一动不动，形同枯木。我体会到了另一种形式的死。真的，这才是真正的死亡，心死！可是，当楼下的自鸣钟敲响三点钟钟声时，我的心突然剧烈地跳动起来，我又活过来了。

我决定要去见他！我抓起披风，飞快地跑出去。

双鱼咖啡馆、双鱼咖啡馆……我拼命地跑，跑！可当我看到咖啡馆时，像看到鬼子强暴我的那个哨所，吓得我浑身哆嗦起来，两只脚像被冬天的寒冷钉在地上，根本动弹不了。没办法，我只好爬，爬上一辆黄包车。车夫问我去哪里，我说哪里也不去，就在这里待着。我就这么躲在黄包车上，偷窥咖啡馆里的高宽，我的阿宽……一个小时，两个小时，时间在我的眼睛里缓慢而又迅速地流逝。这段时间比一个世纪还长，我听到时间齿轮的转动声、心间滴血的声音、泪水流淌的声音。命运在考验我，考验我的勇气，考验我的道德、我的命运。可终于，我还是败下阵来，耻辱和对耻辱的恐惧把我牢牢捆在车上，除了心痛和流泪，我失去了一切，变成了废物。

五点半，绝望的高宽结束等待，走出咖啡馆，离去。

我看着他一步步走远，看他清瘦了许多的身子消失在凋敝冬天的寒冷里时，忍不住号啕大哭。

我以为从此他消失了，可第二天他又来了。他食言了！他还想见我！我们的孽缘还没有结束！这使我再一次认识到他有多么深地爱着我，正因如此我又刻骨地恨着自己。我的心灵成了一个黑洞，我无法驱散自己心里深刻的黑暗，我认输了。这天下午，我给高宽写了一封信，交给小燕，让她转交。

信是这样写的：

对不起，高老师，我现在什么都不想多说，我只想告诉你，我爸已经把我许配给一个富家子弟。今生无缘，但愿来世我还能遇上你，爱你。高老师，你就忘了我吧，忘了我这个无情无义的坏学生……

第三章

01

再次见到高宽已是来年冬天。

这一年中，我们家遭遇的灾难接踵而至！父亲死了，母亲死了，大哥大嫂一家四口都死了，小弟失踪了，家里的东西，被烧的烧，抢的抢，最后连房子、院子都被抢了，成了鬼子宪兵司令部的办公地……这是在一夜间发生的，我们家毁了。

毁掉我们家的罪魁祸首是我二哥，冯二虎，也就是杨丰懋。二哥有个朋友叫田原，在日本领事馆做事，据说是个特务，跟军方有很深的关系。鬼子占领上海后，我们家其实是太平的，靠的就是田原这顶保护伞，他及时给我们家搞来一沓良民证和一本特别的证明书，上面有日本驻上海派遣军总司令松井石根的签名，有点御书的意味。所以，不管是鬼子气势汹汹找上门，还是那些汉奸心怀鬼胎来串门，只要见了这本东西，都会对我们家客客气气，不敢无礼。鬼子刚进城那段时间，街坊邻居经常受鬼子和汉奸欺凌，我们家唯一受的气就来自一个人：田原。他爱好陶瓷古董，家里凡是他看中的陶瓷器，都相继被他拿走。母亲看他又带走家里的什么东西，有时会发些牢骚，父亲总是安慰她："都是身外之物，拿走就拿走，只要人平安就好。"田原贪心是贪心，可确实也保了我们一家人平安。如果二哥后来不去外面惹事，我们家里可能就这么平安下去了。

可二哥做不到，他疯了！

开始我也不知道二哥做了什么事，只是感觉到他在外面不省心，让父亲担心了。有一天，正好是冬至节那一天，按风俗这一天男人女人都要洗个澡，洗了澡这个冬天就不会长冻疮。水烧好了，母亲喊我下楼去洗澡，从父亲办公室窗外经过时，我看到大哥二哥都在里面，像在挨父亲的训。父亲说："行了，都到此为止，结束了，不要再去想它了，把它从脑门里赶出去，忘记掉，忘干净，就像没发生过一样。"二哥显然不服气，憋着气说："就怕忘不掉。我现在看见鬼子心里就来气，就想宰了他们！"父亲说："现在大街上都是鬼子，你宰得完吗？"二哥说："总是宰一个少一个。"爸爸提高声音："可万一宰到你自己头上怎么办？老话说得好，常在河边走，哪有不湿脚的时候？跟你说老二，你要知道，现在不是以前，你在外面闯再大的祸，我们都能找到人给你摆平。现在是鬼子的天下，摆不平的，万一出事谁都帮不了你。"二哥说："老婆都被糟蹋死了，还有什么事能比这大的？"爸爸骂："你有完没完！你的老婆就是我儿媳，你难受我好受吗？你受辱我光荣吗？是男人就该拿得起，放得下！"大哥说："听爸的，收手吧。你媳妇要在地下有灵，我想她也该如意了，我们用九条狗命来抵她的债，够了，该满足了，不要再胡来了。一家老小都在鬼子鼻子底下，万一有个三长两短，你我都要悔死。"

二哥到底干了什么？后来我才知道，他在疯狂地乱杀日本人！父亲开杀戒是为了雪恨，雪恨后甘愿投靠田原，容忍他为所欲为，就是想过太平生活，不想过舔血的日子。他一直咬紧牙关，从不跟我们提起捣毁鬼子哨所的半个字，也是出于这种考虑。家大业大，父亲早厌倦打打杀杀的日子，不想当英雄好汉，只想安度晚年，让子孙平平安安。可二哥经过那次杀鬼行动后，对杀鬼子上了瘾，整天往日本艺伎馆、日本料理店、日本领事馆等这些日本人出入频繁的场所钻，找日本女人发泄，找跟鬼子有关的人杀。他有两支点四五口径的柯尔特M1873陆军左轮手枪，每杀一个人，都会在枪上刻下一个记号。我后来见到这把枪时，上面已经刻有九个记号，就是说他已经杀了九个日本人。其实杀的都是一些醉鬼、嫖客、弱者，甚至是手无寸铁的日本军官的家属或子女。

第二天，父亲训斥他的声音也许还在他耳边萦绕，可他照样不收手，甚至变本加厉。这是阿牛哥后来告诉我的：那天二哥带着他驾着车穿街过巷，来到城外一个码头。那里曾经是我们冯家的地盘，现在日本人统管了航运，我家的码头成了摆设，脏乱不堪，到处是废弃的物资、垃圾和报废的船只。阿牛看着这些，生气地说："你看，鬼子把咱们的码头糟蹋成什么样了，都成垃圾场了。"二哥说："所以咱们也要学会糟蹋他们的东西，今天我就是要让你来糟蹋他们的东西。"阿牛哥问："你不会是让我来杀鬼子吧，冯叔昨天才教训过你。"二哥说："他不准我乱杀人，今天我们不杀人。"

二哥将车停在一个废弃的仓库前，要阿牛进去。阿牛听到里面有人在呜呜地呻吟，问他里面是什么人。二哥踹开门，将阿牛推进去。阿牛大吃一惊，屋里绑着一个清秀的女孩，嘴里塞着衣服团子，乌黑的大眼里充满惊恐和哀求。阿牛瞪着二哥吼："你这是干什么？"二哥扯掉女孩身上的衣服，说："糟蹋她！把她干了！"阿牛吓得要逃走，二哥把他推到女孩跟前，托起女孩脸蛋说："你不敢？我告诉你她是什么人你就敢了，鬼子！你知道最后坚守四行仓库的八百壮士是谁杀的，就是她爸，维枝太郎旅团长！别没出息了，把她干了，为八百壮士报仇，为你的两个嫂子和小妹雪恨。”阿牛哥当然不肯，他抓起地上衣服盖在女孩身上要拉二哥走，被抡了一拳。二哥恼羞成怒，破口大骂：“窝囊废！你不肯干是不是？过来，看着，学着一点儿。”掏出枪，潇洒地朝空中扬了扬，然后一下将枪口抵住女孩脑门，毫不迟疑地开了枪，恬不知耻地说：“这叫以牙还牙，以血还血。”

此时的二哥已被仇恨和疯狂吞噬，他怀着一种他自认为的正义和使命感，把一个个陌路人送上黄泉路。他杀人其实没有什么明确的目标和理由，只要是日本人，只要机会成熟，就出手，就组织，就干。他把杀鬼子、睡日本女人当作替天行道，这注定要把我们家卷入一场更大的灾难中。

02

转眼到了春节。

为了冲冲喜，杀杀旧年的霉头，这年春节，家里天天放鞭炮，舞狮子。正月十五，元宵节这天，家里张灯结彩，门庭若市，一派洋洋喜气。父亲请来了两台戏班子，在天井和后院分别搭台唱戏，中午摆了八大桌，款宴八方宾客，像在太平盛世中，家有迎嫁之喜。

作为皇军重点保护对象，我家门楼上平时都插着日本国旗，这天大清早，父亲张罗的第一件事是吩咐管家把那面“狗皮膏药旗”拆下来，代而替之的是两只大红灯笼。战争的阴影、亡国的辛酸，这一天似乎被父亲刻意张罗出来的欢喜掩盖了。但终归还是没有掩盖住，因为二哥把田原叫来了。田原一来，发现他们的国旗没有在老地方飘扬，手向天上一指，问二哥：“这是怎么回事？”二哥有情有理地对他解释了一番，恳求道：“今天就算了嘛。”田原语气虽然不乏客气，态度却是坚定的，说：“还是挂了好，你不挂我就不能进去，进去了万一被宪兵发现，我不好交代。”

没法子，只好又挂上去。

这天我的工作是在门口给客人胸前佩戴红丝条。田原看到他们的国旗重新飘扬起来，才接受我给他佩戴红丝条。看到那面脏兮兮的狗皮膏药旗又在飘扬，与两旁的红灯笼，还有结扎的彩球、彩条混杂在一起，显得不伦不类，我心里气得鼓鼓的，恨不得手上的别针就是一把尖刀，直插田原胸膛。

客人来了一拨又一拨，有父亲的故交新朋，有母亲的亲眷家属，有大哥二哥的兄弟好友。当然有罗叔叔，还有一位二哥的狐朋狗友，上海滩上一个有名的纨绔子弟，是杜月笙的一个远房表侄，本姓李，但他经常自称杜公子。这两个人将给我家制造两件事，一件直接引来我家的灭顶之灾，另一件则间接地让我幸运地躲过一劫。

罗叔叔和杜公子有点过节，恰好他俩是接踵而来的。先来的是杜公子，由二哥接待；后到的罗叔叔是大哥接待的。太阳很大，罗总编戴一副黑镜，像个黑社会老大，后面跟着打扮入时的年轻夫人，样子有点儿做作。我注意到，杜公子看罗叔叔来了，轻蔑地“哧”一声，对二哥讥笑道：“你现在水深噢，连这个罗胡编也勾搭上了。”二哥说：“说什么呢，他是我爸的老朋友，还是我小弟的干爹呢。”杜公子说：“哦，你们还这么亲。他可是个老滑头，你看他娶的那个小女人，很年轻呢。”二哥说：“这有什么，人家老婆不是在北平给日本特务暗杀了，凭什么不能娶？”杜公子说：“你看他办的报纸，跟共产党一个腔调，全是假大空。”二哥说：“你啊，就因为前次人家报纸说你款捐少了，记仇。”两人不等罗叔叔走近，转身往里走。因为高宽，我心里对可能是共产党的罗叔叔特别亲近，但罗叔叔并不知我们的关系——老关系不知道，新关系更不知道。罗叔叔心里只有小弟，见了我就问：“小马驹呢，我要跟他下棋。”

虽然小弟算命出名，但这不是他的正业，他正业是围棋，三四岁起父亲就培养他，十来岁时已在上海城里找不到对手。我那时整天待在家里，很苦闷，最后帮我走出困境的就是围棋。小弟每天陪我下棋、讲棋。棋道里藏着人道，事由因起，峰回路转，黑白世界里演绎的是人生起落沉浮。他在棋盘上让我看到了他的精彩，也让我悟到一些人生的道理。人在极度困境中很容易沉沦，也很容易被拯救，所谓否极泰来就是这个意思。

这天来的人中，有两个人必须介绍一下。一个是吴丽丽。她是我二嫂的表姐，二嫂死后又认我母亲为干妈，经常来我家玩。后来我才知道，她是当时军统上海站头目陈录公开包养的情人，二嫂死后她又跟我二哥偷偷相好上，所以认我母亲为干妈，这样可以经常来我家。我后来加入军统，靠的就是她这层关系，搭上陈录这条线。这是后话。

另一个人姓钱，是个银行老板，他是我母亲的远房表叔，儿子叫钱东东，是我在艺专的同学。就在春节前几天，东东被一个鬼子当街打死，我了解的过程是这样的：那天下大雪，钱东东在街上叫车，好不容易才叫到一辆黄包车，却被一个临时赶来的中年人捷足先登。东东气愤不过，追上去骂一句：“×你的！”中年人立刻跳下车，怒目圆睁，用怪异的口音问东东：“你×谁？”东东看对方气势汹汹，加上听他说话，发现是个鬼佬，所以没顶撞他，只是申辩道：“这车是我喊的。”鬼佬并不跟他辩论，继续说：“你×我？我先×给你看。”说完一巴掌向东东打过来。东东挨了巴掌，没还手，算是让了，求和了。鬼佬还不解气，又朝他抡一拳，打在鼻子上，顿时流出鼻血。我认识东东，他性子很烈，在学校经常跟人打架，这时尽管他知道对方是鬼佬，可哪里能受得住如此挑衅。两人当街对打起来。真打了，他哪是东东的对手，没两下就被打倒在地。车夫见此情景，叫东东快跑。东东跑了，可哪跑得过子弹，日本佬掏出手枪，朝东东开了一枪，东东倒在地上，再也没站起来。

因为我是东东的同学，钱叔叔主要是我接待的。说真的我没想到他会来，因为事情才过去半个多月，他一定还沉浸在巨大的悲痛中。后来我知道，他来是另有目的，他想认识杜公子，让他在黑道上寻人替东东报仇。我是无意中听到钱叔叔和杜公子的对话的；上菜了，我没看见钱叔叔，四处找他。二哥说他应该在北厢房里，我便去那里找他，正好听到——

钱叔叔说：“我儿子才二十一岁，他的生活还没开始就结束了，就因为这句话。”他的声音听上去又丧气又麻木，是冰冷的：“这句话满大街的人都在说，都没有事，可我儿子却因此丢掉了性命。我看见他躺在地上，眼睛睁得大大的，一只手伸在半空中，像在等我去拉他起来。我去拉他，他的手冰凉冰凉的。我大声喊他：‘东东，你怎么啦，起来跟我回家吧。’他一动不动，连流出来的血都凝固了，结冰了。他死了。我儿子死了。我无法接受，希望杜公子帮帮我。”

杜公子说：“我怎么帮你？”

钱叔叔说：“这是任何一个父亲都无法接受的。”

杜公子说：“是，这我知道，哪个父亲都接受不了。可我不知道你跟我说这些是什么意思。”

钱叔叔说：“我要给儿子报仇。”不等杜公子发话，钱叔叔又说：“我要杀了他！”

杜公子说：“那你怎么来找我？”

钱叔叔说：“我没人可以找，我一直在金融界混，身边没有这种人。”

杜公子听了，明显是生气了：“难道我是这种人吗？你听谁说的？杀人放火的事我从来不干的。”

钱叔叔说：“我知道。”

杜公子说：“既然知道怎么还来找我？”

钱叔叔说：“只有你才找得到这样的人，帮帮我吧，我给钱，要多少钱我都给。”

杜公子说：“钱？你认为谁会为钱去卖命？现在谁敢去找鬼佬的麻烦，躲都来不及！老兄，我很同情你，但我告诉你，没有人会为钱去杀一个日本人的，现在，除非你自己去。”

谈话到此结束，钱叔叔很扫兴，最后连饭都没吃就匆匆走了。这事本来跟我们家毫无关系，八竿子打不着，谁想得到，后来竟像变戏法似的，七变八变，变成了给我家招来灭门大难的祸水。要不是罗叔叔曲里拐弯地把我赶出家门，我也必死无疑。

03

那天罗叔叔是最后一个走的，因为我父亲留下他说了点事，其实说的就是给我找对象的事。他走的时候已经九点多钟，夜深了，演戏的人都走了，看戏的人也走了，热闹的冯公馆一下安静了。我在天井里帮徐娘和小燕收拾东西，罗叔叔和父亲、母亲几人从父亲办公室出来。罗叔叔看到我，把我叫过去，表情暧昧地说："嗯，确实是长大了，完全是个大姑娘了嘛，今年是二十几了？"妈妈跟过来说："二十一了。"罗叔叔的口气更神秘："看来我是该履行责任了。"我以为他说的是让我去他那儿工作，说："我才不当记者呢。"罗叔叔笑道："谁让你当记者？工作的事我就不管了，让你爸爸管吧，他在上海有那么多关系，肯定会管得比我好。"我问："那你要管我什么？"罗叔叔看看我父母，母亲接住话头，对我说："罗叔叔要替你介绍对象。"罗叔叔说："关键是老天给你派了个人来，我上个月刚认识，从美国留学回来的，会写诗写小说，非常有才气，家里也不错，父母亲都是大学教授，仪表也是堂堂的。怎么样，有兴趣吗？"我拉下脸，说："没兴趣。"罗叔叔说："你见了就会有兴趣的。"我说："我才不见，我不需要。"父亲笑了笑，饶有兴致地说："你不需要，我们需要啊。男大当婚，女大当嫁，天经地义的事。"我马上想到他们把罗叔叔留下来是在谈这事，顿时火冒三丈，掉头离去。

我不知他们是怎么想的，也许他们把我的这种强硬态度理解为不好意思。第二天，罗叔叔带着那位仪表堂堂的"高才生"上门来见我，我死活不肯下楼，父亲上来请我也不领情，让他们非常生气。等那人走后，父亲对我大发一通火，我一气之下，把我和高宽恋爱的事情一五一十跟他们亮出来；高宽的照片、信，都翻出来给他们看。我哭哭啼啼地告诉他们，我跟高宽是怎么恋爱的，我们曾经有多么好，好了有多长时间，现在又为什么分了手。但分手的原因我是胡编的，我说："我把我被鬼子强暴的事跟他说了，他接受不了，就跟我分了手。"我说得有鼻子有眼，有时间、有地方，地方就是双鱼咖啡馆，时间就是那一天。我父母亲完全相信了，因为这是我这几个月来唯一的出门，他们都记得这事。我这么说的目的是要他们别管我这闲事，因为管不了，没人会娶我这个“烂柿子”的，死了心吧。

但我父母没有死心，他们背着我让阿牛哥去找高宽，他们想同高宽私下谈一谈，争取改变他。我后来知道，当时高宽已经接到命令要去重庆，阿牛哥找到他时他正在准备行装，很忙碌，没时间接待他；加上一听是我父亲要见他，一股恶气涌上心头，态度很恶劣，说：“堂堂的冯大人要见我干什么，我又不是什么富家子弟，他的女儿我高攀不上。”高宽以为我嫁给富家子弟一事是真的，父亲听这“回音”，以为真是他把我抛弃了。很奇怪，那段时间，我违心撒的每一个谎言都能成真，无人能识破，这就是命。

高宽，一个有见识的知识分子，一个曾经深深爱我的人，都无法接受现在的我，要忍痛割爱，要分道扬镳，更何况那些未来的萍水相逢者？这是最简单不过的推理。所以，我的现状、我的婚姻，让我父母亲伤透了心，绝望了。为了确保我未来的婚姻，他们绞尽脑汁，用尽心机，另辟蹊径。很快，他们安排我出国去旅游，不可思议又不言而喻的是，给我安排了一个陪客——阿牛哥。陪我出国旅游是假，创造机会让我们培养感情是真。他们怕我嫁不出去，想让阿牛来收购我这个“废品”！

这无异于我养了几个月的伤口又被扒开了，并且撒了一把盐。我欲哭无泪，既没有争辩，也没有伤心，是一种心痛极了、失去反抗的麻木和冷漠。我可以想象，待在这个家里我的伤口将不断被人以关心和爱的名义打开，因而永远不可能愈合。与其留下来受煎熬，不如一走了之。这天晚上，我下定决心要离开这个家。我写了好几份留言，有的很长，都撕了，最后只留下一句话：

爸爸，妈妈，大哥，大嫂，二哥，小弟，我走了，你们不要找我，权当我死了。

我走了。

像一只迷途的鸟永远飞出了巢。

04

当一个人真心要躲起来，别人是很难找到的。我连夜离开上海，坐车，又坐船，第二天傍晚才到达目的地：一个跟我家里从来没有来往过的女同学家里。这里离上海市区有四五十公里，没有汽车，没有邮局，没有警察，只有水牛、桑树、竹林、池塘、鸡啼、鸟鸣。同学的父母都是养蚕的桑农，我每天在鸟叫声中起床，吃过早饭出门，和同学一起去桑园摘桑叶，下午去河里摸螺蛳、网鱼，晚上天一黑就上床睡觉。新的生活方式让我变成一个新人，没有过去的荣华富贵，也没有过去生不如死的苦痛。我在用疲倦和粗糙的生活抹平痛苦，只有晚上失眠时，痛苦才会重新造访我。不过总的来说，我对现状是满意的，如果允许，我愿意就这么一直活下去，直到老死。

这当然是不可能的，我偷跑出来，身上没带多少钱，同学家靠养蚕谋生，生活十分拮据。同学有两个哥哥，原来都在军队里，大哥还当了团长，每月给家里寄钱，在村里算是有钱人家。可是大哥去年在南京保卫战中牺牲了；二哥的部队在浙江被打散，至今生死不明。我怎么好意思寄住在这么一个被悲伤的阴影日夜笼罩的农家中？待了不到一个月，我悄悄溜回城里，寻找新的出路。我找到另一个同学，是小学同学，她是个犹太人，父母在教会工作。我想去当修女，希望他们帮我联系。他们答应帮忙，让我回家等消息。我又回到乡下同学家里，不到半个月，犹太同学通知我去南京拉贝先生办的女子教会学校读书。这是我当时最向往的一条出路，看到通知书后，我激动得哭了。

乡下同学一直不知道我出了什么问题，她曾多次问过我，我都敷衍过去。小痛才会叫，痛到极限时是无声的、麻木的，对谁都不想说，因为没有谁可以为你分担减痛。现在的我更相信，人不过是一根会思考的芦苇而已，很渺小，很脆弱，因为人世太复杂、太冷酷、太残忍。我到最后分手也没有跟她说明真相，真的不想说。我了解自己，我不需要安慰，我要行动，要去过一种崭新的生活——没有生活的生活。

第二天，我告别同学，出发去南京。我要去拥抱另一个世界，但是这个世界又残酷地把我留下了。我提着少有的行李，随着拥挤的人流走进月台，一个警察突然把我叫住："你，站住。"我只好站住。

"你去哪里？"

"南京。"

"票，拿出来我看看。"

我递上票，让他看。就在这时，我无意中看到柱子上的通缉令，惊呆了。警察看完票还给我，让我走，可我像是被钉在地上，动弹不了。

警察发现我在看通缉令，顿时变得严肃地责问我："怎么，你认识他？"

我当然认识，他是我二哥！

下面的事是后来二哥告诉我的：

那天，是二哥介绍钱叔叔和杜公子认识的，两人交谈后心里都有气：钱叔叔愿望落空，心情郁闷，当即走了；杜公子也心气不顺，找到二哥发牢骚。二哥问怎么回事，杜公子说："他让我去杀人，杀鬼佬，神经病！"二哥详细了解情况后心里暗喜，他那时正处在疯狂杀鬼佬的热情中，有人愿意出钱要一个鬼佬的人头，正中他下怀。

当晚，二哥便登门造访钱叔叔，把"生意"揽下来。

跟踪几天后，二哥把打死东东的那个日本佬的情况已摸得很清楚：他五十岁，是日本某新闻社驻中国记者，住在闸北区胡湾路上的一个院子里，每天上午很少出门，晚上经常很迟回家，有时也睡在外面。他有个固定情人，是个唱昆剧的小戏子，住在大世界公园附近的一条弄堂里。他虽然身上有枪，但身边没有任何随从，似乎很好下手。一天晚上，二哥把自己扮成车夫，拉一辆黄包车，守在戏子楼下。只有他一辆车，鬼佬从楼里出来，别无选择地上了他的车。二哥拉着他，轻而易举送他去见了阎王爷。

二哥啊，疯狂的二哥，你太大意了！你不想想，一个记者身上有枪，且敢当街打死人，说明他绝不是一般的记者。确实，他不是一般人，他是有后台的：他的同胞兄弟山岛鸠晶，是当时上海宪兵司令部的第三号人物。

山岛怎么会让自己的哥哥死得不明不白？他发动宪兵队开始进行兴师动众的全城大搜捕。于是，一条条线索被梳理出来，最后自然理到钱叔叔头上。钱叔叔被鬼子带回去行刑逼供，一天下来皮开肉绽，倒是没开口，为了保护二哥。可到了晚上，鬼子把钱叔叔两个女儿又弄进来审，还威胁钱叔叔，如果天亮前不把人交出来，就要处死他的两个女儿，逼得他精神崩溃，供出了二哥。宪兵队押着钱叔叔连夜闯到我家抓二哥，结果因为抓不到人恼羞成怒，大开杀戒，最后连猫狗都不放过，见人就杀，见活物就灭。唯有阿牛哥和二哥，那天正好被父亲派去外地找我，没在家，侥幸躲过一劫。

是我救了他俩，也可以说是我毁了这个家！我后来经常想，如果鬼子那天在家里抓到二哥，会不会就手下留情，饶过这一家子人呢？进一步想，如果我没有离家出走，鬼子当天很可能抓到二哥，我的家也可能不会就这么被毁了。我恨死自己了！

灾难让我走出困境。

我决定要好好活下去，为我父母而活，为他们报仇。我血液里流的是冯八金的血，该不是个胆小怕死鬼的血吧。第一件事，我要找到二哥。我不知道他在哪里，但我想吴丽丽可能会知道，便去找她。丽丽姐的男人在上海是有家室的，军统工作又秘密，去会她的机会其实很少，大部分时间她是一个人，很无聊，便经常邀母亲和二嫂去打牌。上海沦陷前我陪母亲去过多次，一栋黄色的独门独户的小别墅，有一个用人叫何嫂，我也认识。那天我敲了好长时间的门，何嫂才来给我开门，开了门又不想让我进去，说丽丽姐不在家。我问她在哪里，何嫂说她已经几天没回家了。我注意到，何嫂神情紧张，说话语无伦次，便不管她阻拦，硬推开门闯进去。

屋里很乱，楼上的家具都堆在楼下，要搬家的样子。我问："怎么回事？要搬家吗？"何嫂说："是的。"我问："搬去哪里？"她说不知道。我预感是出事了，问她："出什么事了？"她说："我也不知道，反正小姐已经三天没回家了。"我问："陈先生呢？"我问的是丽丽的男人。何嫂说："先生今天上午来过一回，说这儿已经被鬼子盯上，让我赶紧整理这些东西，准备搬家。”我沉吟一下，问她有没有见过我二哥，她说十几天前见过，最近没见过。我问她：“你知不知道我家的事情？”她说：“咋不知道？出事后二少爷就躲在这儿，天天哭呢，天杀的鬼子！”我问她知不知道现在二哥躲在哪里，她不知道，说：“满大街都贴着他的头像，我想他应该不在城里。”会在哪里？我看见电话机，决定给罗叔叔打个电话问一问。

罗叔叔一听见我的声音非常震惊，问我在哪里。听说我在吴丽丽这儿，他在电话那边不禁叫起来：“天哪，你怎么在那儿，马上离开，不要让任何人看见你在那里，快走，越快越好。”我小声说：“已经有人看见了。”他说：“不管是谁，一定要堵住他的嘴！”他给我一个地方，让我速去那里。我挂了电话，联想到何嫂刚才说的情况，我猜测现在这儿可能已成了是非之地，便吩咐何嫂：“不要跟先生说我来过这里，跟任何人都不要说。鬼子都以为我死了，谁要知道我还活着，万一被鬼子盘问起来，对你反而是多一件事。”何嫂说：“你放心，我不会跟任何人说的。我知道你家一向对吴小姐好，我不会伤害你的，老天保佑你平平安安。”说着流了泪。她这话、这样子让我怀疑，丽丽姐已经出事，肇事者可能就是她男人——陈录。

05

我赶到罗叔叔指定的地方后，一个小老头拉着黄包车上来跟我搭话，确认我身份后，他让我上车。车子走了又走，从城里走到乡下，沿着黄浦江一直顺流而下，不知道要去哪里。原来罗叔叔已经安排二哥这天晚上离开上海，我算出现得及时，否则不知什么时候才能见到他。

几个小时后，在江边的一个阴冷潮湿的涵洞里，我见到了比父亲还要苍老的二哥——见到之初，我以为他是父亲！从见到我开始，不管我问什么、说什么，二哥都没有跟我说一句话。他不但老了，还傻了。悲痛和饥饿让他变成了废物，变成了哑巴，变成了一个傻瓜。他已在这个鬼地方躲藏了三天，一直在等机会离开，今天晚上终于有一艘船要给鬼子去嘉兴运粮食，船老大姓赵，与罗叔叔是同一个村的，交情笃深。他妻子姓郭，是个大胖子，比赵叔叔要大半个人。后来赵叔叔和郭阿姨都去了南京，郭阿姨代号老P，就是香春馆里的那个老板娘。赵叔叔代号老G，一直跟着我和高宽，名义上是我家管家，实际上是电台报务员，同时兼管高宽的安全，高宽外出执行任务时一般都带着他。别看赵叔叔个子小，力气可大呢，扛着两百斤一袋的大米上船，如履平川，面不改色，大概是经常撑船锻炼出来的。

当天晚上，我和二哥一起跟赵叔叔的船离开了上海，这个伤心之地！我以前从没有见二哥流过泪，可这一路上他都在流泪，无声地流泪，常常泪流满面，睡着时也在流。最后泪水变成了黄水，有一股脓臭味，显然是泪水灼伤了眼睛。等我们下船时，他双眼已经肿得像噘起的嘴巴，眼皮子红红的、鼓鼓的，眼眶只剩下一条线，根本睁不开眼——这下子，他不但成了哑巴，还是个瞎子，走路都要人搀扶。

赵叔叔把我们安排在嘉兴码头附近的一个农户家里，主人家的老爷子懂一点儿中医，给二哥熬鱼腥草的水喝，又用艾草灸脚踝上的两个穴位，两天下来，眼睛的肿总算消下去。第三天，有只小木船来接我们，上船后我发现竟是阿牛哥！原来阿牛哥把我父母的尸骨带回老家安葬了，然后一直躲在乡下。罗叔叔想把我们送回乡下老家去避难，又怕鬼子去过村里，有埋伏，所以先回去侦察一番，结果遇到阿牛哥，当然就安排他来接我们。罗叔叔真是我们的福星，我们三个天各一方的人，就这样又有幸相聚在一起。

二哥见了阿牛哥后，号啕大哭一场，这才开始张口说话。在回家的路上，二哥断断续续地向我和阿牛哥讲述了他干的傻事——帮钱叔叔杀人得赏，和这一个月来东躲西藏的经历。这段经历里，吴丽丽和她男人陈录扮演了重要角色。高宽牺牲后组织上让二哥接任老A工作前，要求他对这段“历史”有个交代，为此他专门写过一个材料：

> 我家被鬼子满门抄斩后，我没地方藏身，就去找了吴丽丽。当时陈录不在上海，说是在浙江，很少回来，吴就把我留在她屋里。但事实上陈根本没离开上海，之所以这么骗吴，是因为她老嫌他来看她的时间少，缠得他心烦，才撒谎说走了。我待到第三天，陈得到口风，说我跟吴住在一起，当天夜里就闯来捉奸。我越窗而逃。看我逃跑后，他当作什么事也没发生，没有对吴提我。吴以为他不知情。其实陈是老军统，哪里骗得了他？我毕竟是匆忙逃走的，在房间里留下很多破绽，陈心里明白我刚逃走，他之所以不提我，是为了稳住吴，好寻找下一个机会。我曾经以为，陈即使知道我和吴的关系也不至于对吴起杀心，因为他早想把吴甩掉。谁想到他已经暗中和鬼子勾搭上。他抓我哪里是捉奸，就是为了讨好鬼子，好去找鬼子领赏。
>
> 我离开吴后，本想马上离开上海，但两个原因促使我留下来：一个是我恰巧在街上遇到一个以前我帮过的人，他正好在吴丽丽家附近开了家客栈，并且保证一定会保护好我；

另一个是，当时大街上已经四处贴了抓捕我的通缉令，我想到小妹点点肯定就在城里，也许会看到这个东西，然后一定会去找吴丽丽了解家里情况。小妹是我唯一在世的亲人，我不能抛下她不管，这么一想，我决定等一等再说。我住下来后，让客栈老板给吴丽丽捎信去，这样万一小妹去找她时才找得到我。

吴丽丽是个不大有心计的人，她以为陈录真的什么都不知道，知道我住在哪里后经常抽空来看我，给我送吃的、用的：我的枪都还在她家里呢。哪想到，陈录已经把吴丽丽的用人何嫂收买，吴经常外出，老往一个方向走，让何嫂觉得异常，向陈汇报了。陈便派人跟踪吴丽丽，几次跟下来，我的情况全被摸清。一天晚上，吴丽丽来得比平常晚，而且是空手来的，没给我带吃的。我说："你既然来，就该给我带点吃的，我还饿着肚子呢。"她说今天陈带她出去应酬了。我说："那你可以不来。"那天我情绪不好，说话很冲，我们闹了点不愉快，把她气走了。可想到我还没吃晚饭，她出去后又给我买了东西回来，让我很感动。她说："我就知道你这德行，坐牢了还要人服侍，我是前辈子欠你的。"我说："行了，别做怨妇了，麻烦不了你几天了。"

我想小妹可能已经离开上海，我也不能老是这么等下去。我说我准备走了……就这时，我突然神经质地感觉到外面好像有动静，停下来侧耳听，又打开窗户看，末了又让她出去看看。

她出去了，我把身上和枕头下的枪都取出来，警惕着。不一会儿，她在外面喊："二虎，快跑！"我刚跑到门口，她又喊："快跳窗跑，敌人来抓你了！"她话音未落，一个

“鬼子”不知从哪儿蹿出来，举着枪冲进我房间。我率先开枪，打死了他。紧接着，一伙“鬼子”迅速从楼梯上冲上来。丽丽冲进屋，关住房门，对我喊：“快跳窗跑！”我让她一起走，她说敌人是来抓我的，她没事……话没说完，外面枪声大作，门被射穿，丽丽中了弹。负伤的丽丽死死顶住门，为我争取了十几秒钟，我才得以跳窗逃走。吴丽丽就这样死了，那些人都穿着鬼子的制服，其实是陈录的手下，那个被我打死的人我认识的……

陈录借鬼子的名义杀人，是够狠毒的，但后来这事恰好被我利用。我到重庆后，把假鬼子说成真鬼子，这样陈录便有勾结鬼子的证据，直接导致他最后没有当成上海军统站站长。这是他觊觎已久的位置，之前也已经代理多时，按理是板上钉钉的事，没想到被人夺走。到手的鸭子飞了，他一气之下投靠了李士群，身败名裂，引来杀身之祸。

这是一九三九年冬天的事，戴笠下令，要不惜代价铲除叛徒陈录。那时我已被陈录亲自“发展”为军统，正在重庆歌乐山上接受培训。为博得军统信任，我主动请缨，趁机潜回上海，家仇国恨一起报。我也因此博得戴笠信任，被他调到身边工作。

第四章

01

话说回来，还是一九三八年春天，我和二哥、阿牛哥一起回到乡下老家，那是浙江德清县的一个叫冯家门口的古老山村。这里距著名的风景名山莫干山，只有二十公里，属于丘陵地貌，青山绵延起伏，平原迤逦铺展。正是阳春三月之际，山上山下到处是油菜油汪汪流泻的翠绿，蓬蓬勃勃地显露出春天盎然的生机。冯家门口是个大村庄，一片片白墙黑瓦的村庄横逸在青山与平原的连接处，仿佛一抹陈年的旧梦嵌在新春的瞳眸里。一条清澈的小河绕着村庄而过，流水潺潺。一株大皂角树屹立在村头，枝繁叶茂，如伞如盖。我和二哥都是农民打扮，阿牛哥更是了，走在这样的乡间土路上，一点儿也不引人注目。阿牛哥站在路边的大皂角树下，翘首望着眼前的村庄，对我说："小妹，到家了，我们到家了。"

我已经累得不行，听了这话一下子坐在地上，说："再不到的话，我看我也到不了啦。累死了，上次回来没感觉有这么远啊。"阿牛哥说："那当然，你坐在轿子上就是睡一觉的工夫。你上次是什么时候回来的？"我说："三年前，父亲带我们回来祭祖。"二哥本来还有兴致听我们说，听到"父亲"一词顿时变得萎靡下来，一个人走开去，走到树背后。他默默站立一会儿，忽然跪在地上，对着远处的青山又哭又诉：“爹、妈、冯家的列祖列宗、家乡的父老乡亲，我冯二虎对不起你们啊。”

阿牛哥拉起二哥，说：“走吧，要哭这不是地方，我带你去一个地方。”

阿牛哥带我们绕过村庄，走过一座木桥，钻进一个山坞里。在山坞里走了约两里路，眼前顿时开朗起来。正是夕阳西下，视线极远，我看到山坞尽头，一个半山坡上，有一大片新土，新土处有一片灵幡在随风飘扬。走近了，才发现，这是一片新坟，其中有两座特别大，肩并着肩，那是我父母的坟……原来，阿牛哥这么多天来就在忙这事：让死者入土为安！

阿牛哥告诉我们，他是第二天中午回到城里的，从四桥码头上的岸。这个码头原来是我们家的，那些在码头上拉生意的车夫都认识他。“我刚上岸，他们中就有人告诉我家里出了事。”阿牛哥说，“我赶回家看，果然如此，鬼子已经把房子封了，门前坐着两个人，没有穿制服，也不带枪。我估计是维持会的人，鬼子临时安排他们看门，守屋。我从后花园溜进去，进屋就闻到一股呛人的血腥味。我顺着那气味找过去，最后在天井发现大片血迹。鬼子就在那儿杀的人，集中在那儿杀。那个血啊，流得满地都是，几乎每一块石板上都沾满了血。因为太多了，虽然过了那么长时间，有些地方血还没有干，摸上去黏手，血糊糊的。我不知道以后能不能找到他们的尸体，就找来几块毛巾，把能吸的血都吸了，心想这样即使以后找不到他们的尸体，也可以给他们葬个衣冠冢。这么想着我又去每个人房间，各收了他们一套衣服。本来我想尽量收一些值钱的东西，但鬼子很快进来了，我只好匆匆忙忙撬开冯叔的办公桌，拿走了两只金元宝和一把手枪。”

我当场向阿牛哥要了这把手枪，不仅因为这是父亲的遗物，我是要以此表明，今后我要为父母报仇。

阿牛哥给我手枪后接着说：“接下来我开始找他们的尸体。我问遍了街坊邻居，包括街上收马桶的、卖豆浆的、补鞋的，凡是平时在那一带出入的人，我都找上门去问。终于问到一个人，他给我提供一个人，说那天是他拉走的尸体，他就是我家后面那条街上拉马车的苏北人。我找到他，求他，好话说尽，他就是不承认，死活不承认。后来我火了，把一只金元宝和手枪一起拍在他面前，让他选。他还是怕死，选了金元宝，告诉我一个地方，竟然就是我家那个被废弃的货运码头。我去了码头就知道，他开始为什么不敢承认，因为他黑心哪，他根本没有安葬尸体，只把他们丢在垃圾堆里！”

除了没有发现小马驹，其他人都在，包括家里的工人，还有两只狗，总共十七具尸体。后来阿牛哥把他们运回老家，在这青山之中，这片向阳的山坡上，把他们都安葬了。他没有请任何人，每一座墓穴都是他一锹锹挖出来的。

听了阿牛哥说的，二哥和我都感动得跪在他面前。人死了，入土为安，这是比天大的事！阿牛哥啊，你对我们的恩情比天还要大啊！我们哭着，磕着头，感谢阿牛哥的大恩大德。阿牛哥又惊又气，一手拎一个，把我们俩拖到父母坟前，骂我们：“这才是你们要跪的地方！”说着自己也跪下，对着我父母的坟号啕，“冯叔啊，冯婶啊，你们看，我给你们带谁来了，是二虎和点点，他们都好好的，冯家还有后代，以后每年都有人来给你们扫墓，你们就安息吧。”我们也跟着号啕大哭，哭声回荡在山坞里，把林间的鸟都吓飞了。

02

二哥一跪不起，一直跪了三天两夜，直到昏迷过去。

阿牛哥把他背回家里，养了几天，二哥恢复了身体，还是上了山，他在父母坟前搭了个草棚子，除了下山吃饭外，其他时间都待在山上，白天黑夜守着坟。坟地长出的新草绿了，花开了，我们一次次劝他下山，他就是不听。他经常说一句话："他们都是我害死的，我无脸再活着，活着就是为了陪他们。"

一天早晨，山上来了一位七十多岁的老汉，坐在二哥棚子前，无精打采地吧嗒着旱烟，自顾自说起来："冯八斤有今天，我三十年前就料到了，他杀的人太多，结的冤太深。虽然后来他想回头，用金盆洗手，用金子修庙，给村里建了功德祠，做了一些善事，但终究是在阳间行的凶太多，在阴间留下太多要找他算账的小鬼。一个小鬼法力不够，治不了他，但多个小鬼聚在一起，大鬼也要听他们的。这不，发作了吧，这么多坟就有这么多条命，都是用来给他还债的。我看你已经在山上待了这么长时间了，我知道你是在守陵行孝，可我要劝你下山。听我的，小伙子，下山吧，为什么？因为你日日在这里做孝，那些小鬼都看见的，你不怕这些小鬼也来缠你？"

二哥说："就让他们来缠好了，反正我也不想活了。"

老汉说："这么说你不是八斤的儿子。"

二哥说："我就是他儿子，是老二。"

老汉说："既是他的儿子，你就不该说这话。八斤是条血性汉子，你这样子哪有什么血性，猪狗都不如。"说罢他走了，走远了又丢给二哥一句话："与其在这里被小鬼缠死，不如回城里去报杀父之仇。”

就在这天晚上，二哥下了山，向我和阿牛哥讲起遇见老汉的经过。虽然他对老汉的长相描述得有鼻子有眼睛，但阿牛哥问遍村里所有老人，都不知道这个人。我们甚至去邻村找也没找着。我一直以为，二哥可能是做了个梦，把梦当真了。不管是不是梦，二哥确实从此变了，他振作起来，开始酝酿回城里去报仇。

这也是我和阿牛哥当时的想法。在二哥蹲守父母坟前的那些日子，我天天都跟阿牛哥在学习打枪。家里有几杆猎枪，我迷上了它们，天天上山去打猎，苦练枪法。阿牛哥自己也在练，他本来枪法就很好，练了以后就更好了。山上有野兔和山鸡，很难打的，我经常一天都打不到一只，而阿牛哥总是满载而归。每次提着野物下山，阿牛哥总是会说：“这些尸首要是鬼子就好了。”我们已经在心里杀了无数个鬼子！我们已商量好，不管二哥怎么想，我们一定要回城里去杀鬼子报仇。二哥加进来后，我们更加来了劲。

一天晚上，二哥把我和阿牛哥都从床上叫起来，说他做了一个梦，父亲在梦中告诉他，家里藏了一箱宝贝，让他去找。我不相信，怎么可能呢？父亲已经出去三十多年，爷爷去世后家里的房子空了也有好几年，父亲怎么会在这里藏宝贝？我们在上海有那么大的房子、院子，哪里不能藏，要藏到乡下来？

二哥说：“你不了解父亲，为什么父亲经常要我们回来祭祖？这里才是我们的根。”他宁愿相信梦，也不相信我的理性分析。没办法，我们只好陪他找。找了三天，一无所获，我和阿牛哥都懒得找了，只有二哥不放弃，整天在房子里转来转去，东敲西敲，像个捣蛋鬼。一天深夜，我听见他在后院的猪圈里敲，声音很大，我下楼想去阻止他，结果看到一堆金灿灿的金元宝和金条。

是砌在猪圈的石墙里面的！总共有九只金元宝、十根金条、一块金砖。这真是天大的喜事啊，我们正愁没钱去买武器，谁想到父亲早给我们准备好了。二哥拿起一只金元宝，痴痴地端详一会儿，突然对着金元宝叫了一声爹，说：“爹，当年你被恶人逼上绝路，靠自己打的刀子斧头去闯江湖，今天那些玩意儿顶不了用，我要靠这些玩意儿去换最先进的武器。”

二哥决定去上海买一批枪弹，拉一伙人马，组织一支铲鬼队。第一个队员就是我，我领受了我们铲鬼队的第一项任务：进城去找杜公子买枪弹。要不是罗叔叔及时来看望我们，真不知我会有什么下场。事后我们才知道，杜公子那时已经在替鬼子偷偷做事情，我若去找他买枪弹，无异于飞蛾扑火。

03

罗总编穿着乡下人的土布衣裳，挎着一只布袋，几乎就在我出门前一刻钟出现在我们面前。他看我整装待发的样子，问我要去哪里。我说上海。他又问去上海干吗？这问那问，我们说了实话。他听了十分愕然，问：“这是谁的主意？二虎，是不是你的？”二哥承认了。罗叔叔很生气，严肃地批评了他一通，然后开导他说：“二虎，你的心情我可以理解，但做法我绝不赞同。三十多年前你父亲可以拉一支人马去闯他的世界，但如今时代变了，你要闯的江湖也变了，鬼子有庞大的组织，武器精良，人员众多，你拉的队伍再大也是杯水车薪。”

二哥说：“你的意思就是让我们忍着，可我们忍无可忍啊！”

罗叔说："你可以换一种方式来复仇。"

二哥问："什么方式？"

罗叔说："革命，参加革命。"

二哥问："怎么革命？跟谁革命？"

罗叔叔其实是有备而来的，他从衣服的夹层里抽出一面红色旗帜，认真地铺展在桌上，对我们一字一顿地说："跟着它！"这是一面中国工农红军军旗，但二哥哪里认识，问："这是什么？"罗叔叔笑了："你连这都不知道，这说明我的宣传工作没做好。这是中国工农红军的军旗，也是中国共产党的党旗。"

"罗叔叔，你是共产党吗？"我们都问。

"是的，我是中国共产党的地下组织成员。"罗叔叔第一次对我们公开他的秘密身份。

尽管家里早有这种猜测：罗叔叔是共产党，但是真的被他本人这么活脱脱证实在眼前时，我们还是备感震惊。事情来得太突然，我们没有表态，而罗叔叔心里似乎有的是说服我们的底气。这件事就像一个急于想出嫁的姑娘遇到了求爱者，结局是笃定的。就这样，当天下午，我们进了山，去了墓地，当着父母亲的英灵，举行了庄严的入党仪式。最后，罗叔叔对我们说："从今后我们就是一条战壕里的战友，战友情比兄弟情还要深，贵就贵在今后我们要生死与共，志同道合，为一个主义——英特纳雄耐尔——同奋斗，共命运。来，现在我们一起把手放在一起，你们跟着我说，共产党万岁！中国万岁！日寇必败！中国必胜！"

我清晰记得，这一天是一九三八年六月二十日。

一个月后，我们三人先后回到上海，参加了第一次党组织活动——长江七组的成立仪式。会议是在赵叔叔的轮船上开的，有罗叔叔、赵叔叔、郭阿姨、我们兄妹三人，另有罗叔叔的司机，共七人。今后我们就是一个小组，罗叔叔是组长，赵叔叔和二哥是副组长。在这个会上，二哥把他从老家猪圈里挖出来的宝贝：九只金元宝、十根金条和一块金砖，作为党费交给了组织。罗叔叔问我和阿牛哥的意见，我们也表示同意后，罗叔叔拿出一只金元宝，对我说："这一只你留着，是你父亲给你的嫁妆。"我不要。罗叔叔和大家都执意要我收下，我就收下了。然后罗叔叔又拿出两根金条交代二哥，让他去开办一个公司。二哥继承了父亲做生意的天赋，以后就靠这两根金条启动生意，当了大老板。

阿牛哥留在船上，做了赵叔叔的帮工。我呢，罗叔叔把我安排去了一所中学当老师。我们基本上隔十天聚一下。再次见面时，我和二哥、阿牛哥都没有一下互相认出来，因为我们都是全新的身份、异样的穿着：阿牛哥是船夫的打扮，赤膊，折腰长短裤，一块脏毛巾搭在肩头，像煞一个船工；二哥蓄了胡髭，人中一字胡，西装革履，扎领带，戴着金戒指，俨然一个阔老板；我扎一根独辫，穿着蓝印花布斜襟衫，朴素的样子像个刚进城的乡村姑娘。这次见面，给我留下最深印象的是，二哥给阿牛哥搞来了一支英国人造的小口径步枪，据说射程有五六百米远。过了一个多月，二哥又带来了一支长枪，这是一支改造过的狙击步枪，德国出产的，配有望远镜。就在这次会上，罗叔叔第一次给阿牛哥下达任务——暗杀二哥曾经的好友杜公子！

04

杜公子确实该死！他居然公开投靠日本人，当了中日友邦会会长。这是一个挂羊头卖狗肉的货色，名为友邦，实际上是日本特务机构，专门在民间收集抗日力量的情报，是笑里藏刀的下三烂角色。但二哥不知是为什么，也许是因为跟杜公子故有的交情，不同意罗叔叔这个决定。他说：“都是出手，与其杀他不如杀一个鬼子。”罗叔叔说：“鬼子那么多杀哪一个？”二哥说：“宪兵队哪个头目都可以。”罗叔叔说：“鬼子的头目不是那么好杀的，出门有汽车，下车有护卫。这是阿牛第一次行动，不要挑难的，先拣个好上手的活为好，以后可以增加信心。”二哥说：“那么让阿牛说说看，杀谁容易，我敢说阿牛一定会觉得还是去我家杀鬼子容易。”罗叔叔笑了：“你呀，还是想搞个人复仇。”二哥说：“不是的。”罗叔叔依然面带笑容，说：“莫非是跟杜公子的交情在起作用？”二哥说：“这怎么可能？”罗叔叔说：“确实，不能念旧情。你是最知道的，什么杜公子，他本姓李，为了攀附杜家势力才自称杜公子，今天又攀附鬼佬，这种人是最没有骨头的，有奶便是娘，最该死。你今后在感情上一定要跟他一刀两断，视他为敌人。”二哥说：“这我知道，我心里早跟他绝交了。知人知面不知心，他妈的，我真是瞎了眼，跟他交了朋友。”罗叔叔说：“嗯，你怎么冒粗口了，你现在是大老板，要学着点文明礼貌。”二哥打了自己一个嘴巴，认真地从身上摸出一根缠了红丝线的牛皮筋，套在手腕上，说：“我晚上回去罚跪半个小时。”

这根牛皮筋是我给他准备的。我还给他准备了一个心字形胸佩，里面夹着父母亲的头像。为了改掉他的坏脾气和鲁莽粗暴的行事作风，我跟二哥约定，只要他犯一次错，比如说粗话、冲动发脾气、违反组织纪律等，他就在手腕上戴一根牛皮筋告诫自己，晚上回家要打开胸佩，对着父亲的照片罚跪。二哥后来真的变了一个人，就是从这么一点一滴做起，重新做人的。

二哥接着说：“不过我要申明一下，我反对去杀杜公子，或者说李走狗吧，可不是因为念旧情，而是我真的觉得去我家杀鬼子更容易，为什么？因为阿牛熟悉那儿的地形和机关，我家后院有个暗道，直通河道，我估计鬼子现在肯定还没有发觉这个暗道，阿牛从那儿进去、出来，绝对安全。”罗叔叔问阿牛：“你也这么想吗？”阿牛说是的。罗叔叔问他：“可是你想过了没有，你得手以后敌人会怎么想？谁知道暗道？他们住在里面都不知道，你凭什么知道？敌人因此马上会猜到，是你老二又回来了。”

这一下把二哥说服了。

罗叔叔接着说道：“为什么我说杀杜公子容易，因为他现在还没有防备被人杀的意识，经常一个人在外面窜来窜去，我们很容易掌握他的行踪，挑选一个绝杀的机会。”

确实如此，后来阿牛哥很顺利完成了任务，他躲在两百米外的一栋废弃居民楼上，把杜公子当街打死在东洋百货大楼前，神不知，鬼不觉。这是阿牛第一次出手，枪法神准，干脆利落，为他以后做一个出色的狙击手开了一个绝佳好头。在随后的半年多时间里，阿牛多次应命出击，任务有大有小，无一失手，每一次都出色、安全地完成了组织上交给的任务，让我们小组在党内声名大噪，据说重庆和延安都知道有我们这个小组。

做地下工作犹如潜于水中，有机会总想上岸喘口气。这年春节，我们是回乡下去过的。我们是四个人：我、二哥、阿牛哥和罗叔叔。

罗叔叔出事了，是感情出了问题，年轻的夫人离开了他，外面都认为是二人年纪相差太大的原因。其实不是的，是信仰的原因，她对共产党没有好感，以前罗叔叔一直对她瞒着自己的身份，后来不知怎么她知道了，接受不了。她没有这么高的政治觉悟，要求罗叔叔在她和信仰之间做选择，罗叔叔没有选择她，春节前两人正式分了手。这是一件非常痛苦的事情，所以我们叫罗叔叔跟我们一起回乡下过年，他也高兴地答应了。作为父亲的老朋友，我们对罗叔叔本来就有一份很深的感情，现在又是我们信仰的领路人、小组的领导，我们对他的感情更深了。就我个人而言，我后来心里一直把罗叔叔当作父亲看待：不是父亲，却胜似父亲。

我们到乡下的第二天是腊月二十八，正好是阿牛哥的生日。一大早，二哥在早饭桌上就嚷道："今天我们要好好给阿牛过个生日；一个是阿牛今天过的是二十四岁生日，二十四岁可是个大生日，第一个成年本命年啊；再一个嘛，这半年来阿牛屡立功劳，为我们小组争了光，也为我们家添了荣誉。阿牛，听说你的事迹已经上了延安的报纸，毛主席都知道了，了不得啊。"我用玉米粉花了一个下午给阿牛哥做了一份特大的金黄色大蛋糕，二哥把擦枪油涂在火柴棍上，做了二十四支假蜡烛，让阿牛哥隆重地许了一个愿。我问他许了一个什么愿，罗叔叔让他别说。

"说了就不灵了。"罗叔叔说。

"来年多杀鬼子。"阿牛哥还是对我说了。

无酒不成席。我们找乡亲去买了一坛他们自制的番芋烧酒，酒过三巡，大家都有些兴奋，互相敬来敬去，敬出了好多平时不便说的话。比如我，就在这天晚上认了罗叔叔当干爹。罗叔叔说："要做我女儿，要先敬酒，敬三杯。"之前我已经喝了不少，加上这三杯，就醉了，失态了，哭个不停，一边哭一边把自己不幸被鬼子强暴的事也说了，完全失控了。第二天我当然很后悔，但事后看说了其实也有好处，我和罗叔叔的感情更深了，我对他可以毫无保留地倾吐衷肠，而他更像父亲一样地待我了。以后，我在私下场合都叫罗叔叔为干爹，他也乐于让我这么叫他。

年三十那天下午，我们一行四人进山去上坟，带去很多吃的、用的。当天晚上，我们早早吃了年夜饭，因为二哥和阿牛哥执意要通宵陪父母去守岁。我也想去，但天太冷，他们怕我身体吃不消，不同意，让干爹在家里陪我。我们送他们进山，回来的路上，我与干爹说了好多知心话。回到家天已经很黑，我们便各自回房间睡觉了。

可我睡不着。

我从窗户里看见，楼下干爹的房间里透出灯光，知道他也还没睡，便下楼去找他。刚下楼，我看见干爹提着马灯立在天井的廊道上迎接我，见了我，远远地说道："我以为你已经睡了，突然听到楼板上有脚步声，以为是冯哥回来看我们了。"我说："干爹，你别吓我，我经常做梦看见他们还活着。"干爹问："你刚才做梦了？"我说："没有，我睡不着。"干爹说："本来就还早着，才九点多钟，要在城里这会儿我们都还在忙呢。"我说："干爹，和干妈分手一定让你很痛苦吧，你在想她吗？"干爹说："不谈她，大过年的，谈些开心事吧。"我说："我没有开心事。"他说："你这么年轻，要想得开，人在乱世里都有苦难的，你要学会往前看，不要被苦难压倒。"我说："知道了。"要说的话如鲠在喉，我从容不了，冒昧地说："我想跟你说件事，可以吗？"他看着我笑道："看来是要说大事，说吧。"我磨蹭了一会儿，索性直截了当地说："我想嫁给阿牛哥。"

他的身子像被我的话吸了过来，定定地看着我："你说什么？"

我说："只要他不嫌弃，我想嫁给他。"

他说："为什么？你……怎么了？"

我说："没怎么。"

他说："那你怎么会突然有这个想法？"

我说："因为……我喜欢他……"

他说："你跟我说实话，到底这是怎么回事？"

说实话就是提伤心事，我哭了，一边哭一边把我父母曾经有过的安排对他说了。我说："我知道他们的意思，怕我嫁不出去，所以希望我嫁给阿牛哥。"他问我："阿牛知道这事吗？"我说："估计我父母肯定跟他提过。"他说："那你喜欢他吗？"我说："我现在哪有资格去喜欢人？"他说："你这话就不对了，你这么年轻漂亮，又有文化知识，天下的男人都可以去追求，凭什么你就矮人一等？你呀还是……那个事在作怪，这就是你的不对。"

我说："可这是现实，改变不了的。"

他说："什么都可以改变！你说我们在干什么？我们在改变江山，江山都可以改变，有什么不能改变的？"

我说："反正我就是这么想的，只要他不嫌弃我，我可以嫁给他。"

他说："但你心里并不喜欢他？"

我说："我也喜欢。"

他说："别说假话，你喜欢他为什么要离家出走？你出走不就是抗议你父母的安排？"

我说："那是以前，以前是以前，现在是现在。说实话干爹，就凭阿牛哥安葬了我父母亲这一点，我就愿意嫁给他，何况阿牛哥现在还是我们小组的英雄。你不是常说，谁是最可爱的人？那些为中华民族自由独立而英勇杀敌的英雄是最可爱的。"

他沉吟道："阿牛确实值得我们每一个人爱，他诚实勇敢、组织纪律性强、革命热情高、杀敌本领高超，组织上是十分信任他的。我如果是你的父亲，我十分乐意你嫁给他，只是……"他停顿一会儿，严肃地看着我。

我说："你现在就是我的父亲，所以我才来找你说。"

他说："跟我说没错，我帮你去说也应该，只是你一定要想好。"

我说："我已经想好了，我喜欢他。"

"真的？"干爹认真地问我。

"真的。"我回答得很肯定。

05

我寻思，只要干爹去问，这事就定了。阿牛哥不可能拒绝我的，因为他拒绝我，就要背上嫌弃我的罪名。我想阿牛哥即使真嫌弃我也不会拒绝我的，我了解他，他虽然不是我们冯家人，但对冯家人他是最好的，比我们自家人还要好。生活确实改变了我，愿意嫁给阿牛是我天大的变化，以前我想都没想过，可现在我是真心实意的。真的，从看到我父母亲坟墓的那一刻起，我就有这个想法了：我找到了嫁给他的理由，而他，我相信是没有理由拒绝我的。

但阿牛哥拒绝了我。

干爹是第二天找他谈的，当时我正和二哥在堂屋里给列祖列宗的牌位更换新的红纸、竹牌，同时把我父母亲等新亡人加进去。干爹进来后发现我们摆放有些问题，老少混在一起，不伦不类，便帮我们出主意，提出按辈分排放祭祀牌的建议。比如像我大哥大嫂他们，作为晚辈，干爹说他们的祭祀牌不能跟祖宗一起挂在墙上，应该放下来，排列在案台上的。言之有理，我们便重新布置、排放，罢了干爹留下二哥，叫我先走。我来到后院，看到阿牛哥和阿根在外面清理阴沟。阿根是父亲留在这里守屋的，是个哑巴，我有点怕他，但他其实是个好人，对我家很忠心的。听阿牛哥说，村里听说我家出事后，有人曾想来霸占我们的房子，阿根提着猎枪站在门口，拼了命才把那些人吓跑。

不一会儿，二哥也出来了，把阿牛哥叫走，说干爹有事找他。我猜到干爹要同他说什么事，好奇心驱使我溜到他们隔壁的厢房里去偷听。房子老了，木板缝隙很大，我甚至可以瞅见他们。干爹点旺香火，对阿牛说："你坐下。今天我要对着列祖列宗跟你说点事。"阿牛哥坐好，干爹挨着他坐下，先找了个闲话说："阿牛，你又长一岁了，你这个生日好啊，生下来就过大年，出生没两天就长一岁。"阿牛憨笑道："以前冯叔在世时说我这个生日不好，出生没几天就是两岁了，最吃亏的。"干爹笑道："嘿，多一岁怎么叫吃亏？是赚了。再说了，现在人都喜欢按阳历论事，按阳历说你是生在年头，也是好事嘛。"顿了顿干爹说，"好了，不说这个，我们说正事吧，阿牛，你看它，发现什么了没有？"

干爹指着那些新做的祭牌，阿牛侧身看，目光落在两块祭牌上：冯关水、黄秋娣。这是阿牛父母的名字。干爹说："他们兄妹俩刚布置的，你看，把你的父母亲也请进家门了。"阿牛有点吃惊，"啊"了一声说："谢谢罗叔。"干爹说："谢我做什么？我不是说了这是他们兄妹俩的意思，跟我没关系。"确实，这是我和二哥商量定的。干爹说："我觉得这是他们的一份心意，你父母亲就像你一样，虽然跟他家没血脉关系，但实际上比有血脉关系还要亲。这样好，放在这儿要热闹点，有阿根每天侍候他们，至少吃喝是不用愁的。”阿牛略为伤感地说：“是，这样是好，就是让我过意不去。”干爹说：“这你就见外了，他们对你好也是因为你对他们好。”阿牛说：“我对他们好是应该的，没有冯叔收留我，我可能早就成孤魂野鬼了。”干爹哈哈笑道：“现在是你叫不少汉奸鬼佬做了孤魂野鬼，哈哈，阿牛，你真的很了不起，我是打心眼里喜欢你。因为喜欢你嘛，就……怎么说呢，你今年二十四岁，不小了，该成家了。你现在是已经立业，但没有成家是不？”阿牛讪笑着。

“跟我说实话，你现在有对象吗？”

“没有。”

“心中有喜欢的姑娘吗？”

“没有。”

“真的没有？”

“真的。”

“好，我替你看中了一个，帮你做个媒，好吗？”

“谁？”

“远在天边，近在眼前。”

“是这村里的？”

“是这屋里的。”

稍做停顿，干爹接着说：“不跟你绕弯子了，今天你的父母在场，点点的父母也在，你给我说句实话，喜不喜欢点点？”阿牛顿时局促了：“罗叔……她是我妹子……”干爹说：“妹子是妹子，但没有血缘关系，不影响的。”阿牛支吾一会儿，干脆说：“这不可能的。”

“为什么？”干爹问，“你不喜欢她吗？”

“哪里嘛，”阿牛说，“我从来没有这么想过。”

“现在想也来得及。”

“这不可能的。”

“怎么不可能？”干爹说，“据我所知，冯哥在世时就有这个想法，曾跟你谈过是不是？”

“都过去了……”

“什么过去，还没开始呢，我的意思，你要喜欢点点，趁这个春节我帮你们把大事办了。”

“罗叔，你就不要为难小妹了，小妹不喜欢我的。”

“谁说她不喜欢你，不瞒你说我已经问过点点，她喜欢你的。”

“不可能，我了解小妹，她……”

“她怎么了，你说啊。”

“点点有她喜欢的人……”

“不可能。”

“真的，我都见过那人。”

干爹说：“那也是以前，现在她只喜欢你，她亲口对我说，她喜欢你。现在我就想听听你的意见，你要喜欢她，愿意娶她，事情就很简单，我可以代表你们双方父母……”不等说完，阿牛迫不及待地说：“罗叔，这事你就别操心了，我还是做点点的哥吧。”干爹问：“这么说是你不愿意？”阿牛说：“可以这么说。”“为什么？难道你也……”干爹迟疑一会儿说，“不能理解她？”我听了心里很暖，干爹为我找了一个很体面的词。“你要不理解就直说，”干爹说，“毕竟……事情已经发生，你——”阿牛打断他的话一口气说道：“罗叔你别这么说，要说……小妹出事，也是因为我没保护好她，是我的错。再说了，小妹是冯叔的心头肉，为了她好，她就是出了再大的事，我也该娶她。”

干爹说：“这不就成了？我说了她喜欢你，愿意嫁给你，你还解释什么？就听我的，趁这个新春佳节，我来给你们选个好日子。”

阿牛明显急切起来：“不，罗叔，这事……我不能听你的，我了解点点，她爱着那个人，我现在就想找到他。”

干爹说：“没有的事，要有也是以前的事，他们以前可能是好过。”

阿牛说：“不是可能，而是肯定的，我亲眼见过他，小妹很喜欢他的。”

干爹说：“那他为什么不来找她？这么长时间我从来没有见过这个人，你想找都找不到是不？这说明什么，分手了，他们的关系结束了。”

阿牛说：“但我认为这不是那个人不喜欢点点，而是点点欺骗了他。”阿牛简单回顾了一下他应冯叔要求去找高宽的过程，然后解释道，“我后来一直在想，他当时为什么情绪那么大，还说什么让小妹去找富贵人家。现在我想明白了，一定是小妹出事后，不敢爱他，骗了他，把他惹怒了。”干爹听了一言不发。阿牛接着说：“小妹心里有障碍，对他不惜撒谎，忍痛割爱，这是个误会。罗叔，我一定要找到他，把真实情况告诉他，再给小妹一个机会。如果他因为那点鸟事嫌弃小妹，行，到那时我再来娶小妹。罗叔，今天我说句掏心窝的话，我打心眼里喜欢小妹，但小妹有心上人，我不能乘人之危，夺人所爱，我要帮助她找到她的心上人，让他们再续良缘。”

听到这儿，我心如刀绞，泪如雨下……

第五章

01

后来我知道，正是这年大年三十这一天，高宽回到了离别一年的上海。这一年他先去了重庆，后又去了延安。此次回沪，他是来就任中共上海市委组织部部长一职的。他有意选择大年三十这一天回来，是为了安全，他打扮成一个不修边幅的艺术家，提着皮箱，扛着画夹，从车站里走出来，即使我见了也不一定能认出来。他曾是演员，教过表演，一向擅长化装，把自己装扮成一个截然不同的人是他的拿手好戏。如果说原来的他是年轻的，风华正茂，书生气十足，而现在则有一点儿离经叛道的沧桑味，头发长过肩，胡子乱如麻。

春节后，我们回到上海，分散在各自的岗位上。二哥的生意已经做大，下面有西药店、外贸公司、典当铺、酒店、轮船等实业。他曾在日本留过学，日语讲得很好，加上有罗叔叔明的关系、暗的协助，生意日日兴旺，盘子越做越大，迅速成了上海滩上的新贵。阿牛哥离开船上，在二哥旗下的典当铺里做了老板。铺子开在外滩电信大楼背后的弄堂里，据说有一次阿牛哥就爬上电信大楼干了一票，用开花子弹把鬼子的一只运油船点燃了，船和船上的汽油都烧个精光。我还是在原来的学校当老师，为了便于跟日本人打交道，我就在那时开始跟二哥学习日语。一天下午，我坐三轮车去典当铺找阿牛哥会面，走进铺子，看见阿牛哥在铺子里当班。我放下一包东西，取走一包东西：一只装有玉手镯的盒子。我记住了阿牛哥的话：晚上八点，在老地方上船，有领导要来视察我们小组，给我们做指示。

晚上八点，除了干爹，我们都到了：赵叔叔老G、郭阿姨老P，还有干爹那个司机——我想起来了，他姓阎，是个诗人，爱喝酒。他是我们小组中最早遇难的，就在这次见面不久后，他在一次行动中牺牲了。我把下午从典当铺里拿来的盒子还给阿牛哥："还给你，我只拿了几个小时，又是你的啦。"二哥说："怎么又是这玩意儿，你们就不能换个别的东西吗？"老P说："对，老是一样东西拿进拿出，万一被人瞧见容易引起人怀疑。"二哥推推阿牛哥："听到了没有？"阿牛哥说："知道了。"我问老P："郭阿姨，晚上要来什么领导啊？"郭阿姨说："那可是个大领导，从延安来的，我也没见过。"二哥问："叫什么名字？"郭阿姨说："姓林，双木林，名字……你看我这记性，刚才还记得的。啊呀，干我们这行的名字有什么用，都是假的，一天都可以变几个。"阿牛哥说："前面没码头了，他怎么来？"我白了他一眼说："这还用说，他肯定是坐船来的嘛。"大家笑了。郭阿姨对阿牛哥笑道："当哥的怎么还没有小妹聪明？"阿牛哥笑道："她的脑瓜子谁能比，扒开来看，里面肯定有个金算盘。"郭阿姨说："那你脑袋里肯定有架望远镜。所以嘛，老天是公平的，给了你望远镜就不会给你金算盘。"这时，一直在掌舵的赵叔叔说："前面来了一条船，估计是他们来了，准备发信号。"

二哥提着手电筒，走出船舱，与前面来的船对信号。信号对上了，两条船减速靠拢，并在一起。我先看见干爹，接着便看见了那个大领导——天哪，他不是别人，居然是高宽！虽然他长发齐耳，变了很多，但我还是一下认出他。刹那间我大脑唰的一下，一片红，接着是一片白，差点晕倒。我极力稳定身体，心又蹦到嗓子眼，让我眼前一片黑暗。我闭上眼，低下头来，极力安稳情绪，心里默默想着，又不知在想什么。

干爹先跳上船，然后是高宽，然后是警卫员。三人都上船后，两只船又分开各自往前开去。简单寒暄后，二哥带着罗叔叔和高宽钻进了船舱，警卫员则留在外面放哨。

船舱里灯光昏暗，空间狭小。在罗叔叔的引荐下，高宽依次与郭阿姨、阿牛哥、阎诗人握手、问好。我恨不得躲到暗舱里去！我躲到最后，用围巾包住半张脸，希望他别认出我来。可当他握住我的手时，似乎是我的手让他认出了我，他的目光从我的脸上转移到我的手上，又从我的手转移到我的脸上，最后停留在我的眼睛上。相持中，干爹对我说："你应该认识她吧，有一次你去我们报社参加庆典活动……"不等说完，高宽惊呼道：

"是你，点点！"

"你好，高老师……"我满脸通红，幽幽地说。

"意外！真是太意外了！"高宽紧紧握住我手，动情地说，"啊，点点，真是没想到在这里见到你，怎么？你现在是我们的同志了？"

干爹问高宽："怎么，你也认识她？哦，对了，你在他们学校当过老师，我怎么忘了！点点，你的高老师现在可是大领导，我的最高首长。"我支吾着，脸热得如燃烧的焦炭，不知说什么。高宽还在一个劲地感叹："真想不到在这儿见到你，点点，你都好吗？"

就这样，我们在杳无音讯地别离一年后，在这个晚上又意外地相遇了。我清楚记得，那天晚上天上挂着一轮银制的明月，月光像水一样洒在波光粼粼的江面上，给人一种梦幻的感觉。有时候，我真觉得我的生活像一场梦，有噩梦，也有美梦。

02

这次见面阿牛哥是真正的主角，和我寒暄完后，高宽环顾一下大伙，问干爹："哪位是冯大牛同志？"干爹把阿牛哥推出来，高宽笑了："原来就是你。"阿牛哥看我一眼，说："我一直在找你呢。"我知道他说的意思，但高宽不知道，他上前拍拍阿牛肩膀，亲切地说："是等着我来给你发奖状吗？让你久等了，不过你的收获可能要比你想象的多。"说着示意大伙坐下。

等大伙坐定，高宽清了清嗓子，一本正经地道来："今天，我是代表中共上海市委全体领导同志来看望大家的，这半年多来你们小组纪律性强，要求高，在极其困难的条件下积极开展工作，取得了一个个丰硕的果实，可谓捷报频传。尤其是冯大牛同志，虽然参加革命时间不长，但取得的革命成果惊人之丰、喜人之硕，多次出色完成任务，极大地灭了敌人威风，长了我们志气。这样的同志，自是我们学习的楷模，组织上准备要在内部进行大力宣传表彰。"高宽从随身的皮包里取出一个文件袋，打开说，"下面我来宣读一份嘉奖令。"嘉奖令有两份，一份表彰我们小组的，记我们小组集体二等功一次，奖励活动经费一百块大洋；另一份是表彰阿牛哥个人的，记他个人一等功一次，并授予他红色神枪手的荣誉称号。

宣读完毕，高宽对阿牛哥笑道："同时还有物质奖赏，阿牛同志，你希望组织上给你什么奖赏？"

阿牛不好意思地说：“我不要奖赏，这么高的荣誉已让我受之有愧。”

高宽对大家说：“你们看，我们阿牛同志不但枪法神准，觉悟也蛮高的。不过这个奖赏我想你一定会喜欢的。”他冲船舱外的警卫喊一声，警卫提着一个长长的礼盒和一只小盒子进来，交了东西又出去。高宽打开长礼盒，问：“你们猜猜看，这是什么？”

大家都猜出是一杆枪。

高宽说：“对，是一杆枪。阿牛同志，打开来看看，喜欢吗？”

阿牛打开一看，是一支乌黑铿亮的狙击步枪，顿时笑眯了眼。“好枪！”阿牛惊叹道。

高宽说：“这枪可比你用的那杆枪要好得多哦，这是德国造的XB12-39狙击步枪，是目前世界上最先进的，尤其这瞄准镜，有五十倍的放大功能。”

阿牛问：“多少倍？”

高宽说：“五十倍，你现在的枪是多少倍的？”

阿牛答：“十倍。”

高宽说：“所以嘛，它比你的好，它是最好的。”

阿牛激动了，急切地上前想拿起来看，二哥一把抓住他：“你急什么，等首长给你颁发吧。”大家笑了。高宽说：“好，阿牛同志，现在我颁发给你，同时还有两百发子弹。”我给阿牛哥整整衣服，阿牛哥上前庄严地领了枪弹，大家一阵鼓掌。

刚才阿牛哥跟罗叔叔咬过一会儿耳朵，我想一定是在告诉干爹高宽和我是什么交情。果然，高宽跟我握手告别时，罗叔叔抢过他的手说：“点点现在是我干女儿，她代表我送您回去吧。”

我不好意思地低下头，没有表态。高宽对我说：“如果没事就跟我走吧，我会安全把你送回家的。”我看看罗叔叔，罗叔叔说：“这是命令，把首长安全送回家。”风吹乱了我的衣领，高宽从背后替我理了一下，手指轻轻碰到我的耳廓，我顿时有种眩晕的感觉。这个晚上，我像到了另外一个星球，因为失重，我随时都会产生晕眩感。

两艘船靠拢，我和高宽及警卫跳上另一艘船。我们走进船舱，相对而坐。我一时陷入不安中，低下头，不敢看他。高宽久久地看着我，轻声喊我的名字。我抬起头，看着他。他说：“这一年里你都好吗？”我又埋下头，流下泪。我该怎么说呢？这一年对我来说比一个世纪还漫长，我仿佛生活在噩梦中，人世间所有的悲和苦、耻和辱，都经历了，而且由于无处诉说，它们一直沉积在我心中。此刻我是说还是不说，对我又是个巨大的问号。最后，我选择了不说，我用不说的方式告诉他我的变化、我的苦难。

上岸后，高宽问我：“你去哪里？”

我说：“回家。”

他说：“是富家子弟的家吗？”

我说：“你以为是真的吗？”

他说：“当初认为是真的，后来知道是假的。”

我突然哭了，高宽把我揽在怀里，扶我上车，带我回了他的家。他家在法租界犹太人集聚区的一栋小楼里，房东是个印度大胖子，高宽的房间在二楼。我们走进房间，高宽立刻打开抽屉的锁，取出一本笔记本让我看。我打开扉页，看到我的照片夹在塑料皮下。我怔怔看着，热泪滚滚流下来。他看到我脖子上的红丝线，小心地拉出来，看到他送我的玉佩。我泪流满面地说：“我什么都丢了，就它一直陪着我。”他捧起我的脸，帮我拭去泪水，然后一口咬住我的唇……

03

说不说？

这是个问题。

我选择了说，毫无保留地。

这天晚上，我躺在高宽怀里，把自己不幸的遭遇和对他积攒了一年的思念都倒出来。最后我说：“就这样，短短几个月里，父亲、母亲、大哥、大嫂、小弟，那么多亲人都离开了我，还有你，让我无法面对的你。我失去了亲人，失去了爱人，失去了一个女人爱自己心上人的权利。多少个夜晚我都想结束自己可怜又可悲的生命，生活对我来说已经成了受刑，要不是参加了革命，我真不知道怎么才能活下去。”

他说：“亲爱的点点，真是让你受苦了，可你千不该万不该，在你最痛苦、最需要我帮助的时候，把我推开。”

我说：“我没有脸再见你。”

他说：“这你就错了，大错特错！两个人相爱就是为了一起荣辱与共，风雨同舟。你这样让我留下了终生的遗憾，我没有陪你一起走过最艰难的时光，今后我一定要更加好好地爱你，敌人夺走了你什么，我要加倍还给你。”

我问：“高老师，你还爱我吗？”

他笑了：“你该喊我首长。我早就不是什么老师，以后你就叫我阿宽吧。”他举起我的手，庄重地把它按到他的心口，“你听，点点，这颗心比以往任何时候都更加爱你。”

我突然想起小马驹给我算命时说的话：你们虽然分手了，但心还在一起，他永远是你的白马王子，你永远是他的公主……我哭着，呼喊着他的名字，一遍又一遍，仿佛他要被我的泪水冲走似的。我说："阿宽，你真的会原谅我吗？你真的还爱我吗？"他紧紧地抱着我说："当然，亲爱的点点，你别说傻话了。作为同志，我们随时要准备为对方失去包括生命在内的一切，对你是这样，对我也是这样。你想一想，我们把生死都置之度外了，还有什么不能放弃的？"我仍然恸哭不已，他依然紧紧抱着我，抚着我头发说："哭吧，尽情地哭吧，你有再多的泪水我都帮你盛着。点点，相信我，我爱你，比从前更加爱你，你如果愿意，我想马上就娶你，我要做你的爱人，每天每夜，白天和夜晚，都陪着你。"

清明节前一天，利用回家扫墓之际，我和高宽在老家祠堂里举办了隆重的婚礼，村里五十岁以上的老人和妇女都应邀来吃我们的喜酒，场面非常热闹。阿牛哥在村头的老槐树下放了很多鞭炮，把拉磨的驴惊得发了疯，逃走了。老人们说这是好兆头，说明我将来要生个胖小子。乡下有种说法，鸡飞生女，狗跳生男，驴跟狗一样，都是四只脚的。这种话当然只能听听而已，不作数的。

回到上海，干爹代表组织又为我们摆了一桌喜宴，庆贺我们结婚。席间，干爹问二哥："老二，你知道我今天为什么非要请大家吃这顿酒吗？"二哥说："我还没有喝醉，你不是说了嘛，点点是组织的人，你作为一组之长，是点点的再生之父，加上又是干爹，所以你是嫁女儿啊。"干爹说："也对，也不对。同样是嫁女，你是嫁了小妹又收了妹夫，有送走的，也有迎来的，而且送只是名义上的，实际上是'送一得二'，只有进账没有出账。可我这个再生之父啊，只有送，没有迎，亏大了。”除了知情者高宽在微笑之外，其他人听了都觉得纳闷儿。干爹继续说：“不瞒你们说，我已经接到上级指示，点点要离开我们了。”

“去哪里？”二哥问。

“市委机关。”干爹说。

“真的？”二哥问我。我说：“我也不知道。”干爹对我说：“首长在这里，我敢造谣吗？点点，千真万确，明天你就要去新岗位就职，今天这顿酒啊，既是干爹为庆贺你们新婚开的喜酒，也是我作为一组之长给你设的饯行酒。”我真的不知道，惊异地问高宽：“真的吗？”他对我微笑着点点头。干爹递给我介绍信说：“喏，是真是假，看看这个就知道了，这是我给你转组织关系的介绍信，你收好，到了新岗位就要上交。祝贺你，双喜临门！”

既是双喜临门，一杯杯酒都针对我来，我又有惭愧，又有惊喜，就是没有理由挡掉一杯杯酒。但我居然没有喝醉。这天晚上，我发现我是酒桌上的英雄，这也成为我后来去戴笠身边做卧底的一个条件，因为谁都知道，戴笠好色，也好酒。

04

“请问小姐找谁？”

“我从周庄来的，找我的娘舅。”

这是我到市委去报到，与守大门老汉接头的暗语。老头儿看我对答如流，即刻放我进门。当时上海市委在四川北路109号院内办公，这儿是一家生产床上用品的棉纺厂，进门有一条狭长的人行道，两边植有成行的行道树。已是清明过后，春暖人间，行道树正长出新绿。阳光迎面照来，被树枝和树叶剪碎。老头儿门卫领着我，踩着一路树叶的影子，曲里拐弯，最后走进一个破败幽静的小四合院，这就是当时中共上海地下组织的神经中枢。

从这天起，我将在这里度过三个月时间。这也是我一生中最充实、最幸福的一段时光，几乎每一个白天和夜晚，我都和我心爱的人——高宽——亲密无间地守在一起，一起紧张地工作，一起努力学习，一起甜蜜生活。老天唆使魔鬼剥夺了我太多太多，同时又派来这个天使尽可能地补偿我，让我重拾对美好生活的无限向往和憧憬。

我们搬了家，就在厂区内，是变电房配套的一间十多平方米的小屋，门口有菜地，有鸡窝。我们住过去后，警卫员又给我们找来一只断尾土狗，一身黑毛，生性凶恶（据说断尾狗都凶恶）。市委分配给我的工作是做高宽的助手，替他保管文件、电文，配合他工作，照顾他生活。因为办公地和住家很近，走路只要五六分钟，我有大量时间待在家里，闲来无事，我就变着法子把家里布置成天堂。我亲自平整地面，还上漆，漆成红色，像铺了红地毯；墙面太脏了，我买来洋白纸，把四面墙都贴了，还请人画了芳草、青山，一线绿水从天花板往下流，流到我们的床前。总之，屋子虽小，却被我布置得温馨无比，所有来的人都发出连连惊叹。我还经常烧好吃的，请同志们来聚餐，每一个人吃了我做的菜，都夸我手艺好。其实我哪有什么手艺，我只是虚心认真而已，见人就讨教，失手了就虚心总结、改进。

每天，我在鸡啼中起床，先学习日语半个小时，然后出门扫地，回屋烧早饭；吃了早饭，陪高宽一起去上班；中午，我提前半个小时回家，第一件事就是察看鸡窝，看鸡有没有下蛋。下了蛋，我会奖励它们一把谷子、玉米；狗赶走了黄鼠狼，我会替它梳理毛发，请它吃猪棒子骨；菜地里长了虫，我戴上手套去抓虫；瓜熟蒂落了，我要收摘回家。每天，我把鸡屎、狗屎扫在一起，在菜地边挖一个潭，埋下；菜叶黄了，我会给地里施肥。我想不到，经历了那么多磨难后，我还能过上这样惬意的生活；我成了个幸福的家庭小主妇，乐于围着灶台、家具、菜地、鸡窝、狗食转。关键是，有人爱，爱人在身边，不管是什么样的生活，我都感到甜蜜、充实。

只是，这样的生活太短暂了！

一天早晨，吃早饭的时候，高宽冷不丁问我："听说你跟陈录很熟悉？"我说："以前是，现在反目成仇了。"他问："为什么？"我说："因为我二哥。"他问："二哥怎么了？"我说："说来话长。"他说："说来听听。"我说："你干吗关心这个，那都是些乌七八糟的事，我才不想说。"高宽说："必须说，因为这关系着你下一步的任务。"

我惊了一下，问他："你要给我什么任务？"

高宽笑了，说："这要根据你说的情况，到底是些什么乌七八糟的事。"

我默想片刻，说："陈录以前有个相好，叫吴丽丽，我一直叫她丽丽姐。她曾是我二哥的女朋友，因为贪慕虚荣，在二哥去日本留学期间认识了陈录。当时陈录是南京政府驻上海特派员，权势显赫。为了甩掉我二哥，丽丽姐把自己的表妹介绍给我二哥，自己则做了陈录的情人。陈录原来答应要娶丽丽姐的，后来因为爆发战争，上海沦陷，陈录转入地下军统工作，不便娶她了。丽丽姐当然不高兴，我二嫂去世后，便和我二哥又开始私下来往。我家被鬼子抄了后，二哥一直躲在丽丽姐家里。陈录知道二哥和丽丽姐的事后，公报私仇，把丽丽姐杀了，二哥侥幸逃掉。事情就是这样的。”

高宽听了点点头，说：“嗯，是够乌七八糟的。陈录这家伙是很毒辣的，也很狡猾。他一边勾结日本人，一边又讨好戴笠。现在他是戴笠手下的红人，下一步可能当上军统上海站站长。他对我们很不友好，经常对我们下黑手，我们想找个同志潜伏到他身边去，但一时又没有合适的人选。”

“你想让我去？”

“你觉得他会接受你吗？”

“你希望我去吗？”

“不，我不希望你离开我。”

“但是别无选择，因为你没有别的人选？”

“你也不是最合适的，他跟你家的关系已经破裂了。”

“只要你舍得我去，我一定可以打进去的。”

“我不舍得。”

“但你没有别的法子。”

“我再想想吧。”

“别想了，就让我去吧，没人比我更适合的。”

“可是，你们的关系已经破裂了。”

“他恨的是我二哥，不是我，而且他也知道事发前我已经从家里出走。所以我要去找他，他应该会接受我的。”

“我舍不得你去，很危险的，我先找找其他人再说吧。日本鬼子是我们当前的大敌，但国民党是我们的天敌，因为他们把我们共产党当作了天敌。”

高宽站起来，走向窗边，他沉思的背影显得忧心忡忡。

尽管高宽很不想让我离开他，但找来的一个个人都没有我适合。要接近陈录，非我莫属。就这样，六月底的一天晚上，我穿着漂亮的裙子，拎着一袋行李离开了我的鸡，我的狗，我的菜地，我心爱的人，我收拾得十分温馨的小屋，住进了一家小客栈。我行李里有武汉的纪念品、良民证、土特产、标有武汉风景胜地的照片等等。总之，我来自武汉，我离家出走后的日子都是在武汉度过的……负责安排我和陈录“邂逅”的是郭老姨和阎诗人。

05

陈录回家经常要坐一路电车，我寄住的客栈楼下便是这路电车的一个站点，离二哥的公司办公楼相距也只有百十米远。那几天，我天天在房间里守着，郭阿姨则在二哥办公室守着电话。一天下午，郭阿姨接到阎诗人电话，便来通知我：陈录已上车。我急忙站起来，她又说：“不急，车过来至少要二十分钟。他今天穿一件白衫衣，戴着一副大黑框眼镜，有一个戴墨镜的人跟着他。我们有个同志已经跟他上车，戴一顶毡帽，手上拿着一把折叠扇子，应该就站在他身边，他会偷听你们的谈话，你要注意他的帽子，如果他脱下帽子，说明你可以跟他走，否则就算了。”我说：“好的。”她又交代我：“记住，你刚从武汉回来，准备在上海找工作，暂住在客栈里，家里发生的事你一点儿都不知道。”天气热了，正是梅雨季节，客栈里潮湿闷热，她一路跑来，热了身，在房间一闷，便出了汗，脸上施的粉走了形。我帮她处理时，她发现我的手在抖。她安慰我不要紧张，可我还是有些紧张。我知道，从此我单飞了，以后一切都要靠自己。

本来，郭阿姨要陪我上车的，可上了街，在等车的时候，赵叔叔突然拉了辆黄包车来，把郭阿姨拉走了。我不知道为什么，这个突然的变故，让我变得更加紧张。事后我知道，这是高宽的决定，他这样做还是为了小心，因为郭阿姨的胖形象很扎眼，我们以前会过那么多次面，万一被人瞧见过，对我今后在那边潜伏很不利。

我上了车，很快看到穿白衬衫的陈录和他戴墨镜的保镖，还有那个戴毡帽的同志。车上人不多，也不少。我有意往陈录那边挤，快到陈录身边时，有意借着车子启动之后的一个踉跄，踩了陈录保镖的脚，随即连忙道歉，说了一堆话："啊哟，对不起这位先生，对不起，实在对不起，我今天人不舒服，身上没劲，控制不住。哟，你看，把你鞋子都踩脏了，真对不起。"保镖说："没事，小姐。"我说："谢谢您，这位先生，您真好。说真的，上个月我在武汉也是坐车不小心撞了一个人，被臭骂一顿。啊，还是我们上海人文明。"保镖不开腔，让出一个抓手，示意我抓好。我又是连声道谢，完了转过身来站好。

刚才我说话时故意背对陈录，但我相信，我的声音已经引起他的注意，我感到他一直在暗暗偷看我。稍后我转过身去，他便一眼认出我。"这位武汉来的小姐好面熟啊。"他笑着小声对我说。我看着他，问："先生是……"他摘掉眼镜，我认出他，失声叫道："姐夫……"我以前就是这么叫他的。他立即用目光示意我安静。他戴上眼镜，往我挪近一点儿，悄悄问我："你去哪里？"我说："去医院看病。"医院和他家是同一站，这样我们可以同时下车。他问我怎么了，我说："没什么，刚从武汉来，路上太辛苦，几天没睡觉，可能感冒了。"他问我回来几天了，我说："前天夜里到的，昨天在客栈里睡了一整天。"他看着我，好像想说什么又没说。我说："你可不要跟我家里说我回来了，也不要跟丽丽姐说。"他点点头，问我："你回来干什么？”

感谢上帝，这是我最希望他问的话，原以为他要等下了车，有更好的交流机会时才会问的，没想到这么快就问了。我说：“我也不知道干什么，反正想找个事做，我从家里带的钱花完了，再不挣钱就只有当叫花子了。嗳，姐夫，你能帮我找个事做吗？”我有意轻叫一声姐夫，明显是一种有求于他的媚俗。为了表明我跟家里势不两立的关系，趁他迟疑之际我又补充说明：“你可别把我回来的事告诉丽丽姐，否则我只有再流浪去了。”我已经巧妙地打出两张牌，表明我跟家里“素无来往”。他沉默着，静静地看着我，似乎有点同情我，还是不相信我？他说：“待会儿我跟你一起下车，下车后再聊吧。”

那个戴毡帽、拿扇子的同志一直站在我们身边，一声不响。车到了站，我准备跟陈录下车，“扇子同志”抢在我们前面下车。我注意到，他下车前拿掉了帽子。刚才我虽然几次看过他，但一直没认出他就是高宽，直到下车后他有意咳嗽一声，我才恍然大悟。真是一位化妆高手啊，我暗自叹道，偷偷看着他手里拿着帽子，往前走去。

我等着陈录带我走，我想最好是陪我去医院看病，次之是去茶馆坐一坐。但他也许是有事，也许是谨慎，只是把我带到弄堂口，见四周没人，站在路边跟我聊起来。他有点迫不及待地问我：“你真的没跟你家里联系过？”

“我干吗要跟他们联系？”我说，“要联系我就不会走了。我可不是闹着玩的，要不是武汉那鬼热的天气，我连上海都不想回。”

“你跟家里闹什么矛盾了？”他好奇地问。

“说来丢人，懒得说。不过丽丽姐应该知道，她没同你说过吗？”

“没有，是什么？”

“你去问她好了，我不想说。”

“她肯定不知道，她要知道早跟我说了。”

“这说明他们也觉得丢人，所以连丽丽姐也不告诉。”

“到底是什么事？”

“他们要我跟阿牛结婚！你说荒不荒唐？所以我宁愿死也不想回去。”

他突然说：“现在你想回去也回不去了。”

我说：“那你错了，只要回去，他们肯定高兴，他们就我一个女儿，肯定还是希望我回去的，只是我伤透了心，回不了头了。”

他掏出一根烟抽，同情地看我一眼，说：“点点，不瞒你说，你家里出事了，你爸妈、大哥大嫂和一家子人都死了，包括你丽丽姐，也……和他们一起被日本人杀害了。”他把大致经过跟我说了一遍，只是虚构了丽丽姐和二哥，说他们也都死了。他说：“事发当天夜里，你丽丽姐正好在你家里，也被冤杀了。”他说得有名有堂，真真切切，发誓立赌。我这才演起悲痛戏，如遭雷劈一般，当场昏厥过去。他只好送我去医院，晚上又送我回客栈，一切都是我们计划中的。

第二天上午，他又来客栈找我，带我出去吃中午饭。

06

当天整个下午，我都在等同志来找我，可就是没人来。

当天晚上，我实在想念高宽，怎么也睡不着，后半夜索性溜回家去，让高宽大吃一惊。“你怎么回来了？”高宽说，“你应该待在客栈。”我说：“我等你们去人找我，你们怎么没去人呢？”他说：“我们看他上午去找过你，担心他留了眼线，想等观察一天再说。你这样回来太贸然，万一他派人跟踪呢？”我说：“没有，我注意了的，绝对没有。”他问：“你这么急回来，有事吗？”我说：“我想你，我想到真要离开你了，不忍心走。”

高宽一听，知道我这边情况不错，问我：“他被你骗住了？”我说：“应该不错吧。他告诉我，我家里的人都死了，我哭得昏过去了。”我把大致情况讲了一遍，“你看，我眼睛现在都还是红的吧。”他说：“既然家里人都死了，他是个什么态度呢？打不打算安顿你呢？”我说：“我开始跟他说，我准备去南京或杭州寻工作，让他帮我找找关系。今天中午吃饭的时候，我说既然家里人都没了，我就想在上海找个工作，毕竟这边熟人多，生活不会太孤独。”

“他怎么说呢？”

“他说我的想法对的，工作他可以帮我找。”

“嗯，看来你真把他骗住了。”

“他还说，这两天就给我找房子住。”

高宽说：“很好，只要他把你留在身边，我敢说他一定会把你发展为军统的人。不过我要跟你指出，你昨天在车上不该把他保镖作为碰撞的对象，应该找旁边其他人，你这样做太巧了，容易引起他怀疑。”我说：“当时我想到这点的，但不知怎么的身子就朝他歪过去了。”他说：“这说明你心里不放松，心里全是他们俩，就像刚学骑自行车，明明想躲开人，但就是朝人撞过去。不过总的说来，你的表现还是蛮不错的，那些话说得很好，没什么破绽。”我说：“我正要问你，昨天你怎么自己去了？应该派其他同志，幸亏我当时没认出你，否则你肯定会影响我心理的。”他笑道：“首先我相信我的乔装水平一定能够骗过你，其次——我想亲自把把关，看看你的表现，要是稍有不妥，我准备取消这个计划。”我说：“说来说去，你是不信任我。”他说：“不是不信任，而是太在乎你，我不允许你有任何差错，去冒任何风险。”我把头抵在他胸前说：“我心里很矛盾，一方面是很想为组织上做点事，打到陈录身边去，可想到要离开你，我心里又很难受。”他抚摸着我头发说：“我又何尝不是这样？”我问：“如果他真发展了我，以后我还能见你吗？”他说：“都在一个城市，明的见不了，暗的总是有机会的。”我说：“看来我以后只能做你的地下情人了。”他轻轻吻了吻我的脑门说：“这年月啊，所有美好真心的东西都转移到地下了。”

哪知道以后我们连做地下情人的机会都没有了，因为陈录很快发展了我，并马上派我去重庆培训。重庆正好要开办一个特务训练班，给了这边一个名额，我是来得早不如来得巧。就这样，我又离开了高宽。有时候我想，老天对我跟高宽是不公平的，给我们相爱的时间太少太少了。

在培训班上，我的表现相当好，三个月培训，军事，通信，政治，日语，心理素质，样样课目我都是全班第一。其间，高宽通过重庆八路军办事处给戴笠身边的人转去一系列陈录暗中投靠鬼子的证据，直接导致他被戴笠冷落，最后变节投靠了李士群。陈录公然投敌，对军统威胁很大，必然招来杀身。我作为陈录的亲信，是去杀他的最合适人选。所以，培训结束后我接受军统的第一个任务，就是回上海除掉变节分子陈录。我当然完成了任务，因为有一个组织在帮我，尤其是阿牛哥，他在乡下半年，天天练枪法，已经练就一手好枪法，百米之内，打一只碗，百发百中，更不用说打一个人头。

阿牛哥立了功，功劳却全是我的。我像个英雄一样回到重庆，戴笠亲自接见我。他居然知道我父亲，也听说过我家被鬼子满门抄斩的事。这是我后来得以调到他身边工作的一个重要原因，对鬼子有深仇大恨，且是孤儿（军统没有人知道我二哥还活着），社会关系简单，不怕出生入死。到了戴笠身边后，我给他办过几件事，完成得都很出色，得到他的赏识。一年后白大怡的案子爆发，我被临时派往南京做卧底，来配合革老他们铲除白大怡。这也是我根据高宽的最新指示，主动要求来的任务。

第六章

01

离开重庆时，我有了一个新名字：林婴婴，身份是已故南洋实业巨人林怀靳在马来西亚的私生女。林怀靳曾救助过汪精卫，汪精卫逃离重庆后，在越南避难时，林是主要的周旋人、赞助商。也正因此，林后来被军统秘密处死，处死之前胁迫他签署了不少文件、信函，其中有关于我是他私生女的一系列文书，还有一封给汪的亲笔信——也是遗书。信后来由我亲自交给汪，我当然看过，是这样写的：

精卫吾兄：

河内一别，睽违日久，拳念殊殷。久疏通问，时在念中。兄今既为中华主席，怀靳闻讯且慰且喜。慰者，兄之大才终能淋漓展骥，喜者，国之和平复兴指日可期。中华颓靡百年，非兄不得振兴，中日邻邦友好，非兄不能维系。怀靳常怀梦想：待兄救平匪乱，创千秋之盛世，开万代之共和，当赴南京与兄痛饮，畅快平生！如今看来竟是不能。怀靳不幸，月前身遇恶弹，医者已无能为力，恐不久人世。呜呼，怀靳非畏死，奈何不能亲见兄之功业大成，此憾殊甚！此痛殊甚！

草书此函，除告噩事，亦有一事相求。怀靳青年时，曾于广西得一知己，本欲迎而娶之，奈何妒妇坚辞，只好留养在外（于桂林），并为弟增产一女，名婴婴。怀靳年眷数回，恋恋之情，愧然于心。五载前红颜香陨，小女婴婴赴南洋觅宗，怀靳虽无限珍爱，怎奈悍妻非之，孽子难之，婴婴处境良苦，怀靳身后，自当更见凄凉。弟辗转思忖，唯将婴婴托付于兄，方可保其一世喜乐平安。望兄念故人之情，相知之义，允此不情之请。怀靳今生已矣，来世衔草结环，报兄之高义。

林怀靳临去敬上

三　廿一

我怀揣着这封信离开重庆，先坐英国航运公司的轮船到武汉，然后坐火车到南京。作为林怀靳的女儿，不论是坐轮船还是火车，我坐的当然是豪华包厢。我清楚记得，火车启动前，有人在车下来来回回叫卖报纸。我开始没理会，后来他敲我窗户，专门对我叫卖。是一个老头儿，穿得破烂，戴一顶草帽，留着脏兮兮的半白胡子，他朝我扬扬手中的报纸和杂志，对我说着什么。窗户关着，月台上噪声很大，我听不清他在说什么，想必是叫我买报刊吧。我不想买，朝他摆手，却发现他怪怪地对我举了一下草帽，挤了一个眼色。

我仔细一看，天哪，竟然是罗叔叔——我干爹！

就在我离开上海不久，干爹被调到重庆八路军办事处工作。这是组织上考虑到他前年轻夫人知道他身份的原因，她后来嫁了个丈夫，虽然不是汉奸，但在日资企业里工作，经常跟鬼佬打交道，怕万一有个差错，对整个长江七组都可能造成巨大损失，便调他到重庆八办工作。在这里，他是共产党的身份为公开的，同时他又秘密兼任中共重庆市江北区委宣传部部长一职，是我在重庆时唯一的联络员。我没想到他会在武汉。事实上他是来替我打前站的，这会儿他刚从南京来，已经跟高宽他们接过头。他这个妆就是高宽替他化的，化得真好，真是很难认出来。高宽的化妆术确实非凡，但最后还是没有彻底掩盖好自己，因为他曾是影星，认识他的人实在太多。

火车马上要开，我连忙拉起玻璃，买了一堆报刊。在交接报刊时，我忍不住握了一下干爹的手，顿时我像触电一样全身都麻了。干爹在找我零钱时悄悄对我说："你干得很优秀，木秀于林，风必摧之，你一定要多谨慎、多保重。"火车就在这时启动，我耳朵里灌着这句话，踏上了去南京的征程。我可以想象报刊里一定有给我的信息，但我没有急着找来看，只呆呆地望着窗外不时掠过的景色，心潮澎湃，久久不能平静。

火车开出城，进来一个列车员，给我送来茶水和点心。他是我军统方面的联络员，他告诉我，到南京后王木天会派人来接我，接头人有什么标志、暗号是什么，等等。他走后，我喝了茶，心境稍见平静后才开始在报刊里找干爹给我的信息。我找到一张纸条，告诉我：高宽已率前长江七组主要成员，于一个月前抵达南京执行重要任务，我到南京后应速去一个地方找人联系。这地方是水西门三十一号，一家裁缝铺。

窗外景色一幕一幕从车窗掠过，我偶尔低头端详一下挂在胸前的玉佩，想到即将可以见到久别的高宽，心里充满激动和甜蜜。我算了一下时间，我们已经分别三百七十一天，这日日夜夜，我朝思暮想就在等盼这一天：与高宽重逢，与他一起并肩战斗！

到南京火车站，来跟我接头的人是王木天的侄儿，也是军统人员，他在当时南京最好的酒店——南洋丽晶酒店当前台经理，把我安顿在这家酒店。据说酒店有我父亲林怀靳的股份，我入住后当天晚上，酒店老板设宴款待我。席间来了一个人，一个长相极为英俊的小伙子，我后来知道，他是汪精卫夫人陈璧君的生活秘书。他没有陪我吃饭，只是把我喊到外面，告诉我汪精卫和夫人这两天在外地，让我先游玩一下这个城市，等他通知。他要给我安排随从，我谢绝了。对王木天的侄儿，我又以汪府有人陪同之由，免了他的陪同。

我要去见我的同志！

02

第二天我睡了个大懒觉，磨蹭到中午才出门，磨蹭就是为了看风识水。我在笃信没尾巴的情况下，依然小心地改乘三趟车，最后步行到水西门三十一号。这是街上最常见不过的一家小铺子，门口竖着一块简易的木牌子，上面写着“裁缝铺”的大字，下面还有“洗衣、擦鞋、熨衣”的小字。我走进铺子，看没人，喊了一声：

“有人吗？”

“有，来了。”

随着声音走出来的人是阿牛哥！他拄着一双拐杖，没有一下认出我来，“请问小姐有什么吩咐？”我一时失语：“你……的脚……”阿牛哥突然认出我来，激动地说：“点点，是你啊。”我问：“你的脚怎么了？”他笑着甩掉了拐杖：“没怎么，装的。”

我破颜一笑，回头看看，街上不时有人走过，说：“既然是装的，你还是继续装着吧。”

阿牛哥又拄了拐杖，问：“你什么时候到的？”

“昨天晚上，你们是什么时候来的？”

“我们来了一个多月了。”

“来了什么人？”

他报了一堆人，我发现原来我们小组的人，除罗叔和老阎，都来了。那时阎诗人已经牺牲，我知道的，干爹就更不用说，这会儿应该在回重庆的途中。他报的只有一个人，叫小红，我不知道。我问此人是谁，他脸红了。原来，小红是今年清明节，二哥和阿牛哥回老家去给父母上坟时发展她的，她是以前我家厨娘徐娘的女儿，就是那个村的人，现在是阿牛哥的对象。

我问：“她有多大？”

他说：“跟你同岁。”

我说：“长得漂亮吗？”

他说：“当然没你漂亮，但她会做饭，二哥说她烧的菜最好吃。”

我问：“你们为什么都到这儿来？有什么任务吗？”

他说：“我们有个大任务，是延安交下来的。”

我问是什么任务，他说他也不知道，可能只有高宽才知道。“你知道吗？”阿牛哥说，“高部长现在当了更大的领导了。”我当然知道，干爹早同我说过，但我佯装不知，笑着问他：“是吗？大到什么样？总不会比周主席大吧？”他说：“那倒没有，他现在是我们华东地区地下组织的总负责人，组织代号叫老A。”我笑说：“你是老几呢？”他说：“老Q，就是老枪的意思。”我问：“你还在用那杆枪吗？”他说：“那是最好的枪，也是能给我带来好运的枪，我不会换的，直到替冯叔报完仇为止。”

话到这里，我们都有些伤感，一时无语。他摸出一盒火柴，划了，我以为他要抽烟，结果发现他点了三炷香，插在背后的香炉里。他说：“我每天起床和晚上睡觉前，都会给冯叔他们烧三炷香。”我说：“我也是这样的，每天都给我父母烧着香。”他说：“这些年来我们兄妹三个都平平安安的，还立了那么多功，一定是冯叔他们在保佑我们。”我说：“是啊，希望他们继续保佑我们。”他说：“他们一定会继续保佑我们的。”

大街上驶过一辆警车，鸣着警笛，提醒我不能在这里待太久。我提起干爹在武汉见我时要求我抵宁后速来此地，问他：“你知道这事吗？”他连连说道：“知道，知道。你看，见了你太高兴都忘记说正事了。”他问我现在住在哪里，我说在全南京最好的酒店，南洋丽晶酒店。他问我是谁安排的，我说是什么人。

他说：“他是王木天的侄儿，军统的人。”

我笑：“我现在就是军统的人嘛。”

他问：“这边跟你接头的是什么人？”

我说：“陈璧君身边的人。我现在的身份是南洋富豪林怀靳的千金小姐。”

他说：“富豪的女儿，应该住别墅啊。”

我说：“你别说，王木天的侄儿就是这么说的，他们可能会给我去租一栋别墅住。”

他说：“别，你别答应，千万别答应。所以叫你速来见我，就是老A要我通知你，他已经给你找好房子，让你别再找了，他就怕军统会给你找地方住。”我说：“我现在住的酒店，是他们找的。”他说：“住酒店是暂时的，老A的意思是下一步你留在这儿工作，肯定需要一个居家，这地方你别让任何人去找，他们即使给你找好你也别要，就说你来之前已经托人找好了。”

事后看，这个提醒真是太有必要太及时。我回酒店后的当天晚上，王木天的侄儿就说要给我找地方安家，后来陈璧君的秘书也这么说，我都婉言谢绝。秘书是出于客气，听说我已找好地方他反而高兴，这对他来说是少了一件事；王木天侄儿却是工作需要，他们本想通过我这棵大树建立一个工作站：我是汪府的人谁敢去查嘛。听说我已自己找好地方，王侄儿很不高兴，训斥我：“谁让你自己去找的？”我是大小姐，怎么能随便让人训？我不客气地回敬他：“谁说我自己找的？我又不是你，出门要自己张罗吃住行。”

“那是谁给你找的？”

“我也不知道，你去问那天来找我的人嘛。”

“他是什么人？”

“夫人秘书。”

“什么夫人？”

“第一夫人，陈璧君女士。”

他哑口了，那不是他这种地位的人可以攀谈的。

汪精卫从外地回来后，派人来把我接到他办公楼里去见了一面。之前陈璧君曾到酒店来看过我，陪同她来的人中有周佛海，他当时掌管着两个大部：警政部和财政部。陈璧君吩咐他给我找个安全的岗位，我担心他把我弄到财政部去，所以，在见汪精卫时，我表示我不想去财政部，只想去警政部保安局，理由是我父亲是被戴笠的人暗杀的，我要拿枪，要报仇。汪当即给周佛海挂电话，问他我的工作安排好了没有，对方说安排好了，去财政部。汪没有解释什么，只是说："让她去保安局吧。"

真是很玄！要没有这次见面，我去了财政部，怎么办？我庆幸自己关键的时候没有错失机会。机会只给有准备的人，如果我不主动出击，出击了又不能找到合乎情理的说法，汪也不一定会这么直接给周下指示。包括以后很多事，都是我在夹缝中通过斗智斗勇赢得机会的。

就这样，没过几天我便去保安局上班了。

就这样，便认识了金深水、秦时光等人。

后来又认识了革老、革灵和秦淮河等人……

03

到保安局正式上班的前一天下午，我接到一个电话，通知我晚上8点带上行李下楼，有一辆黑色福特轿车在酒店大门口等我，司机穿黑色中山装，叫丁山。我问打来电话的人："你是谁？"他说："真是贵人多忘事，连我的声音都听不出来了。"这时我听出来了，是阿宽！我顿时激动万分，想叫他一声，但电话已经挂掉。他也许已经猜到我会失控地叫他，有意掐了电话。想到阿宽近在身边，也许马上就可以见到，我的心一直平静不下来，一直在嗓子眼里蹲着，连晚饭都吃不下。

到了时间，我带着行李下楼，一个留着大胡子、穿着立领黑色中山装、三十来岁的男人迎着我走过来，很职业的样子，用手势引领我到他车边，为我打开车门，请我上车。我问他："你是司机吗？"他颔首浅笑："我叫丁山，请小姐上车。"声音很浑厚，带点儿广东口音。关了车门，他立刻回头去照顾我的行李，一举一动，举手投足，果断干练，一看就像个专门伺候人的职业司机。

上车前，我盼着车里有人，当然最好是阿宽。可没有，任何人都没有，只有一缕淡淡的香水味，似乎还夹杂着烟味。车子是够豪华的，外表黑得锃亮，内饰考究，座椅套着洁白的布套子，法兰绒的红色靠垫两个，还有脚垫，还有小电扇，都一尘不染，像新的。我知道，这肯定是阿宽派来的车，他能够派出这么好的车，还有这么职业的司机，说明他们在这儿已经活动开了。

我坐在后座，右边座位，司机上车后我只能看到他一只肩膀和半把胡子。司机问："请问小姐，没事了吧，可以走了吗？"我说："走吧。"就走了。开到街上，我问他："我们去哪里？"他说："你想去哪里？"我觉得他声音变了，思索着，一时无语。他又说："你现在最想见的是什么人？"这时我听出来了。"是你！"我惊呼道，"阿宽！"

"你看，我这样子像个司机吗？"他回过头来对我嘿嘿笑。

"你搞什么名堂，把我吓了一跳，像个长毛鬼。"我说。他腾出一只手伸过来和我握手，一边说："连你都认不出来，说明我的乔装很成功嘛。"我狠狠地拧他的手背，嗔怪道："满脸大胡子，哪像个司机嘛。"他说："我不仅是你的司机，也是你的保镖。"我想爬到前座去，被他阻止。他说："今后我是你的司机兼保镖，我们可以在车上乱说什么，反正没人听得见，但样子必须有，要做得像，你必须坐在那儿，不能破了规矩。"我说："你这么瘦，哪像个保镖？"他说："其实真正有功夫的都是面黄肌瘦的，壮汉都是庄稼汉，我的点点同志。"我说："你应该叫我林婴婴，我是林怀靳的女儿。"他说："哦，对了，作为你的司机兼保镖，我的名字叫丁山。"

车子行驶在著名的总统府前，这儿车子一下多了，前面路口有警察在指挥车子过往。我们的车开过去时，警察示意我们停下，等他放行。当我们的车真正停在他身前时，他发现我们的车很高级，立刻又放行了，还跟我们挥手示意。阿宽说："这就是好车的魅力，这些人都是以貌取人的。"我再次欣赏着车内豪华的装饰，对他说："这车真好，你从哪里搞来这么好的一辆车？"他说："是二虎搞的，他现在生意可做大了，成军火商了，飞机都搞得到，别说汽车，小意思。这是他专门给你配的，富豪的女儿，得有辆好车。"我说："关键是得有个好司机。"他告诉我，二哥前两天去了香港，要过一阵子才能回来。我跟他开玩笑说："那么请问丁山师傅，二哥现在有什么新名字吗？""杨丰懋。"他说。听说我将要去保安局上班，他激动地说："是个好地方。"过一会儿他又说，"这次我们的任务很艰巨，我们就希望你去那儿。"

"是什么任务？"

"说来话长，以后跟你说吧。"

"对我个人有什么任务。"

"进了保安局你就完成了一个大任务。"他说，"下一步你要尽快跟重庆的人接上头，我估计他们在保安局里一定安插有人，争取尽快跟他们联系上，我们的任务到时一定还需要他们出力。"

我说："我住的酒店里就有他们的人，是王木天的亲信，这两天都是他在关照我。"

他说："他知道你走了吗？"

我说："我给他留了纸条，让他等我电话。"

他说："他会不会跟踪你呢？"

我说："没有。刚才我一直在注意后面有没有人尾着，我看没有。”

他说：“我们还是小心一点儿吧，去汪府那边绕个圈，万一他跟着，就以为你是去了汪府。”

车子就回头，往鸡鸣寺方向开去。前门、后门绕了一个圈，确认后面没有尾巴，我们才往回路开。开了没多远，看见一辆高级小车迎面驶来。两车擦肩而过时，我注意到对面车内坐着陈璧君和她秘书，我告诉阿宽。他说：“我听说她身边有戴笠养的人，你知道是谁吗？”我说：“现在不知道，以后嘛，保证让你知道。”他说：“这是戴笠养的大鳄鱼，以后你也不一定能知道。”我说：“你别用老眼光看我，我现在是受过专业训练的，深得戴先生赏识的军统精英。”

他没有接我话，想了想，突然问我：“我奇怪汪精卫怎么会同意你去保安局就任？”

我问：“怎么了？”

他说：“在汪眼里，你不过是个大小姐，没有任何军事指导，怎么会让你去那种地方？”

我说：“我跟他说我要替‘父亲’报仇。”

他说：“不，这个说法是你的一厢情愿，他要不同意会找出一堆理由阻止你去。我觉得里面透露出一个信息，汪在想方设法把他的人安插进保安局，包括连你这种人，进去后可能根本干不了大事，他也想插进去。这又说明什么？周佛海不像以前那么对汪言听计从了，汪以前对他是很信任的。”

我说：“我在戴笠身边甚至听到一些说法，说周佛海在跟重庆秘密接触。”

他说：“周是只老狐狸，在蒋介石身边工作多年，他可能比谁都了解蒋，怕蒋对他下狠手。现在这种形势，很显然，汪的天下做不大，更长久不了，他想留后路呢。”

我笑道：“那他如果知道我是戴笠身边过来的人，是不是会来巴结我呢？”

他回头瞪我一眼，正色地对我说：“听着，你一定要给我保证自己的安全！”顿了顿，又说，“我想戴先生万万没想到，他安进去的人是个地下共产党。”

我说：“他更想不到的是，我跟中共一个高级领导心心相印，情同手足。”

他像是在跟我对诗，笑道：“更让人想不到的是，你跟这个中共高级领导又见面了。”

车子一个拐弯，拐进一条幽暗的小胡同。我问他：“我们现在去哪里？”他说：“回家，就在前面不远，我给你租了一栋大别墅，真的很大，也很好的，你一定会喜欢的。”我问：“这里是哪里？”他说：“水佐岗。”

04

水佐岗在南京不是个出名的地方，但它对我们来说，地理位置很好，属于进退两可的地段，离鼓楼、颐和路、长江路，包括汽车站、轮船码头，这些重要的街道、口岸都不远，也不近。或者说听起来不近，实际上不远，便于我们行动，万一有事方便撤退。高宽给我安的“家”就在水佐岗，一个独门独户的小院，以前是国民党中央大学一位教古典文学的老教授的家居，门口有一排树冠遮天的法国梧桐。老教授因为太喜欢南京——据说是喜欢家门口这一排风景如画的梧桐，南京沦陷后，师生们都走了，他却不走，大胆又诗意地留了下来，天天关在铁门里面读《诗经》

《楚辞》。

也许他是不相信鬼子会那么凶残，也许是别的什么原因，总之他没有及时离开南京。鬼子进城后，实施大屠杀，街上血水成河，尸陈街头，把他吓坏了，吓疯了！毕竟是被四书五经泡大的，即使疯了依然悲天悯人，他天天上街把横陈街头的一具具尸体扛回家，后来小院里尸体堆成山，腐烂后整条街上臭气冲天，没人敢走，只有他一个人死死守着这些可怜的死者，直到被臭气毒气熏死为止。这成了当时南京城里一个奇谈，人们既敬仰老先生，又觉得那院子真可怕，有那么多冤魂结集于一隅。

因此，这院子一直无人敢租住。

高宽是唯物主义者，不信鬼神，他托人以极其低廉的价格从伪中央大学手上租下来，进行简单的修缮，准备迎接我——一位从马来西亚来的大小姐。因为来自异国他乡，我怎么晓得这房子可怖的“劣迹”？这叫欺生，生意场上经常有这样的成功案例，不足为怪。

这天晚上9点钟，我悄悄入住此地，进门就喜欢上了这里的一切：花园、洋楼、铁门、围墙、门前的梧桐、院里的香樟。当然我最喜欢的还是这里的人：司机是高宽，管家是老G——就是赵叔叔，佣人是阿牛哥对象，就是徐娘的女儿小红。还有一个小伙子，长得白生生，性格有点腼腆，见了我都不敢抬头看我。我正要问阿宽他是谁，居然阿宽也问上了：“你是谁？”赵叔叔说是他儿子，一个小时前才从上海来。这有点违反纪律，随便把外人带到这么秘密的地方，阿宽决定要批评一下赵叔叔，把他儿子支走了。

“我想让儿子也来参加革命。”受了批评，赵叔叔解释说。

“你儿子多大了？”

“十九岁。”

“在做什么？”

“刚刚学校毕业。”

“读的是什么学校？”

“淞江水运学校。”赵叔叔说，“当初还是靠罗总编的关系才上的学，学费也是罗总编出的。罗总编当初就说过，等他学校毕业了，要动员他参加革命，所以……”

原来是这样，赵叔叔这么做是有前因的，我觉得阿宽批评得不太有道理，便有意找了个轻松的话题对赵叔叔说：“我看你儿子长得还是挺像郭阿姨的。”就是老P，此刻她也在南京。赵叔叔说：“可他性格一点儿也不像他妈，要像他妈就好了。”我说：“不像郭阿姨就像你，也挺好的。”赵叔叔说：“也不像我，你都看见了，他性格很内向，见了生人就脸红。”我说：“他才多大嘛，性格也是锻炼出来的。”阿宽接着说：“当初你要知道嫂子的性格那么泼辣，你会娶她吗？”阿宽说这话，我知道他也原谅赵叔叔了。阿宽转而问我：“你知道郭阿姨现在在干什么吗？”

此刻，郭阿姨在我们大约五公里外的一个霓虹灯闪烁的地方，这地方有一个很香艳色情的名字——香春馆。这是上海出了名的一家妓院的名字，二哥在二嫂死后一段时间，经常去那儿鬼混，他杀鬼子的路也是从那儿开始的，因为那是日本人爱去逛的一家窑子。不知从什么时候起，南京也同样有了这样一个地方，只是这里要低档一些，规模和档次跟上海正牌的香春馆没法比。郭阿姨刚到南京，要找个身份掩护，有一天在街上看到它在招管理人员，便去试，居然就录用了，而且干得很像回事。她长年在船上生活，养成了像男人一样的脾气和性格，做事泼辣，敢作敢当，很适应在这里做管理工作。进去不到一个月，原来管店的老板娘突发疾病，要临时找个人管店，老板娘看中郭阿姨风风火火的性格，把大权交给她。郭阿姨不辱使命，干得风生水起，老板娘病好后懒得亲自做老板娘，让她继续履职，自己则当后台老板，经常不在店里。正因此，这地方后来成了我们经常联络活动的地方，因为管事的人是咱们自己人，有人罩着，行动方便。

05

对赵叔叔儿子参加革命的事，阿宽本意是不同意的，但事实又已经没法不同意，因为赵叔叔违反组织纪律在先，他儿子已知道我们的身份、我们住的地方。这种情况下如果我们拒绝接纳他，把他丢到社会上去，他人这么年轻，万一有个长短，会让我们很被动。所以，阿宽决定让他留在我们身边。我说："留下来做什么呢？"他说："让他跟老赵学学报务吧，以后我们需要更多的报务员。"我说："他对外的身份是我什么人？我觉得服侍我的人已经够多，管家、厨娘、司机，都有了，他留下来很难找得到一个合适的身份。"阿宽说："当个花工怎么样？这儿院子这么大，配一个园丁也说得过去。"我说："太年轻了，如果年纪大一点儿，可以做个花工，这么年轻做花工不太合适。"阿宽沉吟道："他的长相也太文气，不太像干体力活的。"

"如果你明确要他参加我们组织，我倒有个想法。"我说。

"说来听听。"阿宽说。

"我把他安排到我住的那家酒店去行不？"

"你怎么安排他进去？"阿宽问。我说："通过王木天侄儿，他在那儿当前台经理，安排个工作应该没问题，我想。"阿宽说："你怎么介绍他呢？他是你什么人呢？你刚从南洋来这里，怎么会认识这个人？"一下把我问住了。确实，我初来乍到，马上冒出个我的什么人，会让人觉得我社会关系很复杂。我说："这确实是个问题，但我本来是这样想的，一个，我觉得我们应该在王木天侄儿身边安插一个人，这样便于我们掌握军统更高层的信息；第二点，我建议他以后走我这条路，表面上加入南京地下军统，由我来发展，这样给人感觉我一到这儿就发展了人，说明我有能力，对我下一步跟这边军统人员打交道有好处。"

阿宽当即肯定了我的想法，至于怎么安排他进那家酒店去工作，他说让他去落实。赵叔叔听了，很高兴，连连感谢我和阿宽。阿宽说："你先别谢，让我先找他谈一谈，看他愿不愿意，听听他本人意见，参加革命一定要自觉自愿，不要搞家长意志。"赵叔叔一边去叫人，一边说道："不会的，我相信他一定愿意做我们的同志。"

我们跟小伙子聊了，他确实自愿加入我们组织，不久我们就发展了他。后来通过二哥关系，把他弄进南洋丽晶酒店，而且就在王木天侄儿身边工作。只是很遗憾，没等我把他介绍进军统，他就出事了，牺牲了。

是这样的，有一次二哥安排他和赵叔叔去上海办一件事，我们一批军火被当地海关扣留，二哥在南京找周佛海写了纸条，让他们带纸条和礼金去上海找人解决问题。本来是一件很小的事，二哥在电话上都已经跟上海海关的头目讲好，对方答应只要见了纸条和礼金就归还东西。可父子俩在去上海的火车上，儿子去上厕所途中，过道太狭窄，和一个便衣警察擦了下身子，警察感觉到他身上好像有手枪。这就是没经验，太紧张，太把身上的枪当回事，才会让人感觉到。警察喊住他，要盘问他。这时，如果从容一点儿也可以化险为夷，哪怕让他缴了枪也没事，战争年代身上有把枪不稀罕的。但他毕竟是第一次出门办事，太没经验，一下子紧张得跑了。跑就坏了，你跑，警察自然要追，你身上有枪，他当然也不敢太放松，掏出枪追他。看这人有枪，小伙子更紧张了，更要跑。可是能跑到哪里去，这是在火车上，警察亮出身份，几声大喊，乘警都出来帮他围追堵截。逃无可逃。最后小伙子逃了窗。你逃窗，就更是大案要犯的感觉了，警察开了枪，把他击毙了。

这是我到南京后我们牺牲的第一个同志，想来很可惜的，牺牲得很不值。但这就是我们的工作，生和死只隔着一张纸，只要我们在工作中稍有差错，哪怕是一次偶然的交臂而过，都可能让我们付出生命的代价。

话说回来，这天晚上我们还无法预见小伙子不幸的明天，我们跟他谈过，同意他加入我们组织后，赵叔叔和小红专门烧了几个菜，小小地庆祝了一下。当然主要是为了欢庆我“回家”。从此，这里就是我的家，他们就是我的亲人。从此，我朝思暮想的幸福生活又变成了现实。感谢老天，高宽又回到了我身边。我清楚地记得，我们见面的第一个晚上，回到房间后，我们一直在互相诉说分手以来各自的工作、困难、战绩，倾诉彼此的思念、爱恋，说这，说那，怎么也说不完，以至于忘了做爱。我们像一对天使，忘记了肉体的欲望，满足于以语言的方式占有对方的精神、思想、情感、革命经历。天亮前，我实在困了，钻进高宽的怀里睡着了。也许只睡了一个小时，醒来时天还没有透亮，朦胧中我听到有人在房间里轻轻走动，我下意识地去摸枕头下的枪。

“你干吗？点点，是我。”高宽扑上来抱住我。

"天哪，阿宽，你怎么在这儿？"我还没有清醒过来。

"傻瓜，这儿是我们家。"他狠狠刮了我一个鼻子。

我这才清醒过来，激动得哭，一边问他："阿宽，我不是在做梦吧？"他捧住我的脸，轻轻吻着我说："可能是梦吧。我曾做过无数个这样的梦，紧紧地抱着你，喊着你的名字，吻着你的身体。"我说："阿宽，我也经常做这样的梦，梦见你这样亲我。"他坏坏地一笑，问我："难道仅仅是这样亲吗？"我说不是的，他问我："还有什么呢？"我狠狠咬他一口，咬住他的舌头……我们这才开始……那个……也许是思念得太久，我们非常疯，把枕头下的两把手枪都闹腾到了地板上，幸亏关着保险……

第七章

01

我知道，在一个无限的期限内，所有的人都会发生所有的事，但仅仅在一两个月时间内应该发生多少事，那是我所不知道的。我觉得，如果我讲的是一个故事，那么它现在正在往丛林地带进展，越来越像个复杂吊诡的惊险传奇。

据说，穿着伪军制服的我看上去英姿飒爽，娇气中透出阳刚气，别有动人韵味。我是学表演的，摆弄几个诱人的姿势是我的强项，在重庆培训班上，学员都说我有一段标致的性感腰身。那不是腰本身的魅力，而是步伐，是举手投足的魅力。好色的男人会把我的这份魅力无限地放大，比如秦时光就是这样的人，我从他看我的第一道目光中，就知道他会成为我最早得手的猎物。事实就是如此，我只陪他喝了二顿酒，就把他玩转了。真的，不是我吹，绝对是我玩他，不是一般人想的，他占了我什么便宜。没门，要占我便宜，他的脑袋还没长出来！秦时光是那种在日伪机构里常见的废物，草包、自私、虚荣、贪婪、胆小、窝囊，要玩转他对我而言易如反掌。我刚进保安局时，工作安排得不理想，在通信处当接线员，身边全是一些没情报资源的小姑娘、大嫂子，后来就是通过秦时光“帮助”，让我成了卢胖子的香饽饽，当上他的大秘书。

这天下班前，我得到通知，让我尽快交掉手头工作，去给卢胖子当秘书。阿宽见了我，一定从我脸上读到了喜悦，我刚上车坐定，就听到他嘿嘿地笑：“我怎么看到一只小喜鹊钻进了我的车。如实汇报，又有什么大喜事？”我说：“你就好好想一想，该怎么犒劳我。”他说：“你要怎么犒劳，在下悉听尊便。”心里揣着这么大个喜讯，我骨头都松了。我说：“亲我一下。”他说：“可以考虑，但为时过早。”我说：“你就是小心过度，亲一下又怎么了，现在不亲，回家都不让你亲。”他一边开车，一边说：“作为你领导，我同意你的决定；但作为你爱人，我不同意。”

我说：“作为我的司机，你根本没资格对我说这么多废话。”

他笑：“原来我跟你一样，也有三种身份。”

我说：“作为我的司机，你现在应该保持沉默；作为我的领导，你现在应该表扬我；作为我的爱人，你应该马上亲我。”

他说：“作为南京的人，你是伪军、汉奸；作为重庆的人，你是个滑头，大敌当前，躲在山里，人民不答应；作为延安的人，我愿意跟你握个手。”他把手伸过来跟我握了握，催促道，“快说，有什么喜讯让我高兴一下。”

我跟他说了，我当上了卢胖子的大秘书，他听了喜出望外，居然真的把车停在路边，要来亲我，反而把我吓着了。我说：“你疯了！快走。”也许是当过演员的原因，接受了一些西方的生活观念，高宽有时真的会在大白天亲我，跟我那个……让我觉得又刺激，又羞愧。我其实骨子里是很传统的一个人，阿宽身上倒有些浪漫东西，对诗情画意的生活充满向往。他经常跟我说，等革命成功了，他要带我去游山玩水，住世上最差的客栈，看世上最美的风景。

就在我被卢胖子“委以重任”的喜悦陶醉的同时，有人正在朝我伸黑手，就是反特处长李士武。这家伙是鬼子死心塌地的走狗，为人凶残，嗅觉灵敏。保安局最称职的人无疑是他，所以他也是我最想除掉的人。后来他被我栽赃，做了阿牛哥的替死鬼，真是大快我心。但现在，他还活得好好的，精神气很足，手脚勤快，眼睛贼亮，嘴巴利索。他办公室在我们办公楼外面，我们上下班都要从他办公室前过，据说他经常立在百叶窗前偷窥过往的人。我上班第一天大概就被他关注到了，因为我经常穿高跟鞋，我们办公楼前的路是石板路，哪怕是猫穿高跟鞋也会洒下一路鞋跟声。我后来回想，这天我下班时他一定躲在窗后偷看我，当时我就有这种预感，只是没想到他已经嗅见了我的什么。我以为他偷看我只是好色，没想到他已经怀疑上我了。

以下是金深水第二天早上告诉我的——

昨天晚上我没回家吃饭，因为革老约我有事。食堂里人来人往，打饭的窗口排着小队。我来得比较早，已经打好饭，坐在一个偏僻的角落独自吃起来。李士武进来后，我一边吃饭一边观察他的动静。我知道他最近肯定在查杀白专家的凶手，所以一直在留意他。他先是和你们孙处长（通信处）嘀嘀咕咕一番，然后走进卢局长的包厢里。我想他可能要跟卢说什么，便有意换了个位置，正好是可以听到他们说话的一个座位。李士武一坐下就嬉笑着说：“卢局长，听说你要换秘书了？”卢问：“你听谁说的？”李不回答，直接说：“这个人不合适，请你慎重考虑一下。”卢再问：“你说谁？”李说：“林婴婴，你的下一任秘书。”卢说：“她怎么了？”李说：“不瞒你说，这两天我一直在留意她，发现她生活奢侈，连上下班都有豪华轿车接送，那可是连局长你都无法享受的待遇。你想，有这样条件的一个人，她完全可以不用工作，或者干一些其他轻松安全的职业，为什么非要到我们这样事务繁重的保安局来？”

卢问：“还有什么？”

李答：“她来得不是时候。”

卢问：“什么意思？”

李答：“她来了不久，白先生被杀。”

卢问：“杀白的凶手不是被你抓了？”

李答：“不排除还有同谋，她可能就是同谋……”

我心里不禁紧缩一下，眼睛盯着碗中的饭，嘴里却停止了咀嚼，耳朵如同身外一根天线，极力捕捉那边传来的声音，我害怕这两个人的对话声会在这个时候突然消失。好在，声音尽管偏低，但还是不断地传过来。

卢说：“可能，可能，你说的可能有道理，也可能没道理。你这叫什么，怀疑？猜测？还是什么？说出去让人笑掉牙。调令已经下了，我不能以这些子虚乌有的东西来推翻一个红头文件。话说回来，如果她真有什么问题，我把她弄到身边，可以麻痹她，对你调查是有好处的，同时也便于我进一步了解她。”

02

第二天早上，我刚进单位大门，便看见金深水在阅报栏前站着，见了我示意我过去。我过去跟他寒暄后也佯装看报，一边听他说了这些。我看他脚下丢了好几个烟头，想必他为了向我报警已经在这里等候好久，让我心生感激。我说："谢谢你，这对我确实很重要，看来我得好好琢磨一下，怎么来应对李士武可能对我的跟踪和盘问。"他说："瞧你说的，有什么好谢的，我们是一只手的手心手背，你的安全也是我的安全。"

金深水是个很朴实的人，说话也很朴实。我开始认识他时有点不大喜欢他，觉得他做事过于谨慎，没有闯劲和魄力，但后来渐渐发现，他的谨慎不是胆小，而是多年一个人在敌区，因为孤立无援而养成的习惯——只有谨慎才是他的战友。他在单位不爱说话，但待人友善，人缘关系不错。尤其是卢胖子，把他视为知己，为我们工作赢得了不少便利。当然，对我最有用的是静子小姐，这个以后再说吧。

李士武盯上我，我必须甩掉他。在保安局，我觉得最难对付的人就是他。如果说秦时光是个草包，我玩得转，他不是，这个人有野心，有能力，而且诡计多端，心里有股子狠劲。不过我运气真是不错，他后来居然自掘坟墓，搞了个周大山出来。周大山是什么人？一个乡下猎人，被李士武搞成枪杀白大怡的神枪手抓捕归案，向野夫去交差。如果说别人不知道，我怎么可能不知道？杀白大怡的枪手是阿牛哥，我亲自安排的。李士武急于想结案表功，玩调包计，偷梁换柱，真正是撞到我枪口上。后来，我成功策划一件事，让李士武成了重庆叛贼，死在阿牛哥的神枪下，这样我在保安局的日子就越发好过了。总的来说，我在保安局做卧底期间，重庆交给我的任务我都轻而易举地完成了，因为我背后有靠山啊，有阿宽、阿牛哥那么多人在替我坐镇、出征，我几乎成了个神人，三头六臂，耳听八方，上天入地，无所不能，让金深水和革老对我佩服得五体投地。如果说我工作上有什么压力，那都是因为阿宽给我下达的任务，比如让我打入天皇幼儿园，比如让我发展金深水，这两件事确实一度让我压力很大。

在李士武被阿牛哥干掉后的一个星期天早上，阿宽开车带我出去。车子没有迟疑地一路直奔，上了紫金山。时令入秋，天高气爽，沿路风景秀丽。我已经好久没有出城，一上山心情豁然开朗。我摇下车窗，大口大口呼吸着山中清新的空气，精神振奋。山路弯弯，人迹稀有。我问阿宽："你要带我去爬山吗？"他一本正经地说："不，我要去碰碰运气，找一条路，带你去过世外桃源的日子。"完全是在说胡话，可又那么一本正经，我被他弄糊涂了，一时无语。他接着说："听说山里有一条秘密小径，一年中只有一个时辰现形，现了形你一路往前走，就能走到天上去。"

我知道他在逗我，也逗他："我相信你运气一定好，一定能找到这条路。不过嘛——归根到底，你的运气只有一天期限，过了今天，你还得重归山下，过人间日子。"他叹口气说："是人间的日子就好了，每天血雨腥风，生死两茫茫，简直是地狱的日子。"我说："我觉得只要跟你在一起，就是在过天上的日子。"他说："我从来没有像现在一样为自己的安全担忧过。"说得我汗毛都立起来，以为他遇到了什么威胁。

我问："你怎么了，是不是出了什么事？"

他说："我很好，什么事也没有，我就是担心你的安全。"

我说："那你就别操心了，我好得很，现在唯一对我有威胁的人也死了，军统那边简直都把我当齐天大圣，能用天兵打仗。"

他说："我就担心阿牛这么频繁出动，给敌人留下把柄。"

我说："没有，阿牛哥还是很谨慎的，他从后窗进出，神不知鬼不觉。谁能想得到，一个瘫子能飞上屋顶去，阿牛哥真的掩护得很好。”

他说：“你注意到阿牛对面的书店了吗？”

我说：“怎么了？”

他说：“金深水经常去那里？”

我说：“那里面真正睡了个瘫子，是金深水以前的部下。”

他说：“我怀疑不仅于此，那女的可能是金深水的联络员。”

我觉得这也有可能。我说：“是又怎么了？金深水现在对我好得很，他老婆孩子都是被鬼子杀死的，他对敌人的恨不亚于我，绝对值得我们信任。”

他说：“如果他知道你是我们的人，他还会信任你吗？”

我说：“我也不会让他知道的。”

前面出现一个岔路口，一条是上山的小道，一条还是缓坡，是大路。我们的车子拐入小道，往一个山坳里开去，两边山坡上是清一色的枫树，风吹来，枫叶齐动，飒飒有声。我欣赏着，禁不住发出感叹：“阿宽，你看，多美啊，这难道就是你说的上天的小路？”他像没听见我说的，专心开着车。突然，他踩住刹车，车子就停在路中央，他回过头来，像煞有介事地问我：“你觉得有没有可能把金深水发展成我们的同志？”

“你说什么？”我没想到他会突然问这个，以为听错了，反问他。

“我是说金深水，”他沉吟道，“他有没有可能做我们的同志？你觉得。”

我心情突然变得烦躁，瞪他一眼说：“你不是说要带我去天上吗？我以为你带我出来是来看风景的，怎么又扯这些事，烦不烦？”

他笑道：“烦，我确实挺让人烦的，说这些煞风景的话。不过，更烦的事情我还没说呢？”

我说：“最好改天说。”

他说：“今天上山来就是要说这些事。”他开了车，一边对我指指前面山坡上的一栋房子说：“我们已经到了，就那栋房子，不错吧？”

我问：“这是哪里？”

他说：“猜猜看，里面有你最想见的人。”

我马上猜到是二哥。

果然，车子刚停在院门前，还没有等阿宽按喇叭，带滑轮的大铁门哗啦啦地打开了，开门的人是一个精瘦的老头，六十多岁，佝偻着腰，手上拎着旱烟袋，见了高宽，挤满皱纹的脸上绽出一堆笑容。在他背后，一个穿着白西装的人，一手举着红烟斗，笑容可掬，朝我们车子冲上来。车子停在一边，他追到一边，给我打开车门，什么话也不说，只冲我笑，目不转睛，目光亲密、暧昧，搞得我有点不好意思。

“你好。”我埋下头说。

“你也好啊。”他说，“不认识我吗？我可认得你哦，小妹。”

是二哥！我惊叫一声，扑到他怀里。

03

这是我到南京后第一次见到二哥，他真是当大老板了，整天在大洋上漂，几次说要回来，结果又去了另一个国家。这一次他以香港为基地，为了给新四军采购药，把南洋五国跑了个遍，带回来了好多国内根本买不到的药。他公司总部设在上海外滩，花旗银行的楼上，今年3月，为方便跟新四军联络，上面要求他在南京开设分公司。他在最热闹的新街口租了华南饭店一层楼，设立分部，有四十多个员工，主要做军火和药材生意，周佛海、陈公博都是他的座上客，包括野夫机关长也多次与他把酒叙事。二哥在日本留过学，日语说得很溜，可以用日语背唐诗宋词。组织上正是考虑到这点，安排他到南京来开分公司，争取与日本高层接上头。他公司的开业庆典仪式就安排在熹园，野夫等不少日本军政要员都去捧场。像卢胖子、俞猴子这样的伪军头目，二哥后来都认识，可以随时喊他们出来吃饭。

我惊诧二哥的长相怎么变了。真的变了，不是阿宽的那种变。阿宽是靠化妆变的，而二哥我觉得是脸形变了，甚至连肤色都变了，变白了，嫩了。我说："你不会是整过形了吧？"二哥对我低下头，扒开头发让我看。我看到一条长长的疤痕。我说："你真整过形了？"二哥说："如果你一年前看到我，会被我狰狞的面容吓坏的。"

原来我去重庆不久，二哥遭过一次劫难，他晚上回家，在街上好好走着，突然从黑暗中杀出两个持刀歹徒朝他猛砍，砍了数刀，肚皮被砍破，头顶和脸上各挨了一刀，要不是抢救及时，必死无疑。幸亏事发在英租界，歹徒砍人的动静惊动了一个印度巡捕，及时把二哥送到医院，才大难不死，留了一条命。但是脸被砍破了，额头上的皮被砍开，耷拉着，几乎可以揭下来。歹徒是黑社会的人，拿钱干活，真正的凶犯是二哥生意上的对手，一个开典当行的老板，二哥的生意把他做垮了，他怀恨在心，便起了杀心。

要是以往，大难不死的二哥一定会疯狂复仇，但这一次二哥认栽了，因为他心里已经有了理想，他有更大的事要做。他不但吞下痛和耻辱，还主动关了典当铺，不想跟对方再有纠缠。他每天举着一张破脸忍辱负重，四方奔波，寻找新的商机。阿宽说，那件事说明二哥已经成熟，可以干大事了。二哥后来跟我说，是父亲救了他，他被砍倒在地时，清楚地看见父亲从天外飞来，把他翻过身来，让他仰天躺着，让他捂住肚子，掐住肝脏，以免失血过多。然后他又看见父亲跑去叫来巡捕，把他送到医院。从那以后父亲常出现在二哥面前，要他忘掉一切，重新开始新的生活。二哥说得活灵活现，父亲的音容笑貌真真切切，父亲的训词真真实实，好像父亲真的回到他身边，和他朝夕相处。但我想这是不可能的，这不过是他心里的另一个自己，这个人以父亲的名义在不断地教训他、指导他，让他摒弃杂念，让他放弃复仇，让他变成一个能忍痛的大丈夫，一个胸怀大志的革命者。

我看过二哥伤愈初期的照片，确实可怖，大半个额头的皮像一块破布遮着一样，皱褶四起，颜色呈暗红，像血随时要迸出来。从这样一张脸，变成现在这张脸，是不可思议的，但二哥就是遇到了这样的神医。二哥说，这又是父亲给他安排的，是父亲帮他把神医召唤来的。去年年关前，他坐海轮从上海去香港，在船上遇到一个犹太老头，胖得像英国首相丘吉尔，走路蹒蹒跚跚，却有一双天赐的神手。他主动找到二哥，说可以给他恢复容貌。二哥不相信，对方说你们中国人就是相信巫婆，不相信科学。一路上他对二哥说了一大堆道理和例子，证明自己非凡的医术。

下船后，二哥跟他走了，他在香港有一家私人诊所。走进诊所时，二哥又后悔跟他来了，因为所谓的诊所只不过是一间用楼道过厅隔出来的临时小房间，而且很显然，他本人就寄宿在此。这里既没有手术台，也没有复杂的仪器设备，所有设备只有十几把长短、大小不一的不锈钢剃刀、剪子、镊子、铁了、弯锥等，都包在一只脏乎乎的布袋里，像乡下兽医一样。当时二哥觉得是遇到骗子了，想掉头就走，但突然父亲又冒出来，对他说了一句话又把他留下了。父亲说："这是男人的手术，你是怕痛吧？男人怕痛还做什么男人，干脆早点到我这儿来做鬼吧。"

二哥说，他就这么留下了，付了定金，约好时间来做手术。做手术的头天晚上，老头儿带他去洗桑拿，老头儿让他一次次进出蒸房，蒸了几乎一夜，二哥说最后他觉得自己都被蒸熟了。然后他们回到诊所，手术就开始了，没有麻药，没有副手，没有无影灯，只有一台冰箱和一块海绵，他咬着海绵，痛到昏过去为止。二哥说手术持续了五个多小时，他昏过去时真正的手术还没有开始，只是刚从他大腿根部揭下一层皮，保存在仅有的设备——冰箱里。二哥说，他昏过去前又听到父亲在对他说："睡吧，你死不了的，有我和你妈保佑着……"

不说则罢，当二哥跟我说了这些后，我反而不相信他说的，太荒唐了！感觉和理智告诉我，这不是我的二哥，我不相信他说的。二哥说："我无法把自己变回去，但真的假不了，我愿意接受你的考证。"说着爽朗大笑。

我说："我觉得你声音也变了。"

他说："其实没变，只是你不相信我是你二哥，就觉得变了。"

我想考考他，问问家里人的情况、发生过的事。可以问得很多，但我只问了小弟的情况，看他对答如流且无一差错，就不想问了。倒不是被他说服了，而是我想，如果这是个阴谋，很显然，阿宽是合谋者之一，阿牛哥必然也是之一。家里的事，我知道的，哪一件阿牛哥不知道？作为父亲的义子和保镖，家里只有阿牛哥知道而我不知道的事，没有我知他不知的。就是说，有阿牛哥帮他，我这样考他，肯定是考不倒他的。我能问什么呢？我能问的，阿牛哥都会告诉他。有一阵子，我真的有种冲动，希望扒下他裤子，看看他大腿根部那块被揭植到脸上的皮。

当然，我没有。不好意思是一个原因，还有一个原因，我也希望他真是我的二哥。希望！哈，我忽然觉得我的生活太离奇、太那个……吊诡了，连二哥是真是假都成了个问题。这个日子注定要在我的记忆中烙下“疤痕”，像一根绳上的结，常常需要我去解。

话说回来，这天似乎就是专门给我“打结”的日子，与后面出现的“结”相比，这还是“小巫”。这个结，说到底不解也没关系，因为它只属于我的情感、我的生活，而此时的我，情感和生活都是可以被切割掉的。不是有首诗是这么说的吗：

生命诚可贵，
爱情价更高。
若为自由故，
两者皆可抛。

这天，我真是想起了这首诗，它似乎是某种象征，某种暗示：我这一生将为解开“革命的结”，为“自由之故”，失去包括生命在内的所有一切。

04

就是这天，在这山中清新的空气中，在一片绿意浓浓的枫树林中，在后院休闲的六角亭子里，阿宽和二哥分别向我介绍了天皇幼儿园惊人的秘密和可怖的罪恶。最先获悉此情的无疑是我“可疑的”二哥，他到南京开设分部后，不时与日本高层有些接触，正是在这些接触中，他偶然听说了此事。

二哥说：“鬼子把这次行动命名为春蕾行动，绝不是小打小闹，是准备大干一番的，可到底有多少人在里面干、具体干到什么程度，我一无所知，因为我根本进不了那幼儿园。那地方比秘密的集中营还要难进，我想这就是问题所在，一定程度说明春蕾行动，确有其事。”

阿宽说：“我是今年五月份把这个情况报给延安的，党中央高度重视这件事，指示我一定要尽快查清事实，若确有其事，要求我亲赴南京，全力实施反击行动。我就这样六月底带人到这儿，开始组织实施春晓行动。”

我问：“你要求我来南京也是为了这事？”

他说：“是，我们的行动起色不大，我们需要更多的人，尤其是像你这样年轻、有知识的女性。”

我问：“为什么？”

二哥说：“因为幼儿园园长就是一个年轻的女性。”

我说：“她叫静子，金深水现在就在勾搭她，革老想让他把她攻下来，因为她是野夫的外甥女。”

二哥兴奋地对我说：“这好啊，听说你现在跟老金合作很愉快，那你以后要接近她应该也有条件啊。”

阿宽笑道："她们已经是知人知面不知心的好朋友了吧。"我看看阿宽，他其实早跟我打过招呼，要我设法多接触静子，争取跟她交成朋友，只是没有跟我说明原因而已。我问阿宽："你干吗早不跟我说明原因呢？"他说："我总以为二哥会很快回来，想同他一起来跟你说，因为这事他比我更了解情况。"

我问二哥："你去过那地方吗？幼儿园。"

他说："我让下面职员以推售产品的名义去过两次，根本不让进，我几次路过看，大铁门从来都关得死死的。"

阿宽对我说："现在只有看你，下一步以去找静子的名义试试，看能不能进去。"

我说："这个我想应该没问题吧。"

二哥说："但不要想得容易，毕竟那里面有他们最不想让人知的罪恶。"

阿宽说："但我们必须想办法进去，只有进去了才能进一步了解情况，这个任务就交给你了。"指的是我，这也是他今天带我来这里的目的，正式给我下达任务。阿宽接着对我说："现在周副主席对这件事非常关心，上次老罗来这里给你打前站，专门给我带来周副主席的指示，说孩子是国家的未来，春晓行动关系到中华民族的存亡，当全力以赴。"

周副主席？我的血顿时沸腾起来！我激动地立起身，好像是在对周主席说一样，慷慨陈词："请组织放心，我会竭尽全力的。"我这么说时并没有想到，要完成这个任务有这么难，比用水去点燃火还要难！我为此将付出包括我自己，包括我最心爱的人，包括我们那么多同志的自由和生命。

生命诚可贵，

爱情价更高。

若为自由故，

两者皆可抛。

这首诗，真的就是我一生的写照啊。

05

“我预感，要完成‘春晓’任务不是那么容易的，我们要发展更多同志。我多次听你说起，老金为人正直，行事低调稳重，这样的人正是我们需要的。”在下山的路上，阿宽正式给我下达任务：发展金深水做我们的同志。

“你感觉他跟静子的关系发展到什么程度了？”看我沉思着，他又说。

“感觉还没有热火起来。”我说。

“这是与狼共舞。”

“但你一定希望他们共舞吧，这样对我们有利。”

“我希望他与我们共舞。”他笑道。

我心里其实一直在为二哥是真是假的问题纠缠着，接着他的话，我说：“我希望你对我说实话，他真的是我二哥吗？”他哈哈笑道：“这我干吗要骗你，如果我骗你，那也是因为他把我骗住了。”我问：“你这说的什么意思？”他说：“就这意思，我第一次见他这个样子、听他那么说后也曾经怀疑过，包括阿牛开始也不相信，但当我们问了他一堆问题，阿牛问他家里的事，我问他组织内部的一些事，他都不假思索地一一回答了，没有一点儿差错，足以证明他就是二虎。而且你看他，除了面孔有些异样外，其他的，像身材啊，声音啊，举止啊，哪一点不像二虎嘛。”

我说：“我觉得他声音变了。”

他说：“这完全是你的错觉。”

我说：“那你看过他大腿上有没有被移了皮的疤痕呢？”

他说：“这我倒没有看过，但我想一定是有的，否则他不可能这么说，因为这是可以当场验证的。还有，我想，你也可以试想一下，如果说他是假的，他说的那一些也全是假话，可作为假话，这也太低级了。”顿了顿，他进一步说道，“我是说，如果他要骗我们完全可以编出更可信的假话，比如说是找了家大医院，花了大价钱，经历了多少曲折等，尽可以挑玄的话说，反正我们也无法查证。可是他现在说的这些，确实太那个不可思议了，一般情况下谁都觉得不可信。他明知这不可信，还是这么说，唯一的解释就是这是真的。”

这个解释不乏道理，我以沉默的方式表示接受。

接着阿宽又对我道出一个在他看来不乏证据的事实，他说：“现在有一点不容置疑，如果他是假的，二虎一定见过他，并和他有非常深的过往，他要把二虎以前经历的、知道的、看到的、做的，甚至想到过的所有事都如数转达给他。不管是出于什么原因，就算是都转达给他了吧，那么好，我们又可以设问一下，他为什么要来扮演二虎这个角色，如果是为钱，该把二虎的钱财卷走后一走了之。但他没有这样，他还留下来替二虎出生入死，这又是为什么？当然也有可能，他是敌人，重庆也好，鬼子也好，伪军也罢，总之是我们的敌人派进来的，目的是要捣毁我们组织。可是快过去一年，我们组织没有因此有任何损失，他倒是为我们组织做了大量的事情，四处奔波，买药购枪，还在南京开设分部，探获了敌人最大的罪恶、最深的秘密。”

我亲爱的阿宽，你不该说这个，这是画蛇添足，把我本来已经被降服的心又搅翻天。我心想，这恰恰说明你是合谋者，这出戏是你导演的，这个人是你安排的，他本来就是我们的同志，他是替二虎来完成他未完成的事业的。

但我没有说出口，我依旧以沉默的方式表示怀疑。我发现，我其实害怕去揭穿阿宽——真能揭穿他吗？我不敢试，心里的疑窦依旧活着，像一盘蛇恶毒地盘着。回到水佐岗家里，我明显有点魂不守舍，看见小红和赵叔叔，脑海里都顿时浮现两个二哥的形象。我想跟他们聊聊二哥，又担心阿宽不高兴，或是把他揭穿了。可是不说，我心里堵得慌，我心乱如麻，像丢了魂，以致晚上临睡前都忘了给阿宽一个吻。在我和阿宽相处的日子里，我一直坚持每天晚上睡前吻他，这既是我们内心相爱的体现，也是我们感谢上苍的仪式，感谢老天给我们相知相遇的机会。我们有约定，只要在一起，不管发生什么事，吵嘴也好，干架也罢，这个吻必须不少，它是我们在一起的见证，也是我们要爱到永远的誓词。从来，我没有忘掉过，可这天晚上忘了，是阿宽提醒后我才吻他的。

阿宽以为我是被他下达的两项任务压的，安慰我说：“也许我不该给你这么大的压力，一天内给你压了两大任务，我是不是太缺乏领导艺术了？”我说：“你能这么安慰我，说明你的领导艺术还是蛮高的。”他说：“我相信你一定能完成任务的。”我说：“你这么鼓励我，你的领导艺术又高了一层。”他说：“别跟我逗嘴皮子，逗开心了又睡不着了，我看你很累，快睡吧。”

“你该罚我一个鼻子，刚才我忘了吻你了。”

“这可不是一个鼻子够罚的。”

“那就两个。”

“至少三个。”

“你把我鼻刮塌了，我变丑了，你还会爱我吗？”

“你就是变成丑八怪了，我还是爱你到永远……”

我喜欢这种感觉，躺在床上跟他斗嘴，打情骂俏，没大没小，无轻无重。一般人也许很难想象，阿宽这么大的一个首长，会跟我这样卿卿我我，这么富有情调。这是我用心培养出来的，可能也是母亲在九泉之下专门给我保佑来的。小时候，我最不喜欢父亲老是在母亲面前板着面孔的样子，长那么大我没看见父亲对母亲说过一句情话，父亲经常大声训斥母亲，而我母亲，只要父亲说话声音一大就会埋头沉默，像个八辈子欠父亲债的罪人。除了在一个房间作息外，我觉得母亲就像家里的其他用人一样，让我时常为母亲伤感。我爱父亲，也爱母亲，但不爱他们那种夫妻关系，冷冰冰的。我想母亲一定希望我找一个能哄我、逗我，对我情意浓浓，能给我甜蜜生活的丈夫。

我相信，我找到了。

这天晚上，阿宽为了给我减压——其实也是给我压力和动力，还跟我说了好多宽慰我的甜话，情深意长。其实他想错了，我心乱不是因为他布置的任务，我是被二哥折腾的。这件事对我冲击很大，阿宽不知怎么的似乎没有太在意。我一直没有理由说服自己，那人就是我二哥，到底是怎么回事？我脑海里全是两个二哥的是否问题。不但睡前如此，睡着了还是如此。晚上，我梦见父亲，我在梦中不停地问父亲，“二哥”是不是真的是我二哥。父亲一直没有回头看我，他的背影越来越小，时而往远处走，时而往高处飞，腾云驾雾，隐隐显显，急得我要哭。后来，父亲的像被狂风吹的，翻着跟斗从天上跌下来，摔倒在我眼前，我跑上前去撑扶他起来，却发现撑扶的是“新二哥”，他脸色比白雪还白，像僵尸，把我吓得大声惊叫。我就这么惊醒了，把阿宽吵醒了。

“你怎么了？”阿宽看我浑身发抖，泪流满面，把我揽在怀里。

“我做噩梦了。”我说，“我梦见二哥了，二哥，二哥……”我不停地喊着二哥，不知道说什么。

他说：“你是不是梦见二哥死了？”

我说：“是的，阿宽你告诉我，二哥到底怎么了，是不是死了？”

他说：“我的点点啊，你怎么会有这种想法？你为什么不相信他就是你二哥？你的二哥也是我二哥，他真的要不在了，我为什么要拿一个假的来骗你？”

我说：“你怕我伤心，因为二哥是我在世上唯一的亲人。”

他说：“……”

我说：“……”

我们又围绕二哥开始新一轮的质疑和反质疑。不知我是着了魔，还是……反正不论他说什么似乎都说服不了我。包括后来，阿牛哥也好，赵叔叔也好，郭阿姨也好，凡是跟二哥有过往的人，都坚决又坚决地告诉我他就是我二哥，可我还是信服不了。我的理智在这件事上显得无比固执，冥顽不化。如果说有什么说服了我，也仅仅是感情上的，那就是阿宽——我没有理由怀疑他会如此信誓旦旦地欺骗我。

阿宽对我发过誓：二哥就是二哥！

我正是以此笃信，不许自己再存疑虑，但凡不时冒出来的疑虑都被我狠狠掐死，没商量的。可是在他临终时，我还是有种冲动，想最后问他一次——由于没有及时问，他永别了我，我又为此后悔。这说明我心里的疑问还在啊，我所谓的笃信不过是笃信他对我的爱。现在二哥走了，阿牛哥也走了，而这个疑问却还在我心里活着。就让它活着吧，我在这里太孤独了，就让它陪着我吧……

第八章

01

有一天，阿宽又带我去二哥会所，说是二哥发展了一位新同志，十分了得，让我去认识一下。是下午上的山，天刚下过雨，山中湿漉漉的，草木都挂着晶莹的雨滴，放眼望去，水汽升腾着，形成山岚，飘飘欲仙。个别山头上还有壮观的云瀑，从山顶泻下，白得耀眼。那天吹的是西南风，二哥会所所在的山坞坐北朝南，成了个风袋子，水汽都往那里面钻，车子开进去，顿时被浓雾包抄，视野一下子缩小，车速不得不减慢下来。我在重庆时就学会开车，但开得不多，车技一般。为了提高车技，一般出了城阿宽会让我来开车。开车是个技术活，公里数决定车技，开多了技术自然上去了。那天就是我开上山的，但是进了山坳，山路弯弯，浓雾作怪，我不敢开，想换阿宽来开。

那天阿宽在感冒，人不舒服，上山时睡着了，我停了车他以为到了，看窗外这么大雾，说："这么大的雾你都开上来了，看来你的车技大有长进。"我说："还没有到呢，我就是看这么大的雾不敢开了，你来开吧。"他说："快到了，坚持一下吧。"我说："你不怕我把车开进山沟里去？"他说："没事的，开慢一点儿就是了。"

开车时，他经常告诫我一句话：车速不要大过车技，谨慎不要大到紧张。也许是当过老师又写过诗的原因，阿宽说话总结能力很强，总是提纲挈领，深入浅出，切中要害，很容易让人接受并记住。他曾写过一首诗，是反映我们地下工作者的，我觉得写得很好，第一次看到时我感动得哭了，因为我觉得它写出了我内心最真实的感受。和阿宽遗体告别时，我心里一直在默诵这首诗。现在，我每天早上醒来，总是要默念一遍这首诗——

清晨醒来
看自己还活着　多么幸福
我们采取的每一个行动
都可能是最后一个
我们所从事的职业
世上最神秘，最残酷
哪怕一道不合时宜的喷嚏
都可能让我们人头落地
死亡并不可怕
我们早把生命置之度外

二哥的会所据说最初是清朝大臣顾同章的闲庭。顾大人是广东潮州人，到南京来做官，水土不服，经常上吐下泻，人瘦得跟晾衣竿似的。下面人给他找来一位风水先生，把四周的山走遍，最后在这个山坞里给他选了这个向南的山坡，让他在此地建凉亭两座，茅舍一间，瓦房三间，月末来住上一天，夏日晴天在凉亭里下棋喝茶，在茅房里方便，雨天冬季自然是在瓦房里避寒取暖，喝补汤，吃海鲜。顾大人照章办事，一以贯行，果然不吐止泻，身体日渐长肉，赢得寿长福厚的圆满。因之，后来这地方被盛传是块风水宝地，房舍几易其主，被几度翻修重建，规模越造越大。最后接手的是孙文挚友、同盟会之主黄兴，他接手后这里成了同盟会经常开秘密会议的地方，为安全起见，在房子里挖了地下室和暗道，暗道一米多宽、一百多米长，直通对面山坡下、山涧边的一片巨石堆，出口处隐在几块大石头和灌木丛中，很难发现。黄兴被暗杀后，房产一直在后人手上，二哥正是从黄兴后人的手上买过来的，当然是花了大价钱。如今，茅舍早不见，凉亭依然在后院风雨着，当然也是几经修缮。现在的凉亭正楣刻着国民党的青天白日旗，几个柱子和横梁上有孙文、黄兴、于右任、宋教仁等人写的楹联。

以往，天气好时，我们总是在亭子里说事，这天因为雾大，二哥领我们去了会客堂。客堂在一楼拐角处，一面向着山外，一面迎着后院，向着山外的墙上没有窗洞，窗户都在对着后院的墙上，是两扇木格子大玻璃窗。我进去后，一边给高宽泡茶，一边看着窗外，在漫漫迷雾中，我看到凉亭里有一个人影，时而金鸡独立，时而抱柱翻腾，像一个武术高手在习武。我看着不由丢下茶具，立到窗前去看，看得痴痴。阿宽看我这样子，走到我身边，问我在看什么。

我对他伸手一指："你看那人，好像蛮有功夫的。"

阿宽看一会儿说："嗯，果然有功夫，看来二哥没跟我说大话。"

我问："他是谁？"

他说："让二哥告诉你吧，我也是只闻其名，未见其人。"

正说着二哥进来，说起凉亭里的人，眉飞色舞，滔滔不绝。二哥介绍道，此人姓程，名小驴，是湖北孝感人，家父是屠夫，开着一爿肉铺。小驴十六岁那年，肉铺买了一头死猪肉，乡民知情后纷纷聚在铺子前，要退钱还肉遂发生争吵，引起殴斗。十六岁的少年，如初生牛犊，殴斗起来不要命的，他操起砍骨刀，砍人如杀猪，连杀两人，吓得乡民抱头鼠窜。命案在手，小驴怕死，连夜逃走，最后改名换姓上了武当山，穿上道袍，扫了十三年树叶和落雪，练就了一身功夫。

二哥说："他最了得的是轻功，可以在晾衣竿上仰天睡大觉，可以像猴子一样在树梢上腾飞挪位，可以像猫一样在房顶上无声起落。有一回，我看见他就坐在那棵树下，突然拔地而起，把停在树枝上的一只红嘴相思鸟抓在手板心里。"

阿宽问："你是怎么认识他的？"

二哥说："在广州街头碰到的，他沿街卖艺，我看他功夫真是了得，就跟他攀谈。原来，前年夏天，他所在的道馆里来了一位病人，是薛岳部队上的一位团长，家就在武当山下，在武汉保卫战中受了大伤，肺部中了一弹，命悬一线。所幸救得及时，保住了命，却一直卧床难起，每天只能吃流食维持小命。后来几经周折，回了乡，依然举步维艰，命脉日渐衰弱，家人是死马当活马医，把他送上山，找道士来救命。此时昔日的小驴在馆中已是功夫高深的道士，声名在外，人称武师道士。他接下团长，天天给他运气发功，配合着吃了一个时期的草药，团长可以跟他扎马步习武，身体康复了。正是从团长口中，他活生生地了解到日本鬼子如何在欺负国人。他觉得自己是个罪人，如今国难当头，希望团长带他下山去杀鬼子赎罪。但团长经历了生死，看到了太多国军内部的腐败，心灰意冷，已无心报效祖国，只想在家乡苟且偷生，便给他写一封信，让他去武汉找谁。一天早上，他带了信，下了山，去寻武汉。去了武汉，发现武汉已经沦陷，他要找的部队说是去了株洲。寻到株洲，又说去了桂林，赶去桂林还是没找着，也没人知道去了哪里。他无路可走，开始漂泊，就这样到了广州。一路下来，他带的盘缠早已告罄，只好靠在街头卖艺化点小钱度日，我就这样遇到了他。”

后面的事可想而知，二哥了解到他的经历和愿望后，积极动员他加入我们组织。他听说我们也是抗日打鬼子的，二话不说跟二哥来了南京。后来，他当然成了我们的同志，当了我们行动组组长，经常出生入死，干得很出色。包括在春晓行动中，他也是立了大功的，如果没有他飞檐走壁的功夫，我们不可能这么快破掉罪恶幼儿园森严的铁桶阵：正是靠他猫一样的轻功夫，我们在腾村办公室安装了窃听器，让我们及早掌握到诸多内幕，为我们后来进一步行动找到了方向，赢得了主动。

02

程小驴的组织代号叫老J，他是我见过的最神奇的人之一，武功、轻功、木工、泥工、厨艺，样样精通，好得呱呱叫。他还会写书法、画画、看病、做油漆工。十几年道士生涯造就了他，他成了无所不能的高人。那天阿宽正患感冒，人很不舒服，他不但一眼看出来，还手到病除——其实严格说手都没有到，他就让阿宽坐在茶几上，他运了气，张开巴掌，悬空在阿宽的头顶和背脊上来来回回推摩了几分钟，整个过程没有碰阿宽一个手指头，但阿宽顿时变得神清气爽，脸色红润。我当时看傻了，如果不是亲眼所见，简直不相信。

后来军统公然跟我们作对，王木天兴师动众想捣毁我们的地下组织，他作为行动组长必须组织反击，还以颜色。他先后两次深夜入室拧断包括王木天保镖在内的几个坏蛋的脖子，因此王木天下死命令，一定要干掉他。结果有一次他遭革老的手下秦淮河追杀，肩膀上挨了一枪，子弹钻进肩胛骨里，伤势很重。二哥把他送到上海，找了最好的外科医生给他取子弹，医生说那子弹钻的位置很深，在骨头缝里，要卸掉肩膀才能取出子弹。肩膀没了，哪还能有胳膊？没了胳膊，怎么当行动组长？他不同意。医生警告他，如果不及时手术，他有可能连命都要丢掉，因为子弹击碎了骨头，炎毒有可能通过骨髓流遍全身致命。即便这样，他还是不同意。他私自回到南京，躲在山上的会所里自己治疗，先是寻来草药排毒消炎，草药都是他自己上山采的。炎症消退后，他恢复了体力，便开始强硬活动手臂，一天多次，每一次都痛得他大汗淋漓。我听二哥说，有一次他还拿肩膀去撞墙，把他痛得昏过去了。

真是太蛮了！

可他就是用这种蛮法让子弹移了位，让肩膀可以正常活动了。

后来子弹一直在他肩膀里，成了他肩胛骨的一部分，平时没感觉，只有在阴雨天会隐隐作痛。隐隐作痛不会影响他什么，他对疼痛的忍受力像他的武功一样高。他是个意志和毅力超常的人，有铁的意志，水的毅力。作为肉身，他无法刀枪不入，会中弹，会断骨，会流血，会号叫，会怒吼，会痛苦，会伤心，但从不流泪。那次送阿宽走，所有在场的人都涕泪交加，只有他，像一棵树一样，屹立不动，声色全无。他是我见过的最酷的男人，是真正的可以顶天、可以立地的大丈夫！

讲讲老J的事我心里特别来劲，可终归这是我的故事。不，这不是故事，这是我的经历、我的过去、我的感情、我的记忆。我在回顾一段我的人生，但有时我觉得它更像个故事，因为太曲折了，太不寻常了，爱恨情仇，悲欢离合，生死离别，荣辱兴衰，家苦国难，都在我一个人身上发生了。我的经历就像一个虚构故事，现在这故事正在往一个凄楚的方向进展，越来越像个悲剧。我说过，在一个无限的期限内，所有的人都会发生所有的事，所以，所有发生的事我都能接受。

但阿宽走了，这件事我怎么也接受不了！

很长一段时间，我一直不相信阿宽已经离我而去，每天睡觉前我依然与他絮絮叨叨，依然吻他——他的衣服，他的帽子，他的手枪，他的手绢，他最早送我的玉佩，他后来送我的项链，他残留在枕巾上的发丝、汗味、头屑……他真的没走，他给我留下了太多东西，每一样东西对我都是他，活生生的他；我对一样样东西说话，一遍遍亲吻它们，感觉到阿宽依然在我身边。只有在半夜，被噩梦惊醒，我想钻到阿宽怀里痛哭时，没有一双手抱我，替我拭去眼泪……

哦，阿宽，你真的走了吗？啊，阿宽，你怎么能走呢？阿宽，你的任务还没有完成，你怎么能走啊！阿宽，我们不是说好的，等我们完成了任务，粉碎了敌人的春蕾行动后，我还要给你生一个孩子，如果是男孩我来给他取名，如果是女孩，就你来取。可是，阿宽，你在哪里？

阿宽，你记得吗？你答应过我的，等赶走了鬼子，你要带我去遨游世界，住世上最差的客栈，看世上最美的风景。可是，阿宽，此刻你在哪里？我找不到你啊。阿宽，你真的走了吗？你怎么能走呢？你怎么舍得丢下我？阿宽，我恨你恨你恨你恨你！

可是，阿宽，我更恨我自己，我恨自己恨自己恨自己！我知道，是我害死了你，我要是不要那个该死的吻，你不会有事的。都是我不好阿宽，我太任性，太冲动，没有听你的。可是我那么长时间没有见到你，我真的很想你。你知道，我每天睡觉前都要吻你的，那么长时间没看见你，见了你我真的有些控制不住。都是我不好，阿宽，我怎么会这么傻！

阿宽，你会原谅我吗？别，阿宽，我不要你原谅，我也永远不会原谅我自己，我要接受惩罚！我已经在接受惩罚，没有你的日子，每一天、第一刻，我都是在惩罚中过去的。要不是为了神圣的使命，也许我早就去了你身边。我宁愿与你一起做鬼，也不要一个人活在世上。没有你的世间，比地狱还要阴冷，还是恐怖，还要折磨人……现在，我终于知道了，什么叫生不如死！该死的吻，我怎么会那么傻？爸爸、妈妈，你们一直在保佑我，怎么就没有在那一天保佑我呢？爸爸、妈妈，你们的女儿现在什么都没了，你们能施展法力把阿宽给我送回到我身边吗？

03

一切都在我吻阿宽的那个瞬间注定，不可挽回！

事情是这样的，皖南事变后，国民党迫于国际舆论的压力，暂时收敛了对我们的地下清剿行动。但是王木天不甘心，或者说他找到了更下作无耻的伎俩。其实，那时周佛海确实在对重庆暗送秋波，王木天就勾结他，利用他的力量对我们施行公开清剿。好在我利用革老父女对我的信任和重用，给他们下烂药，制造了一些假情报，使他们对我们地下组织的真实情况了解不多不深，否则我们真的会受到重创。毕竟这是在南京，周佛海手上有军队，有警察，随时随地可以抓人杀人。但阿宽的目标太大了，王木天早知道他在南京，朝思暮想想把他挖出来，讨好戴笠。周佛海知情后也是如获至宝，替重庆抓到赫赫有名的老A，等于是他在重庆政权里存了一笔“善款”，何乐不为？就这样，一时间里，南京城里满大街都是阿宽的头像，大肆通缉搜捕。

风声太紧张，形势太严峻，阿宽只好先出去避一避风头。他去了江北，在新四军的地盘上去做了一回客人。这一去就是一个多月，我日夜思念他回来，却又怕他回来。其间我发现自己怀孕了，这是他后来提前回来的一个重要原因。他得知我怀孕的消息后，先发来电报要我把孩子处理掉。我当然不是太情愿，谁会情愿呢？他可能是怕我处理了孩子太伤心，也可能是担心我“有令不从”，所以提前回来了。

回来得真不是日子啊！有些事回想起来就觉得是命，命运要袭击我们！

我清楚记得，那天是星期日，头天晚上秦时光约我出来吃饭，我拒绝了。这家伙总缠着我，为了稳住他，我答应这天去幽幽山庄跟他吃午饭。这是郭阿姨离开香春馆后二哥出钱开办的一个饭店，是我们一个新据点。阿宽不在期间，我出门都是自己开车，每次出门前，赵叔叔总是帮我把车擦得亮堂堂的。这天，我出来开车，觉得奇怪，赵叔叔一个劲地冲我发笑。我问他笑什么，他说他刚得到一个好消息，不知该不该告诉我。

我说：“为什么不告诉我？”

他说：“组织上不允许。”

我说：“你这不废话嘛，不允许你就别提起，提起又不说，挠我痒呢。”

他说：“你快上车吧，组织就在车里。”

我打开车门，天哪，竟然阿宽坐在驾驶位上！他几分钟前才回来，看到赵叔叔在擦车子，自然先跟他招呼。他从赵叔叔口中得知我马上要出去见秦时光，便跟我做了这个游戏。我好开心啊，激动得恨不得一口吞下他，可当着赵叔叔的面怎么好意思。赵叔叔建议我们回去喝杯茶再走，阿宽问我跟秦时光约的时间，我说是什么时间。他说："那不行了，走吧，已经很紧张了。"

就走了。

事后我想，我们真不该这么仓促走的，为什么后来到了秦时光楼下我会那么不能自禁地去亲他，就因为……怎么说呢，我已经那么长时间没见他，见了他我心里一下迸出太多的情感要宣泻，要抒发。不是情欲，真的，是情感，一种久别重逢、不亦乐乎、兴奋难抑、炽热如火的情感。如果我们当时进屋去坐一下，喝一杯水，让我在他胸脯上靠一靠，哪怕只是拉拉手，我后来可能就不会那么不能自禁。还有，该死的秦时光，如果他当时准时在楼下等着，也就不会有后来的事了。他那天迟到了，这是他无意中给我挖的一个陷阱，我在诱惑中跳了下去。

其实，我们也没有怎么着，可以肯定绝对没有亲嘴。阿宽还是很理智的，我开始上车就想坐在前面，被他阻止了。"干吗？"他说，"别破规矩。"我说："让我先坐一会儿，跟你说会儿话，待会儿我再坐到后面去。"他笑道："我已经习惯你坐在后面跟我说话了。"我说："今天不一样，破个例。"他刚回来，情况不明，很谨慎，说："何必呢，万一门口就有人盯着呢。"说着特意脱了外套，放在副驾驶位上，分明是没有商量余地。

我只好坐在老位置上，车子一驶出赵叔叔的视线，我一边说着话，一边还是冲动地去抚摸他的头。他跟我开玩笑："现在胡同里没人，摸摸可以，待会儿上了街可别摸了。"

我说："你这人怎么这么绝情，这么长时间没见我也不想我。"

他说："你这人真没良心，我回家连门都没进，就陪你出来还不是因为想你。"

我说："我每天都在想你。"

他说："我每夜都在想你。"

我说："我每一分钟都在想你。"

他说："我每一秒钟都在想你。"

我们就这样以惯常的方式互相斗嘴、逗开心，一路逗下来，我的情绪真是炽热得要着火，恨不得坐到他身上去。车停在秦时光楼下时，我左右四顾一番，没看见秦时光人影，也没看见其他人，顿时情不自禁地去抓他手。看四周没人，他也让我抓，但身体依然正常坐着，既没有回头也没有侧身，只是把手伸给我，让我握着。如果仅仅握着，我不把他的手抬起来，外面是没人看得见的。可我自己也没想到，握住他的手后，我的情绪变得更炽热，是一种通电的感觉，浑身都麻了。

真的，我太爱眼前这个男人了，他是我的老师、我的上司、我的爱人、我的大哥、我的信仰、我肚子里那团血肉的父亲……哦，该死的我，居然在这时候想到我们的孩子！一想到这孩子，我们的第一个孩子即将化为泡影，我的情绪就乱了，我捧起他的手，又是亲，又是咬，是一种爱恨交加、不能自拔、几近癫狂的感觉。

阿宽一直是清醒理智的，他发觉后立刻想抽回手，可我当时是那种感觉，完全丢了魂，手上的劲比老虎钳还要大，他哪里抽得回去……不过，我敢发誓，不管怎么说，这个时间是很短暂的，顶多十几秒钟。

哪知道，就在这十几秒钟里，命运袭击了我们！

鬼知道，当时秦时光在哪个鬼角落，是怎么看到的，但后来的事实证明，他当时一定看到了……这就是我们的工作，是世上最残酷无情的，一秒钟的放松都不行，一滴眼泪流错了时间地点都不行，一个不合时宜的喷嚏都可能叫我们前功尽弃，生死相隔！

04

说起这些，我眼泪就止不住要流，就有说不完的话，好像这样能够把阿宽留住似的。很长一段时间，过度的悲伤让我失去了活下去的气力，死亡的念头时常盘踞在我心里，呼之欲出，随时可能生龙活虎地跳出来。

我真是太伤心了，要不是阿宽对我有托付，我真的想随他而去。

阿宽给我留下了两个托付：一是他的孩子，这是他身体托付给我身体的，是客观存在；第二是，临终前他要我快去找阿牛哥干掉秦时光。这是他给我下达的最后一道命令，是他临终唯一的遗愿。那天，老J不在庄里——在也没用，他和郭阿姨都不会开车，只有我去。因此，我当时连替阿宽哭的时间都没有，他眼睛一闭我就把他丢给郭阿姨，迫不及待地出发了。我听人说，一个人死的时候一定要有人哭，这样他到了阴间才会被幽人尊重，在幽灵世界中做人，否则要当牛做马。

阿宽，我想你一定在那里做人，我一直在为你哭呢，呜呜呜……

阿宽，我想后来我运气那么好，一定是你在保佑我，呜呜呜……

是的，后来我的运气很好，从幽幽山庄到秦时光家约有六公里，到我们单位也是差不多的距离，两者相距约两里路。按秦时光搭人力车、我开车来比算，我大约比秦时光可以早二十五分钟赶到单位。阿牛的裁缝铺在我们单位门口，如果秦时光回单位，阿牛有充分的准备时间干掉他。问题是，我们不知道他到底会回哪里，家里，还是单位？如果是家里，阿牛徒步赶过去时间很紧张，我开车过去虽然快一些，可是我枪法哪有阿牛哥准？我没有远距离狙击的经验，去那边临时找狙击位，哪里一下找得到？这真是两难，而且时间那么仓促，根本不允许我们深思。最后，我决定先开车把阿牛哥送过去，这样保证了他的时间，然后我又赶回来，守在裁缝铺里。

当这样安排时，我们当然希望秦时光回家去，只要他回家，走进阿牛哥的枪口，他必死无疑，而且对我们以后也不易留下后患。可如果回单位，只有靠我拼了。我选择就在裁缝铺里行动，因为一时找不到更理想的地方。走之前阿牛留给我一支长枪，把后窗给我开好，一桶煤油放好，让我开枪后迅速从后窗逃走，放火烧掉裁缝铺。这就是不惜代价硬拼了，以后阿牛的身份再不可能秘密，我也将因此受到重点怀疑。因为谁都知道，我经常光顾此地。

关键是，我的枪能像阿牛哥那样百发百中吗？

是的，距离是很近，如果他从我门口走，只有三五米的距离，即使从刘小颖的书店门口走，至多也是二十多米的距离。但当时我的情况也很糟糕，我的心碎了，我的血像地下岩浆一样要迸发，我的心跳得像拨浪鼓，我的手抖得像筛子……真担心秦时光走进我的枪口！

谢天谢地，秦时光没有走进我的枪口，他走进了阎王庙，尸陈街头。

其实，我和阿牛哥相距只有两里路，正常发枪我是可以听到枪声的，但那时阿牛哥的装备已经十分高级，装了消音器，枪声还没有一个气球的爆破声大。我只有在看到阿牛哥从后窗爬进来时，才知道该死的秦时光已经永远开不了口了。

秦时光完蛋了，我就还有继续潜伏的资格。刚才我已经豁出去，因为如果不能杀他灭口，我什么都完了，只有消失，逃走。所以，刚才我那些想法和做法其实是很冒险的，但我冒险成功了，现在我必须保护好自己。于是，我顾不得悲伤，只跟阿牛哥简单交代一下情况，便绽出笑颜，大摇大摆地走出裁缝铺。此时我要尽量让人看见我在这里：停在路边的汽车可以证明，我在这里已经半个小时了。我在仓促中把车乱停在裁缝铺门前这一点，为我后来消除嫌疑起到了莫大作用。这就是运气，我相信这是阿宽的在天之灵给我的。

不过，事实上当时有一点我是疏忽的，就是：我没想到秦时光的死，俞猴子会立刻怀疑到我，并迅速召见我。我离开阿牛哥后直奔水佐岗家中，给郭阿姨打电话，知道二哥已经把阿宽遗体运走，去了山上会所，我便又直奔会所。

我刚驾车上山，只见二哥的车从山上下来。

我跳下车，扑进二哥的怀里，大哭起来。

“你别哭，快回头。”二哥焦急地说。

“怎么了？”

“老金来电话，让你马上去单位开会。”

“他怎么知道你的电话，我还没告诉过他？”

他说：“打到你家里的，老赵又打给我的，好像很紧急，我估计一定跟秦时光的死有关。”说着二哥钻进我的车，快速地替我掉转好车头，让我快快下山。我上车要走了，他却又叫我等一下。已经是严冬，山涧小溪里已经结冰，他下去寻了一块冰，用手绢包好，交给我说："你眼睛很肿，随时敷一下。不要紧张，万一有什么，能逃就逃，逃不了就去蹲班牢，不要认罪，我会设法救你。"他的镇定和理智让我佩服。我因此想，如果他真是我二哥，我二哥真是脱胎换骨了。当然，我这么想也不是说我由此认定他一定不是我二哥，革命确实会让一个人变成另一个人的，难道我还是原来冯家的那个大小姐冯点点吗？

05

我赶到单位时，俞猴子已在办公室里等我好一会儿，事后我知道，之前他已经跟金深水、马处长、办公室赵主任等三人聊过我，问他们今天有没有见过我。其实他知道，金深水和马处长都是卢胖子的人，不尿他的，如果问晚了，等我们私下见过面，他可能什么都问不到。所以，他有意在第一时间召见他们，争取获得他俩"没有见过我"的证词。这目的达到了，金深水和马处长在不明真相前，不敢随便替我做伪证。再说了，即使金深水当时也不知道秦时光的死跟我有关，只有俞猴子，他似乎开始就认定秦时光的死我难逃干系，所以要紧急审问我。

门开着，我气喘吁吁跑进去，对俞猴子说："对不起，局长，最近我司机回老家去了，我是自己开车来的，开得慢。"

他盯我一眼，说："坐下。"

我坐下，突然发觉尾骨的地方痛得很，不知是什么时候碰的。

他怪怪地看着我，突然问我："刚才金处长给你家打电话，你没在家，在哪里？"

我说："我在家门口洗头，你看，这头发都还没干呢。"二哥给我的冰块真起了大作用，我在上楼时灵机一动，把冰水全抹在了头发上。

他说："能说具体一点吗，你在哪一家店里做头发？"

我感到他来势汹汹，精神气顿时被激发出来。我知道这个店名不能说，说了他一定会去查，便说："哪一家店？什么意思？我说了我在哪一家店吗？我在自己家里做的。"

他说："你刚才不是说你在家门口洗头，不在店里，难道在大街上洗的？"

我哈哈笑："俞局长，这说明你没去过我家，我家门口不是大街，而是花园，我就在花园里，在花岗岩砌的花台上，在阳光下洗头，这有错吗？"

他说："那你还是在家里吗？可金深水说你没在家。"

我说："我正在洗头，头上全是香皂水，怎么接电话？电话响的时候，我的女佣正在给我洗头，我让她去接，就说我没在家。"我把话圆过去了，心里便有了底气，开始回敬他，"嗳，我的俞副局长，你是在审问我吗？"

他说："我没有审问你，我在了解情况。"

我说："你在玩弄字眼，你就在审问我，我倒要知道，你凭什么审问我？是卢局长安排的吗？"

他说："卢局长去上海了，你该知道。"

我说："这我知道，我不知道的是你凭什么审问我。"

他哼一声："凭什么，你知道出什么事了吗？"

我当然佯装不知，问："出什么事了？我不知道。"

他说："有人死啦。"

我说："这年月每天都有人死。"

他说："这人跟你关系很深哦，你不难过吗？"

我说："跟我关系最深的人死了快一年了，我现在还在难过。"

他说："谁？"

我说："我父亲。"

他知道这么说下去，被动的是他，索性说："秦时光死了，你不知道吗？"我故作惊异，立起身："什么，他死了？不可能！"他说："坐下吧，难道你真的不知道吗？"我不坐下，反而冲到他面前说："他在哪里，我要去看他。"他说："看有什么用，人死不能复生，抓住凶犯才最要紧。你今天见过他吗？"我不知道他掌握了什么情况，不便多说，有意提高声音说："那是你的事，我要去看他，告诉我他在哪里，我这就要去看他。"转身往门口走。他上前拦住我："先别走，我有话要问你。"我执意要走，推开他，做出要哭泣的样子说："你干什么，我要去看他！你该知道，秦时光是我……我们关系很好，他死了你为什么不让我去看？"说着我大声哭起来。我就是要惊动楼里其他人，让他们来看我哭，让他无法再问我话。

果然，不一会儿金深水跑上楼来，随后还有其他人。

我见了金深水，立刻扑上去，哭着问他："金处长，秦时光怎么了，他在哪里？"

他沉痛地看着我，小声说："他出事了。"

我大声说："他出什么事了？"

他看看俞猴子，对我说："死了。"

我说："怎么可能！我要去看他，他在哪里？"

金深水说："真的，他被人杀了。刚才我给你打过电话，你家阿姨接的，说你没在家，我也没跟她说明情况。林秘书，我知道你跟我们秦副处长关系非同一般，刚才俞局长说上午你们还在一起，在幽幽山庄，这确实吗？如果确实，你们是什么时间分手的？对不起，恕我直言，我觉得你应该如实告诉我们，因为凶犯还没有抓到，马处长正在调查情况。”就这样，老金及时把相关信息巧妙地告诉我，我就知道该怎么说、怎么做了。

我说：“是的，我们上午去过幽幽山庄，本来要在那儿吃午饭，可他临时想起一件什么事，拨了一个电话后就匆匆走了。”

俞猴子趁机问我：“什么时候走的？”

我说：“10点多吧，反正我们是10点钟到那儿的，没过十分钟他就走了。”

俞猴子又问：“你没跟他一起走吗？他有急事，你该送他走才对。”

我说：“我当时气得很，来了就要走，把我当猴耍，气得还跟他吵了一架，要早知道他……我就一定会送他的，我送他可能就不会出事了。”说着我又哭起来，一边问金深水：“金处长你告诉我他在哪里，我要去看他。”金深水看看俞猴子，俞猴子不理他，金深水便不说。我又问赵主任，赵主任支支吾吾也不说，我又问刚上楼来的马处长。马处长也不说，我便发作，骂他们：“你们怎么可以这样无情，他死了也不让我去送送他，你们凭什么这样对我！”气急之下我抓住俞猴子，疯了似的大声呵斥他：“你告诉我，他在哪里！”

他这才说：“在反特处。”并对马处长说：“你带她下去吧。”

我为什么一定要去见秦时光，为了摆脱俞猴子这种措手不及的审查是一个原因，此外我也需要大哭一场。我心里积聚着太剧烈的悲伤，阿宽走了我还没机会哭过呢。所以到了反特处，一见秦时光的尸体我就抱住他痛哭流涕。我不需要表演，只要把眼睛闭上，把秦时光想成高宽，我的泪水就会汹涌，我的哭声就会传得很远，我的悲伤就会撼天动地。我不停地擂着秦时光的身体，心里想着我的阿宽，骂着这个王八蛋，嘴里骂着老天，骂着自己，骂着自己可怜的命运，悲伤的情感恣意汪洋地泼洒出来。此情此景，我相信，所有在场的人都被我蒙住了，感动了。

阿宽，你想不到吧，俞猴子想偷袭我，结果成全了我，让我痛痛快快、淋淋漓漓地为你哭了一场，这一定是你的灵安排的吧。阿宽，你听见我的哭声了吗？阿宽，你看见我的悲伤了吗？阿宽，没有你今后我怎么活下去？老天啊，你怎么能让我的阿宽走啊……

第九章

01

生不能扬名，死不能公开追悼，甚至连坟墓都是秘密的，这就是我们的命。

这天夜里，我们安葬了老A，但我记忆里一片空白。我只记得我趴在阿宽遗体上，一边要死不活地哭着，一边向到场者简单讲了一下阿宽牺牲的经过。印象中，到场的人有二哥、老金、赵叔叔、郭阿姨、老J等。后来我哭着哭着昏过去了，就没有了记忆。也许，我意识里是想把自己哭死，让他们把我和阿宽一起葬了。如果我没有昏过去，安葬阿宽时我也许会跳进坟墓，撞死在墓穴里。

我真的想死！

没有人能想象我对阿宽的感情，我更难以想象，没有了阿宽，今后我怎么活下去。我希望死。我所有亲人都死了，死成了一件让我感到亲切的事，我不怕！可我昏过去了，想死都死不成。等我醒过来时已是第二天清晨，窗外漫山遍野都是白皑皑的雪。我努力回忆昨晚发生的一切，想到的最后一幕是我抱着阿宽的遗体。我立即去找阿宽，可是原来放阿宽遗体的屋子空荡荡的。天还早，二哥还在睡觉，我找遍了整栋楼也没有看见阿宽的遗体。我想他们一定是把他安葬了，可葬在了哪里呢？我在附近找，没有发现任何新的坟堆。大雪掩盖了新土，我根本找不着阿宽的下葬地。

后来我找到守门的大伯，他告诉我阿宽葬在哪里。我无法接受这个事实，太残酷了！我还没跟阿宽告别他们就安葬了他。我一定要跟阿宽再告个别！于是我冲出去找来铁锹要挖开墓地。守门的大伯怎么也劝阻不了，只好把二哥叫醒。

二哥好说歹说想劝我回去，我就是不听，不理，只埋头挥锹挖！挖！挖！二哥发了火，夺下铁锹，大声吼我："你想干什么！"我说："我要死！"我比他的声音更大，"我要跟阿宽一起死！"

"你疯了！"

"我就是疯了。"

"你这样他会不高兴的。"

"可我不死我活不下去。"

"你一定要活下去！为了老大的孩子和事业。"

就是这句话击中了我，我一下软倒在地，呜呜地哭着。二哥把我抱回屋里，对我讲了昨晚他和金深水的"双人会议"。"金深水已经代表组织做出决定，要你把孩子生下来。"二哥说："我个人十分赞成组织的这个决定。"我说："为什么你让金深水来做这个决定？"他说："因为我是你的亲哥哥，我来做决定是违反组织纪律的。"

不，我说的不是这个意思，这一点我当然能理解。我不理解的是，为什么二哥要让金深水来当今后的代老A？金深水当了这个角色，意味着他就是我们组织内部的二号人物，这不论是按照资历，还是组织关系，都有点反常。按正常说，这个角色理应由赵叔叔来担任，因为他以前已经是替补代老A。以前二哥是真正的代老A，但由于二哥经常出差在外，需要一个替补代老A，就是赵叔叔。所以，赵叔叔基本上明确是我们组织内部的第三把手，现在二哥当了老A，他理当是代老A，非他莫属。

我问二哥：“你为什么不让老D（赵叔叔）当代老A？”

二哥说：“以后告诉你吧。”

我说：“你这样做会伤害老D感情的。”

他说：“这没办法，我也不想伤害他，可他……怎么说呢，我觉得金深水当代老A也没有违反组织纪律，他现在是我们春晓行动的主力，而春晓行动是我们在这里的主要任务，让他当，名正言顺。”

我坚决说：“二哥，这不行，阿宽不在了，你又经常出门，今后我们更要团结大家，你这样安排容易引起误会，给我们工作带来麻烦。老金是个好人，又是新同志，他不会计较这些的，我建议还是由老D来担任代老A。”

二哥看着我，严肃地问我：“你想把孩子生下来吗？”

我说：“当然，这是老A唯一的孩子，只要我活着，我一定要把他生下来。”

他说：“那就只有这么定，金深水是代老A。”

我听出了意思，问他：“老D不同意我把孩子生下来？”

他说：“是的，这家伙不通人情！”看看我，他长叹一口气，接着说，“昨天我把高宽的遗体运上山后就打电话让老G迅速给上级发电报，通报情况，请求指示。上级明确指示暂时由我接任老A，全权负责下一步工作。我首先想到的是你身上的孩子怎么办，高宽牺牲了，我个人希望你把孩子生下来。可我是你哥，按组织纪律我要避亲避嫌，最好不要由我来下这个决定，所以我马上考虑由谁让来当代老A。按理老D当然是最合适的人选，但现在有一个附加条件，就是当代老A的人必须同意你把孩子生下来。老D会同意吗？昨天下午我侧面征求他意见，他说我们要尊重老A生前的决定，屁话！不同意，对不起，他就得靠边站，这一点我心里很明确，不可商量。”

我说：“就怕他不高兴。”

二哥说：“他不高兴？我还生气呢，居然说出那种屁话。”

我说：“老金是同意的？”

他说：“老金十分同意！”

说真的，虽然我觉得老金当代老A不妥，但似乎也只有这样了，因为我必须把孩子生下来，没有别的办法。阿宽死了，从感情上说我真不想活，真想随他而去，如果选择继续活下去，我一定会把孩子生下来，哪怕二哥不同意，哪怕挨莫大的处分，哪怕是被毙了，我也会这么做。我知道，革命是残酷的，但在这件事情上我不想做无情人。

二哥也不想。

金深水也不想。

我们错了吗？当时我们都认为我们没有错，但事后证明，我们还是错了。革命真的是太残酷了，你可以杀人不眨眼，可以毒如蛇蝎，可以视死如归，就是不能儿女情长，不能动感情，不能相信眼泪，不能听从亲情的召唤。阿宽，对不起，我错了……

02

接下来的两天，我是在水佐岗家中度过的。我病倒了，发高烧，喉咙肿得连口水都咽不下，浑身像一块烧红的铁，卧在床上也觉得身体是个累赘，又热又沉。单位里的人都以为我是被秦时光的死击垮了，我在反特处那场惊天地、泣鬼神的哭宣告了我对秦时光“至深的爱”，我的病再次证明了这一点。所以，我可以放心在家养病，老金也可以名正言顺来看望我。

老金是第二天下午来探望我的，代表卢胖子。这是他第一次到我家里来，他为我住处的奢华惊得目瞪口呆，见我第一句话就说：“这大概就是书里常说的金屋吧。”外面是冰天雪地，天寒地冻，我房间里却是暖温如春，一只老式壁炉幽幽燃着。他在壁炉旁坐下，刚坐定，就问我：“秦时光来过这儿吗？”我说：“没有。”他说：“他要知道你住在这么好的地方，又这么久不让他来看看，也许早就气死了，哪需要我们浪费子弹？”说着，笑笑。我说：“老金，看你心情不错，是不是有什么好消息？”他顿时蔫了，摇着头说：“好消息是没有，我是想让你心情好一点儿。”他安慰我说，“你要想开一点儿，争取尽快恢复健康。你该知道了吧，我们希望你把孩子生下来，你更要有一个好心情、好身体，不要沉浸在悲痛中，对孩子不好的。”

我流着泪说：“谢谢你老金，这是高宽唯一的孩子。”

老金说：“你看你看，你这不是跟组织唱对台戏嘛，让你心情好一点儿，你还哭。别哭了，先跟你说个好消息，我这是代表卢胖子来的，是专门来探望你病情的。这说明他对你还是很关心，没有被俞猴子拉拢过去。”

我说：“俞猴子可能掌握了我什么情况，这两天我没去单位，不知你有没有听到什么。”

他说：“他跟胖子说，你跟秦时光的死一定有关，胖子要他拿出证据，他说时机成熟就拿。”

我说：“难道他真掌握了什么证据？”

他说：“我也这么想，所以啊——”他摇了摇头说，“我刚才说了，没什么好消息。这两天我变着法子想探听他一点口风，可他咬得很紧，只说让我等着瞧，有大戏好看。”看我沉思不语，他又说，“不过你也别着急，我看胖子没信他，还跟我说他是在演敲山震虎的戏。”

我说：“就看他掌握了什么情况，万一证据确凿，胖子也不会保我的。”

他沉默一会儿，突然问我：“到底是谁干掉秦时光的？是裁缝孙师傅吗？”

我心头一惊，以为阿牛哥出了什么事。“怎么想到是他？你听说了什么？”我问他。他说：“是我的眼睛告诉我的。”我说：“你看到了什么？”他说：“他健步如飞，哪是什么瘸子？”我更是惊讶，问：“你怎么看到的？”他说：“那天老A是他抱出去安葬的。”我恍然大悟，那天金深水上山时阿牛哥一直在外面挖墓坑，没人给他们介绍相识，后来我昏过去了，不知道情况。

他说：“其实我早怀疑是他。”

我说：“为什么？你发现什么了？”

他说：“我看他浑身是肌肉，哪像是瘸子？”

我说：“猴子会不会怀疑到他？”

他说：“我正要问你这事，我看这两天他一直没开门，是怎么回事？”

我说：“那天猴子迫不及待想审问我，我就担心有什么意外，所以先让他避避风头再说。”

他说：“这是对的，我认为他还应该再避几天，而你我觉得如果身体能应付得了，应该尽快去上班。你去上班，猴子可能就会又找你问什么，这样便于我们摸清他的底牌。”

我问："秦时光下葬了没有？"

他说："明天。"

我说："那我就去参加他的葬礼吧。"

他问："你身体行吗？"

我说："我病恹恹的样子才说明我死了心上人。"

他苦苦一笑："现在整栋楼里的都在说你们，说你是鲜花插在牛粪上，怎么会爱上这家伙。"

面前的茶早凉了，香气也渐渐散尽。我们一口都没有喝，内心被一股压抑的情绪包围着，鲜活地体会到不思茶饭的感觉。送走老金，我一个人久久呆立在房间里，想到明天又要为那个烂人哭一场，我不寒而栗，不由得走近壁炉，而壁炉的暖气又让我透不过气来。

阿宽，你知不知道猴子到底掌握了我什么东西，居然对我这么不放手，你知道就给我捎个信吧，或者晚上给我托个梦，明天我就要去见他，我还没想到对策呢。可是……阿宽，我真的不想面对这些，想到你不在了，我做什么都没了热情，要不是为了孩子，我真想一死了之。

阿宽，我已经决定要把孩子生下来，你别怪我不听你，我什么都听你的，就这一次……对不起，阿宽，我不听你的，我一定要把孩子生下来，因为这是我们唯一的孩子，也是我活下去的唯一理由。

阿宽，我们的孩子真可怜啊，生下来就见不到父亲，难道……阿宽，我知道你不爱听我说这些，我又何尝想说呢？你也许最希望听到我说说工作上的事，那么好吧，我就不说这些了，我就想想明天的事情吧。为工作操碎心，大概就是你在我心目中最完美的形象吧，阿宽……

03

天公作美，出殡时，天下起了小雪，让我的表演变得轻松又完美，我似乎只要扯开嗓子，无须用心煽情催泪。休息了两天后，我的嗓子又亮了，需要时可以吊出高音，让哭声盘旋在空中。我相信在场的人都被我感动了，但有一个人，就是俞猴子，他无动于衷，甚至听着一定觉得刺耳。有一会儿，他居然凑到我身边，不无放肆地对我说：“别装了，还是把眼泪留给自己用吧。”

这让我充分相信，葬礼后他会故伎重演，把我叫到办公室去进行以聊天为名的审问。我一边哭，一边琢磨着他可能问的问题。有一点我判断错了，我觉得他没有拿出证据对我进行公开审问，说明他的证据还不实，只是在怀疑。其实，他已经在秦时光死的当天晚上，暗中搜查了裁缝铺，搜到长枪一支，子弹数盒——证据如铁！

这支长枪正是我那天下午紧紧握过的，现在这支长枪已经交到野夫手上。

幸亏，阿牛哥离开时带走了那把狙击步枪：这是他多年养成的习惯，枪不离身。他有一只银色的铝合金箱，箱子里面就是被分拆的枪支、弹药、瞄准镜、消音器等，不论走到哪里、干什么，阿牛哥总是随身带着箱子，有时拎着，有时外面套上麻袋扛着，那时他一定是农夫的打扮。

幸亏，阿牛哥那天下山后没有回裁缝铺，如果回去将被当场拿下：有人正躺在他的床上、坐在他的椅子上，苦苦盼他回去呢。而阿牛哥本来是要回去的，只因那天夜里临时下了大雪，二哥无法开车送他们下山，他们一行人是走下山去的。下了雪的山路难走，天又黑，雪又大，他们走得很慢，到山下时天光已经发白。到山下，一行人分了手，阿牛哥走着、走着，眼看着天色越来越亮。照这么个速度走回铺子，天一定已经大亮，他怕这样回去被人撞见。即使侥幸没人看见，可街上积着雪，每一个脚印都清晰地留着。这样，阿牛哥才临时改道，去了幽幽山庄。本来到了这天夜里，阿牛哥还是准备要回铺子，二哥又临时把他留下了。这就是巧合，就是运气。我相信，这一定是阿宽的灵魂在保佑我们。

二哥是这天晚饭前开车把我送下山的，吃了晚饭离开我，去了幽幽山庄。毕竟那里昨天是事发现场，他想去看一看，有没有留下什么后患。去了，意外看到阿牛哥，问起为什么他在这儿。二哥听了反而受到启发，觉得在事情没有明朗之前，阿牛还是先在外避一避为好。就这样，二哥临时决定把他带回山上，没想到这还真救了阿牛哥。

俞猴子之所以不愿把证据交给卢胖子，是因为他觉得“证据确凿”，可以直接交给野夫机关长，他要独贪功劳，让胖子当旁观者。而且，他想——我猜他肯定有这样的想法，因为胖子不了解情况，下一步野夫调查我时，他可能会替我说好话。这样等将来案情大白时，他也许还可以另做一篇文章，把胖子当作我的同谋一起打掉。

我确实没有料到，葬礼完后，俞猴子会跟我上演那么一出戏，他看我满脸泪迹，递给我一块手绢，假惺惺地对我说：“有人在等你，还是收拾一下吧，别哭丧着脸，好像我们对你用过刑似的。”我问是谁，他说：“跟我走就知道了。”他让我上他的车。我说：“我才不跟你走。”他说：“你胆子太大吧，这个人可是你的卢主子见了都要低头的，你敢不去？”我说：“到底是谁？”他说：“野夫机关长。”

他没有吓唬我，野夫果然是在等我，之前他已经把我的底细摸过一遍。要不是摸到一根大藤，我想他肯定不会这么守株待兔等我的，可能早把我从床上拉走了。正因“大藤”的作用，见了我，他没有拉开审问的架势，而是请我喝茶，不过话说得很难听。

他说：“我的茶绝对是上品，你不用怀疑的，只是我怀疑你配不配喝它。”

我说：“我正在生病，医生让我别喝茶。”

他说：“你生的是心病吧，听说你的良心大大的坏。”说着，他毫无忌讳地看了一眼一旁的猴子，分明是告诉我，他就是从“这人”嘴里听说的。

我看了猴子一眼，对他说：“秦时光要知道你这样对我，一定会从棺材里爬出来骂你，他为你卖了一辈子的命，你就这样对他？你应该比谁都知道，我跟他是什么关系！”

他朝我冷笑道：“是，我知道你们是什么关系，就是你把他害死的关系。”

我要说什么，野夫一挥手把我阻止：“好了，废话少说，今天你就当俞副局长的面回答我几个问题，你能说清楚，走人，回家，没问题；说不清楚，哼，就别回家了，去哪里你该知道。”就在这时，我不经意看见，野夫的办公桌背后，靠墙立着一支长枪，旁边地上撂着一只包袱，是用阿牛哥盖在缝纫机上的蓝印花布包裹的。我一下明白，他们已去裁缝铺里搜查过，枪和包裹里的东西无疑是罪证——我想应该有手枪、地图、弹药、阿牛哥执行任务时穿的油布雨衣等。

那么，他们是怎么怀疑到裁缝铺和我的？我脑袋迅速打着转，我马上想到，这一定不是因为发现了我什么，然后去怀疑阿牛哥的——如果是这样，他们一定早把我抓起来。应该是，正好相反：他们抓住了阿牛哥的什么把柄，然后那天我正好在那里，加上我平时经常去那里，由此来怀疑我。这就是说，他们对我应该还没有掌握确实的证据。

但我的证据其实就在眼前。在哪里？那把枪上！

那天，我紧紧握过这把枪，枪上一定留下我的指纹。我甚至相信，指纹一定会很明晰，因为那天我实在太紧张，手心一定出了汗，手一定会很油，所以留下的指纹一定不会是模糊难辨的。所以，我特别担心他们来提取我指纹，如果这样我将百口难辩，死定了。大限在即，我心慌至极，脑袋里唯一想到的是阿宽，我在心里喊：阿宽，快来救我，保佑我，别让他们想到那上面去……

04

阿宽真的来救我了，他们摆开审问的架势，审这问那，说东道西，就是没说到我的指纹上去。只要不说指纹我就不怕，我相信没人会看见我跟阿牛哥在里面碰头交流的情景，更不可能听见。既然这样我就可以编。怎么编？我的对策是，既然他们抓到了阿牛哥的什么把柄，我必须咬定：那天我们没见到他。

“那你进去干什么了？”猴子看我对野夫一口咬定我没有见到裁缝，忍不住大声唬我，“难道你就进去一个人玩了？”

“那里面有什么好玩的？”我很镇定，因为我早想好说辞。我说：“你不是知道，我本来在幽幽山庄和秦处长要一起吃午饭的，他临时有事把我丢下，我就约了其他人吃饭，那人说吃饭的地方在紫金山上，我想山上冷，想穿呢大衣去。我的呢大衣在他那儿，那是我头一天交给他让他熨的，去了发现他没在，更可恨的是，我的大衣还放在我头一天拎去的袋子里，根本没熨，没办法，我只好自己动手熨。”我对野夫说，“我在里面就是在熨衣服。”

野夫问：“时间？多长时间？”

我说：“大约半个小时。”

野夫说：“熨件衣服要这么长时间吗？”

猴子对我冷笑：“你就编吧。”

我不理猴子，对野夫说：“机关长，会熨的人肯定不要这么长时间，可我从来没熨过衣服，他的东西，熨斗、架衣托、电源，我都不知道在哪里，先要找，找着了东西，还要琢磨怎么用，这个时间就花去了好多，然后……机关长，你真没看见我笨手笨脚的样子，说真的虽然耗了这么长时间，其实也没熨好，只不过时间不允许我再磨蹭，只好将就了。”

“然后呢？”野夫问。

“然后我就走了，中途我还回了一趟家。”这是我那天走的路线，我担心被人发觉，特意又补上回家这一笔。

猴子又对我冷笑着说：“你刚才不是说时间很紧张，怎么还有时间回家？”

我对猴子干脆地说：“因为我见的人特殊！”

野夫问：“怎么特殊？”

我想到野夫认识杨丰懋，决定打这张牌——说一个他认识的人，会增加他心理上的可信度，但我不会主动说，我要故弄玄虚，引诱他来追问。“怎么说呢？”我略微显得羞涩地说，“我觉得这个人，请我吃饭的人，好像对我有点意思，不久前才请过我吃饭，还送我一份厚礼，一块大金表。我是回家后才发现是一块金表，我觉得我们现在的关系还不能收他这么贵重的礼物，收了容易让他以为我对他也有意思。可我对他根本没这种感觉，所以我专门回家把表捎上，准备还给他，结果他不接受，还又送我一个更贵重的礼物。”

“什么？”野夫好奇地问。

“一根五克拉的钻石金项链。”

野夫听了笑：“这人有钱嘛，是个什么人。”

我说：“一个商人，机关长想必不会认识的。”

他说：“我认识的商人多着呢。”

我惊叫一声，像突然想起似的说：“哦，机关长可能认识他，几个月前他公司搞过一个庆典活动，听说活动上去了好多重要的大人物。”我对猴子说：“你肯定认识他，那天晚上搞的舞会上卢局长和你都在场，我就是在那个舞会上认识他的。”

“你就说，是谁？”猴子瞪我一眼。

“杨会长，”我说，“中华海洋商会的杨会长。”

野夫没有表明认识他，只是一脸讥笑地问我：“那么请问，你收下他的钻石项链了吗？”我担心他给二哥打电话问情况，我说收下会很被动，就说没有。我说没收，二哥说收了，问题不大，顶多说我在撒谎。我干吗撒谎？因为我暂时还不想公开这层关系。如果我说收了，就意味着我接受了他，这么贵重的礼物我理应戴在身上。

“看来这人用金钱是没法打动你的。”野夫说着起了身，往办公桌走去，一边说道，“不瞒你说，这人我认识，我这就给他打个电话，你不在意吧？”他问我。“这……”我故作紧张，欲言无语。他说：“不要紧张嘛，这对你是好事，可以说清楚问题。”

他当即给二哥接通电话，略作寒暄后，嬉笑着说道：“问你点事，大前天，也就是元旦前一天中午你在哪里？”我听不到二哥说什么，但可以肯定他会说实话：在山上会所，同时会警惕起来。野夫又问：“你和什么人在一起呢？”敏感的时间、敏感的地点，一个敏感的人突然问他这样的问题，二哥肯定不会直接说什么，会套他话，大致会这样说：那我怎么说，跟我在一起的人又不是一个，你要提个醒。果然，我听野夫说：“嗯，是个女的，一个年轻漂亮的姑娘。”这时我想二哥会不假思索报出是我，因为只有我在野夫身边，只有我，野夫有可能关注得到，其他人野夫是关注不到的。

果然，野夫的笑声告诉我二哥答对了。“你怎么把手伸到我身边了哈哈。”野夫笑道，“听说你出手很大方啊，送了她一件好贵重的礼物，是什么来着？”我没想到野夫会这样问。不过我不担心二哥会乱答，按照套路，这时二哥肯定会说类似这样的话：送什么？我怎么想不起来了，她说我送她什么了？因为说什么都可能对不上，只有这样打马虎眼，套他话。

野夫没有上当，反而说：“好好想想，到底有没有送？”这有点逼人的意味，二哥只能说“没有”。但此时二哥会高度警觉，估计到我一定在被审问，而我肯定是说他送了什么。怎么办？别急，有退路的，二哥肯定会设法为我开脱。

事后我知道，二哥是这么说的：“她说我送她什么了是不是？别信她，机关长，现在的女孩子都是又虚荣又鬼精灵，我敢说她一定不知从哪儿探听到我们是好朋友，所以想攀附我来取得你的关照。嘿，看来以后我得小心一点，至少别去碰你身边的美人，免得给您增加不便是吧？不过请放心，机关长，到现在为止您还无须为我替她负责，我们的关系也就是吃吃饭、跳跳舞的关系，等哪天我真的送她金戒指的时候您再关照她吧，如果有这一天。”

野夫挂了电话，用手对我一指，说：“你撒谎了！”

我从他刚才的问话中已经猜到二哥不得不否认送过我东西，所以连忙说：“对不起，机关长，是我对你撒谎了，他其实没送我东西，我是……”这时我要用尴尬的神色、以最快的语速说尽量多的话，把话语权控制在自己嘴里，“怎么说呢，反正其他都是真的，这跟你要问我的事没什么关系，你又不是要了解我的人品是吧，机关长？你这样给他打去电话简直让我无地自容，你把一个女孩子的虚荣心当场揭穿，你让我以后怎么面对他呢？不瞒你说，那天吃饭不是他主动请我的，而是我……给他打的电话，我其实很想接近他，那天秦时光有事不能陪我吃饭，我就给他打了电话。”

紧接着，我掉转头对猴子发起反击：“现在你还有什么好说的，真的就是真的，不信你可以去找人问嘛。我现在突然想起，那天我的车就停在裁缝铺子门口的，停了那么长时间，我想一定会有人看见的。我以前什么时候把车子在裁缝铺门口停过那么长时间？单位那么近，我干吗不停在单位里？就因为我没想到，我要自己熨衣服，我以为拿了衣服就可以走的，所以才临时停在那儿，哪知道要停那么长时间。要早知道停这么久，我肯定就停到单位里去了。因为停了这么久，所以我相信肯定有人会注意到的，不信你可以去找街上的人问一问。”

我越说越有理，越说越来气，说到后面就开始带着哭腔，说不下去了就开始哭，越哭越来劲，眼泪鼻涕，秦时光，林怀靳

（伪父亲），都哭出来了，有声有色，叫人心烦意乱。野夫哪受得了我这番哭，朝我吼：“别在这儿哭！”

我说：“我受了委屈还不能哭嘛，呜呜呜……”

他说：“要哭回去哭，给我滚。快滚！”

这是野夫对我说的最后一句话，不包括后面说的“快滚”，那是他专门指着俞猴子骂的。我想，事已至此，真正想哭的该不是我了，而是猴子——野夫让我“回去哭”，他满怀的希望化作了泡影，心一定碎掉了。阿宽，这一仗真的好险啊，我差点都回不了家了。

05

事后我了解到，俞猴子之所以知道我那天和秦时光在幽幽山庄，是因为秦时光出门前跟他提起过，他临时有事，给秦时光打去电话，让他去办，秦时光只好如实说，要去幽幽山庄见我。电话打过后不到两小时，秦时光路死街头，怎么说，俞猴子都会怀疑这跟我有关，所以急着找我谈话，想对我来个“措手不及”。我虽然一时找了个说法，还大哭秦时光“灵堂”，他表面上放过了我，背地里还是在对我做调查，很快探知到，那天事发前我去过裁缝铺。向他报这个信的人是总机房一个小姑娘，我曾经跟她同过事，认识我。她那天上夜班，白天没事，约了人去街上吃小吃，出门时看到我的车停在那。

看到我的车停在那儿的人肯定不止她一个，但要在短时间内，且不是大鸣大放地找，也不是那么好找着的。比如说这个小姑娘，她是猴子同乡的女儿，是猴子一手安排进保安局的，对猴子言听计从，如果她早些时间向猴子报告这事，猴子收获就大了，人赃俱获！可小姑娘说迟了，说的时候天黑了，阿牛哥已经出发去山上会所了。

查个裁缝铺算什么，晚上照样可以查。猴子连夜叫人去查，一查，查出了大名堂！有枪有弹，罪证多多，猴子乐开了怀。虽然枪不是那杆作案的枪，但有一盒子弹是那杆枪的子弹（已作案三次，早备案了），足以说明，此人百分之百是他们缉拿已久的凶犯。

第二天，猴子理直气壮地走进野夫办公室。野夫看了赃物，听了汇报，自然要见我，审我。大致经过就是这样，但我相信，不论是猴子还是野夫，都不会就此罢休，野夫放我走也许是一种计谋，猴子更会去背后继续跟踪调查我。当天下午，我住进医院，目的有三：一让猴子无处跟踪，我住院了你还跟什么？二让野夫对我更信任，我住院至少说明我不会跑。三我要和金深水尽快见上面、说上事——以后还要见二哥等人，而此时的我肯定有尾巴，去哪里都不行，只有住进医院。

我让金深水开车送我上医院，这是我在当时情况下能最快与金深水见面说事的唯一办法。车子一驶出单位大门，我便向他说明刚才野夫调审我的情况，然后我说："事情肯定不会就这么了了，野夫一定会像上次一样借机在我们保安局大搞清查。"

老金说："是的，孙师傅（阿牛）暴露后，他会更加肯定保安局内部有他的内线，否则他不会把铺子开在这里的。"

我说："调查的结果还是我的嫌疑最大，因为谁都看见我经常去那儿。"

他说："我记得孙师傅还同我说过，他就是为了做你的生意来的。"

我说："所以我在想，我们必须再找一个替罪羊，否则我肯定会被盯出问题的。”

他说：“这回找谁呢？”埋着头，更像是在自语。

我其实刚才已经想好。“胖子！”我说，“我想了一圈人，觉得还是他最合适。”老金以为我说错了：“你是说猴子吧？”我说：“不是，就是胖子。”他纳闷地看着我说：“你想到哪里去了，现在我们就靠他给你顶着，否则猴子早对你大动干戈了。”我说：“如果我们能把胖子做成替罪羊，他感谢我们还来不及。”接下来我给他分析为什么要拿胖子下刀。“第一，”我说，“胖子总的来说是个自私又目光短浅的人，脾气不好，任人唯亲，在单位树敌太多，积怨太深，保安局迟早是俞猴子的天下。猴子很精明，会用人，又有上海李士群、丁默邨那帮人帮衬，胖子跟他斗最后肯定不会有好下场，所以不如趁此机会把他卖了，送猴子一个大礼，攀上猴子。

“第二，秦跟胖子作对，胖子对秦恨之入骨，单位上下都知道。没人知道的是，秦还私设电台在捣胖子的鬼，这对胖子是多大不敬，对外界也是震撼人的大新闻。我们只要把它说成胖子最近才得知此事，一气之下对他下了毒手，这说得过去的，一般人会信的，符合胖子的性格。就是说，胖子有杀秦时光的理由和动机。

“第三，也是最关键一条，只有把胖子做成替罪羊，我才能真正解脱。我为什么常去裁缝铺，是因为他在利用我。”

刚才金深水一直在听我讲，直到这时他才打断我说：“这可能有点说不通吧，因为裁缝铺是你来了以后才开的。我刚才也说到，孙师傅至少曾跟我说过，他是专门来做你的生意的，也许他还跟其他人这么说过呢。”

我说：“正因为他这么说过我才能把话说圆，为什么？因为我到哪里都是要专门找一个裁缝的，可我从南洋来，南京人生地不熟，去哪里找？只有托人找。这个到时你也可以替我作个证，说我刚到这里时也曾托你找过裁缝，但现在这人恰恰是胖子给我找来的。还有，我为什么能从通信处，从一个话务员一下子调到他身边当秘书，正因为我的裁缝是他的同党，他可以利用我为他悄悄做事。”

总之，我说了一通，老金虽然开始有些疑虑，但经我一一分析、解释，最后也觉得我的想法是不错的，可以搏一下。怎么搏？我对老金说：“这回只有你上阵了，你来当搅屎棒，我来敲边鼓，因为……”他抢着说：“我知道，因为你是当事者。”

“是的。”我说，“你放手去干，没人会怀疑你的，虽然大家知道我们都是胖子的人。”

他沉思一会儿，问我：“你说这次野夫为什么到现在还不来调查？”

我说：“有两个原因，一个是因为已经有我这个大嫌疑人，可以先从我下手，如果我一审就招，何必兴师动众？二是，因为这两天大家不都在忙秦时光的丧事嘛。现在丧事完了，我审了也没招，我估计他明后天就会过来调查。我还是重要嫌疑对象，你我关系这么好，他一定会来找你了解我，到时你就给我脸上贴金，在胖子身上下烂药。”

住进医院后，怎么给胖子下烂药的问题，我们又进行了反复推敲、研究。甚至，我们还排演了一下，我扮演野夫问，他答。老金毕竟是个老地下，即使排演也蛮入戏的。可是，说终归是说，没有有力证据支持，像胖子这样有地位的人也不是可以轻易拍板的，我们必须制造证据。这个我们一时没有想出来，我答应由我来负责想。

这天晚上，我一直在想这个问题。我住院后，先是赵叔叔来陪护我，夜里十点钟小红来接赵叔叔的班。赵叔叔临走时习惯性地摸了一下腰间，我知道他是在摸枪，一下子给了我灵感，想到可以在胖子办公室和家里去藏一些阿牛哥用的子弹做证据。于是，我让赵叔叔回去转告老金，并安排老J连夜出动。

06

第二天，野夫果然带人来到保安局。这次他手法有变，没有像前两次一样开大会，耍威风。他似乎也在总结自己办案的经验教训，改变了方法，他在反特处要了一间办公室，对着花名册，根据已有的线索把相关人员一个个叫到办公室，分头问询。事后我听说，最先叫去的是猴子同乡的女儿，总机房的那个小姑娘。接下来，是那天在门口站哨的两个哨兵——这一定是接线员提供的。两个哨兵提供了一条线索对我极为不利：他们看到我的车子停在裁缝铺后不一会儿开走，大约过了几分钟后又开回来，回来后又停了约半个小时。就是说，他们注意到了我车来车往的全过程。

这也正常，站哨多无聊，我的车经常出入单位，他们早认识，加上我是个女的，长得不赖，一定成了他们私下谈论的对象，对我的行踪一定会加倍关注。军营里的男兵都是得了性妄想症的，所有适龄女性都成了他们的梦中情人。

于是，我成了第四个被召见的人。

我穿着病号服来到反特处，坐在野夫和他的两个随员面前，随员都是宪兵司令部的人，一男一女，女的做记录，我没见过，男的我认识，是野夫的跟班，经常跟着他出来转。野夫见了我，假惺惺说："打扰你治疗了。"我说："机关长阁下，您别跟我客气了，问吧，您还有什么要我说清楚的？"他就说了那事，问我是怎么回事。

其实，昨天我回去后也想到过这个问题，所以不假思索，脱口而出："对不起，机关长，就怪我昨天后来太激动了，我们的谈话不了了之，使我没机会跟您讲这事。当时我被您的问题牵着鼻子走，也没有讲清楚全过程。是这样的，我进去没见到裁缝，首先想到他一定在后面弄堂的理发店里，那个理发师是他同乡，他偶尔会去那里串门，这也是他唯一玩乐的地方。所以，我想去把他接来，因为车子就停在门口，很方便。我去理发店看，发现门关着，没开店，只好又回来自己动手。"我走后面弄堂是真的，因为阿牛哥从后窗出去的，我要去那里接他；理发店没开也是真的，我送阿牛哥去秦时光家的路上看了一眼的。那也确实是阿牛哥理发的地方，阿牛哥确实也跟那师傅攀了老乡——其实不是的。

鉴于此，我振振有词地说："理发店不远，就在我们单位大门口出门往右走三四十米，有一条小弄堂进去，走到底就是，走路过去也就是十分钟，机关长可以派马处长去问一下。那条路很窄，平时很少有车开进去，我想我车的轮胎印子现在都可能还在。"

野夫冷笑道："这你就别说大话了，难道你的车是坦克吗？雪水都抹不掉它的车辙？"

我说："哦，对不起，我忘了天下过雪。"

野夫问："但肯定不会忘记你来去用了多少时间。"

我说："六七分钟吧。"

野夫说："你开车大概比较慢。"

我说："是的，我的司机回乡下去了，我平时很少自己开车，车技很差，那弄堂很窄，我开得很慢。还有一个，因为弄堂太窄，我要开到前面马路上才能掉头，所以时间久了一些，也许不止六七分钟，但也差不多吧。"

野夫说："你差不多也可以回医院去了。"

我说："就是说，机关长还有问题，最后一个？"

他说："不，没了，签个字吧，你要对你说的负责。"

我签了字即走。事后我知道，我一走，他便叫上马处长一起去弄堂里走了一圈，并找到理发店问了情况。这说明他确实是把我当作重要嫌疑对象，如果没有后来的"峰回路转"，这关卡我还真不一定能过得去，因为猴子一定会对我死缠烂打，老这么缠下去，谁知道会不会缠出事来呢。好在老金一出场，野夫便开始盯上了胖子。猴子看野夫盯上胖子，简直不亦乐乎、忘乎所以了，也就放下了我。其实，这也可以作为我决定要咬胖子的理由之四。

老金是野夫从理发店回来后第一个被喊下去的，因为他是秦时光的头，有关我的几个目击证人问过后，成了首当其冲的问询对象。下面是老金后来对我讲的——

说真的进门前我真有点紧张，但怪得很，进去后，见了野夫，尤其是在沙发上坐下后，紧张感不见了，好像刚才的紧张是屁股造成的，屁股一沾了座位就踏实了。我们打过多次交道，他对我很熟悉，我坐定后他还跟我寒暄了一下，问我家里好不好什么的。我心想好个屁，老婆孩子都给你们杀了，哪有好。当然我嘴上自然是说好。他话锋一转说："但是最近贵单位情况应该很不好吧，你的搭档遭人杀了。"我说："是，真想不到，怎么会发生这样的事，好好的一个人转眼不见了，心里真很不是滋味，夜里做梦都吓醒。"他说："知道吗，凶手就是你们单位门口那个裁缝铺里的瘸子！"猴子已经公开派人在查，谁不知道？我说："听说了，我见过那人，整天坐在裁缝机前，出门两把拐杖拄得嘎嘎响，装得还真像那么回事，谁想到居然是一个匪徒。"他问我："平时他跟秦时光有接触吗？"

"很少。"我说："如果有也就是洗个衣帽什么的。"

"你觉得他们之间会有恩怨吗？"

"应该没有，我从来没听说过。"

"所以嘛，他凭什么要杀他，真正要杀他的人在这院子里！"

"我也……这么想。"我吞吞吐吐地说，"秦处长真是太冤了，其实……怎么说呢，我真……不想放过凶手。机关长说得对，凶手肯定就在我们身边……我……希望机关长这次好好调查一下，一定可以查出来的。"

"那你们要说实话，要给我提供线索。你是秦时光身边的人，我觉得你应该了解一些情况吧，比如他在单位有没有什么仇人。"

"仇人谈不上，但是……有些话我……不知该不该说……"

"说，有什么都要说！"

我当然不能马上说，我装得很为难的样子欲言又止，闪烁其词，磨蹭了好久，逼得他发了火，才迫于无奈地说："我不想做恶人，但……人在做，天在看，我想最后机关长一定能抓到他，我就……说了吧。"我报出卢胖子的名字，看他反应。他的反应不冷不热，我马上退回来说："也许我是多疑了，这也是我想说又不敢的原因，因为我毕竟没有亲眼所见，只是……根据情况分析出来的。"

野夫命令道："说下去！你听说什么了？"看我迟疑不决的样子，他给了我一点鼓励，"不要有顾虑，说错没关系，说错不是你的错，但不说就是你的错了。你该知道皇军的规矩，你有话不说，我会撬开你嘴巴让你说的。"

事已至此，我不再犹豫，把我们排演过的那些话都跟他说了。他一直用心听着，用眼神不断鼓励我往下说。最后我说到子弹，我说："三天前，我不经意听到局长在跟杨老板打电话，说要找一种子弹。"

"杨老板是谁？"

"你认识的，就是杨会长。"

"嗯，你继续说。"

"局长干吗找他要子弹，我想那一定是一种很特殊的子弹，部队里没有的。我听说那个杨会长社会关系很复杂，也许只有他才能找到这种子弹。也许机关长可以在局长办公室里找到这种子弹，如果找不到我建议机关长不妨找杨会长证实一下，他找的到底是什么特殊的子弹。总之，我想机关长如果要查的话，一定可以查个水落石出。"

野夫冷冷一笑，起身踱了一圈步，上来握住我的手说："谢谢你，你可以走了，顺便把你的局长喊下来。"我走，一边听见他在吩咐手下，"好家伙，待会儿等他下来了，你去他办公室搜查一下。"

在老金对野夫这么说的同时，老J正在胖子家干着昨天夜里他在胖子办公室干过的事：把两盒阿牛哥专用的子弹藏在他家里的某个角落。接下来发生的事都在我意料中，在野夫审问胖子之际，其随从在胖子办公室找到了两粒老J留下的子弹。

两粒是不是少了些？为什么不放它一盒？这是我有意为之的。为什么？因为办公室放多了，家里再放就有点不合逻辑。不用说，当野夫拿着这两颗子弹放在胖子面前时，胖子一定会喊冤，一定会挖空心思想，到底是什么人在栽他赃。我是他秘书，首当其冲会成为怀疑对象。如果有一天他知道揭发他的人是老金，鉴于我和老金的友好关系，他可能会因此咬定是我干的。可是他家里我没去过，这就是我为什么要在他家里放两盒：别让他怀疑上我！

其实两粒的性质和两盒是一样的，两粒照样可以把胖子钉死在耻辱柱上。我相信，有了办公室的两粒，野夫就会抓人，然后大动干戈，抄他家，查到底。在家里又发现两盒，哈哈，这时胖子你还能说什么呢？我可以洗得干干净净，他将越洗越黑。

果不其然，当野夫从随从手里接过两颗金灿灿的子弹时，眼睛都绿了，这子弹他太熟悉了，他曾多次反复地把玩过、端详过，有一粒一直放在案头，警示自己一定要抓到凶手。现在凶手，至少是帮凶就在眼前，野夫当即下令：

“把他带走！”

这一走，胖子要再回来就难于上青天，除非杨会长不知情、不配合，除非老J在胖子家中藏子弹时不慎被人拍下照片，甚至——还除非我在再度接受野夫盘问时出了大差错。可是这些“除非”都不会发生，比如我知道二哥，他对野夫是这么说的：

“既然机关长关心这个事，我也不敢说假话。具体日子记不清了，应该是去年夏天，六七月份，我刚把生意从上海转到南京，卢局长经人介绍认识了我，认识的当天他就委托我给他找一支最先进的狙击步枪。机关长可能也知道，我平时也做一点军火生意，找枪的门路还是有的，很快我给他找了一支德国造的XB12–39狙击步枪，还有两盒子弹，共50发。他大概是用这枪在打猎吧，后来他多次向我要过子弹，最近的一次，就在几天前。”

我觉得说得很好，时间上经得起推敲，内容上十分妥帖，逻辑上经得起挑剔。就是说，我二哥，杨会长，配合得很好。而老J，当过十三年道士，甚至遁地有术，哪会在这点小事上留下马脚？至于我，更不会说错话了，我是这场戏的总导演，经经脉脉都在心里，什么话该说，什么话不该说，比谁都清楚。就这样，紧箍咒一道比一道紧，胖子跳进黄河也洗不清罪名，他抵死不承认，下场是加速了他的死亡时间。不到一个星期，野夫失去了耐心，将他关进大牢，叫人家去折腾他了。

有一点出乎我们所有人意料，就是猴子的下场。原以为，胖子下马，他会接任上马。他是当时保安局唯一的副局长，李士群和丁默邨又那么信任他，舍他其谁？非他莫属！所以，猴子当局长在我们看来是板上钉钉，铁定的事。哪知道野夫把他也卸了，不是撤职，是调离，去了警察局。事后我们才知道，当时鬼子对李士群已经很不满意，他膀大腰圆，有点不知天高地厚，鬼子高层对他日渐不满，以致两年后气极而要了他的命。所以当野夫知道猴子背地里跟李士群绞得这么紧、这么黑，猴子的前途事实上已经走到头，天上掉下来的馅饼也轮不到他吃。

谁吃了？

金深水！

金深水被提拔为副局长，负责全局工作。这下，我可以打着算盘给自己找个好位置。我算来算去挑了秦时光的办公室：虽是副处长，却履行处长权力，而且给人感觉，我真的是那么爱秦时光，他死了，爱不成了，我要把他的工作当人一样爱，矢志不渝。可惜刘小颖不在了，否则也可以这样，穿上黄皮制服，重拾陈耀的老本行。哈，这样她就是我的部下了，我相信我和老金一定会把她发展为我们的同志的。

第十章

01

经常听人说，人的记忆像河水，淌得越远，流失得越多。以我的体会，这说法也许是不对的。如果我们肯定这种说法，那我们就得承认，我们的大脑是一台摄像机，又是放映机，将对过去发生的每分每秒的事，事无巨细地记录在案。事实上，我们大脑没有这么了不起，起码在记忆能力上，顶多是台高级的照相机而已。对过去来说，我们的大脑无异于一册影集，我们的回忆正是依靠一幅幅“照片”来拼贴完成的。

现在我看见一张“照片”，是一天夜里，二哥带着一个年轻英俊的小伙子出现在我和阿宽面前，地点是在一家茶馆，时间是在老金上山前不久（金深水第一次上山是宣誓加入我们组织），小伙子戴一副深色近视镜，围着围巾，看上去有点时髦，又很文气。让我印象最深的是，他入座后居然用日语向我问好，并作自我介绍，说他叫潘小军，是江苏淮安人。我们握手时，我发现他左手只有三个指头，后来他告诉我，这是被鬼子的洋刀劈掉的。他在日本留过学，两年前曾给鬼子当过翻译官，一次打牌，鬼子输了不肯给钱，他一时兴起发了一句牢骚，鬼子随即抽出洋刀朝他劈过来，他本能地挥手抱头逃窜，命逃掉了，两个指头却留在了刀下。

这件事促使他参加了新四军。一次二哥去苏北给新四军送军火和药品时，偶然遇到他，得知他日语说得好，专门找首长把他要了回来。我们确实需要他，以前我们组织里只有我和二哥精通日语，而我俩没有时间和条件专门去窃听，只能是忙里偷闲去听一下，做不到随时随刻监听。小军来以后，吃住在窃听室里，听到了很多重要信息，比如——

一九四一年一月十二日，上午十点。

腾村召集院长和四个“惠”开会，会前五人传看一组照片和文件，后经老J证实，照片内容是：日军在给中国孩子分发各式糖果。看的人时有议论，因声音太小，听不清具体内容。

五六分钟后，腾村坐轮椅进来，听到他们在议论，大声说：有话拿到桌面上来说，不要在桌子下面说。

现场顿时安静。

腾村：都看了吧，这些照片，和这文件。

众人都说看了。

腾村：把文件给我。

腾村念文件：帝国每位将士出征支那，均要随身配足本国糖果，所到之处，凡见支那儿童，一一分发，不得懈怠。今日之孩童，明日之成人，让支那人从幼小的心灵中埋下对大日本帝国甜蜜的记忆，长此以往，支那人必将对我大和民族心悦诚服，从而谱写出新的帝国篇章。

腾村说道：总而言之，糖果是甜蜜的炮弹，攻克的是支那人的心灵。你们看了有什么感想？不要互相观望，都看我，对我说。人人都要说，有什么说什么，可以有思考，也可以没有思考，就像街上人看了报纸，有甚说甚，无所顾忌。

十惠率先说：我来说吧。

腾村：好，你先说。

十惠说时可能调整了一下姿势，声音顿时变得含糊不清，无法辨听。后来小惠的情况也是如此，因所处方位原因，几乎听不见她的声音。声音清楚的是千惠和百惠，但百惠说得很少，说得最多的是千惠。

百惠：我要说的是，这就是体现了我们大和民族的博爱精神。这些小支那人可能从来没有吃过这么好吃的糖果，我们给他们吃，就是要他们从小记住我们的好。小孩子的心嘛，是最容易收买的。

腾村：还有吗？

百惠：没有了。

腾村：好，千惠，只剩下你了，说。

千惠：我觉得这个文件……想法是好的，从表面上看也有一定道理，但其实……我认为不是这么简单的，我自己有体会。

腾村：说，接着说。

千惠：我要说的是自己的一段真实经历，小时候我叔叔对我非常好，经常给我买吃的，还带我出去玩。我第一次去东京就是叔叔背我去的，那天下大雪，大街上没有任何交通工具，要想进城只有走。那年我才七岁，天很寒冷，冻得我浑身发抖，不会走路，后来一直是叔叔背着我走了好几个小时才进了城。我至今都记得很清楚，当时我趴在叔叔背上时，觉得叔叔是世界上最好的人，将来长大我一定要报答他。可后来叔叔结了婚，为了分家产，叔叔和我父亲经常吵架，有一次还打起来，叔叔用擀面杖把我父亲的额头打破，父亲浑身都是血，把我吓坏了。从那以后一直到今天，我都恨叔叔，我不允许自己原谅他，我经常在心里诅咒他，甚至好多次我都想找人痛打他一顿。我要说的意思……

腾村：够了，你的言外之意不言而喻，可以不说了。好，现在我请大家吃糖。

腾村拆开一盒糖果，交给院长，叫他分给大家。

腾村：这是帝国东京良友糖厂远东分厂生产的水果糖，厂地就在本市，你们身边，每天产量都在上万吨，全都配发到各部队，然后再分发给中国人，看，就是这些糖果。

腾村率先剥一粒糖吃，并劝大家一起吃：吃啊，尝一尝吧，这糖味道相当不错的。

众人剥糖吃。

腾村：刚才你们都看到了，现在帝国军人所到之处都要给中国孩子分发这个糖果，这成了一项国策，兴亚院专此颁发“国”字号文件。对此，你们刚才都发了言，谈了自己的认识和感想。我赞赏千惠的意见，小小一粒糖，可能改变支那人吗？不可能的，事情不是这么简单的，糖果虽然甜蜜，孩子虽然幼小，但无法改变支那人对我们的恨，这种恨像血脉一样，会代代相传下去。支那人现在在沉睡，哪天他们醒了照样会咬我们，哪怕你天天给他们糖吃。所以，兴亚院这个文件是荒唐的，但是我要说，正是它——这份荒唐幼稚的文件给了我灵感。你们想，如果这是一颗特殊的糖，表面上它香香甜甜的，寄托着兴亚院那帮糟老头子一厢情愿的美好意愿，但实际上它是有毒的，吃了它就像吃了鸦片一样会上瘾，吃了一回就想吃第二回、第三回，长此下去将对大脑造成伤害，会使人变成弱智、愚钝。事实上，我们要想让支那人永远当我们的奴才，做我们的奴仆，唯一的办法就是让他们的后代智力低下，情感愚钝，永远沉睡不醒。告诉你们，这就是我带你们来中国的目的，我要研制这样一种药，一种替代鸦片的新型鸦片，服之上瘾，久服心智低下。你们知道，鸦片已经让支那人变成东亚病夫，我不要他们成为病夫，我要他们都成为病脑，身体无恙、心智低下的奴才、走狗。

现场静得出奇，说明大家都听得专心。

腾村：我的院长阁下，告诉我，我们来中国多少时间了？

院长：今天正好是一百天。

腾村：正好是一百天，这个时间好啊。这是个告别的时间，也是个开始的时间。这一百天里我们研制成功了“密药黑号”，今天我告诉你们，这不是我们来中国的目的，我们来的目的是研制“密药黄号”，研制“黑号”不过是为了研制“黄号”试一下我们的刀锋。

腾村继续说：“密药黑号”说到底就是个毒药，看不见的毒药，不是立竿见影的，下了毒要几十个小时后才有反应。这是搞阴谋暗杀的好帮手，是在光天化日之下制造黑暗的天使，所以我们称它为“黑号”。那么“黄号”是什么意思？“黄号”就是“中国号”的意思。大家知道，支那人信奉黄色，他们自称为炎黄子孙，黄河是他们的母亲河，黄土高坡是他们的脊背，黄袍加身是他们的荣耀。总之，黄色代表的是支那人，是中国，我们研制“密药黄号”，也就是说，我们要专门为支那人研制一种药，从今天开始。这种药的特点正如我刚才说的，是一种新型的鸦片，新在何处？不伤及身体，只伤害脑神经。

腾村又说：我早说过，全世界的有识之士都知道，支那人和犹太人一样是人类的灾难，他们扰乱了世界的文明和秩序，他们贪婪、懒惰、奸诈、愚昧、病弱、卑贱。因为卑贱，所以生生不息；因为愚昧，所以什么野蛮的事都干得出来；因为奸诈，所以没有诚信；因为贪婪，所以没有恐惧；因为懒惰，所以没有尊严。希特勒把犹太人关进集中营，大举灭绝犹太人，我本人并不欣赏这种过于血腥、缺乏智慧的行动，更重要的是，我喜欢这片土地。是的，我厌恶支那人，但我喜欢他们脚下的这片土地。这是一片辽阔的神奇的土地，北边有大粮仓，南边有热土，东边是鱼米之乡，西边是崇山峻岭。把人都斩尽杀绝，留一块空地做什么用？没用的。可留着这些支那人，哪天又起来造我们反怎么办？只有一个办法，让我们来改造他们，通过研制密药黄号，把他们彻头彻尾改造了，改良成一种新人，愚钝、勤劳、弱智、忠诚，永远忠诚于我们大和民族。

院长说一声“好”，领大家鼓掌。

罢了，腾村吩咐百惠说：把茶具拿来，今天我来给大家泡一壶茶喝。

百惠拿来茶具：教授，我来泡吧。

腾村：你没看见，我已经泡好了，就是它。给每人一只杯子，你负责倒。按我的要求倒，只有一只杯子倒满，其余依次减少六分之一。

百惠：就是说，一只是满杯，其余的分别是满杯的六分之五、之四、之三、之二、之一。

腾村：对。

百惠倒“茶”，腾村一边说：你们一定在想，这茶的颜色怎么这么白，到底是茶还是酒，还是什么？我当然知道，你们喝了以后也会知道，这肯定不是酒，那么就权当它是茶吧。我们以茶代酒，共饮一杯，就一杯，以纪念这个开始的日子。

百惠：教授，倒好了。

腾村夸奖百惠：嗯，倒得好，比例掌握得很好，不愧是我的茶艺师。把满杯给我，我来喝满杯吧，院长，你就喝这一杯，六分之五的这杯。你们四个，随便拿。

说是随便拿，其实还是“论资排辈”的，千惠最多，百惠其次，十惠再次，小惠喝的是最少的那杯。腾村发现后笑道：有意思，让你们随便拿，可你们并不随便，你们把它当作奖赏，以年长者为尊，论资排辈，各取其份。哈哈，如果我说这是一杯毒药，你们会这样拿吗？来，先喝了，为黄药的诞生奠个基吧。

都喝了。

腾村：你们觉得这是什么，是茶吗？

众说纷纭，有说是茶，有说是草药，有说是菜汤等。

腾村听罢笑：你们为什么就不想象它是一杯毒药呢？其实它就是“黄药”——密药黄号，此刻毒性正在我们身上蔓延。

众人惊愕。十惠不停地干咳，似乎是要把药水吐出来。

腾村骂她：别咳了，怕什么，我喝的是满杯，难道你的性命比我值钱？

十惠赶紧闭住嘴。众人跟着都哑了口，十分安静。

腾村继续说：不要谈毒色变，一点常识都没有。要说毒，人体就是由毒组成的，所有的药物也都是毒，这么一点量就算是砒霜也死不了人，要有事我会喝吗？黄药还没有研制成功，我可不想死。大家看见了，黄药就在眼前，这是我多年的心血。但这仅仅是开始，增之一分是杀人之毒，减之一分是救人之药，关键是一个量，一次的数量，时间的总量。假如以我这个量连续喝上一年，我想我一定变成十足的傻瓜了，一加一等于几都不知道的傻瓜。这不是我们要的黄药。而像你，小惠这个量，也许喝一辈子都不会对智力有影响，因为人体本身有排毒功能，这一点微量任何人都排泄得了。这更不是我们要的了，我们要的是什么？

小惠抢先说：看上去不痴不傻，但实际上智力低下，情感愚钝。

腾村开心地笑道：如果你回答得再大声一点就是满分了。

腾村接着说：现在我们手上有四十九个孩子，原来是五十个，有一个已经为密药黑号奉献了宝贵的生命。他们都是同年同月同日出生的——1937年12月13日。这些孩子都是在帝国军队胜利攻占南京时伟大的枪炮声中呱呱落地的，转眼已经过去三个整年。三年来，他们一直以帝国英烈后代的名义过着养尊处优的幸福生活。养兵千日，用兵一时，他们虽然是孩子，但他们生来就是我们的兵，我们用最高待遇养育的兵，现在该是用他们的时候了。

腾村：去我案头，把讲义夹拿来。

千惠：教授，是这个吗？

腾村：是的，交给院长。

腾村对院长说：听着，从明天开始，把四十九个孩子分成六组，每组八个，多出来的一人加到第三组。等一会儿大家传看一下，我已经制订了严格的实施方案，六个组，有六种不同剂量的糖果，上下午各一次，定时定量，安排他们吃。每半个月做一次常规智力测试；每一个月最后一天停吃，以观察成瘾的大致时间；每三个月我来负责做一次深度智力测试，我想到那时应该有些数据会出来。当然，研制黄药不会像黑药那么简单，我们用三个月时间研制成功了黑药，但黄药我们也许要用三年，因为这是一种复杂而神奇的药，需要时间来考测、证明。

※※※※※※

同一天下午，五点钟。

千惠陪腾村打完球，照例给他按摩。

千惠：你的肌肉像个年轻人一样的结实。

腾村：你已经说过好多次了，你不觉得一句话老是说很枯燥吗？

千惠：但今天说的不一样。

腾村：为什么？

千惠：因为今天是个特别的日子，你开始问鼎梦寐以求的黄药了。

教授：嗯，你为你的狡辩找到了合理的说法，是的，一切都重新开始了。

千惠：教授，研制黄药需要这么长时间吗？三年，太长了吧。

腾村：在我看来，三年时间已经够短的了。这是我今生今世的夙愿，如果能用三年时间实现一生的梦想，你不觉得是很荣幸的吗？

千惠：我是凡人，你是天才啊。

腾村：所以我要完成的事，是你们想都不敢想的事。这是多大的事啊，把蝗虫一样多的支那人统统驯化！

千惠：变得像畜生一样听话。

腾村：从某种意义上说，让一个人心智变聪明是不难的，可是要让一个人聪明的心智变得愚钝就要难得多了。

腾村猛然坐起身，可能在展示手上的肌肉：就像这肌肉，没有肌肉要练出来是不难的，但要让它消失，不知不觉地消失是困难的。

千惠：我想你一定能成功。

腾村：时间，我需要时间来验证，也需要你来配合。

千惠：我身上的每一个汗毛孔都愿意配合你。

腾村：从明天开始，你去对面上班吧。

千惠：对面上班？为什么？教授……

腾村：你不愿意去？

千惠：我不想离开你。

腾村：只有你去，其他人去我不放心。

千惠：我去干吗？

腾村：做静子的助手，当副园长，我已经给你申请了少佐军衔，没有亏待你的。

千惠：你不信任静子？

腾村：对她我谈不上信不信任，我不了解她。

千惠：她是野夫机关长的外甥女，我听说。

腾村：管她是谁，你是代表我去的，以后名义上她是园长，实际上一切都应该是由你掌控。你去后第一件事就是落实分组情况。

千惠：嗯。我晚上还是回来住吗？

腾村：我希望你尽快进入角色，现在你是副园长，你该知道以后这些问题该同谁去商量。

沉默一会儿，腾村又发话：别说话了，我要休息一会儿。

几分钟后，只听见腾村打出了响亮的鼾声，分明是睡着了。

※※※※※※

一九四一年一月十五日，下午三点。

开始听不到腾村一点声音，只有小野的声音。从小野单方面的话听，此刻孩子们可能在户外做游戏，腾村应该是坐在窗前，背对着小野，在看楼下操场玩耍的孩子们。

小野：……他们在玩老鹰捉小鸡（一种游戏）……是的……那个孩子叫新一，是静子园长的儿子……这个情况我不太了解，按理他不应该进组的，他是我们大和人的后代……是的，加上他现在正好是五十个孩子，但他不在编制里的……哦，那个人是五郎的姐姐。

突然冒出腾村的声音：五郎是谁？

小野：就是太次五郎，看守大门的那人。

腾村：她是我们编制里的人吗？

小野：是的，在我们编制里的就他们三个人，静子、五郎和他姐姐。其他三人都是支那人，是三姐妹，一个叫小美，一个叫小丽，一个叫小花。

腾村：她们会说日语吗？

小野：会的，她们老家在哈尔滨，从父母一代起就为帝国服务。

腾村：静子最近还在跟那个支那人来往吗？

小野：来往的，但再没有让那个支那人进过门。

腾村：我让你去了解那个支那人。

小野：我了解了，他叫金深水，在保安局机要处当处长，业务能力很强，在单位人缘不错，对皇军是忠诚的。他和静子是在舞会上认识的。

腾村：他有婚姻吗？

小野：他妻子死了。

腾村：所以，野夫也拿他们没办法，因为他们是自由的。

小野：嗯，机关长也这么说。

腾村：你认为他们好到什么程度，上过床吗？

小野：这……不好说，我不知道。

腾村：叫千惠来见我。

小野：是。

※※※※※※

一个小时后，千惠气喘吁吁地跑进屋。

腾村：怎么才来？

千惠：对不起，我正在上课。今天我第一次给他们发糖吃。

腾村：听说你把教室布置得焕然一新了。

千惠：是的，我把原来长方形的讲台变成了半圆形，把孩子们分成六个小组，一组一列，呈扇形而坐。我还在教室的墙上做了六个橱窗，一个组一个，每个橱窗里贴着分组名单，每一个孩子手臂上都戴着标明组号的袖套。

腾村：怎么样，孩子们喜欢你吗?

千惠：喜欢，他们太喜欢我了。我在课堂上给他们发糖吃，能不喜欢我吗?

腾村：你是以什么名义给他们糖吃的?

千惠：我来给你演一下吧，你当一回孩子，看怎么样。

腾村：这是个好主意，但我有个要求，你把我也演了。

千惠：好。我的孩子们，下午好！（假童声）阿姨好！同学们好……

腾村：行了，这些就不说了，你就说说你是怎么让他们吃糖的。

千惠：我先领他们唱了一首日本儿歌。

腾村：我听到了，唱的是《樱之花》嘛。

千惠：是的。唱完歌，我说，孩子们，你们唱得真好，你们的歌声一下把我带回到了美丽的故国、遥远的故乡。孩子们，你们的故乡在哪里呢？（假童声）在樱花盛开的地方，在太阳升起的地方。（鼓掌）是的，你们的故乡是个美丽的国度，那里有美丽的樱花，有大大的太阳，有蓝蓝的大海，有高高的山岭，还有这个。猜猜看，孩子们，这是什么？嗯，这位同学猜对了，这是甜甜的糖果。现在我要请大家吃糖果，为什么？因为你们太乖了，我喜欢你们，我爱你们。呶，你们看，我有好多好多这样的糖果，以后我每次上课都会给你们带糖果来。但我的糖只发给乖孩子吃的，你们说，你们乖吗？（假童声）乖！乖！好，只要你们乖，以后我就天天给你们发糖吃，我做你们的“糖老师”好吗？（假童声）好！好，现在我来给大家发糖……

腾村：嗯，不错。关于分组的做法，静子园长有异议吗？

千惠：她很支持，我把分组的建议跟她说了后，她比我还高兴。她说孩子们是最喜欢新鲜好奇的，这样改变一下格局，可以给孩子们提供一种新的生活体验。

腾村：要小心，不要让她有什么觉察。

千惠：嗯。

腾村：用三个词给我概括一下静子这个人。

千惠想了想：天真，温柔，刻苦。

腾村：听上去像一个修女。修女是行善的，不要伤害她。

千惠：明白。

腾村：不要给她孩子吃那种糖。

千惠：这做不到的，我把他安排在第六组，就是药量最少的那一组，应该没问题的吧。

腾村：你怎么知道那一组就一定没问题？

千惠：那怎么办，都在一起的，如果单独不给他吃太明显了。

腾村：废话！谁让你不给他吃，我是让你别给他吃那种糖，难道你不能单独给他准备一颗？

千惠：明白了。

腾村：记着，实验才开始，一定要定时定量，要坚持天天吃，要看着他们吃掉。还有，现在不要有任何先入为主的想法，结果没出来之前，任何一组都可能成为我们的结果。

千惠：嗯，我记住了。

腾村：更要记住的是，不能让静子有任何觉察。

千惠：一定！

腾村：你可以走了。

千惠：我看你很累，给你按摩一下吧。

腾村：不用，叫百惠来给我泡茶。

千惠走了，百惠来了。百惠泡茶时，腾村好像在看书，时而会与百惠交流一两句，问她最近看了什么书，并建议她看一本什么书。诸如此类，都是闲言碎语，不做记录。

※※※※※※

一九四一年一月十八日，上午九点多钟。

腾村弹古琴，弹的曲子很激烈（后来对话中说到是《十面埋伏》）。弹完一曲，小野进来报告说野夫机关长已经上路，大约十分钟后到。腾村不问来由，继续弹下一个曲子，一边说：不见。

十几分钟后，小野又来报，说野夫来了，又走了。

腾村：你是怎么打发他的？

小野：我说您在跟要人谈事，不便见人。

腾村：其实我是在跟古人谈事。他有什么事？

小野：呶，这是他送来的，说是宋代浙江龙泉窑烧制的青花瓷。

腾村：拿出来看看。他有这个取悦我的心，可没那双识货的眼，我怀疑又是个假货。

腾村看后，惊叹这东西是真的，很是兴奋，并大谈一番龙泉窑在中国古代五大官窑中首屈一指的地位和价值。罢了，腾村说：野夫这么一门心思取悦我，为的是什么？自己，还是他矜持的外甥女？我很奇怪，静子明知我是无冕之王，却从来不来找我办过任何事。

小野：她在这儿孤儿寡母的，大概也没什么事吧。

腾村：怎么叫没事？野夫削尖脑袋往这儿钻，难道是没事的样子吗？身为至亲，野夫的事就是她的事！我需要了解她。

小野：我去喊她来见你吧？听说明天是她的生日，要不……

腾村：谁说的？

小野：千惠。

腾村：嗯，那就明天安排个晚餐，准备一份礼品。

小野：好的。

※※※※※※

一九四一年一月十九日，晚上八点。

百惠在泡茶，小野进来，问她茶泡好了没有。百惠说好了，小野便让她走，说教授马上来，要单独与静子园长谈事。百惠刚走一会儿，腾村果然与静子一同进来，言谈中可以想见两人刚才一起吃过晚餐，腾村送静子一只手镯，静子似乎很喜欢，已戴在手上，喝茶之初，都在说这只手镯：静子是表达喜欢和谢意，腾村是介绍这手镯的特色和来历。随后静子说了一些孩子们的事，腾村说了一些他的工作：他自称在这里研究中国古老的陶瓷艺术。总的来说，双方相谈甚欢，历时近一个小时，但值得记录的内容不多，只有下面这段对话，有一点内容——

静子：教授，冒昧地问一句，您的研究和这些孩子有关吗？

腾村：你听说有关吗？

静子：没有。

腾村：那你怎么会有这个疑问？

静子：您选择在这里做研究，我想应该跟孩子有关吧。

腾村大笑：你觉得这是孩子们待的地方吗？这里的每一片砖瓦都有几百岁。这是我待的地方，我和我研究的对象。所以说，不是我选择跟孩子们待在一起，而是孩子们选择跟我待在一起。

静子：可孩子们早在这里了，而您还没有我来得早呢。

腾村：我整天待在这楼里，来了你也不知道。当然，我确实来了也没多长时间，但我的研究对象早守在这里等我来了。

静子：就是这些吗？

腾村：你看到的只是冰山一角。这些玩意儿，某种意义上说都不是我的研究对象，它们都是别人，包括你舅舅他们送来的。说实在的，它们没什么研究价值，只有观赏价值。呶，那个蓝光四射的青花瓷壶就是你舅舅昨天送来的。这是个好东西，是宋代龙泉官窑烧制的贡品，我喜欢的。你应该知道，你舅舅很关心你。

静子：他对您说了什么？

腾村：这个就不说了吧，说说你的孩子吧，我把千惠交给你，你们合作愉快吗？

静子：愉快，很愉快，孩子们都很喜欢她。

腾村：这样就好，千惠这女孩很机灵，上进心很强。不过，也许是太强了，跟我其他几个助手相处得不好，所以我才把她交给你，希望你们能相处得好。

静子：您放心好了，我们相处得很好。

腾村：现在来谈谈我吧，记得几个月前你曾托小野来说，你认识一个医生能治我的病。

静子：是的……

腾村抢白：谢谢你的好意。

静子：但小野说您不感兴趣，所以……

腾村抢白：看来你确实不了解我，你知道我是怎么变成一个废人的吗？

静子：您是大教授，怎么能说是废人……

腾村抢白：你不必恭维我，站不起来就是废人，只不过我废在身体上，不像支那人，废在心智上。想知道我是怎么变成废人的吗？

静子：该是……意外吧？

腾村：我是自残的，是我自己把脚筋挑断的。

静子没出声，大概是惊得不知该说什么了。

腾村：我的家族你应该有所耳闻，这个得天独厚的优势使我很早以前就能够得到我想要的一切，无论是幸运也好，造化弄人也罢，总之我完全可以只是享受，终其一生。因此，早年的我不思进取，整日美酒佳人。二十年前我偶遇一个高人，此人知天命，曾多次为天皇占卜，他告诉我，好色将会毁掉我的一生。我生来是一个好色的人，这是天性，没办法的。轻狂的我听而不闻，照旧沉迷于酒色中，直到两年后发生了一件事，迫使我拿起刀子自己割断了脚筋。

静子：发生了什么事……

腾村：我做了一个梦，要来中国做这个研究，这个研究如果做成了，我将成为比天皇还要伟大的人物。在梦中，我还得到一个警告，五年内不得近女色，我的事业才能兴旺发达，等到那一天，天下的女人都是我的。哈哈，我觉得这条件不苛刻，对我还是很照顾的是不是？只要忍五年折磨可得天下，事业、名声、金钱、女人，都是我的，何乐不为。难的是，我的身体如何才能忍得住多年寂寞？只有一个办法，把自己废了，出不了门。我就这样把自己废了。我废了，哪个女人还会来找我？没了！我就这样开始一生的事业追求。谁都知道，像我这样的废人，如果还想得到女人青睐，只有一个办法，就是取得事业成功，干出一番伟大的事业，做人上人。现在我做到了，我靠我的研究成为我们的国宝，因此我也重新拥有了一切。你也看见了，我身边不缺女人，她们都为我争风吃醋呢。静子小姐，你听了这些是不是觉得我这人很古怪，很可怕？我要说，但凡天才都是古怪的，你不该怕我，你该喜欢我才是，静子小姐。

静子：对不起，我已经不是小姐了……

腾村：听说你有个男朋友，是个支那人。

静子：嗯。

腾村：他很优秀吗？

静子：他很爱我……

腾村：你也爱他？

静子：……

腾村：以我对支那人的了解，没有一个支那人是值得我们静子去爱的。哈哈，园长阁下，恕我直言，那个支那人爱的也许不是你，而是你舅舅。

静子：不……对不起，教授，不早了，我该告辞了……

腾村：哈哈，时间并不晚，你是讨厌我了，因为你爱那个支那人。

静子起身走，一边说：教授，您言重了，谢谢您对我的关心，但我确实该走了，因为孩子们要休息了，再见……

腾村：我相信我们会再见的。

静子走后，屋子好一会儿没出声，再出声时，是小野急步跑来的脚步声，显然他是被腾村用电铃叫来的。小野问腾村有何吩咐，腾村似乎还沉浸在刚才跟静子的对话中，自言自语说：现在迟了嘛，九点钟都还不到，还早着嘛，叫院长来陪我下棋。

这一夜，腾村和院长下了一夜棋。

听上去院长棋艺也不低，但跟腾村比还是差一大截。腾村跟他下的是让子棋，最多时让到五个子，但院长还是屡战屡败。可见，腾村的棋艺是十分的高……

02

老J几乎每天都给我们送来小军的窃听记录。看着这些记录，我有两个深切的感受：一，我们的对手是个接近于疯子的天才，他有常人没有的智力和喜好，他的忍受力、创造力，包括破坏力也是常人没有的。他身上有一种孤注一掷的邪恶劲，他为一个梦可以割断自己的脚筋，而现在他被另一个梦鼓舞着，为实现这个梦他完全可能干出任何丧尽天良的坏事。二，他的魔爪已经对孩子们下手，香甜的糖果，一天两次，日复一日地进入孩子们稚嫩的身体，我们必须尽快阻止他的恶行，然而我们束手无策。除了老J可以偶尔趁黑摸进去外，我们始终找不到进幼儿园的办法。

我们其实早得知腾村喜爱收藏中国陶瓷，因为经常有人去给他送这些东西，所以二哥一直四处在找这些玩意儿。野夫送的那个龙泉官窑烧制的青花瓷酒壶，就是二哥花大价钱找一个古董商买来的，原以为这样可以引得他好奇，进而召见一下二哥，谁想到，他连野夫都不想见。静子这边，虽然她对金深水依然一往情深，对我也越来越友好，但我们的关系始终找不到突破的机会，她在幼儿园是个"局外者"，在我们这儿也一直是个局外者，我们不知如何利用她，她也不知如何帮助我们。更何况，如果她了解情况后会帮助我们吗？毕竟她是野夫的亲人，肩上扛着日本的军衔。

更可恶的是，王木天这边，非但不帮助我们，还阴险歹毒地暗算我们，打击我们，给我们惹出一堆事，迫使高宽不得不离开南京，让我们一时无法集中精力去实施春晓行动。本来，高宽那阵子已经在做一项工作，联系哈尔滨的同志，想找到小美她们三姐妹可能有的亲人，通过她们的亲人来做她们三姐妹的工作，争取得到她们的帮助。我们分析，只要找到合适的人，她们三姐妹是可以争取过来的，这也是我们当时唯一一个较为安全可靠的突破口。可由于高宽临时去了苏北新四军处避险，这项工作只好停下来，后来他又突然牺牲，这项工作被迫彻底停止。再说，那阵子我们面临的麻烦实在太多：阿牛哥暴露了，我也处在暴露的边缘，接下来我的孩子要生下来，还要找“丈夫”，等等。一堆棘手事亟待处理解决，迫使我们无暇顾及幼儿园的事，只好暂时将春晓行动搁起来。好在靠阿宽在天之灵的保佑，我不但保住了秘密身份，还借此打了一个大胜仗，把卢胖子和俞猴子都扫地出门，让金深水当了我们的头，使我们在保安局内赢得了从未有过的大好局面。

第十一章

01

这年新春一过，上班第一天，我走马上任，坐在了秦时光原来坐的办公室里。

我是迷信的，我觉得秦时光这人晦气得很，死了没人替他申冤不说，还把两个局长都搭进去了。所以，我不想沾他的东西，凡是他坐过、用过、摸过的东西我都不要，我用的都是从金深水办公室里搬来的东西。我甚至想直接搬到老金的办公室去上班，但稳重的老金劝阻了我。他说："名不正，言不顺，还是别让人非议为好。"他说的是对的，提我当副处长已经叫人红了眼，我必须低调一点。所以，办公室我没敢要，只要了里面的东西。

我坐在老金曾经坐过的办公桌前，来访的第一个人是小青，她给我送来一朵含苞欲放的玫瑰花，很考究，塑料纸包着，还配有一只白玉瓷的长颈小花瓶。我桌上已经有花瓶，插着一大把开着嫩黄小花的迎春花。眼下是早春时节，多数花还在沉睡中，花店里还买不到花，这把迎春花还是赵叔叔从我家院子里剪的。我家院墙的东边角落里长了一大丛迎春花，前几天出了太阳，说开就开了。赵叔叔知道我新官上任，早晨专门给我剪了一把，让我带来上班。相比之下，小青手上的玫瑰显得格外好看，我忍不住接过来欣赏，一边问她："哟，这不是玫瑰嘛，你是从哪儿弄来的？”小青是个娇滴滴的人，嘟着嘴说：“不告诉你。”我逗她：“你不告诉我我就不要。”她说：“我告诉你了，你可能更不敢要。”我说：“这说明你不了解我，本小姐哪有不敢的事情，收下了。”

我以前常来找老金，跟小青很熟，知道她爱发嗲，搞恶作剧。我以为这是她送的，有意不追问，不明不白地收下，让她无话可说。可是一连三天，小青天天给我送来这么一朵玫瑰，我真有点不敢要了。到底是谁送的？第三天我一定要小青交代。可小青死活不说，急哭了也不说。我说：“看你没出息的，哭什么，不就是一个追求我的人嘛，有什么好怕的，说出来就是了，他既然追求我，我就能治得了他，他能怎么奈何你？”任凭我说什么，小青仍是守口如瓶。她把这个人说得神乎其神，搞得我也有点紧张，心想会不会是个鬼子呢。

我上楼去找老金，把事情同他说，让他找小青打听一下。打听出来的结果我怎么也没想到，居然是二哥！这天晚上，正好二哥约我和老金上山谈事，我问他有没有这回事，他不置可否地笑笑。“喊你们上山就要谈这事。”接着说，“花就是我送的，下一步我还要送你更贵重的礼物呢。”老金若有所思地看看我的肚子，暧昧地说：“看来老A同志在酝酿一桩大事，给你的孩子找一个父亲。”二哥说：“是的，既然要把孩子生下来，孩子不能没有父亲。”老金问我孩子有几个月了，我说三个多月。他看看二哥说：“确实该考虑孩子的父亲，不能再拖了，她人瘦，很快会看出来的。”二哥说：“是，我也在这么想，急死人啊，不但要尽快找人，还要尽快张罗一场假婚姻。可去哪里找这个人？这么快。我想来想去，觉得还是我最合适，年龄、身份都合适，扮起来也方便。”

老金说："我同意。"

我立刻表示反对，"这怎么行，你是我的哥哥嘛。"

二哥说："兄妹俩假扮夫妻，很正常的。"趁我发愣之际，二哥继续说："这是唯一的办法，而且这样做至少有两个好处，一是便于我跟上级联系，我们在南京只有你那里一部电台，我要没有这个身份，经常出入你那里显然不可能，也不安全；二也可以预防下一步再有人来纠缠你，只要你成了大名鼎鼎的杨太太，那些浑蛋绝对不敢再接近你。"金深水想了想说："要说兄妹俩假扮夫妻，这种伪装不是无可挑剔的，因为这等于是将两枚炸弹捆在一起，爆炸的可能性就多了一倍。"二哥说："现在你怎么可能指望去外面找一个？只有在内部解决了。老实说之前我曾考虑过你。"老金笑了笑，对二哥说："我？别开玩笑了，我可配不上你妹妹。"二哥说："最主要还是静子那条线，下一步我们必须想办法进去，静子这条线千万不能断，所以你还是保持单身为好。"

我想，如果二选一我宁愿选老金，因为……怎么说呢，这时我突然又想起二哥是真是假的问题。这个问题其实一直盘在我心里，平时一般不会去想它，可有时又会突然想起它，像此刻我肚子里的小东西，多数时候是没反应的，有时冷不丁会突然激灵我一下。这天晚上，二哥是真是假的问题又纠缠了我一个通宵，让我好累。

就这样，很快二哥亲自出面来给我送花，大造声势，我也高调配合，显出很幸福的样子，每天捧着一束大红玫瑰下班。这样几天下来，保安局无人不知大名鼎鼎的杨会长在追求我。诊所那边，老金也巧妙地通过陈姨把消息递过去。革老知情后，当晚即约老金单独过去问情况。事后老金告诉我，革老听说杨会长这人很有来头，与野夫、中村等人都有往来，非常赞成我这门"婚姻”。老金说：“他把你当作了自己女儿，寻了这么一个对象，像占了什么大便宜，连声道好，还说要好好送你一份嫁妆。”我想起王木天曾出卖过阿宽，说：“叫他拿王木天的人头来当我的嫁妆就好了。”老金道：“听说王木天最近又在南京。”我说：“他又来搞什么鬼名堂。”老金说：“具体情况不了解，老家伙也没说。但我想，他可能真的跟周佛海绞上了，最近胆子大得很，经常到南京来逛荡。”我说：“也许我们应该给他一点颜色看看。”老金说你想干什么，我说可惜阿牛哥不在，否则我真想把他做了。老金说：“好好盯着幼儿园和你的肚子，其他事一概别想。”老金是个铁人，从不会感情用事。

阿牛哥身份暴露后，我们保安局把他列为大犯、要犯，他被张榜通缉，街上到处是他的头像，根本没法出门，老是躲在山上也不安全，后来二哥让他回我们老家去躲一躲。转眼一个多月过去，我们没有他一点音信，也不知道他有没有遇险出事。应该是没有的，因为像他这样上榜通缉的要犯，归案后一定会大报小报登的。想到这里，我突然觉得我们可以找人做篇报道骂骂王木天，从名声上攻击他。老金说：“这倒是个好办法，说他跟臭名昭著的大汉奸臭味相投，沆瀣一气，算是点到他穴位了。”后来我们确实这么做了，通过左翼作家联盟会，组织了一批文章骂他，但结果不像我们预期的那么好。更坏了！他因此对我们恨之入骨，反而变本加厉地对我们掀起新一轮的毒杀。这是后话。

02

话说回来，我的“婚姻”大事必须加快进程，孩子在一天天秘密生长，等别人能看出来我有身孕再结婚容易招来闲话，被人多想，如果早一点结婚，孩子正常生下来，到时还可以用早产来敷衍质疑。所以，没过多久，二哥带着野夫突然出现在保安局的一次例行舞会上，中场休息时，二哥当众向我求爱，并由野夫给我戴上“那串”挂有五克拉钻石胸坠的金项链。野夫在给我戴项链时，对我小声说：“看看吧，你的梦想成真了吧，这该就是你想要的那串项链吧。”我涨着一张大红脸说：“不好意思，机关长，谢谢您。”野夫得意地说：“谢我干吗，又不是我送的。”我说：“这一定是您让他送的，因为我只有跟您说过这个。”他哈哈大笑道：“算你聪明。”

我想，最聪明当然是二哥，居然叫野夫做了我们的“媒人”。

还是通过野夫的关系，不久后我们在熹园右院——即鬼子高级将领居住的院子——的贵宾园里，举行了声势浩大的“婚礼”。我以前从没有进过右院，进去后才发现，里面那个规模和规格啊，出乎想象！首先是住在里面的人的等级之高令人瞠目，野夫作为核心部门的头脑，位高权重，但在这里面几乎是垫底的小喽啰，见人都要点头哈腰。其次是门岗，配有双哨，都是日本兵，一个持长枪，一个佩短枪，还有狼狗，任何外人进出都要查证看件。所以未经许可，像我们这种人是绝对进不去的。

我们得以进去，纯属偶然。

是这样的，十几天前，这里的贵宾园里接待过一位鬼子高官的老母亲，老人家入住的当天晚上，心脏病突发，死在被窝里。院子里住的都是高官要人，对死亡是犯了过度恐惧症的，有人远道而来，恰巧死在这里，给人感觉是一件很晦气的事。于是，野夫受命，要找一个戏台班子进来唱戏冲喜。野夫哪里找得到戏台班子？自然是把任务派下来，让金深水去找。二哥听说这事后，和老金合议，说服野夫，让我们去里面举行婚礼——婚姻大事嘛，百年之好，是喜中之喜，才是最好的冲喜之法。野夫被我们说服了，上面也同意了，就这样，我们才进了神秘的禁地。

贵宾园独立成院，占地三四亩大，四周由铁栅栏和比人高的冬青树合围。园内有一栋砖砌的西式三层小楼，是主楼，另有游泳池、祭祀堂、凉亭、假山、草坪、竹林；主楼内装饰豪华，布局合理，一楼是厨房、餐厅和一个大会客厅，二楼有三间客房，三楼有一间大客房和书房。每间房室里，家什用具一应俱全。显然，这很适宜贵宾带着家眷和随从来度假用的——不过在我看来也是很适合举行婚庆活动的。天公作美，那天天气很好，大太阳驱散了初春的寒冷，我们的活动主要在户外草坪上展开，戏班子以凉亭为舞台，吹拉弹唱，从上午九点一直闹到晚上九点。这也是野夫给我们规定的时间，除此之外，野夫还规定我们不准进祭祀堂，不准上贵宾楼的二楼。就是说，我们租用的时间是十二个小时，地盘是除了祭祀堂和贵宾楼二三楼以外的所有屋子和空间。

来的人自然是多，百十号人，同志敌人，朋友亲属，皇军伪军，大人物，小喽啰，唱的，闹的，形形色色，三教九流，把昔日清风雅静的一片地，闹腾得人声鼎沸、活色生香、杯盘狼藉。机会难得！我们小组的同志悉数到场，至少可以把这片禁地看个眼熟，万一以后有事要进来也好认个路。这一点，老J的意识最强，他那天扮的是替戏班子打杂的角色，搬运唱戏道具，给演员端水倒茶，忙得不亦乐乎。其间他假借各种名义，几次溜出去，察看整个右院的情形。他注意到，在院子的西北角，有一片日式园林建筑，明显是新建的，看样子十分高档，四周也是用铁栅栏和比人高的冬青灌木包围起来。因为是新建的，冬青灌木长势不茂盛，可以轻易看见园内的景致和动静。

应该说，第一次看，老J什么收获也没有，里面毫无人迹，只有两只高大威猛的警犬，虎视眈眈地看着他，叫他不寒而栗。正是这一点，让他对里面产生好奇，晚上席终人散离去时，他临时决定绕过去看一下。这一看，发现大了！他看见一个身影，在昏暗的灯光下，引着两只大狗从回廊上走过，好像是要带它们去喂食。这身影他总觉得有点熟悉，是什么人呢？他想起来了，是小野！老J为安装窃听器先后两次进过腾村的办公楼，认识小野。

小野怎么会在那里？这个情况引起了我们的高度重视。我们以前曾监视过幼儿园的正大门——也是唯一的出口，一直没有看到腾村身边的人进出。就是说，我们本来就在怀疑幼儿园可能有其他出口，这下子，我们马上怀疑幼儿园与熹园之间可能有一条暗道。这个想法一出现，我们都觉得是对的，因为从地图上看，从幼儿园到熹园的直线距离其实并不远，只是中间隔着一条河和一片民居，无法直行，要绕着走才显得远。那么，到底有没有暗道？要证实它很简单，只要派人守住熹园大门，看小野的进出情况。结果，老J守了一夜，并不见小野出门，而第二天早上，小军通过窃听器清晰听到，小野已经出现在幼儿园。就这样，暗道被证实了。

03

光证实没有用，必须进去看看。

派谁进去？只有老J。虽然肩膀里的子弹还没取出来，但翻个墙爬个屋顶什么的，还是难不倒的。难的是那两只虎视眈眈的黑毛大狗，让老J心有余悸。对付狗，除了肉包子，我们想不出别的办法。于是，不久后的一个雨夜，老J用褡裢揣着二十几只肉包子，出发了。一去居然不回，急死人了！以为他遇难了，准备上报情况时他又回来了，毫发未损。这已是第四天早晨。问他是怎么回事，原来这几天老J一直躲在屋顶的老虎窗里下不来，那两条狗完全被小野驯化，只吃他喂的食，老J丢过去的肉包子，闻一闻就走，不吃，包子都让老J当饭吃掉了。正仗着身边有吃的，老J一直没出来，总以为可以寻机进屋去看看，但到最后也寻不到机会。

老J说那两只狗东西，可能是把老虎窗当作我的窝了，只要我躲在里面，它们就不理会我，可只要我一离开窗子，它们就拼命朝我叫。我说那你是怎么爬上屋顶的？他说我进去那天不是正好在下雷雨嘛，我就趁打雷蹿上去。我说可昨天晚上没有打雷，你又是怎么下来的？他说你们可能睡着了，没听见，凌晨时马标那边有两声爆炸，声音很大，我就是趁那爆炸声逃出来的。这么说，幸亏带了那么多包子，否则饿了这么多天，他哪有气力发功快逃啊。虽然没进暗道去看，但守了三个通夜，老J还是有收获的，他发现，这些平时看上去静悄悄的屋子里其实是住了人的，至少有几十人。

老J说："有两个中年鬼子，手里经常拿着橡木棍子，胸前挂着哨子，像是工头，其他人都是妇女，看上去好像是我们中国人，穿的是蓝色亚麻布料的工作服，头上裹着白头巾。每天早晨、中午、傍晚，她们都在一间屋子里吃饭，晚上在三间屋子里睡觉，两个鬼子工头轮流用哨子指挥她们起床、吃饭，吃了饭这些人就消失了，到时候又不知从哪儿冒出来，聚在一起吃饭，或者睡觉。"

根据老J的介绍，我们猜测，那些屋子地下可能有一个工厂。后来，静子证实了我们的猜想：正是如此！孩子们吃的六种毒量不等的糖果就是从这个地下工厂里生产出来的。有一点不对，那些妇女不是我们中国人，就是日本人，只不过都是犯人：有的犯了军法，有的犯了通奸罪，有的犯了贪污渎职罪，本来都被关押在伪满洲的女子监狱里，是腾村把她们弄到这儿来将功赎罪的。这是不久后我们从小军的窃听记录里获知的。这天，腾村接见了这些妇女，对她们有一番讲话，是这么说的：

> 你们辛苦了！每天在阴冷的地下工作一定很累吧，吃喝拉撒睡都在那弹丸之地解决，有门不能出，有天不能见，一定很折磨人，但是比待在铁牢里总要好受些吧，想必。我看过你们的资料，你们的牢狱时间都在十年之上，有两位还是死罪是不？没事，过去的都过去了，现在你们为我工作，一切都重新开始了。你们到这里快有两个月了吧，这些时间我对你们的工作是满意的，很好，今天我接见你们，既是对你们过去卖力工作的肯定，也是希望你们以后继续保持下去。要知道，你们的工作是很神圣崇高的，直接关系到这片土地上的人如何彻底效忠我们大和人的意志。不瞒你们说，昨天夜里我做了一个梦，梦见大日本帝国全盘占领了这片土地，所有支那人都对我们言听计从。早上醒来我告诉自己，现在也要告诉你们，这不是梦，这一天将在不久的将来成为现实。快则两年，慢则三年，不长吧。等到了这一天，我会亲自给你们签发命令，抹杀你们过去的罪行，以一个自由公民的身份回去和你们的亲人团聚。你们不会觉得我一个瘫子说的话不可信吧，你们可以怀疑我说的，但我劝你们别怀疑。想一想吧，能够把你们大老远从监狱里弄到这里来的人，肯

定不是一个平常人。既然来了，你们就是我的战士，我会带领你们一起打赢这场不用流血牺牲的战争，让你们罪恶的过去一笔勾销！

就在这天晚上，我又进了一次幼儿园。为了进去，我和老金，还有二哥，都费尽心机，可以说不择手段了。我事先做了一套衣服，跟静子当时穿的外套一模一样，然后安排老金把静子约出来，在宾馆里留了她大半夜。其间，我扮成静子，让二哥送我去幼儿园。天还冷，我围着大围巾，包住了半张脸，模仿静子的仪态下了车，跟二哥示了谢。适时，二哥有意用雪亮的车灯光对着看门的断手佬照，同时用标准的日语跟他搭话，总之是分散他的注意力。我就这样混了进去，事后想来真是一次冒险。但当时二哥和老金都支持我，配合我，足见我们当时有多么焦虑，是多么想有所突破，想疯了。

确实，敌人已经对孩子下手，我们却一直找不到破坏敌人行动的招数。我们像一群困兽，困得太久了，疯了，明知被围在铁笼子里出不去，却还是徒劳又拼命地想撞破铁笼子，结果差点把自己撞死。我们事先都不知道，静子的孩子晚上其实是和静子睡在一起的，我开门进去后孩子在黑暗里叫我“妈”，把我吓出一身冷汗。幸亏当时孩子已经快睡着，迷迷糊糊的，没有辨认出来，我及时把他揽在怀里哄他睡，他也很快睡着了，要不真是闯祸了。因为有孩子在身边，我其实什么事也做不成。本来，我还想溜到对门的医院去瞧一瞧，寻一寻暗道。可那天我真是额头上长了霉，运背得很，腾村一直在跟院长下棋，小野因此不敢去睡觉，老在走廊上踱步，走来走去。腾村办公室里灯火通明，外面走廊上灯火不灭，我根本没机会过去。后来，我是从厕所的窗户里爬出来的。

按计划，静子也应该从厕所里爬窗回去，否则一夜回来两个“静子”，事情就败露了。为此，老金那天晚上不得不用安眠药，把静子留到天亮前才把她叫醒。据老金说，静子醒来时看天已亮，急得直哭，因为她怕这么迟回去被断手佬遇见汇报上去。老金说：“我看她这么急坏的样子，就给她出主意，让她从厕所爬窗回去。”在老金的游说下，静子最后果然爬了窗。静子手上有大门钥匙，有时回去断手佬睡着，或者去上厕所了，她会自己开门进去。所以，她回去断手佬没看见，这不足为怪。该怪的是，那天我们运气太差，几个人忙碌一夜，结果一无所获，白冒了一次险。

情况就是这样，虽然我们挖空心思，费尽心机，甚至不惜频频涉险，但局面依然没有改观。春晓行动陷入僵局！我们心里都急得冒火星子，尤其是二哥，作为新任的老A，很想打破僵局，立功争个表现。一天晚上，二哥对我说：“我决定给幼儿园捐一笔款子。”我问他：“目的是什么？”他说：“只要他们接受了我的捐款，我要求进去看看孩子们不过分吧。”我说：“看了又能怎么样？除非你能捐一个人进去。”他说：“一回生二回熟，只要让我进去一次，就有第二次。”我说：“进不了医院，进去也是白搭。”他说：“我也可以给医院捐一批药品。”我说：“那可能会打草惊蛇，腾村会由此对你和我都产生警觉。”此时我跟二哥是夫妻关系，我总觉得这么做容易让腾村对我们产生看法，劝他别这么做，但他还是私下约见了静子，表示要捐款，静子当然高兴，说是过两天给回音。要不是静子后来出事，这事正常推进下去，我们可能会付出不小的代价——即使腾村不怀疑我们，至少我们要付出相当大的一笔款子。以静子后来给我们提供的情况分析，这笔款子肯定是白付的，不可能产生任何回报。事实上，自黄药开始进入试验阶段后，腾村已经下了死命令：不准任何人以任何名义走进幼儿园，包括野夫在内。别以为野夫身居要职，了不得，在腾村眼里不过是个无足轻重的小角色，连走暗道的资格都没有。大门不能进，暗道走不了，从此野夫跟幼儿园无缘了。

04

是二哥私下约见静子的第三天晚上，哦，我真希望我在讲的是一个虚构的故事，这样我一定会省略掉这个黑夜。这天夜里，静子被腾村强暴，也是在这天夜里，老J永远地离开了我们！我是第二天中午得到老J牺牲的消息，小红给我打来电话，用暗语告诉我这个消息，把我肚子里的小东西都吓着了，我当即感到下腹绞痛，干呕起来。都说怀孕初期孕妇会出现干呕现象，我却从来没有过，即使阿宽走的那阵子，我那么痛苦也没有出现这种现象。这是第一次，我感到陌生又恐惧。剧烈的干呕把我变成一个无腿的人，我席地而坐，眼冒金星，冷汗从心里冒出来，脏腑拥堵在喉咙里，整个人成了一团衣服，蜷缩在一起。小家伙就是这样第一次向我“报到”的，想来这是不是一种不吉利的暗示呢？

第一天恰好是每月换密码的日子，上午我去鬼子那儿领取密码，下午周佛海来局里搞调研，我和老金一刻都走不开。我忙碌一天，直到晚上才回家。回到家里，我看到二哥一个人坐在客厅里，天黑了，他也没开灯。我开了灯，发现他脸上都是泪水，地上都是烟头，见了我直摇头。他说：“老J牺牲了。”我说：“我知道了，是怎么回事？”他说：“我派他去幼儿园摸暗道……是我把他害了。”说着呜呜地哭出声，狠狠地捶自己的胸脯，伤心极了。

老J是个好同志，无私无畏，有胆有识，待人诚恳，本领高强。想到这么好的一个同志就这么走了，死无葬身之地，我心情陡然悲伤起来。老J的牺牲使我懂得——更加懂得了，成为不死，那不是我们地下工作者的愿望，因为那很不真实，很渺茫。正如阿宽在诗中写的一样：清晨起来看自己还活着，那是多么幸福的事。

阿宽，我们又有一个同志走了，是老J，他去陪你了，你见到他了吗？

阿宽，你说得对，生命对我们就像天上彩虹一样容易消失，阳光、水汽，甚至你站立的位置、目测的角度——凡此种种，只要稍有偏差都可能使彩虹消失。我们的生命就是这样的珍贵而伤感，因为我们的每一个举动都有着无可挽回的风险和危机。有时候，我们甚至不得不用自己的手切断动脉、喉管，用自己的牙齿咬破舌头，或者用一粒剧毒药片结束自己的生命。所以，人们说成为一名地下战士无异于是一只脚踏进了地狱门槛，另一只则在某天清晨或傍晚随时都可能跟着进去。这确实就是我们的现实，我们的生活，我们的日常，我们每天睁开眼睛要面对和接受的。不接受也得接受。

二哥告诉我，老J是昨天夜里两点钟被他派去执行任务的。二哥说：“我想熹园那边有狼狗，进不去，还是想让老J从幼儿园这边去试试看，想不到就出事了。”一边是私下在约见静子，想通过捐款进幼儿园，一边又在安排老J冒险行动，二哥真是犯了求胜心切的毛病，所以他很自责。事后我们了解到，老J上屋顶时好好的，是在钻窗进屋时不知怎么“露了马脚”，正好被小野撞见，当场击毙。按说，老J轻功十分了得，怎么会钻个窗被人发现？肯定是伤势在作怪，他肩膀里还留有子弹，对他行动有一定影响。我说："那敌人有没有发现我们的窃听线路？"问了以后又觉得我问的是废话。当然，敌人怕有同党，连夜上屋顶全面搜查，意外发现了窃听线路，然后便顺藤摸瓜，摸到我们的窃听室里去了。

我问："小军呢，现在在哪里？"

二哥说："不知道。"

"他有没有被抓？"

"就是不知道，一点消息也没有。"

"如果没被抓，他应该会来找我们啊。"

"我就在等他来找我们，可是一天过去了，没有他一点消息。"

"那肯定被抓了。"

"也不一定，他不知道我们这地方。"

"不知道这儿，但他可以去保安局门口守我啊。"

我认为小军一定是被敌人抓捕了。

05

谢天谢地，小军没出事。

第二天，我去上班，没下车便看到小军抱着一叠报纸，在我们单位门口叫卖。我连忙写了个纸条，叫司机去买份报纸。司机原来是给二哥开车的，也是我们的同志，他借买报纸的机会把纸条递给小军。我通知小军去幽幽山庄找老P。中午我和二哥赶去幽幽山庄见小军，他正好睡了觉刚起床，他已经两夜露宿街头，人瘦了一圈。小军告诉我们，是窃听器救了他，他先是从窃听器里听到医院楼顶杂沓的脚步声，估计有情况，后来窃听器突然哑了，风声、电流声、噪声，一点声音都没有。经验告诉他，窃听器线路被人拔了，于是他连忙收拾东西跑了。二哥问："你把窃听记录本带出来了吗？"他说带了，说着从腰肚里摸索出一本笔记本递给二哥，面露愧色地说："很遗憾，机器我没有带出来。"二哥说："带这个就可以了。"小军说："那天晚上腾村把静子园长强奸了。"

"什么？"我听了大吃一惊，以为听错了。

"你看吧。"他打开笔记本，替我翻到最后一页，指着最后一段记录说，"你看，这就是那天晚上的记录。"

是前天晚上。

从窃听记录看，这是静子第二次被腾村请上楼去吃饭，但这一次不像前次一样是礼遇，而是恶待。腾村要静子陪他喝酒，静子说她不会喝酒。腾村说，那你就坐到我身边来，我教你喝。静子没过去，腾村自罚了一杯，理由是：美女不听召唤，说明他缺乏男人魅力。总之，这次见面，自一开始，腾村便很放浪，讲了不少调情的话。酒过三巡，腾村变得更加放肆，言语越来越色情、露骨，静子终于提出要走。腾村说，今天晚上你可能走不了了。但静子还是毅然辞别。走到门口，千惠突然从外面推门进来，嬉皮笑脸地把静子拉到腾村面前。当着静子的面，千惠一边给腾村按摩，一边互相调情，说的那些话下流至极，不堪入耳。静子要走，走到门口发现门从外面被锁住。这时候，千惠已经开始和腾村做爱，就当着静子的面。千惠一边与腾村做爱，一边引诱静子加入。静子不去，躲在屏风背后哭。后来腾村发话，要静子去，并且威胁道，如果再不去，他要割下千惠的奶头。完全是一个疯子！后来千惠把静子拉过去，扒了静子衣服……强奸！不折不扣的强奸！

我可以想象，静子有多么痛苦，但无法想象，腾村居然这么无耻，简直是禽兽不如！这么想着，笔记本在我手上变得沉重、生硬，像块铁板，我的手胆怯地颤抖起来，痛苦的记忆苏醒了。窗外起风了，乌云笼罩下来，天色阴沉沉的，大雨似乎随时倾盆而下，我突然觉得发冷和害怕。在场的郭阿姨问我："你怎么了？"我说："我觉得浑身发冷。"说着干呕起来，跟昨天上午一样。郭阿姨是过来人，一看就明白是妊娠反应，给我倒了一杯温水。我喝了，稍微镇静下来，二哥劝我马上走，"天可能马上要下大雨，你快回去跟老金汇报这事。"我不能接受，这种事怎么能让老金知道？这对老金和静子是不公平的，尤其是静子，她一定不想让多一个人知道她的屈辱，我们知道也应该忘记。我说："干吗跟老金说，你还要不要让老金跟静子好了？"二哥说："当然要。"我说："那就不能说，说了只会影响老金的情绪。"二哥说："老金的情绪可以藏起来。"我没了退路，只好说实话："可作为静子，发生这样的事已经够痛苦的，她一定希望无人知道这事，她要知道我们都知道了会更痛苦的。"二哥说："你可能应该首先要为我们的任务着想。"二哥认为，这对我们是个机会，我们可以借此拉拢静子。

"再说，"他说，"静子现在也需要有人去安慰她。"

"你怎么去安慰她，你跟她说我们通过窃听知道这事了？"

"不需要你说，静子会主动跟老金说。我相信静子是真的爱上了老金。"

"正因为她爱他，所以她才不会把这种事让老金知道。"

"理智上是这样，可她受了太大的伤害，她会不由自主地流露出来。只要有所流露，老金就可以趁机挖，诱她说。”

“你太无情了，让她对心爱的人说自己最不齿的事。”

二哥突然瞪我一眼，对我大了声音，“难道你觉得这比让你的同志一个个去牺牲还无情吗？你想过没有，老J走了，窃听室被捣了，下一步我们更没有办法进幼儿园，可孩子们一天天在吃毒药，难道还有比这更无情的事？我们的敌人是无耻之徒，现在他对静子做了最无耻的事，我们必须抓住这个机会，趁机把她拉拢过来做我们的同志。”

当然，我知道，如果静子真成了我们同志，无疑是我们完成春晓行动的最好武器。但同时，我觉得这很困难，民族感情且不说，关键是，以我的体会，静子是绝不可能对老金说这事。从某种意义上说，我是最能体会静子此刻心情的，因为我有过相似的经历，当初我就是这样，死活不愿意跟阿宽说——宁愿死也不愿意说！我这么跟二哥说后，二哥说：“可你想想，如果当初阿宽知道你的经历，开导你说，你能熬住不说吗？”

“是的，”我说，“我承认，如果这样静子可能会熬不住。可是我总觉得这对静子不公平，我们太不尊重她的隐私，太不择手段了。”

二哥说：“不是我们不择手段，而是我们现在没有别的手段。机会来了，我们必须抓住。我认为这是我们说服她、拉拢她的最好机会，错过了你会后悔莫及的。我可以设想，只要她把事情摊开来说，我们也可以把腾村的罪恶全部摊开来跟她说，让她进一步认识到腾村的卑鄙无耻。你们都说静子本性是善良的，对我们中国人有感情，对那些孩子充满爱心，正因如此，我有理由期待，当她得知腾村在对她心爱的孩子干这种卑鄙无耻的事后，就可能唤醒她的良知，从而争取得到她的帮助。”

我没法说服二哥，只好回去把情况报告给老金，让他马上给静子打电话，约她晚上出来。老金说："真要出了这么大事，打电话没用的，她肯定不会接。"果然，电话打过去，是小美接的，说静子园长在寝室里休息，接不了电话。老金请她转告静子让她回个电话，直到下班，电话也没有回过来。下班前，老金又打去电话，还是小美接的，说静子出去了，问去哪里，小美说她也不知道。我鼓动老金上门去见她，老金说："她出去了，我怎么见得了？"我怀疑她就在里面，只是因为太伤心不想接电话。我说："如果真要出来就好了，你可以在路上守她回来。"

老金就去了。

守门的断手佬跟老金早已很熟，见了老金二话不说，径自对里面嚷开了："园长，有人找！"连喊几声，不见静子出来，出来的是静子的孩子新一。新一说他妈妈没在家，断手佬问他园长去哪里了，他支支吾吾说不知道。断手佬以为静子去了医院，让老金在门口等着。中途，小美出来，跟断手佬窃窃耳语一番，断手佬便开始赶老金走，说园长在开会，要开很久，没工夫见人，说完关了门，很绝情的样子。老金回来把情况对我讲后，说："看来她是不想见我了。"我觉得这是好事，说明静子确实受伤很深，同时也说明她是真心爱老金的。我说："静子现在心里一定很矛盾，害怕见你，但又想见你，明天你继续约她吧。"

连约三天，都是老样子，电话不接，登门不理，静子像死了心了，老金也没了劲。但二哥不死心，他对我和老金鸿篇大论地做分析，讲道理，"静子越是这样，我们越要去努力见她。她不肯见你说明什么，老金，说明她怕见了你会熬不住向你诉苦，她心里一定被苦水涨满了，只要稍有机会，苦水就会倾泻出来。可她在里面有什么机会？那些人都是腾村的爪牙，腾村敢当着人强奸她，说明他根本不在乎那些人，那些人都不可能安慰静子的。能安慰她的只有你，老金，我有种预感，只要你们相见，她一见你可能就会倒在你怀里哭。小妹，你替老金想想办法，怎样才能把静子请出洞来。”

我的办法是让老金装病，住进医院，然后我给静子写一封信，交给断手佬，让他转交静子。我在信中说，金深水生病了，是心病，因为你静子对他变心了。谈情说爱，挑三拣四，这山望着那山高，谁都是难免的。本来嘛，你静子条件比老金好，你静子有新的心上人，很正常，可以好说好散。可你静子什么都不说，翻脸不认人，死活不见人，让老金天不知，地不知，上不是，下不是，这太折磨人了，也有失风度。我诚恳地劝静子出来看看老金，至少跟他告个别，问个好。一日夫妻百日恩，你们相好这么长时间，老金总有一点好值得你想念，静子你就给他一点起码的尊重吧。

我的信写得不长，但句句是理，声声是情，又句句不是理，声声是讨伐，静子看了一定又吃惊又感动。我算好时间，准备过上一两个小时，等静子看了信思前想后一番，再给她打去电话。结果，我回单位没一会儿，静子主动给我来了电话，问老金的病情。我故意很冷淡，说：“死不了的。放心，见不到你他不会死的，死了也不会瞑目的。”静子哭了，一边说：“他在哪里，我要去看他。”

一个小时后，我把脸上重叠着悲伤阴影的静子送进了老金病房。

第十二章

01

其实，静子近日的异常不可能不引起腾村的关注，几天闭门不出，突然又被我接走，去哪里？见什么人？干什么？静子会不会揭发他的丑行？等等，同样不可能不引起腾村好奇。担心，他是不会有的，只有好奇，我想。

所以，我接静子去医院的路上，从开始便有了“尾巴”。当我把静子送进老金病房，从楼上下来时，千惠客气地朝我迎上来，让我跟她上车。上了车，不客气了，小野扬了扬一个黑色眼罩对我嬉皮笑脸说：“对不起，我们要带你去见一个人，他不想让你知道他住在哪里，所以请配合一下。”我夺下眼罩，我说：“不劳驾了，我自己来吧。”我知道要见我的人是谁，却不知他为何要见我。

去幼儿园的路我太熟悉，即使蒙着眼，我照样知道车子行驶在何处。一路上我不停地在想，腾村为何要见我，会问我什么问题，会不会对我施以兽行，万一出现那种情况，我该如何应对……脑袋里像煮了锅开水，一大堆问题横冲直撞，过度的紧张让我觉得累不可支。我的手是自由的，上车后我一直使劲在摸坐垫缝里的尘灰，我要把手弄脏，合适的时候摸到脸上去。运气不错，我摸到了半片瓜子壳，我把它塞到门牙和虎牙之间的牙缝里。我还努力挤出眼泪，并不停地使劲眨眼，这样如果到时摘下眼罩，我的眼睛也许会布血丝，眼睑肿胀。

不过，我的努力是多余的，腾村并不想让我看到他“尊容”，他对“低人一等”的支那女人似乎也不感兴趣，何况还是一个孕妇。我那时身孕还不明显，但我可以装得明显一点，腾村一眼看出来，对我说的第一句话是：“没想到你是两个人。”我说：“中国人对怀孕女人专门有个说法，叫‘有喜’，就是说我现在身上有喜呢，太君见我就是见喜，是好事情。”我说的是一口流利的日语，说的话又是那么投其所好，让腾村一下对我少了敌意。他问我是在哪里学的日语，我说我父亲有一半生意在日本，至今在京都和大阪还有两家酒店和不少生意，小时候我经常去日本，家里也经常接待日本客人，我几乎没有专门学过就会说日语。当他得知我是林大老板的女儿、汪精卫关照的人后，他让小野给我端了一杯茶，假惺惺地说：“原来是一位贵客，怠慢了。”

我说：“太君的意思是我可以摘下眼罩了？”

他说：“这就不必了，你该听得出来，我是坐在轮椅上的，我是个废物，你还是给我留个面子吧。”

我说：“太君……”

他说：“别叫我太君，我是个学者，叫我先生吧。”

我说：“先生身边有车、有侍从，一定是个大学者，怎么会是废物？”

他问：“你知道我是谁吗？”

我说：“不知道。”

他说：“真的不知道，静子没有向你说起过我？”

我说：“这里面的事园长从来没跟我说起一个字，要不是有幸来见到你，我还不知道这里面有先生这么一个大学者。我可不可以冒昧地问先生，您是园长的亲人吗？我知道，野夫机关长是园长的亲人，好像是舅舅吧。”

他说：“是的，我也是静子的亲人，我是她哥哥。”

呸，你这畜生！我心里骂，嘴上笑道：“我叫园长是叫姐姐的，姐姐的哥哥自然也是我的哥哥，也许我该喊您哥哥，先生？”

他怎么可能允许我跟他称兄道妹？因为考试还没有开始。万一我考输了，我就是垃圾，什么林怀靳、汪精卫都救不了我。事后我知道，当时他手里已经拿着我给静子的信，那是静子被我接走后小野去她屋里搜来的。他喊我来，当然不是要给我结识他的机会，而是要问我话，考我试。

“你接她去了哪里？”

“医院，陆军总医院内科217病房。”

“里面住着什么人？”

“是我们头，金副局长。”

“他们是什么关系？”

“好像是在谈恋爱。”

“他们谈恋爱跟你有什么关系？”

“当然有关系，一个是我的长官嘛，一个是我认的姐姐。”

“据我所知，园长这几天身体不好，都在家休息，你知道吗？”

“不知道，我见了她发现她有点病恹恹，问她是不是生病了，她说没有。”

“你为什么要来接她走？”

“是她打电话通知我的。”

“她怎么知道你的长官生病了？”

“是我告诉她的。”

“你怎么告诉她的？”

“嗯，我托门卫给她交了封信。”

其实，所有问题都是围绕我给静子的这封信出的，标准答案也是这封信。所以，当时我如果要回避这封信就完蛋了。事实上我是有点想回避的，一则我不知道信已经在他手上，二则这封信中我把金深水对静子铭心刻骨的爱表达得太充分，我担心腾村知道这些后会迁怒于老金，对老金不利。所以没有回避，完全是一念之差，也许是因为一时慌张，也许是冥冥中阿宽给我的安排吧。当我承认有这封信后，我马上意识到，后面的话不能再编，只能按照信里的意思说实话，因为随后腾村时刻都可以去找静子要这封信来对证。

就这样，我反而得了救，对他的每一个问题，我答得都跟他捏在手中的信里说的一模一样——我几乎得了个满分！奖品是一盒包装精美的糖，他说，这是送给我未来的孩子的。我不知道这糖里有没有含毒，我曾想找人去化验一下，却苦于找不到人，至今还放在我的书房里。我有种预感，这糖里一定是加了毒的，这个疯子，这个畜生，你别指望他会对谁发慈悲。

02

话说回来，静子见到金深水后，没有像二哥预料的一样，情不自禁地倒在老金怀里倾吐衷肠。老金告诉我，静子那天的表现虚弱又镇定，好像除了生病，她什么事也没有发生过。老金说：“她进来后一直坐在病床前，握着我的手，面色苍白，但依然强行露出笑容，对我作了一番解释，意思是我误会了，她这些天不接我电话、不见我，只是因为生病了，没有别的原因。我问她是什么病，她说是感冒引起的支气管发炎，很厉害，发了几天高烧，现在还没有完全好。我想把她拉到身边来，她不愿意，说是病毒要传染的，我也在生病，很容易传染给我。也因为这个原因，她坐了不到十分钟就走了。”这个结果，确实让我们有点意外又感遗憾。

以后，静子开始正常上班，我和老金给她去电她也接，只是很难约出来，一个月间，我印象中老金只约她出来过一次，那还不完全是为老金，而是为了老金的养子山山。山山是老金以前军统的同志刘小颖和陈耀的孩子，一年前陈耀和刘小颖相继去世，山山成了孤儿，老金把他当儿子收养，朝夕相处，感情很好。一个下午，山山突然发高烧，送到陆军医院看病，医生怀疑是得了急性脑膜炎，建议转到日方所属的东京友邦医院去看，那里有这方面的专家。可那医院我们平时没往来，人际不熟，人送去，住了院，医生迟迟不来会诊，把老金急坏了，遂向静子告急。就是这一回，静子叫了就赶来，来了就找人，通了关系，山山遂及时得到救治，转危为安。

山山病好出院后，我提议老金可以感谢的名义请静子出来吃餐饭。老金约了她，她也答应出来，但临时又没有赴约，说是生病了。

我知情后，给静子打去电话想慰问她，照例是小美先接的电话，说静子这会儿在医院，无法接电话。我问静子生了什么病，要不要紧，小美的回答让我十分意外：“园长没有生病，她在医院有事。”我问什么事，小美说：“我怎么知道，这你要问园长本人，反正是有事。我们医院事情多得很。”我这才反应过来，她说的医院是指腾村那儿。挂电话前，小美又特别地申明：“以后你找园长别打这个电话，她以后不是我们园长了，她去医院工作了。”

她怎么去医院工作？放下电话，我回味小美的话，总觉得她话音里有话，令我多思。

这样又过去一个多月，保安局院子里，那三棵从东京移植来的樱花开了，又谢了，天气转眼间变热了，幼儿园里的女孩子们开始换上漂亮的花裙子了，但我们却没有静子的一点消息。一天深夜，我已经睡着了，二哥突然叫醒我，让我去楼下客厅谈事。我起床，下楼，从厅堂的穿衣镜前经过时，我从镜子里看见穿着睡衣的我明显隆起了腹部，颇有孕妇的样子。我走进客厅，看到金深水立在客厅中央，一脸神采，双眼亮得像刚从战场上凯旋，兴奋得坐不下去。我知道有好事，问他有什么好消息。老金看看二哥，示意他说。

“老金见到静子了。”二哥对我说，“他刚跟静子分手，静子把腾村强奸她的事跟他说了。”

“是吗？”太突然了！我疑惑地看着老金，迫切地问他。

“是的，”他说，“我见到她了，终于见到她了，太好了！她真的跟我说了那些事，我明显感觉得到她现在非常痛恨腾村，她甚至说恨不得要亲手宰了他。这下好了，太好了，我觉得下一步我们可以争取她了。”

这确实是个好消息，及时雨啊，雪中送炭啊。要知道，自老J牺牲后，这两个多月来，春晓行动完全陷入困境中，我们有心无力，束手无策，茫茫然，甚至连静子这条线都几乎断了。这时候，静子突然出现，而且有这么大的变化，超出我们的期待。

03

很多事是后来静子告诉我的，她遭腾村强暴后，内心自是十分痛苦，甚至想一死了之，只因孩子新一这么小，她下不了狠心。死不起，躲得起，最后她决定带上孩子离开幼儿园，一走了之。腾村知情后发话：大人可以走，孩子留下。他给静子两条路，这是一条路：其实是死路，因为这等于是不让她走！另有一条路是要静子离开幼儿园，去他身边当助手，幼儿园由千惠来当园长。可以想象，这个新职意味着什么，就是名正言顺地去做他玩偶，任其糟蹋。这其实是一条比死还叫静子难受的路。但为了孩子，静子别无选择，只能忍辱苟活。

此时的腾村研究上的事已经很少，药已经有，只是个剂量问题。这是个时间问题，三个月检测一次数据，其他时间都是空的。干吗？健身，喝茶，下棋，收藏陶瓷，总之，都是玩的事。俗话说，好吃不如茶泡饭，好玩不如人玩人。用腾村自己的话说，他天生好色，女人成了他其乐无穷的玩物。千惠、百惠、十惠、小惠，都是他的小绵羊，招之即来，挥之即去，言听计从，百依百顺。也许是太依顺了，不刺激，玩腻了，才盯上了静子。静子不是小绵羊，静子有小脾气，跟他闹别扭，反而更挑逗他，成了他的新宠。一时间，腾村几乎天天晚上把静子留在楼里，对她进行百般折磨。腾村不但玩的女人多，玩的名堂也多，他有一间专门做爱的房间，里面有各种配合做爱的工具、刑具。这畜生其实有施虐症，做爱时喜欢施虐，轻则咬、掐、吐口水，或出恶言辱骂；重则把人捆起来，鞭打，揪拔阴毛，甚至用烟头烧烫奶头、用辣椒水灌下身。凡此种种，残忍，病态，疯狂，不可思议，更不堪忍受。

那天金深水碰见静子，就是因为头天晚上静子被施虐，肩膀脱臼，去医院看病，回去的路上恰好被金深水撞见。这是一次具有历史性意义的会面，它把我们每一个人的历史都改变了！老金说："我没有想到在那儿碰到她，更没想到一个多月不见，静子变得那么落魄、憔悴，埋着头，偻着腰，一只手被绑带套着，吊挂在胸前，脸上一点神采也没有，脸色黯然，目光畏缩，像个刚从战场上逃回来的哀兵。最让我没想到的是，静子一见我眼泪水就夺眶而出。"可以想象，这些日子静子受的伤害太深了，她心里积压着太多的悲伤和恨，急需一个出口，一个倾诉、发泄的机会。可谁能给她这个机会？幼儿园里的同事都是腾村的奴才，舅舅野夫一心想往上爬，几乎成了腾村的走狗，孩子太小，更不可能，老金嘛，迫于腾村的淫威又不敢相见。腾村把她害得成一个可怜的孤家寡人，举目无亲，苦海深重，生不如死。恰在这时老金从天而降，不期而遇，一声声亲切又喜悦的呼喊，一道道带着体温和温情的目光，把静子的内心一下戳破了。

老金说："说实在的，我还没开始正式问她什么，只是顺便问了一句你的手怎么了，她便断断续续地跟我讲起了她令人发指的遭遇和近况。"转述了静子的遭遇和对腾村的恨后，老金言之凿凿地对我们说，"我觉得机会来了，现在我们可以跟她摊牌，把腾村的罪恶给她摊出来看，让她更加认清腾村这个魔鬼的真面目。"

二哥说："光认清没用，关键是要帮助我们。"

老金说："能不能帮我们现在我不敢说，但我相信她绝对不会揭发我们。"

二哥说："如果这能保证当然可以说，毕竟她孩子也是受害者，说了只会加深她对腾村的恨。”

老金说：“我可以保证。”

我们决定放手一搏！那阵子，静子因为要上医院换药，我们要见她不难。难的是让谁去跟她说，是老金单独跟她说，还是我和老金一起去跟她说。因为我对情况最了解，口才也比老金好，老金要求我跟他一起说。但这样我们有预谋的感觉太明显，怕引起静子多心。如果让我单独去跟她说，又怎么也找不到一个说的途径，去路上碰她？太巧了，容易叫她怀疑是老金安排的；给她写信，又怕落入他人之手，引火烧身。最后还是我灵机一动想出一个方案，事后证明效果是不错的。

在我的方案中，老金扮演的是个不知情的角色，他先单独去医院守着，见到静子后请她到办公室去小坐。静子出来是看病的，在外面待的时间不宜过长，喝茶、吃饭很容易被谢绝，去办公室坐一坐的时间是有的。老金一进办公室，看到桌上放着一堆我送上去的文件，即对静子说：“哟，我忽然想起来了，你那个林妹妹啊几次跟我说要见你，说她有重要事情要跟你通报，我问她什么事她还跟我保密，要不我叫她来见一见你？”静子推辞，但老金会说服她的。老金说：“我听她隐约说过，说你们幼儿园是个魔窟，藏着骇人听闻的罪恶，我在想会不会是腾村强暴你的事被她听说了？”一下点到静子的穴位，使她变得比老金还急切地想见我。

于是，我被叫上楼去。

于是，我一五一十把幼儿园的秘密毫无保留地端出来。为了激发静子对腾村的恨，我特意准备了几份窃听记录，其中一份内容是虚构的，是说腾村对新一（静子儿子）非但没有关照，反而有意加害他，给他单独吃一种毒性最重的糖。

静子听得目瞪口呆，老金却暴跳如雷，大骂腾村。骂够了腾村，老金又掉头骂我：“你为什么不早告诉我，这么丧尽天良的事我们必须阻止他！”我说：“第一，我也是才听说不久，第二，我想先跟静子说，让她帮我证实之后再跟你说也不迟。”老金说：“你撒谎，我怀疑你早知道了，没准就是那次腾村见你时他亲口对你说的。”我说：“胡扯！他在作恶怎么可能跟我说？”老金说：“因为他是个疯子，变态狂，他要跟你炫耀他的狗屁才华。”我说：“你少跟我废话，现在我们需要尽快证实他到底有没有在干这事，如果确有其事，说明他真是个疯子，我们要想法阻止他才是，你怎么还在跟我啰唆这些。”他说：“我啰唆是因为我不相信有这种事，这哪是人干的事，连孩子都要糟蹋。”我说：“我也不相信，所以我想问了静子后再向你汇报，现在静子就在面前，你可以问她。”他说：“你自己都说不清楚，我问什么。”我说：“我刚才不是说了那么多，你可以问静子我说的对不对，以前是不是有个女孩突然死了，现在那些孩子是不是在分组吃一种糖果，还有，医院地下是不是有通往熹园的暗道，暗道里是不是有个地下工厂。”我们就这样，故意当着静子的面吵，唱双簧，乱弹琴，目的是要把我们想对静子说的话巧妙地说给她听，让她表态。

静子表了态：以前确实有个女孩死了，现在那些孩子也确实在分组吃一种糖果。至于医院地下有没有通往熹园的暗道，暗道里有没有工厂，她不知道。老金听了静子这么说，一屁股跌坐在沙发上自言自语：“这么说，看来确有其事。我的天哪，世上怎么会有这么恶的人，对孩子也下得了手。腾村，你这个没人性的魔鬼，你糟蹋大人也罢了，怎么能把魔掌伸向孩子。静子，我相信你以前一定不知道这事，因为新一也是受害者。”

我说："而且是最大的受害者。"

老金说："是的，所以我相信你以前一定不知道。但现在知道了，你说我们该怎么办？"

静子沉默一会儿，说："我听你的。"

我连忙也对老金说："我也听你的，为了救这些孩子，我甘愿赴汤蹈火。"

老金继续跟我演着，对我说："你连门都进不了怎么赴汤蹈火，暂时我们还是要靠静子。我觉得先还是要以证实为主，刚才静子也说了，地下有没有暗道，暗道里有没有工厂，她不知道。那么到底有没有，这个必须搞清楚，如果有，就不用怀疑了，说明腾村肯定在搞鬼名堂。如果没有——我希望没有，到时我们再来商量。"

我说："肯定有。"

他说："口说无凭，眼见为实。静子，这就拜托你了，你回去后去查一下，如果有，这也是我们下一步行动的主要目标。"

静子答应了。

老金说："要快，因为你今后出来不容易，最好就在这几天，你去医院看病期间。"

静子又答应了。

从静子的态度看，我们没有理由怀疑她在敷衍我们。但是，第二天、第三天、第四天、第五天，静子都没有出来，也没有联系我们。她的伤情肯定还没有好，但就是不出来。我们不知道发生了什么事，是静子反悔了，还是出事了，她的行动被发现了，还是……别的什么原因。静子！静子！静子！我们在心里一遍遍呼唤她的名字，白天黑夜都在幼儿园四周转悠，试图捕捉到一点信息，却是一无所获。

就这样，绝望的阴影被时间拉长又拉长，一个星期过去了，依旧没有一点静子的信息，我们基本上绝望了。为此，我们决定冒险行动，紧急调来阿牛哥，准备远距离射杀腾村，同时安排赵叔叔去炸毁那个地下工厂。我们想只要阿牛哥干掉腾村，里面一定会乱套，赵叔叔也一定能得手。如果这不行，二哥准备硬拼，出动所有人去干一票，豁出去了！总之，我们决定孤注一掷，准备付出一切代价去完成任务。那几天，我们小组所有同志都天天在外面，密切注视敌人行踪，紧张配备武器炸药，准备行动，包括也准备好了逃跑路线。

到第九天，我们方方面面都准备得差不多了，万事俱备，只等东风，却不曾想到，有人已经在夜里为我们轰轰烈烈地行动了。

04

这天大清早，我刚起床，正在漱口，老金打来电话，让我迅速去单位。到了单位，我看到反特处屋前，几辆摩托开着引擎，反特处的官兵进进出出，都忙着整装待发，一副风声鹤唳的样子。我径直去老金办公室，他正在打电话，在朝人吼：“你的人怎么还没有出发？少啰唆，快走！野夫都已经到场了，你不是找骂嘛！”

我不知道出了什么事，可听说野夫出动了，想必是大事，我替老金着急。哪知道，老金挂了电话对我笑，“天上掉馅饼了，昨晚熹园着大火，而且我要特别说明，是鬼子高级将领住的那片院子，据说大火烧了整整一夜，希望能烧死几个大家伙。”我问是怎么回事，他说：“我也不知道，这不，正准备去现场看。”他让我在单位守着，静候佳音。

老金还没回来，我从反特处那边已经得到消息，昨晚大火烧死十几个人。这么多人！真是佳音啊。中午老金回来，给我带回更好的消息：着火的地方是老J发现的那个院子，就是我们怀疑跟幼儿园有暗道、地下有工厂的那片日式园林建筑。这不正是我们一心想捣毁的地方！老金说，现在完全成一片废墟，住在里面的那些女犯有一半葬身火海，尸体都烧煳了。天哪，真是天大的喜讯啊！

那么这到底是谁干的好事？我们首先想到可能是革老那边的人干的，毕竟重庆也曾经给他们下达过任务。去见革老，革老只字不提，问了也是三不知，足见这事跟他们无关。那么会不会是我们组织其他小组的同志呢？或者是重庆方面的其他小组呢？四方打听，也没有相关消息。照理，这么重大的任务，哪个小组完成了都一定会报上去，上面也会通报表彰。现在这事上无文，下无音，成了无头案，确实叫人费解。

很快，相继冒出两件怪事：一是野夫被调走，据说是去了前线，明显是被罚了；二是我们保安局新来一位局长，可以说老金也被罚了，没当上局长。两人都跟静子有关：一为舅舅，一为情人，不禁使人猜测，这把火是静子放的，他俩在替她受过。但确切的消息一直没有，我们见不到静子，也见不到幼儿园任何其他人。火灾发生后，幼儿园彻底成了禁地，日军宪兵司令部直接接管了它，大门由持枪哨兵把守，以前孩子们还偶尔出来踏青、出游，现在再也见不到他们了。

后来，慢慢地，消息一点点冒出来，先是我们听说静子死了，就死在那场大火中；后来又听说腾村和那个院长都死了；后来又听说院长其实没有死，只是受了重伤，住在某个医院里。后来我们查到，住在东京友邦医院，我们去人侦察发现，他伤势非常重，一直昏迷不醒，随时都可能死。算他命大，经过半个多月抢救，他起死回生，醒了过来。醒过来就要接受调查，腾村之死是个大事，怎么能死得不明不白？他受命把事发经过写成材料，时隔两个月后这份资料恰巧被老金看到。至此，我们才完全搞清楚事情的来龙去脉。那时我已经怀胎十月，大腹便便，在家等着临产了。

根据院长提供的材料，加上我的猜测，事情应该是这样的：静子跟我们最后一次分手后，一回到幼儿园就开始寻找地下暗道。她没有马上找到，但后来还是找到了，并沿着暗道一直走到尽头，发现了那个地下工厂。不巧的是，静子返回途中正好被院长撞见。那个工厂是院长在管的，他经常要去现场指挥那些女犯干活。事情暴露了！腾村连夜对静子进行审问，审问不出结果开始折磨她，变本加厉地对她施行性虐待，先是让院长用高压电棒击打她，把她击昏后用尖刀在她背上刻字，静子痛醒后，腾村又令院长强奸她。就在院长对静子实施强奸时，静子抓起尖刀连刺院长，接着又刺腾村：一个是猝不及防，一个是没脚的废物，都是该死的恶魔！结果表明：一个是真被杀死了（腾村），一个只是重伤，后来被救活了（院长）。

之后，我想静子一定是去放火烧了工厂。据说，静子的尸体是在暗道里发现的，且身上没有烧伤痕迹。我猜测，她放火后可能想回幼儿园带上儿子逃走，但火势迅速蔓延，加之暗道里通风条件差，烟雾迅速灌满通道，她因窒息而死。糖和糖纸都是油性的，一旦着火蔓延的速度是非常快的，所以也才会烧死那么多女犯，她们当时都应该在睡觉吧。

可惜，没有烧死小野。

不过，无所谓了，工厂毁了，腾村死了，他疯狂的春蕾行动只有去阴间……

外一章

01

以上是我根据林婴婴留下的手稿编写的。很遗憾，手稿至此戛然而止：它就这么结束了，像一个不幸生命猝然离去。其实没有结束，只是后面的内容被漫长的时间弄丢了。我数了一下，后头还有二十一页的墨迹，但清晰可辨的字迹几乎寻不到一个。显然笔记本落过水。我想象落水的方式：不是浸入，不是雨淋，而是——也许笔记本放在箱子底部，水从箱子底部慢慢渗入，积了个底，然后又经历了一定时间的洇透。

幸亏，只洇透了二十一页！

手稿是写在一本十六开大、一百八十页厚的褐色牛皮纸外壳的线装笔记本上的，里面的纸张是铜版白纸，本色无疑是白色，但在漫长岁月的侵蚀下，如今已呈浅黄色，墨迹也变得疏淡，有一种历尽沧桑的意味。手稿以日记格式写成，起始日是一九四一年六月七日，终止时间是个谜。作为日记，当中有不少日常琐事记录，比如当日天气、突发事务、一些特别心绪等。我的案头工作首先是删，把这些日常琐事和部分过于情绪性的文字删除；其次是增，诸如文中部分书信、引文、窃听记录——就是那些楷体字，大约有三分之二的内容，是我根据资料加补进去的。当然，为了便于阅读，我对文字也做了一定润色，并分了章节。但总的说，我做的工作量不大，顶多是一个编辑的工作。

2003年夏天，我阔别多年的老首长王亚坤夫妇专程来成都看我，交给我“一箱子材料”，林婴婴的手稿就在其中。那么他们又是如何得到这些材料的？听听王亚坤老首长对我说的就知道了。

可以想见，老首长对这次谈话是做了精心准备的，也许在对我说之前已经在心里默念过多遍，所以谈得很沉着，斟字酌句，有思考。老首长的谈话中又夹着另一个人的谈话录音，我都录了音。这是录音记录，我基本未作调整，只是分段分行而已。

王亚坤的谈话录音——

那是五年前，你知道，那时候我已离开鼓山，到洪山桥工作，我妻子颜丽也随我调到山下医院上班。福州是没有冬天的，部队上的生活又很单纯，一年四季我们都有午睡的习惯。我记得，他开始叩门的声音很轻，以致我听了好久也吃不准是在敲我家的门。那声音很缥缈，很不真实，也许更像是记忆中的声音，或是在敲旁人的门。后来，有一声敲得有些近乎绝望地用力，我终于听清楚是在敲我家门，便去开门。看见一位银发老人，穿一套笔挺的西服，头上戴一顶黑色的礼帽，手上还握着一根漆亮的拐杖，跟电影中的人物似的，有种我陌生的风采。我想他一定是敲错门了，因为我家的门从来没有被这样的人敲开过。但出于对老人的恭敬，我还是客气地问他找谁。他问这是谁家吗，问的是我妻子的名字。

我说：“是的，我是她爱人。”

他说：“哦，你好，请问她在家吗，你太太？”

我说在的，并专门为他敞开门，请他进屋。他似乎有些犹豫，慢吞吞地把鞋子在棕垫上擦了又擦，一边磨蹭一边又有些遗憾地说：“最好去我那里，我住在珍珠饭店，不远，但这天……突然下雨了。”他说话口音很怪，既有江浙味，又带有港台腔。这时我妻子已从卧室出来，我一边把老人迎进屋，一边告诉妻子老人是来找她的。我妻子客气地上前，接过老人的手杖和帽子，安排他在藤椅上坐下。他坐着，有很长一段时间一句话不说，只是神秘地看着我妻子，好像有话难以启口，又好像脑子短路了，把要说的话卡在了喉咙里。

突然，他仿佛醒过来似的对我妻子说：“你长得真像你母亲。”

我想他是在无话找话，因为我妻子和我岳母并不像，我岳母的生相有点冷漠又带点儿怨气，而我妻子人们都说她有张高高兴兴的脸，一对甜蜜的酒窝使她显得格外亲切，讨人欢喜。在生活中，说我妻子像她母亲的人很少，他是少有的一个。

我妻子问他：“您认识我母亲？”

他点点头，说的还是刚才那句话：“像啊，真像啊，简直跟她一模一样。”沉静一会儿又说，自言自语地，“多少年了，我总是反复说要来看看你，现在总算来了，看到了你，啊，想不到……”他抬起头深情地望着我妻子，目光充满惊喜的光芒，抚摸着我妻子。后来，他突然又困难地摇摇头，感叹道：“唉，她要能见到你该会多高兴。”

我问：“谁？”

他说：“你妻子的母亲，也就是你的岳母大人。”

我和妻子变得越发惶惑，我妻子说："我们夏天才回老家看过母亲。"

他说："不，那不是你母亲。"话像子弹一样射出！但马上他又冷静下来，用一种客气的请求的目光注视我妻子和我说，"也许我不该告诉你们，你们不会相信的。但我又必须告诉你们，因为这是你母亲生前对我的嘱托。"顿了顿，专门往我妻子身边凑近了一下，说，"我说的是你亲生母亲，不是你家乡那个母亲。你觉得我说的很荒唐是不？是的，这是我想得到的，我昨天才从你家乡来，我知道他们什么也没同你说过。他们不对你说也许是为了爱护你，也许是想等我来说。不过我到今天才出现，他们已不准我说了。这次我去你老家见了你现在的父母，临别时他们再三要求我别来找你。我理解他们的心情，确实，事情到今天再来提起实在是晚了，你接受不了，他们也接受不了。我想我要早来三十年他们一定不会这样的，可我迟迟不来，他们以为我死了，所以就打消了失去你的思想准备。但我还是来了，对不起。"他特意掉头看我一眼，对我说，"也对不起你。"

尽管他口音很怪，我还是听清了他说的每一个字，可同时我又不知道他在说什么。我相信，我妻子一定比我更有这种感觉，如入五里之云，如在梦中。

他又转头看着我妻子，接着说："刚才我说了他们——你现在的父母——叫我别来找你，我甚至都答应了，可我还是来了，我也对不起他们。但我不是有意要伤害他们，包括你们，我是决计要告诉你的，告诉你事情真相是我这一生的愿望，也是你母亲——我不得不说明，是你亲生母亲——的愿望，临终遗愿啊。我知道，在今天，在你自己都已经做了母亲的年纪里，我，一个你平素闻所未闻的人，突然跟你提起什么亲生父母，你一定不会相信的。你相信自己的记忆和感情，你的记忆和感情在忠实地告诉你，你现在的父母就是你的父母，你唯一的父母，你相信他们就像相信你手上的一颗痣。但我要告诉你，一个人对自己的出生是没有记忆的，也请你相信我的诚实。你可以看得出我已经很老，死亡对我来说是转眼之间的事。你看，这布满皱褶的老脸，还有这手杖，这样一个老人，生活是真空的，他扳着手指计算着末日的到来，同时要扪心自问一下：什么事情我应该在生前把它完成，否则死不瞑目。好，就这样，我想到了你，想到了你母亲，想到了让你知道事实真相，是我此生此世该做的最后一件事。这件事我必须做，因为能做这件事的人这世上也许只有我一个，我是这世上唯一掌握你秘密的人，包括你现在的父母，他们对你的身世也是一知半解。譬如你真正的父母到底是谁，这问题要他们是回答不了的。他们能告诉你的无非是多少年前，我，一个汪伪政府里的伪军长官，在怎样一个夜晚，怎样将你委托给他们，他们又是怎样把你带回那个小镇，怎样抚养你，等等，而背后的很多真情他们是不知晓的。”

一个几十年都对自己身世确信无疑的人，有一天，一位素不相识的人突然告诉你说，你现在的父母亲不是你的亲生父母——像《红灯记》中的奶奶告诉铁梅一样。发生这样的事情是可怕的，也不公平。确实，接下来我和妻子被他陌生又离奇的说法搞得非常紧张不安。我说过，那天下午天在下雨，雨后来越下越大，这位客人，这位神秘的银发老人，他为自己从来有的信念所驱使，跟我们讲述了我妻子秘密的身世，也是他传奇的经历。

他就是金深水，从美国来。

02

依然是王亚坤的谈话录音——

这天下午，老人的心情一直处在激动中，说了很多动情的话。他甚至还几次流泪，让我和妻子的情绪也大受感染。他告诉我们，我妻子的真正父母是他在敌后战斗的战友，父亲叫高宽，母亲叫林婴婴。高宽在我妻子出生前已经不幸遇难，而林婴婴则在我妻子出生后第二天又遭不幸——身份暴露，被捕入狱。

“是我亲自带人去医院抓她的。”老人对我妻子说，“那时你出生才两天，我担心把你留在医院，没人管，会死掉。所以，我暗示你母亲一定要把你带走，她肯定也是这么想的，死死抱住你不肯放手。当然如果没我在场，你母亲怎么闹都没用的，那些人都没人性的，他们会把你当场摔死，也不会准许一个犯人抱着孩子去坐牢。这也是我要亲自带人去抓你母亲的原因，我要把你送进监狱，给你一条生路。”

就这样，我妻子出生第二天就跟她母亲林婴婴一起去坐牢了，一坐就是三个多月。其间金深水花钱买通了两个狱卒，在敌人对林婴婴执行枪决的前几天，他用一个死婴把我妻子从牢房里调换出来。

老人对我妻子感叹道：“唉，那天晚上，天也像现在一样下着大雨，你被我装在一个旅行袋里拎出来，一路上我鬼鬼祟祟的，像拎着一袋偷来的赃物，害怕你随时的啼哭把我出卖。你倒是好，始终没哭一声，我几乎一路都在感激你的沉默。可到家一看才发现，真是可怕啊，你知道怎么了？原来我拉死了拉链，中途没给你透气，你差点就被闷死在里面。幸亏天在下雨，雨水淋湿了布袋，总算有些水汽透漏进去，要不我这一辈子都要向你母亲忏悔。你不知道，你母亲为了生下你，把她一切都抵上了。”

老人告诉我们，我妻子现在的母亲，养母，是他一个远房姨娘的女儿，几年前因为逃婚，离家出走找到他。当时他在杭州警官学校（戴笠的人才基地）当教官，而且刚做父亲，家里正少人手，就把她留在家里，以后一直跟着他，帮他带孩子，做家务，直到鬼子占领杭州才各奔东西。老人说：“说来也正巧，一个多月前，她抱着还不满周岁的孩子又来南京找我，说是丈夫在给鬼子做挑夫时染了急病死了，她孤儿寡母活不下去，找我还是想来投靠我。我问她孩子还吃不吃奶，她说吃的，我就说好的，我给你找份工作做。我特意给她找了一个在学校烧饭的工作，这样可以保证她顿顿吃得饱，有奶水给孩子吃。我还要求她必须继续给孩子喂奶，不能停。她当时一定不理解我为什么会有这个要求，当然，等我把你从监狱里偷出来交给她时，她一定知道了。我怕她继续待在南京眼多嘴杂，万一传出风声去不好，没过多久我筹到一笔钱，给了她，亲自把她送上火车，送她回了老家。”用老人的话说，那时候我妻子还不到四个月，不可能有记忆的。

我妻子颜丽完全不能接受老人的“胡言乱语”，以她能表现的方式：又是哭，又是闹，总之是极尽所能地表示着抗议和拒绝。老人一边道着歉，一边说等雨见小后，他要带我们去宾馆，他带来了众多证据可以证明他说的绝非虚妄。后来雨小了，他果然执意要求我们跟他去宾馆。我妻子坚决不肯去，这也是她表示抗议的一种方式。尽管我也不能接受这个事实，但我凭直觉相信老人说的，最后我说服妻子，让我随老人去了宾馆。

到了宾馆，老人打开一只厚实的牛皮箱子，里面放满了各式各样的老旧的东西：书信、照片、带照片的相框、文件、图章、纸条、笔记本、书籍、电报纸、子弹壳、丝巾、领章、帽徽、怀表、花名册、衣服、指北针、金戒指，等等，五花八门的东西，看得我眼花缭乱。老人则如数家珍又情绪高亢地对我诉说着这些东西的来历，我听着、问着，兴趣越来越浓，兴致越来越高。晚上分手时，老人从箱子里翻出一本用黄纱巾包的褐色牛皮纸外壳的线装笔记本，让我转交给我妻子，一边对我解释道："这是林婴婴的手稿，我已经替你爱人保管了半个多世纪了，以后还是请她自己保管吧。她是林婴婴的女儿，这是铁的事实，任何人都不可改变。我希望她勇敢地接受这个事实，好让她父母的在天之灵得到安息，也好让我这把老骨头了却一大心事。"

我带着笔记本回到家，已是深夜一点多钟，我妻子还没有睡，哭肿的眼睛依然红着，见了我哭着对我说："我下午去邮局给我妈打电话了。"我问："她说什么了？"她哭得更加响亮："妈说……是真的……"我说："那你就认这个事实吧。"她说："我认了，我要去见他。"她是说要去见金老。我说："都什么时候了，明天去见吧，今天你就看看它吧。"我指的是林婴婴留下的笔记本。

这个晚上我和妻子通宵未睡，轮流把笔记本上的每一个字都看了。最后二十一页的墨迹也反复研究着看了。墨迹并没有因为我们的特殊身份和虔诚之心向我们显灵。第二天，妻子比我还着急，吃了早饭就催我去宾馆。到了宾馆，老人家还在餐厅里吃早饭，人头攒动的餐厅里，老人的一头银发显得格外扎眼。见了我妻子，老人家来不及坐下，又是情不自禁地对她感叹一句："你长得真像你母亲。"

随后的一周时间，我们天天和老人在一起，他一口口把我妻子叫女儿，我们在心理上也把他当作了自己的父辈，愿意听他说，渴望从他的记忆中了解父辈的生平历史。他跟我们说了很多很多，我把他说的都做了录音，走的时候老人家还把一箱子资料留给了我们。他也许已预感到自己来日不多，希望我们来妥善保管这些东西。这些年来，我们一直把它们当宝贝一样保管着，同时又收集了不少新东西，希望找一个作家来把它写成书，听说你现在成了大作家，我们甭提有多高兴了。我和颜医生都是年过花甲的人了，却从没有给两位老人做过任何事，我们衷心希望把这件事做成、做好，以告慰两位老人的在天之灵，也告慰自己。我们把所有资料都带来了，恳切希望你能帮我们了掉这个心愿，你有什么要求都可以说，我们一定极尽所能配合你、支持你、报答你……

03

我说过，王亚坤先生是我的老首长，曾经多年关照过我，听他对我说恳求的话，我心里非常难过。我没有让他多说，拍了胸脯，爽快地答应下来。只是，事情的进展没我想象的那么顺利，我第一稿写出来后，他们不满意，多少让我感到愧疚。其实说到底是个构思的问题，构思的问题决定着怎么使用、处理这些材料。材料确实很多，我第一稿就因为没有好的构思，导致很多材料用不上，用上了的似乎也不那么真实，所以他们不同意出版。他们希望我重新写，我一时缺乏冲动，一拖又拖。直到2008年，五年后，我才重新出发，开笔写。这一次，我找到了比较理想的构思，就是：让金深水和林婴婴分头来讲述这段历史，写得比较顺利，结果也好。老首长夫妇看了都满意，同意出版。但到了出版社手上，又出妖怪了，说这是重大历史题材，要国安部门审稿。这一审又是长长的时间，到三年后才获得同意出版的终审意见。

总的说，虽然我“几易其稿”，但都不是创造性的劳动，用的材料都是现存的，大多是金深水老人留下的，少许是王亚坤夫妇后来东奔西走搜来的，它们原本零散、杂乱，像散落的珍珠，我做的工作主要是“删繁就简”，尽量把它们串好，合乎情理。

当然，确实很遗憾，林婴婴的手稿最后二十一页成了无字的密码，没有人能完全破译这些内容，但大致内容金深水是知道的。下面是金深水老人对王亚坤夫妇说的录音——

好，现在你们知道，你们母亲已经讲到，我们最后其实是靠静子完成了春晓行动任务，这说来好像……怎么说呢，有点不光彩是不？我们投入了那么多精力，牺牲了那么多人，最后竟是靠一个外人来完成任务的，好像我们没有用场似的。不能这么讲，很多事情就是这样，尤其是搞地下工作，我们很多付出是得不到回报的，即使没有任务，出一个叛徒，一干人都要去死，去付出惨痛的代价。为什么说我们是在刀尖上行走的人，就是这个道理，付出、牺牲是我们的代号，而我们要做的事总是那么难、那么险，如果敌人不出错，堵死所有漏洞，不露一点破绽，我们也许很难完成一项任务。就是说，我们提着脑袋在干什么？等敌人犯错！只要是人总会出错的，你从小吃饭喝水，吃喝了几十年还是难免要呛着，要漏饭粒。我们的工作就是在等敌人出错，或者给敌人制造错误。从当时情况看，我们已充分了解腾村的个性、喜好和作息规律，以及地下工厂的情况，即使没有静子，我们照样可以完成任务。正如林婴婴在手稿中说的，我们已经做好两手准备，我们准备豁出去了，以命赌命，不惜付出最大代价也要完成任务。我相信，我们一定能够完成任务的，即使没有静子。

当然，最后由静子帮我们完成任务，是有些偶然。其实，我们很多任务都是在偶然中完成的，但绝不是无意的偶然，而是有意的偶然，是必然中的偶然。比如说静子，如果我们不在她身上付出那么多，不做她的工作，她会去寻找暗道吗？她去寻找暗道，说明已经是我们的同志、战友。我们能把一个鬼子的同胞发展成我们的同志，你能说我们没有用场吗？没有付出吗？我们付出得太多了，灵和肉都付出了！

唉，我必须控制老年人东拉西扯的习惯，赶紧讲讲你母亲最后的事情。是这样的，完成春晓行动任务后，组织上安排我们小组的同志陆续离开了南京，因为当时南京的局势对我们很不利，王木天和周佛海勾结在一起打击我们，对我们的安全造成很大威胁。最后，真正留下来的只有我和你母亲，还有小红。你们舅舅，就是老A同志，他是上海南京两边跑。要不是他还扮着你母亲名义上的丈夫，我估计他也走了，他不时来南京是为了迎接你的出生。

林婴婴在日记中已经提到，静子出事后，野夫滚蛋了，我也受到排挤，到手的局长被一个莫明其妙的人抢占了。此人原是警察局刑侦大队长，姓吕，曾在周佛海公馆当过卫队长，是个二杆子，待人处事很不讲道理。他对保安局不了解，却来了就想耍威风，包括对林婴婴。那时你在你母亲肚子里已经七个月，他居然给你母亲出了一张很混账的牌：把孩子处理掉提她当处长，否则他要另外调人来当处长。浑蛋！太下作了！他其实是想把你母亲拉拢过去，做他的铁杆死党。试想，如果谁愿意用孩子来换取这个位置，以后自然会对他唯命是从。

可孩子怎么能处理？不处理吧，整天在他眼前挺个大肚子晃，又怕他看不顺眼，哪天又出什么混账主意。我和你们舅舅研究决定，索性让你母亲请产假，在家保胎，这样他看不见，眼不见为净，省得他瞎操心了。所以，你母亲在生你前那段时间是比较轻松的，要不是有鬼子，作为冯八金的女儿，你母亲在怀孕之初便会被养在家里，被孩子父亲及一堆用人众星捧月地呵护着，悠闲和幸福像空气一样包围着她，使她一辈子都对这段时光充满甜蜜而温暖的回忆。现在好了，最后两个多月基本上是这样，她天天守在家里，很少出门做事。就在这期间，她开始写日记，回顾了自己的一生……

据金深水老人说，林婴婴是在医院生孩子时暴露身份的，孩子胎位不正，难产。巨大的疼痛消耗了她全部体力，她多次昏迷过去，醒来后又多次拼了命地发力，最后拼了整整一个通宵才把孩子生下来。可她的身份也因此暴露了，因为她在疼痛和挣扎中反复喊叫一个人名——阿宽！高宽！新来的保安局长原来是警察局刑侦大队长，当然知道高宽是什么人，曾经满大街通缉过他，大家都知道。那么林婴婴为什么要在生孩子时喊他？这个问题一点不高深，一般人都想得到。

林婴婴的身份就这样被敌人怀疑！

然后，敌人去她水佐岗家里一查，电台、密码本、联络表都找出来了。就这样，林婴婴和杨丰懋，还有小红，都被逮捕归案。最后，我听到金深水老人在录音机里这样说道——

幸亏，林婴婴去医院时带走了笔记本，否则笔记本落入敌人手里，那样我也完了。我跟林婴婴真是天生有缘，她总是在有意无意保护我，可惜我没有保护好她啊，连她临终托付我的日记本都没有保护好，把那么多页的内容弄丢了。是的，是我弄丢的，我太粗心了！我前面说过，女儿，那天我把你从监狱里偷出来时天在下大雨，瓢泼大雨啊。刚才我也说了，如果没有这场雨你也许就被闷死在了袋子里，是雨水救了你。可我不知道，你母亲没跟我说，袋子里还有一本笔记本，就垫在你的襁褓下，在袋子的最底部。那天我是开车去接你的，监狱在雨花台那边，很远的，必须开车。车子停在监狱里，我把你从监狱里拎出来后，担心出门时或在路上遭卫兵检查，我没敢把你放在身边，我把你放在车子后备厢里。门卫其实没有检查，进雨花台城门时哨兵也没有检查。那天雨实在太大了，哨兵看我车牌是保安局的，懒得出来查。就这样，我一路畅通无阻，直奔我表妹租住的地方。停了车，我打开后备厢，发现你一点动静没有，这时我才想起刚才忘了给你拉开拉链。我连忙拉开拉链，把你从袋子里抱出来，发现你已经奄奄一息。我轻轻拍打你，你没一点反应，急得我连忙冲进楼里去找表妹。到了表妹屋里，我们连忙抢救，打你巴掌，掐你人中，总算把你从生死线上抢回来。就是这么一忙一乱，我根本忘了车上还有一只袋子，后来回到家也没想起来。直到第二天去上班，看到车才想起来，那时后备厢里已经积了一层雨水。那时的车子哪像现在，密封好，滴水不进，再说那天的雨真大，整整下了一夜，后备厢里全是漏进去的雨水。笔记本就是这么被浸湿的，等我发现时不行了，后面好多页都湿透了，罪过，罪过啊……

磁带咝咝地走着，仿佛是时间的脚步声，不会停止。

老人家真的说了很多，最后我听到老人好像抓住了颜医生的手，这样深情地说——

哦，女儿，我的女儿啊，请你不要怪我跟你说了这么多，我是决计要跟你说这些的，我要把我所知道的有关你父母的事一点一滴的，都要尽量如数地交给你，让你知道，请你记牢。我说女儿，你要好好地把这一切都记在心上，因为你是他们唯一的后人。我时常想，这世上除了你也许再也找不出第二个可以怀念他们的人，他们的亲人、朋友、战友，很多已经在那场战争中牺牲，幸存下来的现在也该老死了，或者说正在死亡，就像我。

哦，女儿，我们的女儿，过去了那么多年，我能说的也许还没有丢掉的多，过去了那么多年，我真的丢掉了很多记忆。我为什么不早几十年来跟你说这些，那就是我另外的故事了，你要感兴趣的话以后我会跟你说的。作为一个在敌后干了一辈子的老地下工作者，我现在这把年纪也许都无法说完我的故事了，因为太多，太多了……

—•• •— ———

•——— •• •— —•

图书在版编目（CIP）数据

刀尖 / 麦家著. -- 广州 : 花城出版社, 2023.11
ISBN 978-7-5749-0066-0

Ⅰ. ①刀… Ⅱ. ①麦… Ⅲ. ①长篇小说—中国—当代
Ⅳ. ①I247.5

中国国家版本馆CIP数据核字(2023)第197526号

出版人：张　懿
特约策划：戴一波
特约监制：孙　毅　徐　瑶
责任编辑：林　菁　杨柳青　李　卉
特约编辑：顾　夏
营销统筹：杨淳子
营销支持：侯庆恩
技术编辑：凌春梅
封面设计：介　桑
版式设计：二间设计

书　　名　刀尖
　　　　　DAOJIAN
出版发行　花城出版社
　　　　　（广州市环市东路水荫路 11 号）
经　　销　全国新华书店
印　　刷　广州市岭美文化科技有限公司
　　　　　（广州市荔湾区花地大道南海南工商贸易区 A 幢）
开　　本　880 毫米 ×1230 毫米　32 开
印　　张　15.375　2 插页
字　　数　360, 000 字
版　　次　2023 年 11 月第 1 版　2023 年 11 月第 1 次印刷
定　　价　89.00 元

如发现印装质量问题，请直接与印刷厂联系调换。
购书热线：020-37604658　37602954
花城出版社网站：http：//www.fcph.com.cn